建构当代中国的学术话语（下）

孟繁华 贺绍俊 主编

北方联合出版传媒（集团）股份有限公司
春风文艺出版社
·沈阳·

图书在版编目（CIP）数据

　　建构当代中国的学术话语：上下册／孟繁华，贺绍俊主编．—沈阳：春风文艺出版社，2023.8
　　ISBN 978-7-5313-6453-5

　　Ⅰ．①建… Ⅱ．①孟… ②贺… Ⅲ．①中国文学—当代文学—文学研究 Ⅳ．①I206.7

　　中国国家版本馆CIP数据核字（2023）第104266号

目　录

现象综论

直面当下中国的精神难题
　　——从石一枫的小说创作看当下文学的新变……………孟繁华 / 003
从农民进城的叙述看中国经验书写……………………………杨　晶 / 024
余华与"先锋文学史"……………………………………………李　雪 / 028

作家专论

变与不变中的苏童
　　——苏童长篇小说跟读记……………………………………李　雪 / 041
感召、抚慰与反思
　　——马晓丽论……………………………………………张维阳 / 046
被重写的故事与被植入的历史
　　——弋舟小说简论……………………………………………李　雪 / 055
与谍战书写的告别……………………………………………李耀鹏 / 064
历史与生命熔铸的精神史诗
　　——丰收报告文学创作论……………………………………李耀鹏 / 070

现场追踪

《云中记》《森林沉默》的生态文学启示 ……………… 贺绍俊 / 081

大城小事·浮城旧梦
——蔡东小说阅读札记 …………………………………… 李 雪 / 089

味之于民间，心之于自然
——读丁帆的随笔集《天下美食》与《人间风景》 …… 何家欢 / 097

现实的困厄、追寻与坚守
——读张炜的《艾约堡秘史》 …………………………… 何家欢 / 103

青春的回望与历史的反思
——关于梁鸿鹰的散文集《岁月的颗粒》 ……………… 张维阳 / 110

生命尽头的怕与爱
——论周大新的《天黑得很慢》 ………………………… 张维阳 / 116

为了真实和正义的历史重述
——论何顿的《黄埔四期》 ……………………………… 张维阳 / 121

"幸福街"上的民族秘史与心灵悲歌
——评何顿长篇小说《幸福街》 ………………………… 李耀鹏 / 129

"愚蠢而高贵"的忧伤
——读须一瓜长篇新作《致新年快乐》 ………………… 李耀鹏 / 137

"向死而生"的故乡与人性的"炸裂志"
——读罗伟章长篇新作《谁在敲门》 …………………… 李耀鹏 / 147

乡土资源与童年书写
——以王立春、小河丁丁和汤汤的儿童文学创作为例 … 何家欢 / 159

立足成长，守望乡土
——小河丁丁儿童文学创作中的乡土叙事 ……………… 何家欢 / 166

经典重读

大地诗学中心灵磁场的核心故事
　　——莫言小说的生殖叙事…………………………………季红真 / 175

古华和他的语言世界
　　——长篇小说《芙蓉镇》新解……………………………杨　晶 / 194

文化想象与精神原乡
　　——《尘埃落定》的文化解读……………………………杨　晶 / 199

作为原点的《十八岁出门远行》…………………………………李　雪 / 203

文学女青年的进化史
　　——以《一个人的战争》为中心的重读…………………李　雪 / 215

余华的小说创作……………………………………………………何家欢 / 226

现实深处的光芒
　　——读蒋韵《心爱的树》…………………………………何家欢 / 235

浪漫与悲情的历史映现
　　——评蒋韵长篇小说《隐秘盛开》………………………李耀鹏 / 240

重塑东北新文学

国有企业情怀的叙事诗
　　——评李铁的长篇小说《锦绣》…………………………贺绍俊 / 249

2020年辽宁诗歌扫描………………………………………………杨　晶 / 257

历史记忆与"东北书写"
　　——以郑执小说为中心……………………………………杨　晶 / 267

大东北的地方志和心灵史
　　——论刘庆的《唇典》……………………………………张维阳 / 273

"底层形象"的心灵寻踪
　　——万胜对底层群体精神世界的文学呈现………………张维阳 / 283

现象综论

直面当下中国的精神难题
——从石一枫的小说创作看当下文学的新变

孟繁华

自白话文学发生以后，中国文学从来没像现在这样繁复多样。因此，对于当下文学的评价之分歧，也从来没有如此意见纷呈各执一词。无论出于哪种考虑，这都是一种全新的文学格局，或者说，"就是我们的文学生活"[1]。但是，只要我们走进文学内部，就会发现我们的文学依然与现实结合得非常紧密，当下生活的每一个细部被表达得完整而全面。从这个意义上说，文学仍然是时代生活的晴雨表，作家仍然是时代生活的记录者。一个时代有一个时代的文学，但文学传统的巨大力量仍以惯性的方式在承传和延续。诚如贾平凹所说："作为一个作家，做时代的记录者是我的使命。"[2]这也是文学仍是这个时代高端精神文化生活主要形式的原因。作家记录时代生活，同时也必须表达他对这个时代生活的情感和立场，并且有责任用文学的方式面对和回答这个时代的精神难题，特别是青年的精神难题。比如20世纪80年代文学，在今天不仅是一个研究对象，同时也更是一个怀念和不断想象建构的对象，原因就在于80年代的文学不仅整体上塑造了一个"青年"形象——高加林、返城知青、青年"右派"、青年叛逆者等，一起构成了80年代文学绵延不绝的青春形象序列。这些青春形象同那个时代的"星星画展"、港台音乐、校园歌曲以及崔健的摇滚、第五代导演的电影等，共同构建了20世纪80年代激越的文化氛围和扑面而来的、充满激情的青春气息。任何一个时代的文化心理、氛围和具有领导意义的潮流，都是由青年担当的。因此，没有青春文化和没有青春形象的文学，对任何时

---

[1] 我曾用这样的表达概括2009年的中篇小说创作状况，见《当代文坛》2010年第1期。
[2] 王文、刘巍巍：《专访贾平凹：做时代的记录者是我的使命》，《新华每日电讯》2013年6月14日。

代都是不能想象的。同时，80年代的文学更揭示和呈现了那个时代青年的精神难题，比如潘晓问题的讨论以及青年经过短暂的亢奋之后的迷茫、颓唐等。正如北岛的《一切》和舒婷《也许》中的诗句："一切都是命运／一切都是烟云／一切都是没有结局的开始／一切都是稍纵即逝的追寻"。"也许我们的心事／总是没有读者／也许路开始已错／结果还是错／也许我们点起一个个灯笼／又被大风一个个吹灭／也许燃尽生命烛照别人／身边却没有取暖之火"。那个时代青年的精神难题就这样被诗人提炼出来，于是他们成了80年代的代言者和精神之塔。

上述与文学有关的现象或作品，几乎都与社会问题有关。社会问题小说，是新文学重要的流脉，也是自1978年以来文学最发达和成就最高的领域。这一状况不仅与中国的社会历史语境有关，同时也与作家对文学与社会关系的认知有关。即便在文学表达最为自由的时代，社会问题小说仍然是最丰富、最多产的，比如80年代。但是，今天由于新媒体的出现，社会资讯的发达程度远远超出了我们的想象。更严峻的问题是，各种关于社会问题的消息蕴含的信息量或轰动性、爆炸性，是任何社会问题小说都难以比拟的。要了解社会各方面的问题，网络、微信等无所不有。因此，当今时代的各种资讯对社会问题小说提出的挑战几乎是空前的。但是，文学毕竟是一个虚构的领域，它要处理的还是人的心灵、思想和精神世界的问题。从这个意义上说，文学仍然占有巨大的优势，仍然有巨大的空间和可能性。精神难题是社会难题的一个方面，但网络、微信传达的各种信息，还不能抵达文学层面，这也正是文学至今仍然被需要的缘由。如果是这样的话，我认为青年作家石一枫是新文学社会问题小说的继承者，他不仅继承了这个伟大的文学传统，同时就当下文学而言，他极大地提升了21世纪以来社会问题小说的文学品格，极大地强化了这一题材的文学性。在这个无所不有的时代，石一枫和一批重要作家一起，用他们的小说创作，以敢于正面强攻的方式面对当下中国的精神难题，并鲜明地表达了他们的情感立场和价值观。作为一种未做宣告的文学潮流，他们构成了当下中国文学正在隆起的、敢于思考和担当的正确方向。

一、仍在辩难的文学观念

每个作家都有自己不同的文学观念。这是文学创作自主化或曰创作自由在今天的具体体现。不同的文学观念都有它存在的理由，它支配着作家对文学和文学实践的理解。因此，作家创作出具有不同思想内容的文学作品，起决定性作用的，还是作家的文学观念。当下文坛虽然没有形成规模的关于文学观念的冲突，但通过不同的文学作品，我们仍然可以感受到文学观念的辩难并没有终结。从某种意义上说，这是20世纪80年代文学观念辩难的延续，也是80年代仍然"活在"当下的一部分。80年代"先锋文学"以及构建文学形式的意识形态，彻底改变了当代中国文学曾经的"一体化"格局，从而打破坚冰，迎来了百舸争流的文学大时代。它巨大的历史意义已经写进了不同的当代文学史。但是，今天看这段历史也许更清楚的是，那是一个别无选择的文学策略。文学是以巨大的内容牺牲为代价换取了新的文学格局。后来，当"先锋文学"被当作唯一的"纯文学"推向至高无上圣坛的时候，它也就走向了末路。

时至今日，先锋文学的巨大问题正在被日益深刻地检讨。先锋文学发源地之一的法国，许多重要的理论家对文学的形式主义、虚无主义和唯我主义等，做了痛心疾首的批判。托多洛夫认为："应该承认文学是思想。正因为如此，我们还在继续阅读古典作家的书，通过他们讲述的故事看到生存要旨。当代文学，尤其是法国文学，却常常显示这种思想与我们的世界业已中断了联系。当务之急，是要言明文学不是一个世外异域，而属于我们共同的人类社会。"他在《文学的危殆》中声言"21世纪伊始，为数众多的作者都在表现文学的形式主义观念……他们的书中展示一种自满的境遇，与外部世界无甚联系。这样，人们很容易陷进虚无主义……琐碎地描述那些个人微不足道的情绪和毫无意思的性欲体验"，"让文学萎缩到了荒唐的地步"。托多洛夫还说："第三种倾向是唯我独尊，原本始于唯有自己存在的哲学假设。最新的现象为'自体杜撰'，意指作者不受任何拘牵，只顾表现自己的情绪，在随意叙事中自我陶醉。"作者的结论是：从20世纪到21世纪初，形式主义、虚无主义和唯我主义在法国形成了占统治地位的意识形态，从而导致一场空前的文学危机。南茜·哈斯顿也指出："这种精神分裂症在我们中间蔓延开来，造成一种分化局面。一方面，舆论把虚无主义文学吹捧上天；另一方面，庶民的生活意愿则遭冷落……我感到，这是放弃，几乎背叛了文学的圣约。"她列举了伯恩哈特、耶利内克、昂戈、乌埃尔贝克和昆德拉等当今走红的欧洲作家，表示无法赞同他们的创作倾向。因为，对他们来说，"唯一可能的认同，是读者应赞同作家傲慢地否定一切，再加上对文学体裁和文体神圣意念的超值估价，读者唯一合乎时宜的应和，就是赏识作家的风格和清醒的绝望，而后者则过细地肆意描绘，从而唾弃眼下这个不公平的世界"。[1]针对这种现象，南茜·哈斯顿写了《绝望向导》一书，指斥虚无主义派

---

[1] 沈大力：《敲响西方文论的警钟——当前法国文坛上发生的一场激烈讨论》，《文艺报》2007年12月1日。

作家："面对着一些绝望向导，一些狂妄自大，而又绝顶孤僻之辈，一些憎恨儿童和生育，认为爱情愚蠢之至的人，怎么还能来构思一种大体还过得去的日常生活呢？"托多洛夫更一针见血："这种虚无主义的思潮，不过是对世界前景极端的偏见。"[①]这种情况不仅发生在法国，第二次世界大战后，德国文学很快与文学现代派接上了轨。到了20世纪80年代，德语文学已滑到了世界文坛的边缘。人们责备德语小说的艰涩、思辨以及象牙塔味十足。德国作家说："德国人不欣赏他们的当代文学，是因为他们不欣赏他们的当代。"[②]德国文学和读者缓慢地重新建立联系，也是因为德国作家面对社会，"碰到了那根神经，抓住了时代的脉搏，找到了正确的声音"[③]。因此，注重文学与时代的关系，不仅在中国，西方文学世界同样有这样的要求。

在中国文学界，对这种所谓"纯文学"的反省、检讨甚至抵抗也已由来已久。早在2003年，作家吴玄也在《告别文学恐龙》中说"20世纪的80年代，在中国，大约可以算是先锋文学的时代。那时，我刚刚开始喜欢文学，对先锋文学自然是充满敬意了，书架上摆满了卡夫卡、普鲁斯特、乔伊斯、加缪、福克纳、博尔赫斯……20世纪而又没有标上先锋称号的作家，对不起，他们基本上不在我的阅读范围之内"；"我也算是一个相当纯正的先锋文学爱好者了。爱好先锋文学，确实也是很不错的，它在相当长的一段时间内，给我带来了很好的自我感觉，那感觉就是总以为自己比别人高人一等，常有睥睨天下的派头。因为阅读先锋文学实在是不那么容易的，不好看通常是先锋文学的标准，它一般可以在五分钟之内把大部分读者吓跑。最经典的先锋文学，往往是最不好看的，它代表的据说是人类精神的高度，或者是心灵探寻的深度，很是高不可攀又深不可测。这样的经典被生产出来，其实不是供人阅读的，而是让人崇拜的。譬如《尤利西斯》，这样的小说无疑是文学史上的奇迹，阅读几乎是不可能的，不过没关系，你只要购买一套供奉在书架上，然后定期拂拭一下蒙在上面的灰尘，你也就算得上精神贵族了"。他还讲了一个真实的故事，这个故事很有普遍性：他参加过《尤利西斯》的研讨课。《尤利西斯》的故事不算复杂，只是乔伊斯采用了一种空前的手段，叫作"时空切割"，企图在线性

---

① 沈大力：《敲响西方文论的警钟——当前法国文坛上发生的一场激烈讨论》，《文艺报》2007年12月1日。
② 德国慕尼黑作家格奥尔格·M.奥斯瓦尔德（Georg M.Oswald）语。见乌尔里希·吕德瑙尔：《文学与速度——从20世纪90年代至今日的德语文学——〈红桃J——德语新小说选〉跋语》，上海译文出版社，2007，第329页。
③ 德国慕尼黑作家格奥尔格·M.奥斯瓦尔德（Georg M.Oswald）语。见乌尔里希·吕德瑙尔：《文学与速度——从20世纪90年代至今日的德语文学——〈红桃J——德语新小说选〉跋语》，上海译文出版社，2007，第330页。

的语言里做到在同一时间再现不同空间的不同人物。此种手段针对语言艺术，显然是疯狂的，不可能的。不过，后来的电视倒轻而易举做到了，电视屏幕可以随便切割成九块、十六块或二十四块，同时再现九个、十六个或更多的频道。这是一项简单的技术，这项技术用在小说上，却是把小说彻底粉碎了，《尤利西斯》也就成了天书。在研讨课上，似乎没人敢对《尤利西斯》发言，大家的表情不同程度地都有点儿白痴。事实上，所谓研讨课，发言的只是教授一人。后来，吴玄和教授成了朋友，他们又研讨起《尤利西斯》来，吴玄说不想再装了，《尤利西斯》他根本没看完。教授高兴地说，是呀，是呀，老实说，我也没看完。教授的回答很是出乎吴玄的意料，他说不会吧。教授说，就是这样，我估计，全世界真看完《尤利西斯》的读者不会超过一百个。吴玄说，可是，你没看完，却阐释得那么好。教授笑笑说，这就对了，《尤利西斯》就是专门为我们这些文学教授写的，拿它当教材再好不过了，反正学生不会去看，我可以随便说，即使有学生看了，也不知所云，我还是可以随便说，而且显得高深莫测，很有水平。[1]这些现象本来不足为外人道，但它却更真实地反映了教授、批评家与所谓"纯文学"的态度。即便在20世纪80年代，批评家和教授们会上大谈先锋文学，腋下夹着金庸小说的也大有人在。"纯文学"背后隐藏着那么多不真实的面孔早已是公开的秘密。

有研究者说："自恋的'纯文学'写作纯粹是一种任性的写作。有钱才能任性。有人买账才能任性。难看不是你的错，但逼人看就是你的错了。在一个'注意力'经济的时代，真正有权任性的是读者，没钱都可以任性。作为一个职业批评者，我已被逼多年。如今我也任性起来了——有本事你就把我勾引起来，不管是'高雅欲'还是'世俗心'、专业兴趣还是非专业兴趣。要么你帮我认识这个世界，要么你帮我对付（renshou）这个世界。否则，你的文学世界与我无关，就像你的存折与我无关一样。"[2]实事求是地说，后来以"纯文学"名世的"先锋文学"，有巨大的历史功绩。我们甚至可以这样说，是否受过先锋文学的洗礼，其作品的文学性是大不相同的，而且，客观地说，先锋文学已经作为文学遗产存活于我们今天的小说创作中。当它成为常识的一部分的时候，它已不再高傲或放下身段的时候，它的价值仍然活在"当下"。但是，先锋文学或"纯文学"必须放弃自以为是或为所欲为，必须放弃"不好看"的标准。后来，我们在余华的《活着》《许三观卖血记》《兄弟》，格非的"江南三部曲"、《望春风》、《紧身衣》等作品中，看到了这一巨大变化。我

---

[1] 吴玄：《告别文学恐龙》，《当代作家评论》2003年第3期。
[2] 邵燕君：《你的任性与我何干——一个文学职业批评者对作者与读者关系的思考》，2015年1月1日与笔者文学通信。

们甚至可以说，如果没有余华、格非等当年先锋文学的宿将，自觉放下"先锋"身段并写出上述作品，他们就不会是今天的余华和格非。当然，我们也看到，当年有些先锋作家后来试图进入正面写小说的时候，他们的捉襟见肘和力不从心使得他们的文学能力与先前相比判若两人。这时的"不好看"与当年的"不好看"不是一回事，当年的"不好看"是看不懂，现在的"不好看"是真的不好看，因为那是可以看懂的"不好看"。因此，我们可以说，"先锋文学"是可以模仿的，但是，正面强攻式的小说创作是不能模仿的。

这个整体背景，对正在成长的青年作家不能不产生巨大的影响。石一枫文学观念转变的经历证实了这一点。石一枫1996年十几岁就在《北京文学》发表小说，2009年起，先后发表了长篇小说《红旗下的果儿》《恋恋北京》《我妹》等，翻译了外国小说《猜火车》。他和同代作家一样，进入文学创作时，大多是从个人经验开始，石一枫也大抵如此。但他后来检讨说："现在回头看，这段时间的写作状态比较懵懂，老想说点儿什么而不知道自己应该说什么。"[①]几年之后，他修正了自己的文学观念："我文学的观念这几年变得越来越传统了，好小说的标准对于我而言就是：一、能不能把人物写好？二、能不能对时代发言？这都是老掉牙的论调了，但我逐渐发现，这两条要做到位真是太难了，不是僵化地执行教条那么简单，而是需要才华、眼界、刻苦和世界观。"[②]应该说，多部长篇的发表，让读者认识了青年作家石一枫，但并没有为他带来文学荣誉。而恰恰是他为数不多中、短篇小说——尤其是中篇小说《世间已无陈金芳》《地球之眼》《特别能战斗》《营救麦克黄》等，使他声名鹊起，成为这个时代青年作家中的翘楚。在谈到个人经验的时候，石一枫说："最大的经验就是能把个人叙述的风格与作家的社会责任统一起来，算是手段与目的的统一吧。小说写作是比较个人化的艺术，需要具有鲜明的辨识度，需要腔调、气质、语言有特点，但小说又是一个社会化的文学形式，不能仅限于为了艺术而艺术，为了风格而风格地玩儿技巧。过去我一直困扰于这个问题，就是如何既写自己能写的、擅长写的东西，又写身处于这个时代所应该写、必须写的东西。用套话说，怎么才能既写出人人笔下无，又写出人人心中有。这篇小说似乎在一定程度上做到了。"[③]石一枫能够取得今天的成就，除了他个人的才华、禀赋，与他逐渐形成的文学观有直接关系。

---

① 2016年11月17日，石一枫与笔者文学通信。
② 李云雷、石一枫：《"文学的总结"应是千人千面的》，《创作与评论》2015年第5期。
③ 李云雷、石一枫：《"文学的总结"应是千人千面的》，《创作与评论》2015年第5期。

二、直面时代的精神难题

21世纪以后，虽然有很多青春文学，但是文学中的青春形象逐渐模糊起来，我们很难在这样的文学中识别当下的青春形象。即便偶然看到校园或社会青年的形象，他们也不再是20世纪80年代偶像式的人物，当然也不是曾经风行一时的叛逆的、个人英雄式的形象。这个时代的青春形象，酷似法国的"局外人"、英国的"漂泊者"、俄国的"当代英雄""床上的废物"、日本的"逃遁者"、中国现代的"零余者"、美国的"遁世少年"等，他们都在这个青年家族谱系中。"多余人"或"零余者"是一个世界性的文学现象。但是我不认为这只是一个文学形象谱系的承继问题，而是与当下中国现实以及当代作家对现实的感知有关。这些形象，与没有方向感和皈依感的时代密切相关。在这一文学背景下，我们读到了石一枫的"青春三部曲"。这三部作品分别是《红旗下的果儿》《节节只爱声光电》和《恋恋北京》。三部作品没有情节故事的连续关系，他们各自成篇。但是，它们的内在情绪、外在姿态和所表达的与现实的关系有内在的同一性。因此我将其称为"青春三部曲"。

三部作品都与成长有关，与"80后"的精神状况有关。《红旗下的果儿》写了四个青年的成长，他们的成长不是"50后""60后"的成长，这几个年代的青年都有"导师"，除了家长还有老师，除了老师还有流行的时代英雄偶像。因此，这几个时代的青春大多是循规蹈矩亦步亦趋的。"80后"这代青春的不同，在于他们生长在价值完全失范的时代，精神生活几乎完全溃败的时代。他们几乎是生活在一个价值真空中。生活留给陈星们的更多的是孤独、无聊和无所事事，因此，他们内心从迷茫走向颓废是另一种"别无选择"。《节节最爱声光电》是写出生在元旦和春节之间的"节节"的成长史。这个有着天使般模样的北京小妞，成长史却远要坎坷，父母失和家庭破碎，父亲外遇母亲重病。节节是一个十足的普通女孩，一个普通孩子在这个时代的经历才是这个时代真实的感觉。《恋恋北京》虽然也是话语的狂欢，但隐匿其间的故事还是清晰的。赵小提的父母希望他成为一个小提琴家，他还是让父母彻底失望，成为一个"一辈子都干不成什么事"的混日子的人。与妻子茉莉的离异，与北漂女孩姚睫的邂逅，与姚睫的误会和三年后的重逢，是小说的基本线索。这个大致情节并无特别之处，但在石一枫若即若离不经意的讲述中，便成了一个浪漫感伤并非常感人的情爱故事。看似漫不经心的赵小提，心中毕竟还有江山。他对人世间真情的眷顾，使这部小说有了鲜明的浪漫主义文学色彩。因此，石一枫的"青春三部曲"不仅让我们有机会看到了"80后"内心涌动的另一种情怀和情感方式，同时也让我们看到了这代青年作家对浪漫主义文学资源的发掘和发展。浪漫主义文学在本质上是感伤的文学，从青年德意志到法国浪漫派，从司汤达到乔治·桑，诗意的感伤是浪漫主义文学的核心美学。石一枫小说中感伤的青春，从一个方面显示了他从生活中提炼美学的能力，显示了他的历史感和文学史修养。这是一个多变的时代，无论是流行的时尚还是社会风貌，"变"是这个时代的神话，它的另一个表述是"创新"。但我还是希望我们能够经常看到有一些不变的存在，比如对人类基本价值的维护。有些时候，坚持一些观念更需要勇气和远见卓识。"青春三部曲"的主人公对爱情的一往情深，就是不变的和敢于坚持的表征，当然也是小说感人至深最主要的原因。

石一枫不是王朔，但王朔对石一枫有很大影响。但这影响是外在的，是姿态性的，比如语言风格等。但在文学气质和价值观上，石一枫远没有王朔决绝。应该说石一枫在这一层面上要宽厚得多，当然也有些软弱，这是石一枫的性格使然。他没有刻意解构什么，也不执意反对什么。他只是讲述了他所感知的现实生活。在他狂欢的语言世界里，那弥漫四方灿烂逼人的调侃，只是玩笑而已，只是"八旗后裔"的磨嘴皮抖机灵，并无微言大义。因此，我们看到的也只是难以融入这个时代的"零余者"。如果是这样的话，石一枫的小说可以在吴玄、李师江这个流脉中展开讨论。当然，将石一枫归属到"哪门哪派"并不重要，重要的是，石一枫在小说中重新"组织"了他所感知的生活，而他"组织"起来的生活竟然比我们身处的生活更"真实"，更有穿透性。他让我们看到，生活远不那么光鲜，但也不至于让人彻底绝望。他的人物是这个时代"多余的人"，但是恰恰是这些"多余的人"的眼光，为我们提供了理解或认识这个时代最犀利的视角。他们感到或看到的生活，也是生活的一部分。而且是重要的一部分。因此，石一枫的小说对我们来说，也是"关己"的，在这个时代我们依然困惑，这使他的小说表达的问题超越了年龄界限。当然，石一枫的几部长篇小说有鲜明的小资产阶级情调，好处是有温情，坏处是它遮蔽了生活中更值得揭示和批判的东西。这也诚如石一枫自己所说，这时的"写作状态比较懵懂，老想说点儿什么而不知道自己应该说什么"。因此，这几部长篇小说可以视为石一枫初登文坛的试笔之作。

石一枫引起文学界广泛注意，是他近年来创作的中、短篇小说，尤其是几部中篇小说。这几部作品，从不同的角度深刻揭示了当下中国社会巨变背景下的道德困境，用现实主义的方法，塑造了这个时代真实生动的典型人物。我们知道，道德问题，应该是文学作品主要表达的对象。同时，历史的道德化、社会批判的道德化、人物评价的道德化等，是经常引起诟病的思想方法。当然，那也确实是靠不住的思想方法。那么，文学如何进入思想道德领域，如何让我们面对的道德困境能够在文学范畴内得到有效表达，就使这一问题从一代青年的精神难题变成了一道文学难题。因此我们说，石一枫的小说是敢于正面强攻的小说。《世间已无陈金芳》甫一发表，震动文坛。在没有人物的时代，小说塑造了陈金芳这个典型人物；在没有青春的时代，小说讲述了青春的故事；在浪漫主义凋零的时代，它将微茫的诗意幻化为一股潜流在小说中涓涓流淌。这是一篇直面当下中国精神困境和难题的小说，是一篇耳熟能详险象环生又绝处逢生的小说。小说中的陈金芳，是这个时代的"女高加林"，是这个时代的青年女性个人冒险家。陈金芳出场的时候，已然是一个"成功人士"：她三十上下，"妆化得相当浓艳，耳朵上挂着亮闪闪的耳坠，围着一条色泽斑斓的卡蒂亚丝巾"，"两手交叉在浅色西服套装的前襟，胳膊肘上挂着一只小号古驰坤包，显得端庄极了"。这是叙述者讲述的与陈金芳十年后邂逅时的形象。陈金芳不仅在装扮上焕然一新，而且谈吐得体不疾不徐，对不那么友善的"我"的挖苦戏谑并不还以牙眼，而是亲切、豁达、舒展地面对这场意外相逢。

陈金芳今非昔比。十多年前，初中二年级的她从乡下转学来到北京住进了部队大院，她借住在部队当厨师的姐夫和当服务员的姐姐家里。刚到学校时，陈金芳的形象可以想象：个头一米六，穿件老气横秋的格子夹克，脸上一边一块农村红。老师让她进行一下自我介绍，她只是发愣，三缄其口。在学校她备受冷落无人理睬，在家里她寄人篱下小心谨慎。这一出身，奠定了陈金芳一定要出人头地的性格基础；城里乱花迷眼无奇不有的生活，对她不仅是好奇心的满足，而且更是一场关于"现代人生"的启蒙。果然，当家里发生变故，父亲去世母亲卧床不起，希望她回家侍弄田地，她却"坚决要求留在北京"，家里威逼利诱其至轰她离家，她即便"窝在院儿里墙角睡觉"也"宁死不走"。陈金芳的这一性格注定了她要干一番"大事"。初中毕业后她步入社会，同一个名曰"豁子"的社会人混生活，而且和"公主坟往西一带大大小小的流氓都有过一腿"，"被谁'带着'，就大大方方地跟谁住到一起"。一个一文不名的女孩子，要在京城站住脚，除了身体资本她还能靠什么呢？果然，当"我"再听到人们谈论陈金芳的时候，她不仅神态自若游刃有余地出入各种高级消费场所，而且汽车的档次也不断攀升。多年后，陈金芳已然成了一个艺术品的投资商，人也变得"不再是一个内向的人了，而是变得很热衷于自我表达，并且对自己的生活相当满意"。"给人们留下的印象。她与任何人都能自来熟，盘旋之间挥洒自如，俨然'摆开八仙桌，招待十六方'的社交名媛。三言两语涉及

'业务'的时候，她嘴里蹦出来的不是百八十万的数目，就是那些如雷贯耳的名号。"陈金芳穿梭于各种社交场合，她在建立人脉寻找机会。折腾不止的陈金芳屡败屡战，最后，在生死一搏的投机生意中被骗而彻底崩盘。但事情并没有结束——陈金芳的资金，是从家乡乡亲们那里骗来的。不仅姐姐姐夫找上门来，警察也找上门来——从非法集资到诈骗，陈金芳被带走了。

陈金芳在乡下利用了"熟人社会"，就是所谓的"杀熟"。她彻底破坏了乡土社会人际关系的伦理，因坑害最熟悉、最亲近的人使自己陷于不义。在这个意义上，说陈金芳是这个时代的"女高加林"也并不完全准确，高加林是在一个相对"抽象"或普遍的意义上向往"现代"生活的，他想象的"城里"并不具体，他到城里是为了逃离土地，做一个城里人，他还没有现代物质观念，思想里也没有拜物教。因此，高加林同他的时代一样，是一种"很文艺"的理想化；但陈金芳不一样，她的理想是具体的，她不仅要进城，不仅要做城里人，支配她的信念是"我只是想活得有点儿人样"。按说这个愿望并没有什么错，每个人都可以、也应该有这样的愿望。只有"活得有点儿人样"才会体面，才会有尊严。但是，陈金芳实现这个愿望的手段是错误的，她的道路是一条万劫不复的道路，就在于她在道德领域洞穿了底线。她的方式恰恰构成了我们这个时代的精神难题。

《地球之眼》的故事，是在人的心理的层面展开。这是三个男人的故事：我——庄博益、安小男和李牧光，三人是同学关系。不同的是安小男是理工男，学的是电子信息和自动化。安小男一出场就是一个"异类"：一个学理工的学生，一定要和历史系的庄博益讨论历史问题，并且异想天开地要转系，要把历史系的课从本科听一遍。转系风波导致了历史系与电子系"杠"上了。这时历史系的"名角"商教授出场了，这个轻佻的教授尽管见多识广，但他在安小男"历史到底有什么用""研究历史是否有助于解决中国的当下问题"的追问下王顾左右时，安小男一字一顿地说："我认为您很无耻。"这个木讷、羞怯甚至有些自卑的安小男，真诚而天真地希望通过历史来解决他的困惑，而他一直纠缠当下道德问题不是没有原因的，当然这是后话。安小男没有转系，当然他也不可能转了。他虽然在文科同学那里名声大噪，但他的处境和心情可想而知。

李牧光一入学就与众不同，这朵"奇葩"痴迷地热爱睡觉，能够进入名校学习当然不是因为他嗜睡的天才。历史系一个被灌醉的老师起了底："他父亲是东北一家重工业大厂的一把手，专门在厂里为我们学校设立了一个理工科的'创新基地'，其实就是赠送一块地皮，供学校在当地开办形形色色的收费班，贩卖注水文凭；而这么做的条件，是学校要给李牧光一个免试入学名额，并且保证他顺利毕业。"李牧光出手阔绰，性情随和，除了嗜睡没有让人不愉快的毛病。于是大家相安无事。他与讲述者庄博益上下铺，真正发生关系是大四快毕业的时候，嗜睡的李牧光终于也有睡不着的时候了：他父亲又如出一辙地通过"慈善款项"安排他去美国继续读书，虽然不用考试，但必须交一篇专业论文。李牧光出两万元钱请庄博益帮忙。庄博益利用安小男和自己的前女友郭雨燕，一个写一个翻译，各给五千元，庄博益自己落下一万元。本来就皆大欢喜了，毕业就是各奔东西。但是三人的关系恰恰是毕业之后又有了不解之缘：庄博益几经折腾去了一家地方电视台下属的节目制作公司，在拍"校漂"纪录片时，庄博益与安小男又不期而遇。这时的安小男租了挂甲屯破旧的一间房子，身世也逐渐清楚了：安小男十岁出头的时候，父亲去世了，母亲在肉联厂洗猪肠子。天长日久，母亲的手已经被碱水烧坏了，眼睛也被熏得迎风流泪，视力大不如前。庄博益虽然口无遮拦满嘴胡吣，但他有口无心，心地很善良，他很想帮助安小男。这时李牧光从天而降——他从美国回来了。从美国回来的李牧光已经是一家玩具批发公司的老板了。几经周转，安小男终于成了李牧光在中国雇用的雇员。他为李牧光监控远在美国的仓库，他的专业和敬业受到李牧光极大的赞赏。安小男自然也改变了落魄的处境。但是，安小男通过监控录像发现了李牧光巨大的问题：李牧光的玩具生意根本不赚钱，他的巨大财产是其父转移到国外贪污的巨款，李牧光是利用国际贸易洗钱。巨大的问题终于暴露了。这时对三个人都是一场巨大的考验：李牧光要庄博益阻止安小男的进一步行动能够实现吗？庄博益偏软的底线是否能守得住？安小男是否一定破釜沉舟？

　　安小男如此希望解释道德问题是事出有因：安小男的父亲曾是一位土木工程师。他十岁以前，家里的日子很好。父亲很年轻就被提拔成了公司的副总，但厄运从此也来了。进了管理层之后，发现公司的几个领导没有一个不贪的。他们把钢筋的标号降低，用来路不明的劣质水泥代替品牌货，居然连地基的深度也敢改，克扣下来的钱都揣进个人腰包里了。那些人还拉他入伙，他不敢答应，然后成了众矢之的。后来终于出事儿了，他们公司承建的一个会展中心发生了垮塌，砸死了几个工人。事故的原因是使用了不合格的建筑材料，可那几个领导却买通了监察部门，还走了上层关系，硬把责任扣到了这位工程师头上，说是他的设计方案不合理导致的。父亲就地免职，还被公安局的人监控了起来。最后父亲从十九层办公楼跳了下去。父亲临死前和安小男最后的一句话是："他们那些人怎么能这么没有道德呢？"于是，一个巨大的困扰在安小男那里挥之难去：

　　　　刚开始我和我妈一样，恨的只是我爸生前的那些领导和同事。但后来渐渐就变了，我觉得我爸所说的"他们"并不是那几个具体的人，而是世界上的所有人；我爸讲到的"道德"也不是一件事情上的对与错，而是笼罩着整个儿地球的神秘理念。但道德究竟是什么呢？它既然那么重要，为什么又会被人轻而易举地忘却和抛弃呢？一看到这个词我就想哭，一说到这个词我的心就会发抖，在我看来，我爸不是死于自杀也不是被人害死的，他是为一个浩浩荡荡的宏大谜团殉葬了……为了解开这个谜，我曾经求助于历史和人文学科，可最后还是失败了。你还记得我写过的那篇文章吗？我在里面说中国人已经没有道德可言了，但那只是在承认失败，是为了让自己认命。其实我不是那么想的，因为那种痛彻骨髓的感觉仍然存在。在没有道德的社会里，怎么会有人为了道德而疼痛呢……

这是安小男一直追究道德问题的来自内心深处的隐痛和动因。他追究李牧光的问题，还与李牧光投资邯郸的项目要拆迁的民居有关，那恰好是安小男母亲居住的地段，母亲就要居无定所，安小男又没有能力安置母亲。他内心流血的疑问是："怎么有人活得那么容易，有人就活得那么难呢……"因此，安小男追究的道德问题，从一开始就不是一个纯粹的理论问题，它与个人的身世、经历以及生存状况都密切相关。至于安小男能做到哪一步那是另一个问题。但通过安小男的追究和行动，我们不仅看到了一个青年知识分子因艰难困苦造就的孤傲倔强性格，而且通过安小男也看到了社会众生相。因此，这篇貌似写青年群体当下截然不同状况的小说，本质上恰恰是一篇社会问题小说：高校教授没有节操的无耻、学校见利忘义的没有原则、曾经的腐败无孔不入等等。安小男可以将他监测的"眼睛"安放到地球的任何一个角落，他可以守株待兔地洞悉地球上任何风吹草动。但是，他能够解决他内心真实的困惑吗？安小男不能解决的困惑和问题，也是我们共同不能解决的困惑和问题。小说当然也不负有这样的功能。我深感震动的是，石一枫能够用如此繁复、复杂的情节、故事，呈现了当下社会生活的复杂性，呈现了我们内心深感不安、纠结万分又无力解决的问题。一个耳熟能详的，也是没有人在意的关乎社会秩序和做人基本尺度的"道德"问题，就这样在《地球之眼》中被表达出来。因此，《地球之眼》是一篇在习焉不察中发现道德危机的作品。

《营救麦克黄》同样是一篇令人感到震惊的作品：麦克黄是一条随主人黄蔚妮姓的狗。主人黄蔚妮是广告公司的销售副总，典型的中产阶级。在黄蔚妮看来，"这个世界上，大部分的狗狗都生活在水深火热之中"，"主荣狗贵"，麦克黄因为跟了黄蔚妮生活，因此它不属于"大部分狗"。但黄蔚妮的闺密颜小莉，一个广告公司的前台雇员，看到的是，"在这个世界上，大部分人还都生活在水深火热之中呢"。两人属于不同阶层，但起码表面上她们是莫逆之交。一个突发事件——麦克黄丢了。麦克黄的失踪使小说波澜骤起。寻找营救麦克黄成为黄蔚妮的头等要事，黄蔚妮的两个追求者——某知名报社社会新闻部主任尹珂东和富二代徐耀斌，虽然各怀心腹事，但"营救麦克黄"的行动使他们达成了一致。在逼停一辆载狗的大货车时，惊慌失措的卡车司机夺路而逃。逼停了卡车，可是却没有麦克黄。在追车过程中，颜小莉却恍惚间看到卡车在急拐弯时撞到了一个小女孩。这时小说才进入主题——营救麦克黄转变为营救郁彩彩。救或不救、如何救成为小说不同人物的核心问题。新闻部主任尹珂东驾车重走了一遍当时的路线，其目的却是为了验证沿途有没有摄像头，并自欺欺人地认为："一件事如果没有确凿的证据支持，那么就相当于没发生过"。颜小莉在向黄蔚妮求助未果后，别出心裁地联合于刚策划了对黄蔚妮的"要挟"——他们利用技术手段把以假乱真的虐待麦克黄的视频发到网上，以"勒索"的方式迫使黄蔚妮拿出三万元赎金作为彩彩的手术费。这一方式在生活中属于"敲诈"，但在小说中它却合乎人物的情感逻辑——为了救助一个弱者，颜小莉可以"不择手段"。当然，石一枫并不是站在弱者立场为了赢得道德的掌声，而是通过麦克黄和郁彩彩的不同境遇，以及黄蔚妮、颜小莉、于刚、尹珂东、徐耀斌等对待人与狗的态度，表达了当下的道德困境。小说是这样结尾的：

> 颜小莉清楚地看到，那辆卡车的车斗也被改造成了铁笼，笼子里面装的都是狗。那是一些毫无品种可言的菜狗，一个个蔫头耷脑的，却也不声不响，仿佛对即将到来的命运毫无怨色。这种狗就算被送到狗肉馆里去，八成也不会有人来救它们吧。
>
> 颜小莉凝神与其中一只黄白相间的狗遥相对望，竟感到那狗有些许言语想对她说。

这些菜狗，就是"底层狗"，它隐喻的当然是那些人间的"沉默的大多数"。因此它也是关于人的阶层划分、等级划分的隐喻。

石一枫近期的创作，几乎一直在"道德领域"展开，一直关注社会和个人所曾遭遇的这一精神难题。他的另一篇小说《老人》，讲述的是一个老知识分子的故事。小说的环境是校园，人物也只有周老师、保姆刘芬芬和研究生覃栗。三个人物集聚在周老先生家里，发生了一段难以说清的关系纠葛。周老先生虽然年过七旬，但仍对女性跃跃欲试；保姆刘芬芬要保住自己的位置，一定要和比自己年轻漂亮的覃栗较力；覃栗的青春和研究生身份虽然优越，但还要表现得更加抢眼。于是，爆发了"三个人的战争"。这场战争首先是心理暗战，继而转换为两个女性的真刀真枪。小说通过书房、厨房以及各自的利益诉求，逼真地表达了三个不同年龄、身份、性别的人物性格和心理。特别是对知识分子的心理刻画和描述，既趣味盎然又入木三分。周老先生的形象虽然有些夸张或脸谱化，但戏谑中这个道貌岸然和卑微猥琐的知识者的形象跃然纸上。

我之所以把石一枫的创作称作"当下中国文学的新方向"，是因为当下许多作家都在积极面对道德重建这一精神难题。道德困境已经成为我们这个时代最大的困境。比如黄咏梅的《证据》，写了夫妻之间的瞒与骗，深刻地塑造出了一个不谙世事的单纯女子和一个心机颇深的老到男人的形象。律师和一个相差二十一岁的艺术院校出身的女孩组成了家庭。女孩从此成了家庭"全职太太"，男人在外扬名立万。女孩倒也心甘情愿，但从此也失去了自我甚至自由：女孩说要给一个蓝鲨配一个伴儿，男人说要讲风水，一个月之后才可以；女孩要和同学聚会在外过夜，男人说她"睡熟以后，鼾声如雷，简直，简直不可想象"，这样的美女有这样的毛病不等于毁容吗？女孩上微博，但男人总是在后面掌控，经常删她的信息。女孩耐不住寂寞，也为了秀一下恩爱，她将他们买鱼时让老板娘拍的照片发到了网上——

> 她看到了自己，笑得眼睛只剩一条缝，她也看到了大维，他们头碰着头，各自手上举着两只鱼缸，里边的那几条鱼，现在正安闲地游弋在他们右侧的大鱼缸里。这些鱼顿时消灭了沈笛对这张照片的陌生感，这就是那天他们去水世界让老板娘拍的合影。

就是这张照片引起了轩然大波，几乎就在同一个时间，又有一条关于男人的微博："我在澳洲圣安德鲁大教堂前为此刻抗争的弟兄们祈祷。"于是，缺席一个重要案件的著名律师遭到了网友的诟病和质疑。女孩甚至为男人开脱说自己说了谎。几天后男人真的去了澳洲，他是为那件"要事"去的吗？女孩在临睡之前在自己对面架起了摄像头，她要取下这一夜作为"证据"。她是否打鼾将不证自明，这个男人说的所有的"名人名言"也将不攻自破。著名律师的不可靠告诉女人的是，一个女人不能像婚纱摄影师说的那样："只要傻傻地看着老公就好。"女人的独立性对女人来说大概是最可靠的。这应该是近些年来最为令人震动甚至惊悚的写夫妻之间关系的小说。

祁媛的《脉》，是一个失眠者的心理自白。因为失眠便要求医，于是就认识了文医生。医患关系熟了以后，就有一个单独接触的机会：文医生请吃饭，然后到他工作室喝茶，然后是推心置腹的交谈。文医生先谈到了自己生活的无聊，逐渐谈到了"脉"。这个"脉"是文医生每天都要把的，也是所有中医都要把的那个脉。但文医生对这个"脉"并不相信。春脉如弦、夏脉如钩、秋脉如浮……在文医生看来是见仁见智的，那是"无法量化，无法理论化，因此也无法科学化的东西"。文医生的理论正确与否对一个首饰售货员来说并不重要，重要的是文医生的坦率和诚恳。一个普通患者听到一个医生如此谈论自己的专业，那他不把自己当作知己还会当作什么。但是，这个文医生真的是一个坦率、诚恳的男人吗？他的办公室里就挂着全家福的照片，但他还是约一个心仪的女患者在一个私密空间约会，甚至已经把手放到了售货员的大腿上。而那女售货员患者穿的竟是超短牛仔短裤。就在险象环生的时候，是这个女孩主动站起身来——事情化险为夷、绝处逢生。"脉"的理论是文医生的夫子自道：他每天操持的事务未必是他的文化信念，一如他高调宣喻家庭幸福，私下却背叛着它。祁媛在波澜不惊处发现了时代巨大的隐秘：生活中的不堪和俗不可耐，未必只在那些买首饰却偷窥售货员纤细手指的贱民身上，即便在这些体面的知识分子那里，一样弥漫四方。

戴来的《表态》更尖锐地揭示了当下情感生活同一性的本质。小说情境设置在一个暗夜——看不清任何事物的面目。这时人的交流会发生微妙的心理变化。也就在这样一个暗夜中，小说中人物的心态被呈现出来：一个老者自己贴了一个寻找自己的"寻人启事"。他不为别的，只为能够让自己的老伴儿看见这个"启事"，然后看她是什么态度。于是，"表态"就成为小说所有人物关系的核心枢纽——"我"的前妻要再续前缘等着"我"表态，父母要抱孙子等着"我"表态，女友一夜未归显然是对"我"晚归的报复，也需要"我"表态。那个长者的"寻人启事"与"我"的当下遭遇，几乎构成了同构关系，长者的现在不仅是"我"的未来，也是"我"的现在。人没有皈依的虚空感弥漫在小说每一个人物的心里和那个暗夜的整个空间。这是一个没有信任和爱的时代，大家心理的最高期许，也就是一个"表态"而已。"表态"是否真实并不重要，重要的——那是一个心理需要获得的安神剂或止痛药——而与真实没有关系。

张楚的《略知她一二》，是一篇非常色调抑郁的小说。说抑郁是一种阅读的心理感觉：一个二十岁的在校大学生与一个看楼的女宿管、一个半老徐娘发生了不伦关系，这种本应是浪漫、有情调的男女之事，却无论如何让人难以祝福。表面看这是一篇多少有些"色情"的小说，但"色情"只是这篇小说的外壳，里面包裹的是惨不忍睹的悲惨人生。宿管安秀茹的生活如果没有这表面色情是无法揭开的。小说写得相当沉重，读过之后一点儿色情感都没有：它不是刻意写色情，而是意在言外。张楚就这样将一个根本不会被人注意的普通女人的善良、隐忍甚至浪漫，写得淋漓尽致跃然纸上。在一个最边缘、最底层的地方，绽放出了一朵茁壮和夺目的文学花朵。这"花朵"背后的故事，是如此令人触目惊心。

关于道德或情义危机，弋舟的小说或许是一个有趣的个案。他的短篇小说《平行》，是他只可想象尚未经验的小说，年轻的弋舟与"老去"甚远。因此，这是一篇"不可能"的小说，那是一个虚构的地理学老教授的经验。老教授在已经老去的时候突然产生了追问什么是"老去"的问题，这与人生的终极之问只有一步之遥。老教授经过几个人之后，获得了外部世界的答案。哲学老教授虽然一以贯之地说："这会是一个问题吗？"同时他用勃起和射精次数回答了他，哲学教授的意思是，你不会勃起和射精，"明白了吗？老去就是这么回事"。前妻用她的旧情未忘回答他；小保姆用她的弃之不顾回答他；儿子用将他送到养老院回答他。这些直接间接的回答，从不同的方面回答了地理学老教授的追问。"老去"真是一个悲凉的事件，除了前妻在离婚离家时，因教授追出来给了她一把老式的黑伞，避免了她被抢劫和毁容的危险而对他念念不忘外，其他所有的人，没有一个人真心关心他或认真对待他的追问。老教授终于被自己那个冷漠的公务员儿子送进了养老院。面对一个陌生的环境，老教授陡生了一种莫名的恐惧，一如一个孩童进入了幼儿园。于是他决定"出逃"。他从养老院通过大半天的时间，乘公交车几经辗转，居然穿越了大半个城市回到了自己的家里，居然自己煮熟了半袋冰冻饺子，然而，他依旧"老去"到忘记了关好煤气阀门。意外地"出逃"成功，"一次新的重生似乎就在不远的地方等着他。这种感觉不禁令他百感交集，眼里不时地盈满了热泪"。地理学老教授终于找到答案了："老去"，只能用自己的体验找到答案。"老去"就是躺倒，就是与地面平行。"老去"在与地面平行的同时，也就是解脱，就是获得了自由。人生的终极意义付之阙如，当"老去"时，一切是如此现实，"悲凉"几乎是"老去"的另一种解释。情义危机说到底是道德危机的另一种形式。这些作品构成了当下小说创作的新方向，也就是敢于直面当下中国精神难题的努力。石一枫的不同之处就在于，他关注的精神难题不仅限于男女情感或亲情伦理，而是在更广阔的背景下，通过他的主要人物呈现了我们耳熟能详又习以为常的社会疾患——它既弥散于世道人心，又落地于人们的行为实践。更重要的是，他并不是站在道德制高点，以道德的优越表达他的发现。他深刻地触及了社会和一代青年的神经和脉搏，因此他更有气象和格局。

三、精神难题如何成为"文学"

社会和一代青年所遭遇的精神难题或道德危机，表现在"公德"与"私德"两个方面的全面陷落。"公德"是指在公共利益、公共秩序、公共安全、公共卫生等"公共"领域，发生在作为社会公共道德、社会性道德的"公德"领域。在封建传统中，"公德"历来缺乏。梁启超曾指出："我国民所最缺者，公德其一端也。"[①]但在前现代社会，百分之九十的人生活在乡土社会，"公德"的问题并没有凸显出来；而"私德"领域又有相对完备的规范。费孝通先生在《乡土中国》中，分析了传统中国的社会生活与西方的差异，就在于乡土中国是"差序格局"。"差序格局"的概念虽然没有严密的理论论证，是在一种类似于随笔的表达中提出的。但是，这一概念却准确地概括了中国传统社会以宗法群体为本位的社会结构和人际关系的特点。在差序格局中，社会关系是私人联系的增加，社会范围是一根根私人联系所构成的网络，因此，传统社会里所有的社会道德也只在私人联系中发生意义。费孝通先生明确地讲到是以家庭为核心的血缘关系，而"血缘关系的投影"又形成地缘关系，中国传统社会以这两种关系为基础，形成"差序格局"模式。或者说，"差序格局"本质上是以"己"为中心的："以己为中心，像石头一般投入水中，和别人所联系成的社会关系，不是团体中的一分子立在一个平面上，而是像水的波纹一般，一圈圈推出去，愈推愈远，也愈推愈薄。""在这种富于伸缩性的网络里，随时随地是有一个'己'作为中心的，这并不是个人主义，而是自我主义。"[②]在中国传统社会中，"己"不是独立的个体、个人或自己，而是被"家族和血缘"统治着，他是从属于家庭的个体。二是，"己"作为心理意义上的符号，它是人格自我；但在中国传统社会，"己"不具有独立的性格，它被"人伦关系"制约着，"己"是一种关系体，因此，它也是乡土中国"熟人社会"的基础。进入现代后，"熟人社会"处在不断解体的过程中，但"熟人社会"的观念依然故我。这种变化的博弈的过程或缝隙，就是文学生长的所在。

陈金芳从"熟人社会"的乡村走进城市，而城市人际关系的最大特征是"陌生人社会"。但她的处事方式仍然在"熟人社会"的逻辑中展开。她不断建立或扩大自己的交际圈子，不断将陌生人转换为"熟人"，就是还试图将乡村社会的处事方

---

① 夏晓虹编《梁启超文选》，中国广播电视出版社，1992，第109页。
② 费孝通：《乡土中国　生育制度》，北京大学出版社，1998，第27—28页。

式置换到她不熟悉的城市生活中。但城市的"陌生人"在本质上是不可能转换为"熟人"的。城市之庞大不同于乡村,乡村的邻里在咫尺之间,而城市在相互利用基础上临时建立的"熟人"关系,一旦利用已经实现,他人的消失,就如同一滴水融进了大海。即便再"熟悉",也不能改变来无影去无踪的可能。因此,费孝通先生认为,只有在现代社会中,由于社会变迁,在越来越大的社会空间里,人们成为陌生人,由此法律才有产生的必要。因为只有当一个社会成为一个"陌生人社会"的时候,社会的发展才能依赖于契约和制度,人与人之间的交往才能通过制度和规则,建立起彼此的关系与信任。契约、制度和规则的逐步发育,法律就自然地成长起来。所以,陈金芳用前现代的人际关系,在现代城市做投机生意,她失败的命运已先于她而存在了。

但是,在我看来,《世间已无陈金芳》之所以成为一部获得普遍好评的小说,不只是说石一枫通过陈金芳提出了社会和一代青年所遭遇的精神难题,是一部难得的社会问题小说,更重要的是他在处理这一问题时的文学方法。石一枫清楚地认识到:"作家贯穿在写作中的对时代的总体认识,应该是一种'文学的总结',而不是'社会学的总结'或者'经济学的总结',这种总结是灵活多变的,千人千面的,而非单一地用某种理论对社会进行图解分析。没有理念思想的作家比较低矮,但理念思想如果缺乏原创性,可能也是一种虚弱的高大。"[①]陈金芳为了"只是想活得有点儿人样",不惜在"公德"和"私德"两个方面洞穿底线,但并没有引起我们对她彻底的厌恶或憎恨。小说明显高于同类题材的作品,重要的一点就是石一枫写出了陈金芳的多面性或复杂性——一方面,她是一个带有于连·索黑尔、盖茨比式的人物,为了目的她不择手段;一方面,她又向往美好,性格上甚至还有些浪漫主义的色彩。这与石一枫在小说总体构思中设置的一条情感线索有极大的关系。"我"与陈金芳就是同学关系,两人在学校时过从并不密切。即便多年后再度邂逅,也没有情感方面的瓜葛。但是,两人的关系又是一种若即若离、似有还无的关系。在两人的关系中,陈金芳是态度积极的一方。这缘于中学时代陈金芳对"我""提琴生涯"的好奇或迷恋。一天晚上"我"练琴时——

> 我在窗外一株杨树下看到了一个人影。那人背手靠在树干上,因为身材单薄,在黑夜里好像贴上去的一层胶皮。但我仍然辨别出那是陈金芳。借着一辆顿挫着驶过的汽车灯光,我甚至能看清她脸上的"农村红"。她

---

① 李云雷、石一枫:《"文学的总结"应是千人千面的》,《创作与评论》2015年第10期。

静立着，纹丝不动，下巴上扬，用貌似倔强的姿势听我拉琴。

也不知是怎么想的，我推开了紧闭的窗子，也没跟她说话，继续拉起琴来。地上的青草味儿迎面扑了进来，给我的幻觉，那味道就像从陈金芳的身上飘散出来的一样。在此后的一个多小时中，她始终一动不动。

这一场景从第一天开始，演奏者和倾听者的身份就"固定下来"，陈金芳每晚八点左右会准时出现在"我"的窗下，而"我"在拿琴试音之前也会情不自禁地看看有没有那个人影；而且"我"发现，陈金芳在发生着变化，她个头高了，身体的轮廓也发生了变化："如果仅看剪影，任谁都会认为那是一个美好的、皎洁如月光的少女。不知何时开始，我的演奏开始有了倾诉的意味，而那也是我拉琴拉得最有'人味儿'的一个时期。"这一讲述的态度或口吻，我们会明显体会到，那里有一种隐约流淌的涓涓细流，它与情感有关，同时也为后来两人进一步接触埋下了伏笔。对陈金芳而言，这几乎是她少年时代唯一的美好记忆，这个记忆不仅是同学年少的怀旧，同时那里也有微茫的、还没有被她认识的"诗意"。有人认为音乐在陈金芳内在自我形成中起到了重要作用，并讨论了"底层的精神幻象及其生产"，认为小说中的"我"对"现代性的虚幻性"，"仍未能找到更有效地质疑与克服的法门，'我'的各式主体困境，跟陈金芳的上升困境，在这个意义上，共同作用出中国目前的底层的'精神'幻象"[①]。这一看法是一个角度，但离小说过于遥远。事实是，音乐或小提琴的声音一直弥漫在小说中，它几乎是陈金芳少年时代唯一值得珍视的"高级文化"记忆，她仰望并且神往，正是这一"声音"，构成了陈金芳与"我"的情感线索。"我"也曾经感慨"面对着现在的她，我已经无法想起十来年前站在我窗外听琴的那个女孩了。当年的她仍然在我的记忆里存在"。因此，音乐在小说中的作用，不只是为情节发展穿针引线，同时也是一个与人物有关的"情感线索"。这一线索看似不经意，但恰恰是小说的神来之笔和高明之处。

当然与其说陈金芳喜欢音乐，毋宁说陈金芳更喜欢"我"。当她听说"我"早已不再练琴时，流露出的是倍加惋惜；她在自己的生日晚会上，甚至请来了世界顶级室内乐团来"唱堂会"。陈金芳真实的想法是希望"我"能在这样乐团的伴奏下露一手，定下的曲目都是"我"最熟悉的柴可夫斯基的《D大调弦乐四重奏》。但却极大地伤害了"我"那脆弱的自尊心，同时也将"我"惯于任性撒娇的性格推向

---

① 黄文倩：《底层的"精神"幻象及其生产——论石一枫〈世间已无陈金芳〉》，《雨花》2016年第14期。

了顶点。当然，一个人的生活并不完全是由他的爱好或精神向往决定的。陈金芳虽然向往高级文化生活，喜欢与音乐有关的"我"，但这些并没有改变她追求物质生活的终极目标。那对高级文化生活的向往，也最终沦为她极度虚荣、装点身份"等级"的一部分。

小说中的"我"，貌似无关紧要，但他从另一个方面"映照"了陈金芳。或者说，如果没有"我"的游手好闲、漫不经心，陈金芳膨胀的野心就不会凸显得这样彻底或抢眼。"我"代表这个时代另一种精神样貌：既不像陈金芳那样没见过世面急于出人头地，也不像那些心怀发财梦的专业投机客。他心无大志，更无大恶，酷似先锋文学或后现代小说中走出的人物。他为陈金芳介绍各色人等，也混迹其间，看似热闹，内心却茫然不知所终。"我"的精神状况，是这代青年精神状况的一部分。"我"的虚无主义同样是这代青年遭遇的精神难题。如果从更广阔的意义上说，石一枫的小说不仅接续了19世纪文学的批判现实主义的传统，同时也吸纳了20世纪现代主义、后现代主义文学的元素。在关于"我"的讲述中，尤其体现了石一枫的语言才华。石一枫的小说语言有极高的辨识度，流畅无碍中机智生动、趣味无穷又有不可置换的时代色彩，他文学语言的个人性一览无余。

石一枫还有一篇专门写与音乐有关的小说《合奏》，小说只有两个人物。读过《合奏》，我内心惊诧不已。这篇小说应该不是这个时代的小说，它酷似我20世纪80年代读过的礼平的《晚霞消逝的时候》、胡小胡的《阿玛蒂的故事》，或者是郑义的《枫》等。《合奏》里流淌的是20世纪80年代的情感和处理方式。如果是这样的话，我更加坚信我的判断，石一枫是这个时代为数不多的还怀有理想主义情怀的青年作家。《地球之眼》是通过庄博益、安小男和李牧光三个同学不同的生活道路和内心追求来结构小说的。但是，小说又非常写实地铺设了一条安小男的身世——他十岁时父亲蒙冤跳楼去世，母亲在肉联厂洗猪肠子。不公平是安小男追问道德问题的生活依据。他的事出有因，不是建立在虚无缥缈想象基础上的。《营救麦克黄》本来是寻找营救一条狗，但小说峰回路转变换为营救一个乡村小女孩。不同的线索，构成了小说对话、互动和隐喻关系，使小说的内涵更为丰富而避免了简单和直白。

80年代以来，中国文学经历过欧风美雨的沐浴。但是现实主义一直是文学的主潮。值得注意的是，现实主义并不是一个保守的、一成不变的文学观念。甚至可以说，包括先锋文学在内，有价值的因素都被吸纳到现实主义的文学创作中，构成了现实主义全新的、具有极大包容性的一个文学观念和系统。当然，创作方法部分地涵盖了作家对生活与文学关系的认知，但还不是全部。更重要的还是在于作家的价值观。石一枫也认为:"我认为小说是一门关于价值观的艺术。所谓和价值观有关,分为三个方面,一是抒发自己的价值观,二是影响别人的价值观,三是在复杂的互动过程中形成新的价值观。在文学兴盛的时代,前两个方面比较突出,比如古人'教化'的传统,还有20世纪80年代的思想解放运动。然而到了今天,文学尤其是纯文学式微了,影响不了那么广大的人群了,也让很多人认为过去坚守的东西都失效了。但我觉得,恰恰是因为今天这个时代,对价值观的探讨和书写才成为文学写作最独特的价值所在。"[1]这是新一代作家关于文学价值观的宣言,他是在向传统致敬。他在回到传统、回到人间,让我们在文学中驻足的同时,也体味了我们所曾遭遇的悲痛与欢娱、沉重与希望。也正是对文学有了这样的认识,石一枫才有了敢于直面社会和一代青年所曾遭遇的精神难题的勇气。而他充分的文学准备,为他继承一个优秀的文学传统、坚持不懈的文学追求,提供了坚实的基础。因此我们有理由对他怀有更大的期待。

---

[1] 石一枫:《我所怀疑和坚持的文学观念》,《文艺报》2014年5月21日。

从农民进城的叙述看中国经验书写

杨 晶

在20世纪中国文学的发展历程中，农民进城叙事的传统从来没有间断过。正如马克思所说："城乡关系的面貌一改变，整个社会的面貌也跟着改变。"在中国，当城市成为现代化的导引方向时，城市与乡村便成为两个文明层次上的存在。在城市文明的召唤下，在乡村变局与城乡文明的冲突中，逃离乡村进入城市成为乡土世界的不变欲求。这种存在构成了中国现代化进程中最为持久性的主题。从阿贵、祥子到陈奂生，20世纪的中国农民一直行走在进城的路上。随着现代化进程的加快和城市化的扩展，新时期以来尤其是90年代之后，出现了中国历史上最大规模的人口迁移，由城入乡的文学叙述由此更是成为一个重要的文学现象。农民为当代文学提供了最新鲜的中国经验，我们需要探问的是，文学叙述能否成功地书写这一新鲜的中国经验。

不少作家都注意到这一社会现象，而且把这些进城农民作为"社会底层"给予人文关怀，这些作品往往被纳入"底层写作"序列之中。不可否认，当下的底层写作中，道德的评判和苦难的渲染是这种写作最基本、最醒目的两个模式。而从精神指向和思维惯性来看，这两个模式在对"底层"的态度上有着内在的同一性。这表现在：其一，尽管许多作家称自己的写作为"民间立场"，但实际上，底层写作的叙事向来是典型的启蒙立场。无论是对"底层"的怜悯、同情，还是对城市文明病的批判，都是高高在上的知识分子叙事。这是积淀已久的叙事传统。底层从来都是作为"他者"和"客体"来被观看的，他们任何时候都没有获得过与作家平等的"主体"地位。其二，"底层写作"的叙事方式是以"代言"为手段的，失语常常使底层经验被简化、被遮蔽，无法呈现真实的自身，最终变成符号化表述。这两点也正是中国当下的"底层叙事"虽然成为盛行的一个潮流，却总是无法触摸到"底层生活"的本质和真实，总是给人隔阂、游离之感的根本所在。并且，新的文化背景下，时代和历史的发展也需要我们对人道和人性重新思考，对历史的必然性做出新的评判。我想，这正是令有所追求和突破的作家们最为困惑和痛苦的地方。

农民进城包含着中国现代化运动的必然性。有一只巨大的历史之手推动着成千上万的农民抛弃自己的家园，往城市涌去。刘继明有一篇小说《回家的路究竟有多远》就很有深意。小说写一个进城打工的农民，不仅没有挣到钱，还受尽屈辱，一条腿也被摔伤。他逃离工地，拖着伤痕累累的躯体要回家乡去，他历经千辛万苦，但最终他发现他绕了好大一个圈，又回到了他打工的城市。小说的思想寓意很明显，它意味着，农民的命运与城市绑在了一起，他们想逃离也逃离不了。从这一历史必然性来看待农民进城，文学叙述的空间就大大地拓宽了。夏天敏的《接吻长安街》也是直面农民工沉重、严酷的现实处境，但在这样的处境中，主人公"我"对城市充满着憧憬，面对城市的白眼和咒骂，他一点儿也不悲观气馁，他相信凭着自己的努力，就能实现在城市的梦想。作者甚至浪漫主义式地设计了主人公与恋人在长安街接吻的情节。在众多民工伙伴的簇拥下，一对民工恋人在长安街上完成了这一壮举。我们从小说叙述中感觉到，农民工不仅仅是被动的受苦受难者，他们在进城的磨难中也在寻找和创造自己的幸福和未来。

贾平凹的《高兴》也是写农民进城的，他在这部作品中通过叙事策略的改变，完成了新的文学表达，为自己找到了新的写作经验。他对城市底层的描写脱离了苦难笔法，举重若轻，并深入人性尊严的层面，不仅真诚地写出了社会边缘群体的生存状态，更写出了他们的心灵历程。他们拥有自己的生存哲学，这里有苦难，也有快乐；有彷徨，也有挣扎；有困苦，也有坚韧。作者从启蒙叙事的焦虑中走出来，试图以平等、宽容、理解的目光关注这个现实的世界。那么，贾平凹眼中的世界向我们表达的是什么呢？刘高兴这个人物形象能帮助我们回答这个问题。

在中国文学的农民形象谱系中，刘高兴是一个"新人"，不符合传统观念中的农民形象。与五富等传统农民不同，他智慧、自尊、敏感、不安分，甚至有些清高，在任何情况下都有清醒的头脑。他对五富、黄八等人身上的种种不足看得很清楚，对他们的破坏、自私、使强用狠也看不惯。最本质的在于，他对城市的看法和以前的农民完全不同。对城市虽不特别满意，但他努力调适自己。他教训五富"吃饭要像个城里人，走路也要像个城里人"。他能面对现实，甚至总结出了一套农民在城市中的生存法则："城里水深着呢，要学会保护自己。咱能改变的去改变，不能改变的去适应。不能适应的去宽容，不能宽容的就放弃。"在刘高兴之前的农民常常是迫于生存的压力，在现代化进程中被迫离开土地的。与他们相比，进城的原因在刘高兴身上很难辨清是主动还是被动。他有不幸：土地越来越少，收入微薄，卖了肾，盖了新房，女人却嫁了别人。但他更有融入城市的天然渴望。应该说，反抗城市不再是他命定的选择，在灵魂上，刘高兴的有些东西已更靠近城市了，他是一个已具备一些现代精神的新农民。

在这个21世纪的农民形象身上，寄寓了贾平凹的厚望。即使是在刘高兴背着五富尸体返乡，在火车站前的广场上被警察发现时，作家笔下的景色仍没有丝毫的灰色，色彩仍是亮丽的："叶子悠悠忽忽往下落，到处是红的黄的，颜色鲜亮。"作家曾明确阐释，自己的作品所要努力表达的是"人在困窘和强悍交织中的生命壮歌"，但这恐怕只能是贾平凹的一种主观期望。农民的身份意识是他永远的自我，它已深入骨髓，成为他的灵魂。正因为对中国乡村的理解，对拾荒农民的感同身受，贾平凹的眼中无法抹去的是现实世界里乡村宿命般的命运。在《高兴》中我们时时刻刻都能感受到的是深深的悲凉和无奈，它像一重雾气在我们身边袅袅缭绕，凄婉、哀怨，挥之不去。因此在刘高兴身上我们感受最深的仍是那颗永远无法安妥的灵魂。

在城市中，刘高兴最大的困境是身份认同的危机。《高兴》中，贾平凹设置的城市人是以群体的形象出现的，他们都是无名者：遛弯的老者、卖旧报刊的中年知识分子、买东西的老太太……在这个群体眼中，刘高兴们永远是城市里的"他者"。城市人以主人的身份漠视这些城市外来者，对农民的存在是视而不见，"看着这些人在街上走来走去，就像刮过一阵风或者走过一条狗，看一眼之后心里不留任何痕迹"。刘高兴几次试图主动交流，带来的都是猜疑与排斥。只有回到城中村危楼，回到底层的圈中，他们才有自己的喧笑与热闹。城市外来者与城里人从来没有发生"对话"，在城里他们向来是失语者。在城市文明中，像刘高兴、五富、杏胡这样的群体只能是噤声隐身的，作为边缘人，他们的诉求注定无从表达，更无法被认可。小说中，刘高兴发现对城里人韦达换肾是一场误认，这一情节的设置实际上隐喻了来自乡村的他们永远无法融入城市的命运。

无论是贾平凹的《高兴》，还是刘继明的《回家的路究竟有多远》，都揭示出现代化进程中农民的困境。农民进不了城市，也回不去农村，农民将如何生存？他们的精神更将依归何处？在中国社会转型时期，作为城市的外来者，他们在两种文化的转换体验中承受着两难的困境。小说中有一个刘高兴和五富到城边看麦的情景。进城几个月后，转眼到了麦收季节，两人无法回乡割麦，只能到郊区看麦。他们扑倒在麦田里，"海一般的麦田微微风起，四边的麦子如浪一样扑闪过来将我盖住，再摇曳开去，天是黄的，金子黄。我用手捋了一穗，揉搓了，将麦芒麦包壳吹去，急不可待地塞进口里，舌头搅不开，嚼哇嚼哇，麦仁儿使嘴里都喷了清香"。显然，刘高兴虽然认同现代文明，渴望融入城市，但同时他对乡村不能不充满留恋，因为在想象中，那才是一块可以保持内心宁静的空间，是永远的精神家园。

余华与"先锋文学史"

李 雪

2013年,多位业已进入中国当代文学史的"50后""60后"作家相继推出了自己的长篇新作,却并未收到"好评如潮"的效果,这些作家中受到最多且最严厉批评的恐怕当数余华。在文学界普遍提倡书写当下经验的语境下,"正面强攻现实"的《第七天》却被认为没有以文学的形式很好地处理现实,"'虚构'与'现实感'出了问题"[1]。当然,作家叙述现实的困难并非余华个人所遭遇到的,若将余华置于"先锋"阵营中来看,"先锋文学"在发生之时便已经为今天的集体困境埋下了伏笔。20世纪80年代的"先锋文学"实际是想借助对形式和语言的变革来对抗"社会主义现实主义文学","用强调'怎么写'来冲决'写什么',来打破对文学的专制","冲决旧的文学教条和旧的意识形态"[2],使"纯文学"概念被各方接受。从这个角度来看,近年对20世纪80年代"先锋文学"的贬低是不恰当的,"先锋文学"的叙述方式和观念至少在文学内部影响至今。洪峰对"先锋文学"功绩的总结还算中肯,他认为:"为什么说先锋文学功绩很大,因为当年这些人所做的关键性努力在今天成了生活常态,使后来的作者不需要太大努力就能进入现代小说的领域,现在的年轻作家,已经是以现代小说的方式来表达生活。"[3]然而,随着"先锋作家"新作的出版,他们的尴尬不言自明,也使我们想到要回头去看他们的起点,去检讨"先锋文学"发生之初潜在的危险。对形式和语言变革的强调,以及反叛、怀疑观念的蔓延,如李陀所说付出了代价,"削弱了甚至完全忽略了在后社会主义条件下,

---

[1] 霍俊明:《余华"现实叙事"的可能或不可能——由〈第七天〉看当下小说叙述"现实"的困境》,《小说评论》2013年第5期。

[2] 李陀、李静:《漫说"纯文学"——李陀访谈录》,《上海文学》2001年第3期。

[3] 洪峰、余华:《洪峰对话余华:昔日先锋今何在》,《南方日报》2012年3月13日。

作家坚持知识分子的批判立场，以文学话语参与现实变革的可能性"[1]。以李陀的观点来看，忽视以文学话语参与现实变革是当时的文学大环境造成的，是80年代文学选定的革命对象和手段等一系列问题酿成的。

而余华就是在这样的历史情境中开始了他的"先锋"写作。这里，我不是想讨论"先锋文学"与20世纪80年代的关系，也不是想讨论余华在"先锋作家"中的代表性，只是想在注意余华与80年代、与"先锋文学"的密切关系的前提下，将余华作为个案来处理，通过他在写作上的一次次选择和调整（当然，这包括时代、"先锋文学"的共同抉择），反思"先锋作家"余华的创作历史，发现他的写作特质，讲述一个关于余华写作的故事。

一、"最初的岁月"

1985年余华在《北京文学》第5期发表了创作谈《我的"一点点"——关于〈星星〉及其它》，此前余华已经在《西湖》《东海》《青春》《北京文学》等杂志发表了数篇小说，并获得过《北京文学》的奖项，成为与《北京文学》联系比较密切的青年作者，也因为到《北京文学》改稿，余华在当地名声大震，顺利地从镇卫生院调到了县文化馆。可以说此时的余华在海盐，甚至浙江省都是有名气的青年作家，理应春风得意，可在1985年的创作谈中余华却表达了创作的苦闷和焦虑，文章虽然一边检讨一边为自己开脱，却真实地暴露了他初登文坛的第一个创作小高潮已然结束，站在十字路口上的他不知何去何从。我们先来看看余华是怎样讲述自己的：

> 我现在二十四岁，没有插过队，没有当过工人。怎么使劲回想，也不曾有过曲折，不曾有过坎坷。生活如晴朗的天空，又静如水。一点点恩怨、一点点甜蜜、一点点忧愁、一点点波浪，倒是有的。于是，只有写这一点点时，我才觉得顺手，觉得亲切。
>
> 我何尝不想去把握世界，去解释世界。我何尝不想有托尔斯泰的视野、加西亚·马尔克斯的气派。可我睁着眼睛去看时，却看到一个孩子因为家里来客人，不是他而是父亲去开门时竟伤心大哭；看到一个在乡下教书的青年来到城里，是怎样在"迪斯科培训班"的通知前如醉如痴。我是

---

[1] 李陀、李静：《漫说"纯文学"——李陀访谈录》，《上海文学》2001年第3期。

多么没出息。

  我又何尝不想有曲折坎坷的生活。但生活经历如何，很难由自己做主。于是我只能安慰自己：曲折的生活有内容，平静的生活也是有内容的。去认真体验，认真感受吧。①

  从这段文字可以看出余华焦虑的两个关键点，一是经验的匮乏，二是缺乏解释世界的能力，或许可以理解成，在余华最初的创作岁月里困扰他的其实是写作非常重要的两个方面——故事与思想。他清楚地知道一个没有故事，思想又不深刻的作者在文学的道路上必然不会走远。这样看，1985年的余华恐怕不只陷入了苦闷，而且具有了强烈的危机感。

  余华从未将"先锋"写作之前的小说收入任何文集中②，他将之前的阶段称为"训练期"。我们今天再来读这些被遗忘的作品，不是为了挖作家的"黑历史"，而是想知道除了20世纪80年代文化思潮的影响、文学观念的转变，余华个人的哪些特质使他积极地进入"先锋"的阵营，变成我们今天认识的余华，变成"先锋"余华，而没有成为汪曾祺的传人，或现实主义的传承者，没有成为贾平凹、莫言或者苏童。

  细读小说不难发现，从处女作《第一宿舍》开始，余华便开始写作"虚伪的作品"，这些最初模仿川端康成和汪曾祺的小说，"编故事"的痕迹很重，对情节的想象过于"自由"，某些情节已经超出了日常生活的逻辑。当然，此时的超出不是有意的反叛，而是初登文坛的写作者在虚构故事时分寸感上的失误。这一阶段，自认人生阅历不足的余华往往以自己的生活环境为依托，借助生活中的一个画面、道听途说的一个细节来激活想象力，描述生活的一个或几个片段。处女作《第一宿舍》以先抑后扬的方式塑造了一个"正面典型"，追求"文革"时期意图的明确表达。

---

  ① 余华：《我的"一点点"——关于〈星星〉及其它》，《北京文学》1985年第5期。
  ② 余华在进行"先锋"写作前发表的小说包括：《第一宿舍》（《西湖》1983年第1期）、《"威尼斯"牙齿店》（《西湖》1983年第8期）、《鸽子，鸽子》（《青春》1983年第12期）、《星星》（《北京文学》1984年第1期）、《竹女》（《北京文学》1984年第3期）、《月亮照着你，月亮照着我》（《北京文学》1984年第4期）、《甜甜的葡萄》（《小说天地》1984年第4期）、《男儿有泪不轻弹》（《东海》1984年第5期）、《美丽的珍珠》（《东海》1984年第7期）、《车站》（《西湖》1985年第12期）、《三个女人一个夜晚》（《萌芽》1986年第1期）、《老师》（《北京文学》1986年第3期）、《白塔山》（《东海》1986年第6期）等。《美好的折磨》虽然发表在《东海》1987年第7期，晚于《十八岁出门远行》的发表时间，但明显属于这一时期创作的小说。

此后的一些短篇小说则渐渐淡化了所谓的"思想性",只是讲述美好又感伤的片段性的故事,表达某种淡淡的情绪。以现实主义的文学标准来看,他在进入"先锋"写作之前便是一个蹩脚的说故事的人。像《"威尼斯"牙齿店》《竹女》这样的小说明显是向汪曾祺致敬的作品,与余华个人的经验相去甚远。到写作《车站》《美好的折磨》时,身居小镇、向往城市生活的余华借助小说人物表达自己对新事物、新文化、新生活的渴望才流露出基于个人经验基础上的情绪的真实。人物是路遥笔下高加林式的人物,故事却不是路遥的故事,在余华这里出场的大多数人物性格不鲜明,《美好的折磨》更是靠人物的"白日梦"来完成场景转换和情节的推进,全篇都在渲染小镇青年的渴望和苦闷情绪,而实际上却并没有发生什么故事。可以说,在余华最初的写作中,时代、地域,甚至高饱和度的故事情节就被悬置了,他擅长的只是对情绪与感觉的模糊而婉转的表达。在强调小说的"故事性"和"思想性"的80年代前半期,余华的确是一个"太小气"、不"深沉"[1]的作者。如果余华延续这样的思路创作下去,他可能只是一个省内作家。况且,连他自己也无法沉醉在这种书写中,没有故事又没有思想的他想在风起云涌的20世纪80年代脱颖而出恐怕只是年少轻狂时所做的白日梦。

后来余华不断将此时的创作弊端归咎为对川端康成的模仿,甚至将川端的影响称为"川端康成的屠刀"[2],其实有意回避了自己写作上的致命性缺点,并且这些缺点一直影响着他的创作,甚至影响着写出《第七天》的今天的余华。实际上,他从一开始就是很难将现实经验"故事化"的作家,甚至他自己就认为自己是一个没有"经验"、没有故事可写的作家,所以他大都依靠某个外在于他的信息激发想象和情绪来完成虚构;或者说他的个人特质决定了他无法成为一个优秀的"写实"作家,他的"写实"从最开始就是对生活的非仿真处理方式——高度依赖想象力的带有抽象意味的片段性描述。从另一个角度来讲,他对社会性、历史性、公共性的东西不敏感或不感兴趣,而执着并擅长对个人情绪和感觉的捕捉和揣摩。这些个人特点我们不难在其之后的各类小说中发现。

或许"训练期"的余华只是没有完成"写实"的训练,若整个80年代都是现实主义一统文坛的时代,聪明的余华可能也会将自己训练成一个出色的写实派。可是,20世纪80年代没有强制余华改变他的特质,时代迅速向他彰显了一些新的信息,为苦于编故事和总结思想的余华回避自己写作上的不足提供了机会,并为他提

---

[1] 余华:《我的"一点点"——关于〈星星〉及其它》,《北京文学》1985年第5期。
[2] 余华:《川端康成和卡夫卡的遗产》,《外国文学评论》1990年第2期。

供了通往成功的另一条道路。这里需要注意的是，如果说身居北京、上海等各大城市文学圈子的写作者以及高校的文学青年在西方文艺思潮的影响下开始对"社会主义现实主义"的文学成规和主流意识形态进行有意识的反叛，那么身居小镇的余华写出《十八岁出门远行》其实是一次与反叛无关的无意之举，而是与写作突围有关的有意尝试。①

二、"虚伪的作品"

前面讲到，1985年余华的写作遇到了危机，这种危机源自余华是靠想象力和情绪力来写作的作家，而这时他的"想象力和情绪力日渐枯竭"②，那么在1986年读到卡夫卡对他来说便不只是影响，而是"拯救"③和"解放"④。请注意余华在谈到卡夫卡时的用词——"拯救"表明以往按照日常生活的因果逻辑编造一个完完整整的故事的写作方式已经难以为继——其实始终是他不擅长的方式；"解放"指的是卡夫卡随心所欲打破逻辑的写作方式使他可以不必在意时间、地点、人物、情节逻辑、中心思想等一系列要素的限制，而片段、白日梦等他擅长的部分则可以以看似毫无因果联系的方式顺利进入小说。这样，形式的自由就实现了对刻意编故事的余华的解放。如果我们注意余华在"先锋"写作之前的文学活动，便不会觉得他对卡夫卡的选择是一次偶然事件，为什么他没有选择更早读到的托尔斯泰、马尔克斯，而是卡夫卡？正是因为卡夫卡的写作方式和思维方式可以有效遮蔽他在写作上的弱点，而以一种自由的方式使他优质的想象力和敏锐的感觉获得新生。

《十八岁出门远行》写作过程的顺利，以及《北京文学》副主编、著名批评家李陀对《十八岁出门远行》的肯定使余华坚信终于找到了适合自己的创作道路，并决定以后都按照这个路子来写作。之后，《北京文学》相继发表了余华的几篇"先锋小说"，并且，李陀将余华推荐给肯集中刊发实验性作品的《收获》。这样，偶然尝试创新、盲目地孤军作战的余华迅速找到了"组织"。从《西北风呼啸的中午》开始，余华的实验便不是无意的解困行为，而是有意地，并且积极地进入"先锋"

---

① 参见拙作《作为原点的〈十八岁出门远行〉》，《中国现代文学研究丛刊》2012年第12期。
② 余华：《川端康成和卡夫卡的遗产》，《外国文学评论》1990年第2期。
③ 余华：《川端康成和卡夫卡的遗产》，《外国文学评论》1990年第2期。
④ 余华：《〈河边的错误〉中文版（1993年）跋》，载《温暖和百感交集的旅程》，作家出版社，2013，第106页。

阵营。这时，与余华交流的恐怕已然不是海盐的文学青年，而是程永新、李劼、格非、苏童……余华向"先锋文学"的积极靠拢从他在20世纪80年代写给程永新的信中表露得非常明显，对成为"异端"，他深表荣幸。[①]这样来看，1989年对自己"先锋"写作进行说明和总结的《虚伪的作品》便不单单是余华个人的创作谈，而是他明确地以"先锋作家"的身份对"先锋文学"观念的一次宣言式的表达。他的这个宣言带有强烈的时代意识和流派意识，而我想关注的是，在这些外在的因素之外，余华此时的独特性在哪里，在"先锋"阵营里，他与其他作家有什么不一样，什么是属于他自己的一直存在的特质，并始终左右着他的写作。这样，我们在考察"先锋作家"的转型时便不只能发现集体转型的秘密，比如表层的"读不懂"、深层的反抗对象的消失、"个人主义"与市场的自觉融合等，而注意到个案余华在创作道路上的动作细节。

《十八岁出门远行》和《现实一种》刚发表时，曾有曾镇南等评论者以现实主义的文学标准来看待小说，[②]李陀不无讽刺地说，如果《现实一种》是写实小说，那么"现实主义真是无边了"[③]。为什么曾镇南这种"旧式"批评家和李陀这样的"新潮"批评家都可以来解释余华？恰恰因为余华小说中有故事情节和"意义"，甚至有非常具有实感的细节和普适性的话题，比如"人性的恶"，而使现实主义的一些评价标准没有在此完全失效；也因为这些情节违背了日常生活逻辑，忽略了因果关系，创造了非传统的形式，并且传达了形而上的哲学理念和作家强烈的"先锋"意识，而使"新潮"批评可以在此充分发挥。这一点刚好表明了余华与其他"先锋作家"的不同。

如果说"先锋文学"的历史使命是进行语言与形式的变革，并以此对抗"社会主义现实主义"背后的政治意识形态，那么余华对语言和形式的变革显然没有那么叛逆，而他超越"先锋文学"意图的地方恰恰在于他没有忘记寻找"意义"和对人的精神世界、潜意识的探求。一方面，他本身就是一个注重个体感觉的作家，另一方面卡夫卡让他懂得"意义"的重要性。他曾谈到卡夫卡对思想的倚重和川端康成对意义的排斥，并且不无庆幸地表示自己毅然选择卡夫卡是多么明智。[④]除了卡夫

---

① 参见程永新：《一个人的文学史》，天津人民出版社，2007，第44—47页。
② 参见王蒙：《青春的推敲——读三篇青年写青年的短篇小说》，选自《王蒙读书》，复旦大学出版社，2005，第313页，本文写于1987年2月；曾镇南：《〈现实一种〉及其他——略论余华的小说》，《北京文学》1988年第2期。
③ 李陀：《阅读的颠覆》，《文艺报》1988年9月24日。
④ 参见余华：《川端康成和卡夫卡的遗产》，《外国文学评论》1990年第2期。

卡的影响，或许还有对《星星》阶段无法"解释世界"的心理补偿，让余华对"解释世界"变得如此着迷。我想这正是余华丰富了当时的"先锋文学"的关键点，也预示了他日后不衰的可能性。

需要清楚的是，在余华这里，"意义"是什么？他在写法上的改变是否同时使他具备了"解释世界"的能力？与其他一些强调语言和形式革命的"先锋作家"相比，余华明显表现出借极端故事来传达观念的意图，当然如他所认为的那样，这样的观念不是"事情本身所具有的意义"①，而是这些事情背后的"世界自身的规律"②。但是，"世界自身的规律"又是什么，余华对此只能采取一种怀疑和解构的方式来回应这个规律。而这并不是一个解释的过程，而是通过否定来表达态度。这使余华再一次丧失了探究事件、人物和他们发生、存在的历史之间的秘密的机会，而进入哲学理念的传达中。而这样的选择对于1987—1989年的余华来说是满意的，因为对西方思潮的接受与利用正使他走到了"中国当代文学的最前列"③。也就是在这种文学思潮和"先锋"意识的影响下，余华在一种作为"异端"的喜悦中放弃了对可能性的另一种发掘。

若是余华开始创作纯哲理小说，并不会遭到非议。问题在于，余华的这些抽象的理念来自哪里？请注意余华的这段话："刚开始写作时，卡夫卡、川端康成这样的作家很大程度就像是在我身上投资，然后我马上就能出产品，他们就像是一个跨国公司似的。"④"投资"与"出产"其实已经表明了某种程度的复制关系，而余华的写作资源无论是形式方面还是思想方面，甚至思维方式都是来自这个"跨国公司"。他在80年代的"理念"或者"思想"是"传达"出来的，而不是一种纯个人的"表达"。作为一个写小说的"伪哲人"，他在90年代初以"虚伪"和"怀疑"将自己又一次推向写作的困境。无论形式和思想都是"虚伪"的，并且很可能沦为对"跨国公司"的复制，不断"出产"相似的产品。事实也是这样，继续写作"虚伪的作品"难有新的"观点"，只能一次次在写法上谋求改变。我们会发现，余华的很多作品其实表达的都是同一个观点，1988—1993年之间的小说大多是以各种形式探讨"暴力"和"宿命"，只是在变换情节和叙述的方式而已。

自由的叙述方式能使余华摆脱编故事的苦闷，却并不能赋予他"解释世界"的能力。当"先锋文学"失去了反叛的对象，他所传达的卡夫卡式的"意义"也就变

---

① 余华：《我的真实》，《人民文学》1989年第3期。
② 余华：《虚伪的作品》，《上海文论》1989年第5期。
③ 余华、杨绍斌："我只要写作，就是回家"，《当代作家评论》1999年第1期。
④ 余华、杨绍斌："我只要写作，就是回家"，《当代作家评论》1999年第1期。

得毫无新意，更重要的是，卡夫卡的意义是属于自己的，余华的"意义"是别人告诉给他的。其实他自己也无法相信自己是能够解释世界的，90年代的余华在回头看80年代时，祛除了当时的"革命"姿态和对意义的追求，甚至没有提到大家津津乐道的思维方式的更新，而只是说："现在，人们普遍将先锋文学视为80年代的一次文学形式的革命，我不认为是一场革命，它仅仅只是使文学在形式上变得丰富一些而已。"①《虚伪的作品》注定只是属于80年代的宣言，在90年代，余华将"先锋文学"的结果总结为对"现代主义叙述"的掌握。

三、"现代主义的写实"

毫无疑问，余华是20世纪90年代最重要的作家之一，也是至今为止在图书市场上极具号召力和话题性的作家。其实《活着》于1998年获得意大利格林扎纳·卡佛文学奖特等奖之前，余华只是一个在文学圈子内有名气的作家，而王朔、苏童等作家在90年代初便已经进入公众的视野，获得了不菲的稿酬。《活着》获奖后，彻底改变了1993年版在发行量上的凄凉，再版的《活着》持续大卖，《许三观卖血记》适时问世，进一步使余华确立了自己在90年代的文学地位。这时的余华考虑的便不只是知识界对他的反响，还有如何被市场和世界文学接受的问题。我们会发现，每当进入新的创作阶段，余华便会站出来解释自己的作品、表达创作理念；他是一个很乐于自我说明的作家。

我们通常将"先锋作家"在20世纪90年代写作上的变化称为"先锋作家"的"转型"。在接受各种采访中，每每谈到转型这一话题时，余华都小心地回避了"转型"一词，而仅仅把这些变化视为写作上的摸索、叙述上的调整。那么，是不是从一开始，评论界就夸大了余华"转"的力度？用他自己的话讲："一些人希望我不要抛弃的东西我并没有抛弃，至少应该说我已经精通了现代叙述最精华的那部分。……其实我现在作品中的任何东西都可以在我过去的作品中找到，可能过去不像现在强调得那么充分，处理得也不是很实在，这有写法上的原因。"②这样，我们就需要来注意余华的"写法"。

以《许三观卖血记》为例，虽然在叙述和人物方面与他之前的"先锋小说"有

---

① 余华：《〈河边的错误〉中文版（1993年）跋》，载《温暖和百感交集的旅程》，作家出版社，2013，第106页、第107页。
② 余华、潘凯雄：《新年第一天的文学对话——关于〈许三观卖血记〉及其它》，《作家》1996年第3期。

所不同，但在叙述手段、构思模式、主题表达方面都保留了相当程度的写作惯性。我们先来看《许三观卖血记》的缘起。余华这样回忆："大概是在1990年，我和陈虹在王府井的大街上，突然看到一个上了年纪的男人泪流满面地从对面走了过来。我们当时惊呆了，王府井是什么地方？那么一个热闹的场所，突然有一个人旁若无人、泪流满面地走来。这情景给我们的印象非常深刻。"[1]当陈虹将偶然遇到的这个流泪的男人与余华小时候看到的血头带领一队人去卖血的事件联系起来时，这两个余华并不了解的事件便被以虚构的方式嫁接到一起。一旦"某一个细节、一段对话或者某一个意象"[2]刺激了余华的想象力，这个细节、对话、意象便丧失了原有的意义，他关注的不是生活中实际发生的事情本身，而是以什么样的叙述方式来完成虚构，进而表达自我观念——比如命运、受难这样的主题。所以，《许三观卖血记》看似有了事件、地点、人物的身份和职业，却还是一种架空现实的对具有普遍性的人的探讨。比如我们可以说阿Q是中国农民的典型，是中国人的代表，却很难说许三观代表了中国工人，或中国人。许三观代表的是抽象的人，或者说是"人类学"意义上的人。而许三观最根本的痛苦不是专属于社会主义中国国民特有的痛苦，而是全人类的痛苦。从这个侧面来看，许三观还是一个抽象的人，虽然余华非常智慧地以各种具有实感的细节将他具体化了。或许可以说，被众人称为余华转向写实的《许三观卖血记》，包括《活着》依然是一种强观念写作，是具有象征性的寓言。正如张清华判断的那样："其实没有哪一个作家会轻易地就完成一种'转型'，余华直到现在也并没有成为一个'现实主义'作家，《活着》和《许三观卖血记》这样的作品也绝不是现实主义的小说。"[3]所以，在《活着》《许三观卖血记》之后，以现实主义的批评标准来审视余华自90年代以来至今的文学创作实际是失当的（无论是称赞他转型成功，还是批评他没有很好地书写当下经验），他的个人特质与"先锋"特质沉淀到他的文学生命中，使他在写作上有着摆脱不掉的习惯，甚至成为他的思维方式。

余华从最初的"训练期"到现在，从来都是一个无法与现实亲密接触的作家，像路遥那种深入基层、体验生活的写作方式，余华可能从未想效仿。余华的故事原型大都来自某个事件，而这个事件在自我经验的范畴之外，可以是新闻事件、道听途说的故事、古代文学作品中的桥段，他可以利用这些来解决写作素材上的匮乏。但是随着时代对书写当下经验的召唤，对现实如此不敏感的余华如果长久拿不出对

---

[1] 余华、杨绍斌：《"我只要写作，就是回家"》，《当代作家评论》1999年第1期。
[2] 余华、杨绍斌：《"我只要写作，就是回家"》，《当代作家评论》1999年第1期。
[3] 张清华：《文学的减法——论余华》，《南方文坛》2002年第4期。

当下发言的作品，很有可能会被市场与文学界遗忘。另一方面，写完《许三观卖血记》的余华在喜悦之后已经感到将叙述推向"极简"意味着在叙述上已经难有突破，即使抛开外界的影响，单纯面对写作，他也不得不暂时放弃对形式的迷恋而转向对历史、社会、人物的关注。但是，《许三观卖血记》之后的余华写不出小说了，在《兄弟》出版之前，余华自己曾多次披露写作计划，关于他新小说的内容更是有各种版本的传闻，[①]直到《兄弟》出版，大家才发现先前计划的小说都夭折了。如果《兄弟》不是杰作，那只能说明他还没有做好调整，没有想清楚自己的问题在哪儿，能力怎样。到《第七天》的时候，余华的很多问题被清晰地暴露出来，大家瞬间发现他是依靠媒介（网络、报纸等）来碰触现实的，而不是个人经验基础上的对社会的观察、认识和理解。其实余华大多数小说都是依靠媒介来完成对故事的虚构，比如《十八岁出门远行》中的"抢苹果事件"也来自报纸。而今，不是写作素材的来源、结构故事的方式出问题了，而是我们在他之前的小说中忽视了这个现实中的事件，认为它是无关轻重的，重要的是余华的写法和理念；而到《第七天》的时候，我们觉得这些借由媒体传播的热门事件如此重要，余华却没有将它们的发生、发展、背后的原因、影响讲清楚，更看不到超越媒体与大众话语的剖析与思考。也许不是余华出了问题，而是我们在一个并没有真正完成转型的作家身上用了两套截然不同的批评标准。

余华的困难在于，他想要"正面强攻现实"，却在自己的创作史中缺乏对"写实"的训练，或者说他天生就不是一个善于写实的作家，只能做到他所说的有限度的"带有现代主义技巧的写实"，而实际上，这个说法是错误的，有效处理当下经验和现代主义技巧并不冲突，不能用现代主义技巧的运用架空对现实的观照。另一方面，余华一直都在进行以事件承载形式和观念的写作，之前他的观念虽然有"复制"之嫌，却是明了、确定的强观念，而面对如此信息大爆炸的中国当下社会，他无法对媒介传达的光怪陆离的现象进行虚构、整合和提炼，只能在福克纳那里借用"温和"来缓解各种无法言说的矛盾。再有，余华与迅速变化的社会现实离得太远，他与现实的关系正如他与自己居住多年的北京的关系——"我与这座城市若即若

---

① 徐林正在《先锋余华》一书中写道："1998年，余华告诉我，他要写一部新的长篇小说。据说，这部小说是以一个城市的女性为主人公的。但听说写了一个开头就不写了，而构思又消失了。这一年，余华还对一个出版商说：'我给你一部新长篇。'但这一年，余华，还是没有写。……又有尚晓兰报道的余华对新小说的透露：'小说从本世纪初写到世纪末，主要写了三代人。故事在小城市的背景下展开，这是我从小生活的、熟悉的环境，一个作家童年、少年时的经验对他的写作是决定性的，像北京这样的环境我可写不了。'"参见徐林正：《先锋余华》，浙江文艺出版社，2003。

离,我想看到它的时候,就打开窗户,或者走上街头;我不想看到它的时候,我就闭门不出。我不要求北京应该怎么样,这座城市也不要求我。"①这就是余华对待现实的方式:想看到它,就打开电视、报纸、电脑,媒体成为他接触世界的中介,不想看到它就闭门不出,重温故乡。②即便余华做到了以现实事件正面入文,他也只是象征性地摆了一个向现实靠拢的姿势,是写作上策略的运用。因为他以及中国的很多作家已经对当下缺少热情,传达不出当下中国人的焦虑、紧张、惶惑和面临的一切具体的危机,所以他们的小说没有真正的痛感。《第七天》中受难的情怀与拯救的温情只有在审美意义和宗教意义上才能被理解。

也许余华能以现代主义技巧实现寓言性质的"写实",就已经完成了他的历史使命,只是我们对一个聪明的作家总是有太多的期待。

---

① 余华:《别人的城市》,载《没有一条道路是重复的》,作家出版社,2013,第81页。
② 余华在《"我只要写作,就是回家"》中说:"决定我今后生活道路和写作方向的主要因素,在海盐的时候已经完成了,应该说是在我童年和少年时已经完成了。接下去我所做的不过是些重温而已,当然是不断重新发现意义上的重温。"

作家专论

变与不变中的苏童
——苏童长篇小说跟读记

李 雪

1987年"先锋年"过去之后，先锋作家一直在谋求自己的变化。苏童是先锋作家中最不极端、小说最具有可读性的一位，也是具有危机意识，一直在调整自己的创作的作家。不过，苏童的调整是一种以不变应万变的微调。他立足于香椿树街，遥望枫杨树故乡，以南方小巷中的街坊邻里为基础建立人物谱系。从他的近作《河岸》《黄雀记》可以看出，苏童越来越明了自己的优势、局限和写作方向，回到最初的"南方的诱惑""城北地带"和"少年血"。在以往的写作惯性下渐渐试探着开拓小说的历史视野和增加小说的时代感是他当下的写作策略。这种写作策略注定他的小说不会发生翻天覆地的变化，只是稳中求进步。而这样的进步空间有多大也可想而知。

略去中短篇小说不谈，苏童自20世纪90年代以来的长篇小说中，《武则天》《我的帝王生涯》《碧奴》都写得不尽如人意，当然《武则天》和《碧奴》是命题作文，一向以虚构见长的苏童也许因为命题的限制无法尽情发挥，虚构得略显轻佻而滞涩。《我的帝王生涯》本该是他可以尽情发挥的小说，但读后也许会令人多不满足，虽然有评论者对这部小说赞誉有加，但我觉得它提供给我们的不过是对命运的感叹、对人性中恶与善边界状态的细微展示和历史虚无的再次印证，如果将这部小说纳入苏童的创作脉络里来看，唯一不同的是"架空历史"。实际上，无论是架空历史，还是有明确的历史时间，历史对于苏童不过是"布景"，是被后置的"风景"，用以营造氛围和释放想象力，他反复叙写的其实是个人的命运和欲望。他喜欢讲述处在混沌状态且执拗的人在一刹那飞升或获得澄明的故事，这是一种个人意义上的无关历史的混沌与顿悟。这个有关个人命运的故事也许不能帮助我们认识历史总体性，或许也不能对我们认知社会生活产生巨大的意义，苏童探寻的似乎是超历史的抽象的人，但在他的非历史小说中，他努力将这些人赋予地域性、时代感，放置在家族中，使他们周身散发着南方小民的气味，从而变得具体、感性、温热，而不像其他先锋作家笔下的人物，动辄充当符号。这恰恰是苏童的妙处。

20世纪90年代以来，苏童一方面以历史为舞台，任意挥洒虚构的热情，另一方面他始终占据着他的根据地，《城北地带》《菩萨蛮》再度演绎少年故事和市井小民的卑琐人生。一种是不太严肃的、略显空洞的所指；一种是重复以往的经验，以新瓶装旧酒。聪明如苏童，肯定意识到自己的创作危机，这种危机不仅是他自己的，也是余华等很多从80年代走过来的作家共有的。进入21世纪，我们对这些业已成名的作家抱有极大的期待，希望出现"惊世之作"，但我们普遍对期待已久的长篇不满意，甚至觉得作家写出了很"奇怪"的小说，比如余华的《兄弟》。

2002年，苏童的《蛇为什么会飞》面市，这部长篇乍看起来不像苏童的作品，很多人认为《蛇为什么会飞》是苏童的失败之作。如果把它纳入苏童的小说体系中，参照着来看，便会发现《蛇为什么会飞》是苏童创作史上值得被标记的一部，这不仅仅是苏童开始贴近现实的一次尝试，更重要的是体现了他在写作观念上的更新，他知道一个作家要具有创作的生命力不能仅仅停留在叙述技巧上，而是应该真正面对他所在的时代和匆匆而过的时间凝结成的沉重的历史。从苏童小说的人物谱系来看，《蛇为什么会飞》实际完成了城北地带香椿树街少年的一次成长，他第一次让那些少年长大成人，并投入商品经济的大潮中，出入于当下的标志性地点写字楼。但具有热血少年气质的香椿树街人即使从市井转移到最繁华热闹的商业区，却依然保留着城北少年的气质和劣根性，成长的少年在新时代的身份失落和在现实生活中的失败同时暗示了苏童向现实尝试性的靠拢以失败告终。苏童一旦抛弃依托童年记忆的虚构，抒情在现实面前便无法发挥，非常具有可读性的苏童的小说，到了《蛇为什么会飞》变得很不具有可读性，沉重而拖沓。可以说，苏童无法离开童年记忆，他的经验没有成长，人物便无法长大成人，他只能回头看过去朦胧的片段，借助朦胧的片段将过往审美化。不论怎样，《蛇为什么会飞》毕竟是苏童一次挑战自我的尝试。

此路不通后，苏童改变策略。在《河岸》中，他重返70年代，回到少年期，对河的固有的情结，使他再度借助"旧情"展开想象。只不过，这次苏童很刻意地将"文革"引入小说中，并且"文革"不仅仅是一个被后置的舞台背景，"文革"与人物并驾齐驱、水乳交融，每个人都具有某种政治身份，操持着政治话语，并受政治戕害和嘲弄。然而，将《河岸》看作是"文革"小说，却是不合适的。我们无法追究，是不是余华写《兄弟》、写"文革"的荒唐和暴力刺激了苏童，人到中年的苏童很明白，他若要成为一个重要的作家，就不能不对历史和时代发言。走进21世纪的苏童说了这样一段话："很多伟大的小说，其实是穿越困难的伟大的叙述，而伟大的叙述，大多从狭窄出发抵达宽阔，从个人出发抵达社会，从时间出发抵达历史，用巴尔扎克的话来说，一个人的心灵史，可以是一部民族的心灵史。"①

当然，我也觉得《河岸》之于苏童是一次进步，但有几点需要注意："文革"虽然被前置，苏童对"文革"的理解和认识却是观念性的（而且是普遍观念），他对"文革"的认识并没有超越或挑战我们对"文革"的通行看法，"血统论"、由"血统论"带来的歧视、是非的颠倒、政治制造的荒唐和对人的异化等等都不新鲜。如果苏童坚持说自己写了一部反映"文革"的小说，一定会遭人诟病，但苏童很低调，低调中有为自己开脱的成分。他说："读者与作家面对一个共同的世界，他们有权利要求作家眼光独到深刻，看见这世界皮肤下面内脏深处的问题，他们在沉默中等待作家的诊断书，而一个理性的作家心里总是很清楚，他不一定比普通人更高明，他只是掌握了一种独特的技巧"②，这里的技巧指的是叙述技巧，也就是说苏童不强调对"文革"的反思和剖析，并且他清楚地知道与"老三届""老五届"等具有红卫兵身份和知青身份的作家相比，他对"文革"的体会不是那么深刻，"文革"之于他只不过是少年时的迷梦和狂欢、仪式式的印象，如他所说："我一直认为六十年代的一代人看待'后文革'时代，由于一种无可避免的'童年视角'影响，书写态度有点分裂，真实记忆中的苦难感有点模糊，而'革命'所带有的狂欢色彩非常清晰，这样的记忆，悲哀往往更多来自理性，是理性追加的。如果说这一代人对于'革命'有焦虑，那是理性的焦虑。"③所以，《河岸》中对"文革"的理解是事后对"文革"的知识性判定，是观念化的"文革"，苏童真正想处理的不过是特定历史情境中个人的反映，这种反映包括他所一贯擅长写的欲望、男孩青春期的性萌动和性幻想，还有一直存于他小说中的美丽而不安分的女性的命运无常。

意象、政治隐喻在《河岸》中很明显地存在着，显得很刻意，并且很不含蓄地多次出现画外音——"历史是个谜"。最刻意而突兀的设置是慧仙这一人物的出现。全文围绕库氏父子展开故事，多数时候，儿子库东亮是叙述人，通过库东亮的眼睛来打量世界和他人，慧仙作为库东亮的性萌动的投射者，顺理成章地进入库东亮的视域中，但当慧仙被选作铁梅上岸后，慧仙脱离东亮的视线后，不存在于库东亮的

---

① 苏童：《给陌生人写信（外一篇）》，《当代文坛》2012年第3期。
② 苏童：《给陌生人写信（外一篇）》，《当代文坛》2012年第3期。
③ 苏童：《关于〈河岸〉的写作》，《当代作家评论》2010年第1期。

故事里后，一个全知全能的叙述人出现了。慧仙即使脱离东亮，她的故事还在被讲述，而且她的故事暂且隔断了库氏父子的故事，占了大量的篇幅，以库东亮为主人公的主线故事竟然被慧仙的故事戛然掐断。苏童花大量笔墨写慧仙这个人物意义何在？这就使我们不得不注意慧仙在小说中的功能。第一，慧仙扮演铁梅，多次有意手持红灯，帮助苏童完成了一次非常明显的政治隐喻，并且借慧仙的命运沉浮暗示了"文革"的起落，尤其暗示了"文革"的结束和一个时尚的烫着卷发的80年代的到来。慧仙是政治暗语也是时间坐标。第二，苏童丝毫不肯放弃自己的优势，花心思描写一个不安分的女人是他的写作常态。第三，苏童的库氏父子故事遇到了困难，作者无力展开库氏父子的河上故事，以慧仙来解困，从而强行拖长这个有关政治的叙述。也就是说，有关库氏父子的叙述遇到了困难，所以苏童把慧仙拉到故事中，以此增加故事的容量。这就引出了需要注意的另一点——"河岸"。无论是苏童还是评论者都关注河与岸的隐喻和辩证关系，我关注的不是河与岸的对立，我想每一个读者在拿到一本书，看到书名，翻看几页后都会对即将发生的故事和结局有所想象和推测。看到小说的开篇，我以为库氏父子上船后将展开一个游走的故事，顺流而上，随着主人公的游走，以其为视角讲述广阔世界里的见闻。结果通读小说，我发现这不是一个游走的故事，故事基本发生在船停泊的时间段里，是一个船停泊在河岸时的故事，河与岸不是对立的关系，河与岸只有紧密联系在一起的时候，主人公才能既讲述船上的故事，又讲述岸上的故事，并且岸上的故事一直占主导，库氏父子的被排斥与出行只是一个必要的政治仪式。余华的一个写作习惯是让人物出走，通过远行遭遇世界，比如《十八岁出门远行》，通过"我"出走来邂逅世界，发现世界的种种。苏童的问题是人物走不出去，苏童和他笔下的人物只能局限在一个狭小的自认为安全的空间来偷窥世界和传达偷窥中的自我体验。这造成苏童只能写"一枚邮票"那么大的地方，所以故事始终没有离开油坊镇。这个在船尾偷窥的故事单薄，祛除政治隐喻，不过是两个男人的欲望故事，一个老男人的欲望之罪和一个年轻男人欲望的萌生、膨胀和压抑。慧仙的出现是对这个被局限在河岸的窄小故事的解救，慧仙上了岸并且去过更远的地方，最后慧仙远走，故事进入尾声；难以想象，如果没有慧仙，"河岸"的故事将如何继续。结尾处，慧仙一消失，苏童便很快以仪式（儿子盗碑的执着表演和父亲与碑同沉河底的悲壮表演）结束了故事。

无论我们如何来评价《河岸》，是简单、刻意，还是气量小，我觉得苏童努力地将他所习惯的个人故事融入大的历史情境中不失为一次有效的和有意识的聪明的尝试，更准确地说，他还是比较成功地将大的历史事件融入个人故事中了。只是，这是一种没有个人反思和博弈的历史叙述。

《黄雀记》中，苏童叙写现实的能力增强了。在《蛇为什么会飞》中，想象的能力遭遇现实变得很笨拙，《黄雀记》则以诗性的灵动的充满想象力的语言带动了一个颇具时代感的现实故事，而且，香椿树街的少年成长并且似乎长成了，成为商贩、公关小姐，他们受时代的裹挟，周身被打上了时代的烙印。在《黄雀记》出版之前，苏童便多次给予小说具有时代感的提醒，他说小拉是他青年时当地最流行的一种舞。小说乍看起来如时间之流中无迹可寻的一枚孤叶，其实情节很简单，分三章，每章以一个人物来牵连出时代、情节和各色人物。第一章以保润引出人物和20世纪七八十年代之交的一桩强奸案的发生；第二章以柳生为线，引出90年代初的各色人物，做小生意的商贩、成功的大老板、享有特权的官员、很具有时代标志性的"公关小姐"等等；第三章以女主人公仙女为线，展现了商品社会中不同人的生存状态和命运，并且将强奸案中的三个人的感情叙写完毕。小说是虚化时间的，找不到明确的时间点，但一些细节不断向读者昭示着时代的变化。可以说，这是苏童将诗意的想象和时代结合得最好的一部小说，诗性的叙述解救了他面对现实的无力。他仍旧不善于剖析社会和反思当下，他擅长的是抒情，是写观念性的人性挣扎与救赎、性的萌动和迸发、人性恶中善的升华，所以故事依旧是老故事，香椿树街的故事，强奸案和三个人的情感纠葛都是他最善于铺排的，重要的是他在主线故事的基础上，含蓄反映了时代的变动和隐痛，人的情绪与时代水乳交融。结局在残酷的现实中出现了吟唱赞美诗一般的场景和意境，开头第一个出场的丢了魂的肮脏祖父抱着红脸怒婴，那画面摒弃了卑琐和愤怒，所有人进入宁静、祥和的氛围中。

《黄雀记》以荒诞开始，以罪恶开篇，以谋杀结局，以宁静为尾声，结尾处有一种深情的悲悯在，这也许是苏童对世界新的态度。由《黄雀记》可以发现苏童的"现实主义道路"似乎好走了很多。令人心生疑惑的是，三个主人公经过时代的洗礼，从青年走到中年，命运却似乎从青春期就注定了，那起具有偶然性的强奸案影响了他们一生，规划了他们的结局，并成为小说的内在结构。尤其对于在监狱中生活了多年的保润，时代的变迁对他是不起作用的。如果外在的时间改变的只是人的身份，青春期的罪与爱成为终其一生解不开的"死结"的话，人物的成长便成为有限度的成长，他们的意识结构依然如青春期时一样。那么，苏童的意识结构是不是也一如既往呢？

感召、抚慰与反思
——马晓丽论

张维阳

马晓丽从20世纪80年代后期开始发表作品，小说、散文、传记，她都在行，但相比她漫长的创作生涯，她的作品确实不算多，她不是一个丰产的作家。可是，她凭借着不多的小说多次获得国内的各项文学大奖，证明了自己作品的价值和魅力。

马晓丽是一个关心当代中国精神状况的作家，她心忧于当下中国社会道德观念的萎缩和虚无主义的流行，专注于当代中国人精神生活的理性建构。通过马晓丽的作品，我们可以清晰地感受到她强烈的理想主义气质，当然，她所坚持的理想并非那种强制地统摄人们生活的抽象力量，而是一种个人的超越性信念。马晓丽希望通过对于理想的重拾，使其作为一种卓越的生命追求回归个体，让个体通过坚守理想而实现生命的尊严和价值。马晓丽的创作理念和创作个性与当代军旅文学的潜在要求高度契合，这让她的多部作品得到了军队文学评奖的青睐。中国当代的军旅文学，被赋予了教育和感召的功能，承载着宣扬爱国主义、理想主义和英雄主义的使命。充满理想主义情怀的作品是军旅文学着力塑造，同时也盼望和期待的作品，马晓丽的作品无疑满足了这种盼望和期待。

马晓丽的理想主义气质一方面来源于她那一代人所经历的红旗飘荡的燃情岁月，另一方面来源于老一辈革命者对她的精神晕染。在《婆婆的接收北平记忆》《婆婆的目光》《婆婆的党龄》等散文中，马晓丽记述了婆婆的部分人生经历。婆婆对集体生活的依赖和顺从在今天看来不免顽固和老套，但婆婆对组织毫无保留的信任和坦诚却让人感受到了令人感动的单纯与真诚。婆婆的一生是奋斗的一生，也是奉献的一生，她将自己全部的青春和热血都献给了祖国和人民的解放事业。但是，档案的遗失让她无以证实光荣的历史，而"文革"的降临又让她难以让昔日的战友为她做证，这让她在漫长的岁月里失去了体制的庇护和保障，生活变得十分艰难。然而，生活再困难，她始终没有埋怨过组织，也没有向国家要求过任何特殊的照顾，她自青年时代就树立起的为国家的事业而奋斗终生的精神追求并未因为自身的落魄而减损和消逝，这不仅体现出了老一辈革命者的朴实和执着，也映射出了其高尚的人格和生命的尊严。马晓丽还写过一本《阅读父亲》，追忆她的公公蔡正国烈士。在书中，她陈列了大量珍贵的历史资料，其中有一篇是蔡正国烈士的自传。这个自传在一般人看来很不正常，自传里没有气壮山河的英雄气概、成熟的政治觉悟和听起来高尚的动机，甚至还夹杂着怯懦和迷茫，完全不像是一个革命英雄的传记，只有其中一些觉得当兵光荣的心理袒露，使它看起来多少还像些军人的回忆。然而，正是那些没有经过渲染和伪饰的朴素文字，表达了他作为一个普通人最真实的生命感受，同时勾勒出了他诚实而坦荡的精神轮廓。马晓丽被公公的坦诚所打动，她认为相比于商业社会中流行的虚伪和做作，那逝去时代的精神遗迹更显得清澈和明丽，她在看过公公的传记后写道："不正常的是我，是我们。如果我们能刮掉眼中的油腻，让自己的目光变得更纯净；如果我们能从长期委身的狭处挣脱出来，让自己的目光散发得更宽广；如果我们能剔除固定在心里的尊卑，让自己的目光习惯于平视，我们就完全有可能看出另一些表情——自然从容、坦荡平和、严谨内敛、果敢坚毅、自省自尊、真实高尚的表情。"[①]

老一辈革命者的精神和人格让马晓丽感动的同时，也影响了马晓丽的创作。在老一辈革命者的影响下，马晓丽在物欲横流的时代依然迷恋那些超越世俗的梦想，推崇那些高尚的人格，以理想主义的情怀拒斥消费主义的写作。她以鲜明而犀利的笔触，拨开凡俗和平庸的人群，发现和展示那些与流俗对抗的、默默独行的高贵而浪漫的灵魂。在她的处女作《夜》中，马晓丽讲述了一个女兵精神成长的历程。女兵毕业于护士学校，她由于没有"政治优势"而不能留在心仪的城市，这势必让她失去计划中的未来，也会让她失去理想的爱人。她不甘心命运的发落，希望通过参军的方式获得相应的优待，从而在选择去向上获得一些主动。然而，当她看到战场上那么多的血和死，那么多的伟大和崇高后，她的精神受到了洗礼，她的人格得到了升华，她不愿将报国的热情化为利己的运筹，也不愿玷污军人的职业操守。在完成任务后，她没有行使因立功而被赋予的特权，而是选择了去分配的山沟里的医院报到。她放弃了城市的繁华，大医院的待遇，甚至放弃了爱情，但她的放弃成就了

[①] 马晓丽：《阅读父亲》，解放军文艺出版社，2007，第19—20页。

她高尚的精神品格，让她区别于那些渺小利己的庸众。随后在《舵链》中，马晓丽塑造了两个英勇又无私的军人形象，其中一个是在惊涛骇浪中抢修舵链的矮个子兵，另一个是在风浪中将自己绑在舵位上的艇长。小说中，由于气象预报的误差和长官的执意要求，登陆艇在不符合气象要求的情况下驶向了波涛汹涌的大海，执行巡逻任务。风浪的突变让大海咆哮起来，大浪损坏了舵链，小船在奔腾的大海中好似一片落叶，随时有倾覆的危险。船上的军官们大多以为此次航程将以葬身海底告终，他们几乎丧失了生的信念。危难时刻，矮个子兵没有考虑自身的安危，党员的使命感和责任感使他冒着随时被大浪卷走的危险抢修舵链，经过难以想象的艰难拼搏，他以双手被严重冻伤的代价完成了那看似不可能完成的任务。事后，矮个子兵并没有渲染自己的英勇，也没有掩饰当时的恐惧，他的无畏令人敬佩，而他的坦诚更让人尊重。同极端气象条件战斗的还有登陆艇的艇长，他为了能让自己在颠簸的驾驶室里站稳，在起航的时候就让士兵将自己绑在了舵位上，在四个小时的航程里，他的双腿一动不动，已然进入无我的状态而与登陆艇融为一体。在与风浪的搏斗中，他的精神高度集中，他的身体负荷超过了极限，以致在松开绳子后他便昏厥了过去。事实上，这不是他第一次带着船员绝境生还，比这更大的风浪他都见识过，面对生死，他的潇洒和从容给人留下了深刻的印象。灾难中，他们的使命感和奉献精神让他们对于自己的任务无比地专注，死亡的威胁都无法撼动他们对于岗位的坚守和对于信仰的忠诚，他们虽是普通的军人，却承载了这支军队百折不挠的精神传统。

　　马晓丽不仅善于在战争和灾难中表现人物的精神气质，也善于将人物置于复杂的利益纠葛中，在理想追求和现实境遇之间，通过人物的选择和取舍，突出人物的精神品格。当人身处绝境的时候，没有时间过多地考虑利弊得失，所表现出来的勇气也许只是困兽之斗，但若处于日常生活中，便会有足够的时间思考如何对应他的遭遇，经过权衡的选择也就更能准确地反映其价值立场与精神向度。在《楚河汉界》中，马晓丽塑造了周东进这个具有理想主义气质的军人形象，他珍视自己的军人身份，又无比重视自己军人的职责，漫长的军旅生活让他养成了率真而诚恳的性格。他不加掩饰的真实和诚恳让他显得天真，也让他在事业上和婚姻上屡屡受挫，不断的挫败一度让他动摇，但他对军人身份的认知并没有让他放弃对良知的坚守。在小说中，周东进由于性格过于直率和执拗而长期得不到提拔，军事素养过硬的他多年停留在团职的岗位上。由于年龄的限制，如果再不晋级，他就要被迫离开部队，而周东进是天生的军人，他无法想象离开部队的生活。周东进领导的二团还差几个月就能连续十年没有重大事故，他留在部队唯一的通路就是确保其麾下的边防二团完成连续十年无重大事故的业绩。可是，意外还是发生了，他团里的两名战士在检查通信线路时出了意外，一人牺牲一人重伤，事故昭示着周东进军旅生涯的终结。然而，峰回路转，政委王耀文想出奇招，要通过解释和宣传，将安全事故化作英雄事迹，这样，不但可以帮助周东进晋级，也会妥善安置重伤的战士和牺牲战士的家属，还会为整个二团带来荣耀。周东进的哥哥周南征身处军区组织部，他赞许王耀文的想法，极力运作此事，此事的成功不但可以帮助周东进升官，也会有助于他自己的晋升。随之，周南征又以升迁许愿，说服了周东进的长官魏明坤，如此，马晓丽将周东进绑定在一个巨大的利益链条之上，在这个利益链条上，有他的下属，有他的长官，也有他的亲兄弟。周东进是这个利益链条上关键的一环，他的选择关系到事情的成败，也关系到自己的未来。他可以选择默许，这样，他不需要施力，这个方案就会按计划运行，相关的各方面都将从中得到好处。他也可以选择诚实，那样他将给整个利益链条上的人带来无法弥补的损失。他的选择不仅关己，也会决定其他人的命运，这给他带来了巨大的精神压力。然而，他军人的操守和正直的品格无法容忍欺诈带来的愉悦，他最终选择挑明真相、放弃一切，不计代价地捍卫军人的荣誉。事实上，这不是他第一次主动放弃奖励，在南疆抢夺395高地的真枪实弹的战斗中，周东进因其率领的部队作战勇猛，牵制了敌人的主要火力而被授予军功，但周东进拒不领功，他声称战斗中由于自己的贪功冒进给部队带来了不必要的伤亡，他没有资格得到嘉奖。他大义凛然的行为给他个人和所辖连队，甚至整批轮战部队都带来了诸多不利的影响，他因此从野战军被贬黜去了边防军，边防军的条件更为艰苦，晋升的道路也更为狭窄。也就是说，第一次的拒领军功已经给了他足够的"教训"，周东进二次拒绝领功绝不是一时的义气之举，他十分清楚这一举动的全部后果，所以，他的理智决定了他不是一个狂热的理想主义者，而是一个坚定而冷静的殉道者。

通过军人的英雄化想象讴歌英雄主义和理想主义只是书写军人的一个维度和一种方式，马晓丽对军人全面而深入的了解使她不满足于单维度地呈现军人的形象和生活，这让她的创作没有止步于理想情怀的表达和理想英雄人物的塑造。她着力透过战争状态和军营生活探索军人的精神世界，书写军人内心的苦难和伤痕，表达了对军人真诚的关爱和同情。其作品对个人命运的关注和深沉的人道主义精神可以明显感受到瓦西里耶夫《这里的黎明静悄悄》、肖洛霍夫《一个人的遭遇》、阿斯塔菲耶夫《牧童与牧女》和拉斯普京《活着，可要记住》等俄罗斯当代战争文学的影响。在新中国成立后的很长一段时间里，军旅小说将诸多政治寓意加之于军旅英雄形象之上，使英雄成为理想精神的人格化身，突出其政治性而削弱了其真实性，逐渐引起了人们的不满和反感。新时期以来作家们对于"高大全"式英雄的反省，使作家们强化了"英雄是人"的观念，随之，军旅文学中出现了刘毛妹（《西线轶事》）、靳开来（《高山下的花环》）、李云龙（《亮剑》）、梁大牙（《历史的天空》）、关山林（《我是太阳》）、周旅长（《走出硝烟的女神》）、爷爷（《英雄无语》）等有"缺陷"的英雄人物，从习惯到性格，再到行为作风和道德人格，他们都像普通人一样会存在各种各样的问题。这些小说通过书写和强化英雄人物普通人的一面，使英雄人物真实而可信，开拓了军旅文学对于军旅英雄的想象和表现的空间。然而，虽然这些英雄有着粗鄙的习惯、根深蒂固的封建意识或是有待商榷的人格，但这些英雄终究不是凡人，他们超群的战斗能量和军事智慧，让他们与众不同，充满了传奇色彩。对军人既定的英雄想象使人对这一群体的认知窄化和简单化，马晓丽没有被军旅文学的英雄主义传统所束缚，通过马晓丽的作品我们看到，军人首先是人。军人的生活中有金戈铁马和大漠孤烟，也有苦难的遭遇和艰难的抉择，马晓丽在创作中不只表现军人的雄心与热血，她更关注军人丰富的内心世界。她以母亲般的眼光关注军人，关心他们的处境，同情他们的遭遇，着力发现他们内心的柔软和脆弱，抚慰他们的伤感和疼痛。在《杀猪的女兵》中，女兵入伍，被编入炊事班，炊事班的班长因对女性怀有偏见而有意为难女兵，安排给她杀猪的任务。面对艰巨的挑战，女兵头脑中浮现了无数高大伟岸的英雄身影，女兵为了完成对英雄的追随，在喝了一缸子酒后，就真的完成了这个看似无法完成的任务。在人们的印象中，屠夫往往是凶悍而魁梧的糙汉，而文弱且秀气的女兵却承担了这样的工作，工作和性别的错位让她成为军营中的奇观，她被选为重点宣传的对象，被树立为巾帼英雄而成为大家学习的榜样。大力的宣传让她获得了广泛的关注和让人羡慕的荣誉，然而，看起来满身光环的她不过是别人猎奇的对象。在具体的现实生活中，生活的逻辑让人无法接受她这个宣传材料中的先进典型，连负责对她进行宣传的组织干事在心里都无法抹去对她的忌讳，她在别人心中始终是让人忌惮的角色，为了制造英雄神话而被包装出来的巾帼英雄在现实生活中成了怪物。曾经的经历成了她内心的隐疾，不仅让她变得敏感而脆弱，也带给她无尽的痛苦和折磨。这种心理的伤痛并没有随着军旅生涯的结束而终结，在离开部队的日子里，别人无意的闲聊都会成为不期而至的刺激。经年的压抑导致了她精神的崩溃，在一次与丈夫的冲突中，她神经质地捅伤了丈夫，毁掉了自己的婚姻，葬送了自己的幸福。在这里，马晓丽拨开英雄的光环，在耀眼的勋章后面发现了孤独而伤痕累累的灵魂。长久以来，我们习惯为英雄立丰碑，而对受难者多避讳，我们善于制造英雄，而习惯忽视普通人，马晓丽摒弃了这种功利而虚伪的心态，对中国当代的英雄文化做出了反思，对其中不合乎人性的部分提出了质疑，表达了她对军人深切的关怀和同情。

对教育功能的强调使中国当代的军旅文学普遍着力于英雄人物的塑造，而缺少对战争本质的反思。在新中国成立后的军事文学创作中，"英雄的成长"是重要的叙事主题，《红旗谱》《小兵张嘎》《欧阳海之歌》等作品为这种成长叙事提供了范例。20世纪90年代以后，随着女性文学的崛起，新成长小说成为小说生产的重要类型，私密的心理和个人的空间成为文学关注的对象，这样的文学思潮也影响到了军旅文学的创作。赵琪的《四海之内皆兄弟》、黄国荣的《兵谣》、徐贵祥的《弹道无痕》和《历史的天空》、都梁的《亮剑》、兰晓龙的《士兵突击》等备受瞩目的军旅小说都涉及了"英雄成长"的主题。这些小说中，军队对人进行了有效的塑造，经历了革命时代的战争岁月或和平时期的军旅生涯的人物，逐步摆脱了原初狭隘的农民意识、张扬放肆的草莽气息和卑琐的功利主义心态，成长为"理想的军人"。这些"理想的军人"随时准备为了国家和民族的利益而赴汤蹈火，血战沙场是他们的义务，而马革裹尸是他们的荣耀。在这些小说中，历史的战场与和平时代的军营都作为英雄生成的布景，在"英雄中心主义"的统摄下，英雄的面目明朗而清晰，战争的残酷性和邪恶本质却被忽略或遮蔽。而马晓丽在关注军人心灵的同时也对战争的本质进行了深入的思考，在她的笔下，战争不是生产光辉和荣耀的工厂，战争将一切有意义和价值的东西撕碎和毁灭，战争是一个旋涡，是一个黑洞，吞噬普通人的爱和幸福，也吞噬英雄的青春和生命。在《云端》中，国民党军队年轻有为的上校团长曾子卿和身经百战、红军出身的战斗英雄老贺都是抗日英雄，但内战让两位英雄双双毙命，昔日的光辉在炮火中烟消云散，英雄在残酷的战争面前显得渺小而脆弱。通过英雄的陨落，《云端》对战争的反人性本质进行了控诉。战争的残暴和无情不仅体现为对人类肉体的伤害和毁灭，战争思维对人性无情的扼杀是战争伤害的隐性方面。对中国来说，战争的现实促使强调效率和结果的战争思维长期在社会生活中占据了支配地位，这种思维方式并没有随着战争的结束而终止，反而在对立和冷战的国际秩序下被日益强化。无论是在战争年代还是日后的和平时期，战争思维以及战争思维催生的当代政治文化在中国制造了长时间的非常态的社会秩序，不仅异化了几代中国人的生活，也影响了国人对于个体价值的判断和生命价值的认知。通过对人物悲剧命运的展示，马晓丽对忽视人性和个体价值的战争思维和政治文化进行了深入的反思，进而对战争进行了有力的批判。

为了应对战争的需要，使国家实现效率的最大化，我们曾将道德政治化，国家是个人的情感归属和精神依托，个体生命必须放弃个人的价值与追求，服膺于总体的设计，也就是说，个体的生命活动必须在现代性元叙事设定好的轨道内展开，同时，个体生命的价值和意义也由外在被规定的价值尺度所评判，个人的价值理想被总体性的价值理想所忽视和遮蔽。然而，在合目的性的现代性方案下设计和推行的道德理想先天地具有强制性和专断性，其对个体有着必然的统摄性和约束力。但是，进入现代社会后，传统社会的那种"未分化"与"同质性"状态被打破，社会不再是一个以"共同体"为本位的社会，在充满异质性和充分分化的现代社会中，个体的选择和诉求被要求得到充分的尊重。现代社会，在雷蒙·阿隆看来，"它是一个商业和工业社会，因此在这个社会里，私利不能不成为主导思想"[1]。在现代社会，个人对利益的追求具有天然的合法性，为谋求私利而运用的手段和方式也在一定程度上具备合理性。这样的社会无法像传统社会那样将所有人整合进一个具有统摄效力的整体理想之下，现代社会的特征和形态决定了"道德理想主义"的必然崩溃。对时代意识的敏感让马晓丽立足当下，反思那种具有公共设准的追求超越性价值的伦理体系给个体生命造成的心灵创伤，力图通过写作寻找和描述符合现代社会文化的保障个体自由的个人道德观与生命价值观。通过《云端》，马晓丽展示了在那些光辉的足迹和胜利的号角的背面，忽视人性的激进政治文化给军人带来的扭曲和异化。《云端》是一部特别的作品，马晓丽独辟蹊径，在战争的后方展示了一块特别的战场。这部小说描写了两个女人的战争，马晓丽通过两个女人的心理搏斗和行为争端，表现了两种生活观念和价值系统的对峙。洪潮和云端是小说的两个女主人公，分属国共战场的两端，云端是被俘的国民党军团长的太太，而洪潮是负责看押云端的解放军战士。由于中国的革命是在一个落后的农业大国中发生和进行的，特殊的国情决定了中国革命的主体不可能是马克思理想中的产业工人，而只能是由具有偏狭的小农意识却极富革命热情的农民构成。这些农民天生的落后思想和传统观念极易导致革命航道的偏离，所以，革命的领导者一直致力于对革命主体的改造工作，试图通过教育和规训抑制其传统思维中"私"的部分，让其成长为阶级和国家理想不懈奋斗的合格的革命主体，成为真正意义上的"无产阶级"。所以，在革命领导者的眼中，"无产阶级"的概念不只区分人的经济状况，更多地代表了一种精神品质和道德觉悟。本杰明·史华兹曾对"无产阶级精神"做过概括："无产阶级意味着自我批评的美德，一切服从集体需要的献身精神，毫不松懈的努力，对敌人的无比仇恨和铁一般的纪律等等。"[2] 投身革命的洪潮参照"无产阶级精神"，不断地克服性格中的软弱部分，修正自己的精神气质，她极大地压缩了私人情感的空

---

[1] [法]雷蒙·阿隆：《社会学主要思潮》，华夏出版社，2000，第157页。
[2] [美]本杰明·史华兹：《毛泽东思想的形成》，载萧延中编《在历史的天平上》，中国工人出版社，1997，第46页。

间。她不仅精神皈依革命，而且连自己的身体也献给了革命，她听从组织的安排，嫁给了她了解不多又比她大很多的长官老贺。老贺性格的粗糙让他无法与洪潮进行有效的情感交流，而老贺的莽撞和野蛮又难能给洪潮提供愉悦和温暖，洪潮每次与老贺的相聚都在沉默和隐忍中度过，她从未体验过爱情的温馨和浪漫。

在没有遇到云端之前，洪潮并未质疑过自己的境遇，她认为自己所经历的都是革命的一部分，但遇到了云端后，云端的生活方式和情感方式给她的精神世界造成了极大的冲击。云端将生活全然投入世俗的生活趣味之中，她以关注当下的感受为目的，不关心价值的恒常性与超越性。她衣着讲究，妆容精致，把爱情放置在生活最显著的位置。她与爱人在梨园相识，相遇时的浪漫和迷醉让她把生活认作是对戏文的演绎。在生活中，她与爱人在戏文的唱和中度过了许多欢快的时光，爱情，是她生命中的一切。在被囚禁的时光里，她以一本《西厢记》做伴，在阅读的过程中回味自己与丈夫的恩爱往事，想用爱情的火光照亮她绝境中的生活。在与洪潮共处的时间里，她夸耀爱人的智慧与俊朗，细数爱人的体贴和温存，向洪潮展示了一个诗情画意的世俗生活画卷。而洪潮的生活中完全被那些高蹈的理想和思想的规训占据着，她一面根据革命的理念对云端的做派喊叫和痛斥，一面又感觉到内心的一些东西总能和云端的生活趣味相呼应，她对世俗生活的欣赏甚至嫉妒是不言而喻的。

云端的世俗生活趣味对洪潮构成了巨大的吸引，世俗生活生动而细腻，其提供的温暖让人流连，通过云端，洪潮感受到了世俗生活带给人的无可比拟的快乐，也看到了自己生活的缺失。虽然云端的生活由于缺乏理想和价值的支撑，不可避免地单薄而脆弱，但洪潮被意义和理想充斥的生活，让她无法体会生活的丰富和趣味，显得无比的空洞和乏味。通过两种生活样态的展示和对比，马晓丽试图证明，无论排斥世俗生活趣味的革命生活，还是没有理想支撑的世俗生活，都存在着巨大的缺陷。在国家主义和理想主义的支配下，洪潮遗失了青春，放逐了感情，作为一个战士，她迎来了胜利，但作为一个女人，她蹉跎了人生。当她认识到这一切时，怀疑和绝望蔓延开来，她的精神无可挽回地坍塌和陷落，她陷入了绝望的深渊之中。战争的现实促使了道德的政治化，在道德被政治化的时代，"军人"不仅是一种身份和职业，也被认定为道德的旗帜和英雄主义精神的载体，他们只可以追求集体的胜利，不能追求个人的幸福。时代政治对军人的想象和要求压抑了军人的人性，对那些具体的军人来说，他们虽有军人的身份，但军装包裹着的都是普通的灵魂，他们有对丰富生活的渴望，也有对美好爱情的向往，战争禁锢了他们的心灵，阉割了他们对美好生活的设想。

马晓丽严肃的文学态度和严谨的写作作风让她没有在写作中进行自我的复制和

重复，她在21世纪之后的每部作品中都寻求着创新和突破，从思想的感召，到精神的抚慰，再到战争和政治文化的反思，她的作品不仅体现出她对历史的反思，也表现出了她强烈的介入意识，她注目于人民军队整体的发展，也关怀个体军人的心灵，阅读她的作品，使我们增加了对军人的了解，也增加了对军人的尊重。马晓丽的写作还在继续，不知下一次她将给我们带来怎样的思考和经验，等待马晓丽的作品需要耐心，但这耐心的等待是值得的，因为我们多次的等待换来的是一次次的惊艳和感动。

被重写的故事与被植入的历史
——弋舟小说简论

李 雪

一

有人说弋舟的小说是难以评论的,因为很难为他的小说找到合适的参照系,或是用现成的话语去解释[①]。可自从"刘晓东系列"出现后,对弋舟小说的阐释似乎变得不那么为难,我们可以将其放置于"我们的时代"中来谈论它,可以用"城市文学"的相关话语来阐发它。当文学批评者将研究对象放入各种框架中,知识的生产和意义的生成自然相对容易。这无可厚非,弋舟对时代与城市的书写的确提供了某些新的意义,又暗合了当下批评的关注点。那么说他的小说难以找到一套现成的知识被"套路",似乎指的是小说表意的模糊性与丰富性,他的小说往往超出给定的框架,在严格控制的叙述之下显现出某种不确定性,以及作家自身思虑的犹疑。

若依据时间顺序对弋舟的小说进行整体阅读,人们会意识到为他早期的小说寻找参照系其实并不那么困难。从首部长篇小说《跛足之年》,到众多中短篇小说,作家所继承的文学资源清晰可辨。作品有中国20世纪80年代先锋文学的遗风,这一点一再被作家本人证实;亦可大而化之地将其放入全球范围内现代小说的序列中,那种于不动声色的叙述中戳破平庸生活的可怖与惊悚的手艺,那种"一切破碎,一切成灰"的情绪,那种精致的艺术品相,会使我们瞬间联想到西方当代的多

---

① 参见弋舟、张存学:《最好的艺术表现最多的生命真实》,《艺术广角》2013年第4期。

位短篇小说大师。这位身处中国西部的作家超出了大多数人的预期，显得过于洋气。而一位作家的意义不在于超越地域的限制，而是在伟大的文学传统中显现出自身的独特性。尤其对于在21世纪写作的作家来说，延续余华、苏童、格非等在20世纪80年代的写作并不能使其脱颖而出，对先锋文学的接续尚且不够，还要以写作实践为曾经的先锋文学开疆辟土。

  对于早期写作时热情地亲近"现代主义"、有意地疏远"现实主义"的弋舟，他借以表达观念的"故事"却在大多数时候贴近现实。我们这个时代主流的、庸常的社会事件被携带入文，甚至成为推动情节发展的重要契机，如下岗、拆迁、婚外情、贫富差距、小镇青年等等，故事的反逻辑性要比他的先锋前辈弱得多，甚至可以从中读出一定程度的现实针对性和批判性，即使弋舟志不在此。其实从一开始，这个一直自认凭借观念和"二手生活"写作的作家在材料的选取上就没有脱离时代太远，只是他不太关心故事本身的现实性、社会性，而是专注于故事的讲法和故事背后人的生命体验。不同的是，当年的先锋文学对抗的目标是明确的，解构是彻底的，有对文学内部制度——意识形态——世界本质的彻底颠覆，而弋舟有着明确的价值认定和模糊的建构欲望。在21世纪的前十年，他反复强调着体面、尊严、诗性、神圣感，并在观念层面尝试凭借"人文主义"抵抗暴力、欲望、恶念和非理性，但他同时意识到当生活把人逼至窘境，卑琐成为常态，理性的、有教养的主体亦无法克服堕落，尤其当尊严受损、体面不保之时，人会在刹那放弃克制、迅速下坠。如《我们的底牌》中的"我"明明不齿于亲人们以放弃尊严求生、求利，却在遭遇拆迁后效仿了亲人们的行为，以放弃尊严为最后的底牌，"我"终究无法克服堕落、保有尊严。如果说20世纪80年代的先锋文学在宣泄暴力、彰显欲望、暴露人的本性之恶，弋舟则于新世纪试图规避暴力、克制欲望、召唤人的耻感和清洁的精神，即使这往往以失败告终，但难掩小说传达出纯粹的精神性和当代小说中少见的高贵的品格。纵使故事千差万别，因为主题的趋同，传达的价值观与作者信仰的恒定，弋舟其实是在努力地用多篇小说书写同一主题的诗篇。

  2011年发表于《人民文学》的《怀雨人》是弋舟写作上的一次小爆发，在他诸多晦暗的小说中，《怀雨人》虽然也是一出悲剧，却朗明、果断，贯穿着荡气回肠的吟咏。说"刘晓东系列"具有中年气质，《怀雨人》则带有青年气息，弋舟试图在小说中塑造一个理想中的反抗"英雄"、爱之圣徒，以引导卑琐的人建立有尊严的、神圣的生活。而从故事背景、情节、人物关系、作者意图等方面看，《怀雨人》显然是之后刘晓东故事的前传、雏形，只不过它采取了另一种写法，一种"去历史"的写作方式，"雨人"超越了时代给定性，可中可西、可古可今，他是在永恒的时间中对抗着世界的"不适者"。

故事同样发生在"我"的大学时代,"我"与"不正常"的雨人潘侯是朋友,潘侯与朱莉是一对恋人,而"我"暗自爱慕朱莉。弋舟似乎对二男一女的人物关系有着某种执着,这种模式延续到《嚓声》《金农军》《等深》《所有路的尽头》中,使多篇小说中的故事都给人似曾相识之感。雨人潘侯的"病"表现为他失去了正常人的方向感,走着与众不同的道路,时常以沉重的肉身撞击墙面,对世俗、平庸的世界爆发义愤。这个看似不正常、不被爱的人却充满生命的热力,热爱奔跑,单纯地爱人。小说中作者暗示了诗歌与宗教的意义,诗歌的精神性、生命关怀和宗教所能提供的神圣感、仪式感给予雨人精神力量。雨人带"我"来到教堂,吟诵诗歌,对"我"进行了另一种非社会化、非世俗性的精神启蒙,让"我"领会到与给定道路不同的另一种精神向度:

> 对此我只能叹服,这个人能够秉着恳切超越场景对一首诗的辖制,令本无瓜葛的事物浑然一体。我从未听过、也坚信再也不会听到有人能够将诗朗诵得如此端庄与体面。朗诵者的语调没有修饰和起伏,没有声情并茂,每一个字都像钉在钢铁之上的钉子。于是诗被还原成了诗,自有一股高贵的威仪。

在这里,"我"还不是刘晓东,更不是邢志平,"我"是还年轻着的李林,尚没有积聚起自省的力量,"我"内里贫乏,虽能够被英雄感召,却没有意识到他是"我"的同类,此时雨人不过是一个与"我"迥异的外在于"我"的他者,一个不被现实世界所容的精神符号。当"我"渐渐理解了雨人的对抗与爱,"我"决定放生雨人,放他到荒野中奔逃。雨人是"我"的偶像,也被"我"怜悯。其实被"我"放生的何尝不是潜意识中的另一个理想自我。"我"依然要留在尘世走完给定的道路,而雨人却永远地消失了,这似乎是理想英雄惯常的命运。小说的结局依然是理想主义的,"我"坚定地认为雨人不会改变,"这个上帝遴选出来的孩子终获全胜,他活在时间的褶皱之外,不受岁月的拨弄"。而"我"与朱莉被雨人深深影响,却最终无法成为雨人的同类。这是一个未完成的故事,青春戛然而止,"我"与朱莉从青年到中年的过程模糊不清。除了追怀雨人,现实中的我们要如何面对这个强大的压制着我们的世界,如雨人般建立诗意、庄严、神圣的生活?这是弋舟在之后一直探究的根本问题。

《怀雨人》是一篇依靠观念写作的小说,一篇关于不合时宜的人的寓言。而脱离现实建立起来的精神符号，其感召和治愈能力是值得怀疑的，更何况以抒情的方式塑造的超时空雨人"太不接地气"，他很容易被文学史中的众多雨人形象所遮蔽，不能提供自身的独特性和具体性。在雨人消失的时空中，弋舟反复呼唤的体面生活无法实现，人难以避免地陷入虚无与孤独中。这样作家其实面临理论上与精神上的双重危机，并且"在世界范围内，年轻一代的小说家们写出了比前辈们更加悲催与虚无的绝望"[1]，那么众多反复传达孤绝生命体验的小说是不是因为抵达了所谓的生命本质就完成了文学的使命。除了将苦果与病因笼统归咎为"现代性"，或宿命，人与外部世界的对抗失去明确的方向，如入无物之阵，最终抗争只能内化为自我对自我的博弈，而纯内在性的搏斗终究使人发现这无法作用于他者、时代，及历史，孤绝的自我更容易被消耗掉反思和行动的热力。倘若这样，雨人的故事就需要被重写，作家有必要找到新的基石，在多重维度中重塑人物，通过植入当下性与历史意识来缓解写作危机与生命困惑。

二

《等深》《所有路的尽头》显然是对《噗声》《金农军》的重写，并与《怀雨人》一脉相承，反复的书写表露了作家的"情结"。

较早写作的《噗声》以现代主义的手法在二男一女的人物关系中处理的是与世界的错位，以及孤独的话题。讲述人马丁后来在《等深》中改名为刘晓东，此时马丁还只是马丁，尚不是那个进行自我审判、辨认同代人的"我"，而是逐渐放弃对世界发声的投降者。另一位雨人类型的人物王坚在学生时代"绝不通融生活中刺耳的声音"，却没有如潘侯和周又坚一样消失，而是"选择了沉默，选择了退避"。在《噗声》中，王坚的失踪其实是朱莉杜撰的；王坚的沉默，拒绝与之沟通，对朱莉来说意味着她的声音不被听到，朱莉在孤独的精神痛感中通过寻求别人的陪伴和安慰进行临时止痛，小说最终将主题指向人与生俱来的深重的孤独，以及对孤独的恐惧感。《噗声》与《等深》根本上的差异在于对"雨人"的失踪原因做出了不同的处理，前者暧昧，可揣度为生活与生命本身的双重原因，后者相对明确，有意将之归结为历史的后果：

> 马丁问过朱莉，难道她真的不知道王坚离家出走的原因吗？这个问题

---

[1] 弋舟：《好的小说将是如何地难以转述》，《湖南文学》2015年第9期。

令朱莉张皇。马丁看出来了，她虽然笑着说不知道，但是笑容是做作的，应该笑一下，她却笑了两下或者三下，所以就有了夸张的堆砌之感。——《嚓声》

作者借朱莉之口给予的明确解释似乎有悖现代小说的规则和弋舟以往叙述上的节制，我们不难发现弋舟在写作上进行了重大调整。弋舟尝试将人从观念中移位，放置到具体环境中，让人在现实关系与历史背景中获得自我阐述的能力。那么，作者是要将今日之"疾病"归咎于历史、指向时代的断裂吗？弋舟其实对这种简单的指认一直持有怀疑的态度。这里我们需要追问两个问题：第一，作者是怎样认识20世纪80年代的；第二，对今日的创伤谁来负责。

大多评论者认为弋舟过于将80年代理想化了，他赞赏了诗人的羁旅之气、胸口佩戴十字架的女性的拯救意识、对精神偶像追随的热望。而实际上作家对80年代态度暧昧，一方面将其赋予精神性、诗性，以抒情的方式来追怀，另一方面又在多处质疑、暗讽、拆解。在处理那个时代的精神偶像时，《金农军》《所有路的尽头》，包括《等深》都表现得犹疑、反复，而不像《怀雨人》那样单纯、明了。从《金农军》中的尹毛，到《所有路的尽头》中的尹彧，作者对同一人物进行了改写，使其更为丰富、多面。尹毛退出历史后隐匿于新时代，在沉默中享有、侵占曾经的追随者金农军的一切，在小说的后半部尹毛基本躲在幕后；尹彧勉强出场却面目全非，有羞耻之心却依然过着可耻的生活。观念中的雨人可以活在时间的褶皱里不被侵蚀，现实中的诗人早已被岁月改变。小说虽然极力去写金农军和邢志平对精神偶像的沉溺，却不仅要在现在时中打碎偶像，更要在历史中质疑偶像的价值：原来崇拜者心中的大诗人不过是不入流的写作者，不能被写进文学史，若文学史不可尽信，那么遍查其他材料发现其不被记载进一步确证了文学研究者尚可的论断，其诗歌的价值不足以使他以诗人的身份被铭记，揭开真相的那一刻偶像坍塌，世界破碎。

在《所有路的尽头》中刘晓东想要搭建一个同代人对话的平台，孤独的个体借助沟通、探知、在对方身上认出自己，来建构具有同质性、整体性的"我们"。所以，"我"/刘晓东既有邢志平的气质，又具有与尹彧相似的经历，通过"我"的辨认，一代人的面目和人生经历逐渐清晰。弋舟也好，刘晓东也罢，不免对昔日的英雄怀有深切的理解和怜悯，他是"我们"中的一员，也是"我们"自身，一同遭遇了曾经的失落和今日的失败。这使小说对尹彧的处理颓丧又深情。而在《金农军》中，"我"只充当了叙述者，置身于情绪之外，弋舟对"弱阳性"的金农军持有更多的情感认同，尹毛诗人的品格则遭到了彻底的解构——"诗人尹毛和一位教授尚在读初中的女儿发生了关系。这还了得？校方当然不能姑息养奸，为了顾及受害者的名誉，校方含糊其词地处理了尹毛"。原来诗人不是因高洁的理想、英勇的呐喊而被流放，被"处理"不过是因为"私德"。弋舟或许暗示了另一种认知，不是时代的断裂戕害了从理想主义美好时代走来的我们，而是我们，包括曾经的时代英雄、精神偶像本身就没有力量掮住黑暗的闸门，理想主义的80年代尚未建立起理想的"自我"。所以，不该是时代对我们负责，而是我们本身就精神羸弱、行动力差，于我们的时代毫无作为。简单的历史归咎法终将失效。

  对时代的谨慎态度和自罪意识，尤其是那种对所处时代鲜见的责任感，使弋舟的小说超越了同时代以"现实主义"之名写作的一堆家务事和粗糙的社会问题小说。更何况弋舟无论怎样调整时间与历史、世界与时代、我与我们的关系，他的小说始终保持住了优雅的姿态。不过那种急切的议论与说理，有点儿改变了作家一贯倦怠、惝恍的形象，反倒像个在场的激情"左派"。这也许可以视为先锋精神的一种新的体现，如他自己所言："艺术地对着时代发声——这就是我如今的先锋观。"[①]

  在整体偏灰调的小说中，弋舟虽然对"我们这一代"的将来并不抱有太多的期待，却在努力寻找光明面，暗示希望，并对下一代有所寄托。《等深》体现出了"70后"作家少有的父辈意识，并明确意识到创伤是累积着的，上一代的罪，最终会强加给下一代，使子一辈尚未长成便负债累累。其实弋舟除了以父亲的身份尝试与子一辈沟通，还写过关于父辈的故事，比如《蝌蚪》。我们可以整理出他小说中这样的三代关系：父亲是卑琐、暴力、蒙昧的；而"我"要有意识地克服父亲身上的罪，试图成为有教养的、文明的、自尊的"我"，但被启蒙的"我"依然难以建立起理想的人格，成不了掮起黑暗闸门的新一代父亲，"我"丧失了激情，甚至失去了为"我"所不齿的父亲的那种勃勃生机；于是，在对"黎明将至"的期待中，弋舟塑造了一个理想中儿子的形象——周翔。"这个孩子和周又坚截然不同，他很少开口抱怨"，却以复仇的行动去抚平伤痕、重拾尊严。让中年刘晓东意外的是，周翔的复仇超出他的想象，对复仇的后果不是苟且地逃避，而欲磊落地承担。他不仅比上一代空谈家多了行动的能力，且携带"古风"。这个过于概念化的孩子其实为弋舟之后的写作和精神探索指引了两条路径，一是祛除现代知识分子内在的晦暗，生发行动的力量，投入朴素的生活现场；一是重回中国传统文化，于其中寻找磊落的古风、契阔的深情与隽永的中国之美。这在之后的《随园》等小说中得以

---

① 弋舟、李德南：《我只承认文学的一个底色，那就是它的庄严与矜重》，《青年文学》2015年第7期。

体现。

三

曾认为"小说诞生于离群索居的个人"（本雅明语）的弋舟，在《刘晓东》之后，做出了这样的表述："我终于明确地知道，我们的时代，我们的背景，就是我一切悲伤与快乐的根源。我想，也许当我竭力以整全的视野来观照时代大气质之下的个体悲欢时，才能捕捉到我天性中力所不逮的那些时代的破绽，这也许会赋予我的写作一种时代的气质"[1]。于是我们看到了《丙申故事集》及之后的作品中弋舟以各种写法尝试的"及物"努力。

若说《刘晓东》及之前的小说更多表现的是人失败的状态和生命本身的困惑，那么通过刘晓东，弋舟领悟到需要把人放入多重维度中来理解——现实的、历史的、永恒的。所以在小说中一些关键词频繁地交替，比如现实、时代、历史、时间，他要进行不辜负时代的写作，又要保有小说的超越性与哲学意味。从《刘晓东》为人的当下状态寻找历史"发端"，到《随园》中对袁枚随园的戏仿、对当代史中夹边沟往事的征引，弋舟显然想要将他小说中引入的历史时间拓得更远，这样故事便在实有的历史与无形的时间中获得了更为开阔的背景。这可能也会成为"70后"作家超越日常叙事的一种方式。同时，弋舟或许想突破西方现代主义文学对自我观念的禁锢，转而向中国传统文化寻找新的写作生机与精神力量。别忘了那个在《等深》中最有力量的周翔，其行为方式颇具"古风"；而《所有路的尽头》中曾抛弃故土向西方神父坦白的刘晓东却并没有获得赦免，白种人妻子也"不会理解一个中国酒鬼的悲伤"。如果"悲伤"那么具有历史和文化的差异，转而向中国历史寻找答案是不是更为可行，更何况中国传统文化里面"实在有非常高级的美"[2]，而美本身便具有治愈的功能。

实践了弋舟新美学理想的《随园》，依然是一个关于诗人、流浪、启蒙的故事，弋舟一再将这种故事改头换面融入新的生命体验，实际是在借助不同的方式探索解决精神问题的办法。在这篇小说里作家又一次暗讽了"诗人"与流浪，那种曾经被激赏的羁旅之气都落入了形式主义的浮夸表演中。这一次作者改用女性为叙述人：时常遭遇"被尘世劝退"的女主人公"我"——杨洁，追随初识的诗人老王远行，

---

[1] 弋舟、张存学：《最好的艺术表现最多的生命真实》，《艺术广角》2013年第4期。
[2] 弋舟、走走：《保持对于生命那份微妙的警惕》，《野草》2016年第2期。

看似勇敢洒脱，实际在"'流浪诗人'中，我连配角都算不上，顶多算是一个路人甲"；"我"很快看透了"流浪"行为的空洞，那些自命为诗人的诗人不过在对想象中的诗人行为进行戏仿而已；当"我"在千禧之年遭到"诗人"们的强暴后，"我"远离了原来的生活，老王为"我"复仇而入狱，从此"不再愿意提及诗人这茬了"。作家在这里解构的不只是浮夸的诗人行为或伪诗人，或许对自己早年所信奉的诗歌的感召力量也有所怀疑。

小说的主要情节是主人公杨洁重返精神"起源地"，重返的目的不是追忆却是诀别：与她的"启蒙"老师诀别，与曾经的精神信仰诀别，并通过弃绝过往获得新生。而曾经的诗人老王则通过养鸭治疗自身，继续爱"我"以对曾经的亏欠负责。"养鸭"在小说中具有隐喻的意味，它指向一种祛除了"虚张声势的抒情"的朴素，一种回归自然以简单体力劳动为良药的疗救途径。我们当然可以对弋舟的疗救方法有所保留，但他的确在调动各种精神资源对自己曾经的观念进行了一定程度上的叛逃，并在坚持探究一个可能没有答案的生命难题。小说更为有意味的是，它装置了多个历史标记，袁枚的随园，20世纪50年代末、60年代初的戈壁劳改农场，80年代以来的诗人，在多个历史事件中寻找精神上的牵连。同时，作者没有沉迷于历史，果断地在戏仿失效后从历史中抽身而出奔向未来。刻意地植入历史不是退回去，而意在为当下的人与历史建立关系，从而在中国的历史中体察中国的世道人心与中国的审美趣味。

收录了《随园》的《丙申故事集》在整体上更贴近现实，虽然继续讲述着悲伤的故事，呈现灰调的生命底色，却在有意地克制痛感与虚无，并表明了人与人之间互相理解的可能，悲情中尚存暖意与爱意。及至新作《巴别尔没有离开天通苑》，弋舟竟然少见地设置了真实的地理标记，并一再强调天通苑的特点：密集——压迫感，加之主人公长时间的失业，城市生活中的现实问题与精神问题一起被抛出来。弋舟在这篇小说中设计了一次因偷猫而导致的"跑路"，逃离的真实原因其实是不堪忍受北京压抑、焦虑的生活，适时借助生活中的偶然事件实现在心里反复想象许久的逃遁。小说接续了《随园》的探索，将未来的可能性指向朴素的劳动与雄阔的自然，这使逃遁少了消极情绪，逃遁反倒是为了奔赴另一个真实、火热、充满生机的生活现场，有着《随园》结尾处"执黑五目半胜"的果决和压倒性的胜算。

我们会明显看到，弋舟近年的写作不是在一味展示伤口和疾病，而是在以各种方式进行着疗救，文学终究是要给予爱和希望的。弋舟说自己是靠"二手生活"来写作，不如说他是在用自己真实的生命体验来写作，小说人物的困惑与他自身具有很大程度的一致性。为了治愈自己与他人，有着强大写作惯性和艺术坚持的作家不断调整自身与外部世界的关系，我们或许可以为他的写作简单建立这样的链条：《怀雨人》《噪声》（观念写作）—《金农军》（过渡性）—《等深》《所有路的尽头》（时代感）—《随园》（历史感）—《天通苑》（现实感）。当然作家最终依然要抵达"生命深刻的困惑"，使小说上升到哲学与美学的层面。

这位作家以自己的写作实践使"现代主义"小说及物、具体、不负时代，又使"现实主义"小说被更大程度地艺术化。自然，他的小说便具有了高贵的品格。

与谍战书写的告别

李耀鹏

麦家带动了一种题材的创作潮流，他孵化了一个小说、电影、电视剧等文学艺术的"谍战"时代，如果没有麦家的《暗算》《潜伏》《北平无战事》《风筝》《伪装者》等作品的出现，这一时代的产生可能要推迟许多年。是麦家的灵感和创作，点燃了一个谍战剧的时代，那是谍战剧大放异彩的时代。在这些作品中，我们和那些"谍战人物"一起度过了无数个不眠之夜，他们的人生经验填补和丰富了我们。我们知道还有那样一种不可思议的生活或"战线"。我们有幸与他们"相逢"，也在惊心动魄或心有余悸中与他们告别，他们与一个时代同在。仅凭这一点，麦家就功莫大焉。

如今麦家用八年时间完成了新作《人生海海》，这是一部告别谍战书写的小说。但是，在人心和人性的谱系上却具有内在的一致性。如果说麦家在他的谍战系列小说中不同程度地写到了神秘莫测的密码哲学，那么毫无疑问，人性是我们破译麦家小说写作最行之有效的密码。麦家放弃了他一如既往的对谍战历史的写作，而是成功地建构了精彩纷呈而复杂多变的人性故事。正如麦家本人对其新作的阐释："我想写的是在绝望中诞生的幸运，在艰苦中卓绝的道德。我要另立山头，回到童年，回去故乡，去破译人心和人性的密码。"由此可见，《人生海海》鲜明地呈现出了麦家变与不变的双重智慧，未曾改变的是他对于历史中人性光辉的书写，而变化的是他讲述和呈现历史的方式。历史与人是小说写作要面对的永恒问题，诚然历史的变革无疑会深刻地影响着现实人的发展，但人是历史存在的最根本前提，如果历史缺乏了人的思想和情感的参与，历史也将失去动人的韵味。我们讲述和书写历史的终极目的并不在于单纯地再现历史的本原，而是在心灵深处更加渴求与历史实现精神的共振，即用当代人的思想和情感重新理解和照亮历史，让历史能够穿越时间的阻隔获得新的生命，麦家的新近长篇《人生海海》的魅力和感人之处也在于此。《人生海海》的写作充分表明了麦家是一位有野心的小说家，他并没有完全地在革命战争的拘囿中去书写20世纪中国的历史变革，他将笔触延伸至更为宽广的历史纵深处，在悠远漫长的时间之流中书写历史个体的生命传奇，透过历史中个体人生命运的沉浮揭示出时代的动荡与激变。

小说《人生海海》中的主人公"上校"与《暗算》中的瞎子阿炳、《风声》中的"老鬼"、《解密》中的容金珍、《刀尖》中的金深水一样，他们共同地将全部的生命热情融汇进革命的历史洪流中，甚至付出了生命的代价。然而，"上校"的命运却有所不同，他不但没有成为被人们顶礼膜拜的英雄人物，相反却遭到双家村人无情的猜忌、陷害、蹂躏和憎恨，"上校"的生命历程及受到的戕害和屈辱让我们异常清晰地看到了历史和人性的残酷。在双家村人眼中，"上校"是彻头彻尾而又名副其实的怪人，他的怪主要源自其复杂多变的身份，正是这种特殊的境遇宿命般地决定了"上校"日后坎坷而多难的人生。在麦家笔下，"上校"是整部小说叙事中的灵魂人物，他是一个充满神秘气质而又让人心生敬畏的英雄人物，正如小说开篇写的："独有一人走过，声音是出格的不同，不是嚓，而是喀！……这声音经常在黎明朦胧的天光里，或夜深人静的月光里响起，在逼仄的弄堂里显得突兀、大胆、凶悍，杀气腾腾的，一下子蹿上屋顶，升到空中，在天上响亮，在寂静中显得空旷、遥远，像从黑云或月亮上传来的。"[1]"上校"英雄式的出场与其悲情式的生命落幕之间形成了强大的思想张力，这种内在性的叙事落差使我们对"上校"的况味人生充满着无尽的怜悯与同情。

"上校"是一个具有多重身份的"谜"一样的人物，他以静默的方式演绎了自己传奇的人生。他是革命群众要斗争的国民党反革命分子；他是被解放军镇压而罪大恶极的恶鬼；他是救死扶伤、医术精湛高明的前线医生金一刀；他是被人奚落和嘲笑的太监；他也是痴迷养猫的"神经病"。总之，人们在不同的身份认同中鄙夷和唾弃"上校"，而那个在战场上浴血奋战的革命英雄蒋正男则被人们真正地淹没和遗忘了。"上校"最大的人生悲剧在于他陷入身份认同的危机中而无力自拔，他的身上积聚着太多无法承受的生命之重。现代文化研究表明，身份的确是人作为历史个体存在的基本前提，离开了身份的指认也就意味着个体失去了其自身存在的历史合法性。"上校"置身在任何身份表征的话语系统中都无法获得全然的认同，这种失语性的认同困境决定了"上校"终其一生都是一个历史的零余者和沉默的羞

---

[1] 麦家：《人生海海》，北京十月文艺出版社，2019，第5—6页。

羊，一个孤独的精神流浪者和逃亡者，"上校"的生命中浸透着无边的苦痛和难以言说的臭名忧伤。作为小说中的灵魂式人物，"上校"的思想和精神魅力在于他与命运顽强斗争、殊死搏斗时表现出的永不屈服的"硬汉"性格。传统的革命历史小说中虽然也有大量的硬汉形象，但是他们的硬汉气质更集中地表征为坚定的革命意志和对理想信念的坚守，借由身体的隐喻功能建构人格的刚毅。"上校"在精神气息上更加接近于海明威《老人与海》中的桑提亚哥，即使生命的境地无路可走仍然坚持奋战到底，纵然失败也要保持生命的高贵、尊严和勇气。"上校"骨子里的英雄主义并不是个人的，它象征着永不言败的伟大的人类精神，他告诉我们无论何时何地都要努力保持着对于生命的希冀。麦家试图在《人生海海》中通过"上校"的形象昭示着海明威曾讴歌的生命真谛，即一个人并不是生来要被打败的，你尽可以把他消灭掉，可就是打不败他。对此，华语文学传媒大奖给予麦家的评价是最好的佐证——麦家的小说是叙事的迷宫，也是人类意志的悲歌；他的写作既是在求证一种人性的可能性，也是在重温一种英雄哲学。

在小说《人生海海》中，麦家极力状写出了历史中人性的无比复杂、绵密和丰富，他笔下的人物既闪耀着人性中的善良之光，同时又不乏人性恶的存在。善良与罪恶的交相映现让麦家笔下的人物彰显出历史的真实性，这种真实性中既蕴藏着人性的爱与美，同时又熔铸着人性的罪与罚。人性是所有小说家必然面临而无法规避的问题，可是如何将人性表达得精妙入微又是极难的事情。古往今来，伟大的小说几乎都书写了伟大的人性，《红楼梦》《金瓶梅》如此，巴尔扎克的《人间喜剧》、托尔斯泰的《战争与和平》、陀思妥耶夫斯基的《罪与罚》等更是如此。在人性表达的问题上，麦家表现出了高于同时代作家的魄力和勇气。麦家抛弃了传统小说叙事模式建构的那种善恶忠奸对立分明的价值立场，他笔下那些活在历史中的人物的生命中潜流着高尚与卑微、忠诚与背叛、关爱与仇恨的血液，他们是灵与肉相统一的历史个体，他们的存在也是历史合目的性的必然结果。"上校"是双家村最为神秘的人物，人们渴望窥视和破解他的秘密而获得心理上的愉悦，但是他们对真相的探寻却让"上校"饱尝着血泪和辛酸。在革命战争时期，"上校"是大义凛然的英雄和豪情满怀的勇士，为了完成革命任务，甘愿忍辱负重而默默无闻地牺牲自己。可以说，"上校"是善良与美好的化身，他代表着历史暗哑年代中的正义和良知。然而，令人意想不到的是，当小瞎子试图揭开他身上隐藏多年的秘密并触碰了"上校"心灵深处的伤疤时，"上校"却显露出了他的残忍和无情，他割断了小瞎子的舌头并挑断了他的手筋，让其后半生成为一个虚度生命而苟延残喘的废人。双家村的民众同样如此，在特殊的历史岁月中，他们集体批判和践踏着"上校"的尊严，在他们眼中,"上校"是十恶不赦的叛徒。然而,当村民得知"上校"的被捕源自"我"爷爷的告密出卖时,他们又对"上校"的命运遭际给予无私的同情并将批判的矛头指向"我"的家族。"我"的爷爷为此丢掉了性命,父亲则在自责和忏悔中度过了余生,也正是由于这个历史原因,"我"从此也走上了漂泊异乡的逃亡之路。小瞎子与父亲之间有着不共戴天的仇恨,正是由于他对"上校"的诬陷才让"我"的家族败落和溃散,然而,令"我"费解的是,父亲在生命弥留之际却希望"我"能为小瞎子寻找名医治愈身体。麦家在这种表面上看似矛盾的情感态度中写出了人性的幽微和复杂,他笔下的善良值得真诚的讴歌和礼赞,他书写的丑陋和罪恶也能够得到接纳和宽容,善与恶就这样被麦家完整地平衡到他的小说叙事中。

对于历史我们究竟是理解而同情,还是应当同情而理解,这是一个被长久争论的问题。史学家陈寅恪和思想家余英时都强调对于历史理解的同情心,当然,这种同情的态度并不是说带着某种先验的思想或者说主观性的前理解进入历史,而是突显出一种理解历史的姿态和境界。同样,我们需要这种历史态度去理解《人生海海》中的历史和人物。事实上,对于历史及其中的人的悲悯和同情是人类共通性的情感诉求,这种同情不仅成为历史与当代对话的桥梁,同时它也触碰到了我们内心深处最柔软的部分,从而引发强烈的思想和情感共鸣。与此同时,麦家讲述历史的同情姿态也令其小说中萦绕着一股挥之不去的情义之光,他写出了人类情感深处的善良与人间大爱。《人生海海》中的情义故事之所以让我们心生敬畏和感动,其内在缘由在于我们当下时代文学表征出的一种整体性的情义书写危机,无情无义的文学成为一种竞相追逐的风尚和潮流。对此,批评家孟繁华曾敏锐地指出:"我们的文学曾长久经历过'暴力美学'熏染,对'敌人'充满了仇恨和诛杀之心;曾受过'弑父''弑母'等现代派文学的深刻影响……商业主义欲望无边,将利益的合理性夸大到没有边界的地步等,这些观念曾如狂风掠过,至今也没有烟消云散。在文学表达中,其基因逐渐突变为一个时期普遍的无情无义。"[①]在这样的意义上,麦家的《人生海海》无疑成为新的小说美学精神的典范。

小说中"上校"的一生都背负着屈辱和苦难,他自始至终在痛苦的挣扎中坚守着人性的尊严,他"失败"而孤独的生命历程在时间的流逝中获得了仁慈。晚年的"上校"精神彻底崩溃,他沉溺在自己幻想的世界中去抗争凡俗的侵扰,那个曾经叱咤风云的时代英雄转而成为一个不谙世事的孩童。面对外面的世界,他保持了缄

[①] 孟繁华:《写出人类情感深处的善与爱——关于文学"情义危机"的再思考》,《光明日报》2019年3月27日。

默,这种沉默或许才是痛苦的最高见证。"上校"的人生遭遇让我们感受到的是缓慢而没有边际的疼痛,这种疼痛虽不是撕心裂肺但却无比漫长和悠远,由此,内心中"生长"出的不仅是对"上校"的同情,更多的则是对一个时代及其历史的全然理解。小瞎子在特殊的历史年代中曾无比狂妄和孤傲,他利用手中的"权利"摧残和迫害"上校"并试图揭露他身上的"秘密"。此外,正是小瞎子对"上校"的诬告才导致了"我"的家族的衰败和"我"的被迫流亡。然而,当小瞎子沦为一个失去语言和行动能力的废人时,我们已然忘却了小瞎子的罪责转而哀其不幸,对其充满着宽容和慈悲。与此同时,小说中的林阿姨为了守护与"上校"之间的爱情不惜背叛和出卖了他,亲手毁灭了"上校"的人生前程。但是,当"上校"的生命走到绝境中时,林阿姨又慷慨而义无反顾地选择与"上校"共度余生,她最终以生命的代价实现了对"上校"的忏悔和承诺。对于林阿姨而言,我们不再执拗于她的背叛,更多的则是感受到她身上伟大的母性光辉。在麦家的笔下,所有的人性之恶都不约而同地转化成了可以被理解和接受的常态,这种内在转化使得麦家的小说境界更为开阔和高远,他让我们看到了当代小说写作的高度及更多的可能性。

《人生海海》之于麦家的独特性还在于他将叙事的空间挪移到家乡,他透过小说叙事重新回到了自己的精神原乡。故乡几乎是拥有乡土生活经验的作家文学写作的起点,很多时候也将成为他们叙事的最终归宿。对于家乡的情感与记忆,麦家曾这样讲道:"年少的我并没有把这次离别看得很重,更没料想到,我可能将由此终生成为富阳的游子,漂泊在他乡。"漂泊意味着思念、牵挂,这有点儿苦涩、沉重。但漂泊也有一种飞行的感觉,故人往事随时远去,又如影相随,似梦非梦,似是而非。这种感觉很奇妙,有一点儿文学的感觉。《人生海海》中的"我"对家乡有着浓郁的依恋和思念之情,"我"为了攒足回乡的机票钱心甘情愿地过着含辛茹苦的生活,麦家的乡愁在"我"身上得到了鲜明而生动的印证。

"人生海海"在闽南语中是指对人生的一种感叹,意指人生就像大海一般茫茫然而没有固定的方向,总会潮起潮落,有着诸多的不确定性。犹如麦家在小说中写到的那样:"记住,人生海海,敢死不叫勇气,活着才需要勇气……世上只有一种英雄主义,就是在认清了生活真相后依然热爱生活。"[①]确乎如此,很多时候选择活下去要比面对死亡更加艰难。事实上,生命本就是一个"以笑的方式哭,在死亡伴随下活着"的时间过程,每个人源自内心的"人生海海"的慨叹都截然不同。它可

---

① 麦家:《人生海海》,北京十月文艺出版社,2019,第310页。

以是"回首向来萧瑟处,也无风雨也无晴"式的豁达;可以是"沉舟侧畔千帆过,病树前头万木春"式的欣喜和希望;也可以是"衣带渐宽终不悔,为伊消得人憔悴"式的执着和坚定。在诗人鲁米眼中,"伤口是阳光照进身体的地方"。在小说《人生海海》中,我们虽然感受到了苦难和忧伤,但是我们坚信苦难和忧伤终将会逝去,阳光终有一天会穿透"伤口"照进并温暖我们的身体,这或许正是麦家试图在《人生海海》中揭示给我们的生命真谛。

历史与生命熔铸的精神史诗
——丰收报告文学创作论

李耀鹏

> 你无穷的礼物，只注入我这卑微的手掌；多少时代过去了，我还在接受你慷慨的馈赠，无有止境。
>
> ——泰戈尔《吉檀迦利》

丰收是当下时代富有旺盛创作活力和历史情怀的报告文学家，20世纪90年代以来他相继为当代文坛贡献了诸如《绿太阳》《蓝月亮》《西上天山的女人》《最后的荒原》《还是那轮天山》《西长城》等具有经典化意义的报告文学佳作，正是这些令人瞩目的文学成就使其获得了广泛的认同和赞誉。丰收的报告文学写作具有一种海纳百川的恢宏气势和包罗万象的丰富性，内在性地接续了中国古代史传文学的传统。《王震和我们》《镇边将军张仲瀚》写出的是为新疆发展鞠躬尽瘁死而后已的英雄楷模；《蓝月亮》《西上天山的女人》是女性生命的赞歌；《梦幻的白云》记述的是一个医药企业方兴未艾的创业史；《西长城》是新疆兵团六十载的风雨兼程。总之，丰收在个人记忆、历史文化和家国理想的书写中勾勒出了以新疆作为基本地域和文化空间的西部地区斑驳而迷人的风景，以个人史、家族史和革命史同构的方式奏响了一曲关乎西部地区的"古韵长歌"，既真诚感人又无比悠远绵长。

对于沧桑历史和峥嵘岁月的深情回望使丰收能够不断地走向生活和生命的纵深处，书写中凝固着一个历史见证者的哲学之思，进而实现了历史与生命之间的生动互喻。于是，丰收在他的表意策略和书写维度当中便会自觉地将历史和现实人生、宏大叙事和日常生活统摄为无法割裂的整体。丰收的创作表征出一种鲜明而强烈的"责任"和"岗位"意识，仿佛对于那段并未远去历史的忠实记录是他无法拒绝和推诿的，而将这份书写的权利视为无上高贵的精神荣光。总之，"他完成了一个书写者的责任、一个兵团后代的责任。如果说兵团人是屯垦戍边、保疆卫土、建设国家的最牢固的西长城的话，那么，丰收所完成的工作，正是以文学的方式，以文字为建材，在纸面上构筑起一道坚不可摧的牢靠的西长城，为兵团历史尽到了一个忠实的记录员和书写者的责任"①。丰收凭借着英勇无畏的"战士"姿态如此顽强地呵护着他赖以生存的那片土地，他赤子般的热情和执着令我们肃然起敬之余充盈着感佩和敬畏。

丹纳曾指出，作为社会现象的艺术作品主要受制于环境、种族和时代等要素的内在影响和制约，并且进一步阐明："的确，有一种'精神的'气候，就是风俗习惯和时代精神，和自然界的气候起着同样的作用。严格说来，精神气候并不产生艺术家；我们先有天才和高手，像先有植物的种子一样。"②在丹纳的理解中，他虽然认同时代氛围（精神气候）对于艺术生产的潜隐作用，与此同时却更加强调作为艺术生产主体的艺术家的主导性地位。对于作家丰收而言，诚然新疆作为历史和生命的原初场景为其创作提供了思想源泉和文化符码，但毋庸置疑的是，丰收使那些行将隐没和消逝在大漠孤烟中的历史重新"活"了起来。新疆不仅是作家丰收永恒的记忆之城，更是他无法逃遁和逾越的精神和心灵家园，他个体的生命感悟和价值认同已经完全与其情有独钟的那片大地血脉相融，他的骨子里潜藏和奔涌着西部大地的历史和文化基因，他的那些带着生命体温的文字无疑重新点燃和照亮了属于一代人的青春和回忆。在这样的意义上，丰收的创作已经超越了作为个体言说的自传性的人生传奇，更重要的在于他以无意识的方式自觉地再现了"大历史"中人的生命跃迁和精神图谱。与其说丰收的报告文学于冥想中建构了无比诗意的生命诗学，毋宁承认他在试图感召和追寻那些从历史深处走来的同路人，他以历史代言人的身份和姿态为那些曾经的见证者寻找精神证词和心灵乐章。如果以此作为理解和阐释丰收报告文学创作的原点和基本逻辑，能够发觉到他并不是单向度地介入历史与个人，而是在历史与个人的互渗过程中探寻和追问生命存在的意义。诚如丰收在《西长城》获奖感言中写道："博大的西部孕育、培植了西部人生的博大，我对这个真实动感的世界充满了探究的欲望……我以《高原独行的牦牛》表达了那暮色苍茫里牦牛母子带给我的生命感悟，表达对生命的尊重。尊重生命，写出爱，写出人的尊严，是文学自觉的良知。"正是这种博大的生存世界赋予了丰收更为宽广豁达的认

---

① 李朝全：《构筑一道文学的"西长城"——丰收文学创作论》，《黄河》2019年第6期。
② ［法］丹纳：《艺术哲学》，傅雷译，巴蜀书社，2018，第30页。

知视野和人生襟怀，同时也奠定了其独特的历史观和人生观。丰收的报告文学作品让人重温历史之余得到精神的激励和鼓舞，他以一个西北汉子应有的豪放与坦荡的雄姿傲然于世。事实上，无论一个人的精神与心灵能够游牧得多么遥远，回归最初的原乡都将是其最为永恒和质朴的梦想。在这样的意义上，丰收在他的报告文学中安放和建构了一个让漂泊者赖以慰藉的自留地，他的每一次回忆与写作都使其不断地行走在"回家"的路上。正如爱伦堡在《谁记得一切，谁就感到沉重》一文中所言说的："我但愿能用满含挚爱的双目使往昔的某些化石充满生机；同时使自己贴近读者：任何一本书都是自白，而写回忆的书籍——这更是一种不愿以虚构人物的影子来掩盖自己的自白。"[1]因此，丰收的报告文学同样可以理解和认定为带着他内在情绪的自白式言说，一种带有自叙传意味的精神剖白。

自古以来，以新疆为轴心的西部就是兵家必争的边关要塞之地，它不仅幅员辽阔、历史悠久，而且还是贯通欧亚大陆文明的丝绸古道。根据文献资料记载："自西汉始，'屯田西域'为中国历代政权治国安邦的国策。西汉政治家晁错赞此举'利施后世，民称圣明'。曹操誉之：'孝武以屯田定西域，此先代之良式也'……明思想家李贽认为：'屯田是千古之策。'"[2]历史的兴衰更替使西部体现着重要的地理学意义，同时因其思想和文明的多元汇聚而不断地凝固为人们想象的精神共同体，其自身的"现代性"也伴随着中国的现代化进程得以被认知和显现。由于西部本身所表征出的地理及历史和文化的特殊性，因此可以使其进入历史和文学的讲述视野中。如果说"'现代'的意义源出多端，归根结底，在于主体置于前无来者的情境下，对时空绝续的深刻体会，对文明板块位移的巨大警醒，对种种生命可能与不可能的决绝演练"[3]，丰收报告文学作品中所舒展出的历史画卷无疑生动地呈现了中国西部由蛮荒走向文明、由边缘渐趋中心的进程。与此同时，西部同样见诸古往今来无数文人墨客的笔端，如唐代诗人岑参《过碛》篇中的"为言地尽天还尽，行到安西更向西"，李白诗歌《塞下曲》中写道的"五月天山雪，无花只有寒"，清人杨昌濬在《恭诵左公西行甘棠》中的"新栽杨柳三千里，引得春风度玉关"，等等，都不同程度地提及对西部中国的写照。时至当代，新疆等西部中国仍然是作家魂牵梦萦的叙事之地，小说家董立勃在"下野地"的空间世界中书写着天山脚下缠绵悱恻

---

[1] [俄]爱伦堡：《人·岁月·生活——爱伦堡回忆录》上，冯江南、秦顺新译，海南出版社，1999，第6页。
[2] 丰收：《西上天山的女人》，作家出版社，1998，第11页。
[3] 王德威：《文学东北与中国现代性——"东北学"研究刍议》，《小说评论》2021年第1期。

而不乏生死苦痛的爱情传奇；散文家李娟在平淡、唯美和宁静的日常生活中书写普通人的喜怒哀乐。丰收则独运匠心，他选择以纪实性的报告文学展现新中国成立以来新疆生产建设兵团几代人开垦拓荒的奋斗史。

丰收在回忆中曾经写道："寂静的夜，蓝蓝的月光寂静地流过，那些生活的场景便不期而至，就会心动泪涌。一个人，落生在哪儿，他是无法选择的……我的记忆，原生态地保存了'中国西部开发'历史的真实——这是自记事而有的'童子功'。"[1]丰收是兵团二代，父辈一代的生活、情感和心路历程会以无意识的方式构成其创作的"潜结构"或者"潜叙事"，西中国既是丰收生命和创作的逻辑原点，同时也必将成为其精神最终抵达的归宿之地，丰收的报告文学由此衍生出一种恒定的"情感结构"。或许出于某种宿命使然，丰收始终孜孜不倦地讲述着西中国的故事，在绵延不尽的时间河流中寻找着历史和生活的全部奥秘。荣获第七届鲁迅文学奖的长篇报告文学《西长城》令丰收声誉大振，是其迄今为止最重要和最具影响力的作品。《西长城》是一部史诗性的巨著，是我们回望和体验兵团人民浴血奋战的百科全书。它以全景的方式讲述了新疆生产建设兵团六十年波澜壮阔、风雨沧桑的动人史诗，几代兵团人在平乱革命、维系政权、开荒造田和现代化工业建设中开创了新疆宏伟的版图。新中国成立初期，新疆得以和平解放，为巩固边防和促进发展建设，1954年正式组建了新疆生产建设兵团，此后兵团一直是维系新疆稳定和平的中坚力量。这里既留有王震等共和国将帅英明决策领导的身影，更有知识青年和普通百姓为之默默耕耘的生命印痕。因此，丰收在《西长城》中所展现出的不仅有历史的惊心动魄，更有属于日常生活的细致与纯情。丰收以屯垦天山下第一犁、小女兵的革命与爱情、追梦白银王国的浪漫、伊犁河谷的枪声、霍尔果斯的婚礼等篇章建构和浓缩了大历史与个人生活彼此交织的生动图景。尽管如此，丰收并没有完全不遗余力地去书写几代兵团人所经历的苦痛和挫败，而是更多地昂扬出一种奋斗后的英雄主义和青春无悔的理想主义，凝聚着一种伟大的精神。当然，丰收讲述和面对历史的姿态与知青文学相比较则有着新的面相，他淡化了那种青春逝去及理想信念被埋葬的忧郁和感伤，也无意于如《桑那高地的太阳》和《龙血树》等知青小说一般，以现实成功者的立场对历史进行怀旧和重塑。丰收的报告文学中始终流淌着一种气韵和力量，个人的命运与时代的激流互为映照，他以战士般的万丈豪情开辟出新的历史愿景。正如诗人艾青在其诗作《烧荒》中写道的："小小的一根火柴，划开了一个新的境界——／好大的火啊，荒原成了火海！……快磨亮我们的犁刀，犁

---

[1] 丰收：《蓝月亮》，新疆人民出版社，2006，第201页。

开一个新的时代!"①正是这种薪火相传的精神力量成为新疆发展的不竭动力。而在那些历史过来者的回忆中,也能如此清晰地感受到他们同样没有过度地渲染创伤和血泪,而是表达收获的喜悦和真挚的友情——"劳动的汗水终于迎来了丰收的喜悦。这年夏天,这片亘古荒原上闪耀着一片耀眼的金光……这歌声充满战斗的激情,充满胜利的欢乐。这歌声,赞美着沉睡千年的土地发生了翻天覆地的变化,开出了一朵绚丽的戈壁新花。"②"在十年浩劫中他们爱憎分明,疾恶如仇,敢作敢为,从不随风逐浪……今天在向四化进军的道路上,不管遇到多大困难,我只要一想起那些勤劳勇敢的哈萨克人民,一想到那充满深情厚意的天山之路,浑身就增添了无穷无尽的力量。"③如此愉悦,如此忧伤,而又如此缱绻和决绝,丰收就这样以有限的故事和语言传递了无限的辽阔与高远。

"'历史之道'中的历史是指述事史或意义史,历史的主体是语言;但'历史之事'中的历史是指事件史或行为史,历史的主体是人。"④很显然,丰收笔下的历史作为"历史之事"中的"历史"而存在,并且有意识地彰显出作为历史主体和创造者的"人"的意义和价值,即实现了历史与个人之间真正意义上的"交往"和"对话"。简言之,丰收试图呈现和诠释出的并不是作为个体的人究竟创造了怎样的历史,而是历史如何影响和塑造了个人的生活和生命历程。总体而言,丰收在书写西部波澜壮阔的历史图景之余有意识地突显了女性的生命群像,他以丰沛的诗情和动人的笔致对那些边疆女性开拓者给予了不吝言辞的赞美。她们是被农场人赞誉为忘我工作的劳模田增芳、一生奉献给棉花种植的湖南女兵陈淑惠、饱受历史迫害之苦仍豁达乐观的唐素英,以及中国人民解放军第一位女拖拉机手张迪源,还有"冰峰五姑娘"美称的刘君淑等。她们为了响应祖国支边的号召,带着青春的滞涩和懵懂离开了生养的故土行走远方,她们未曾料想到这是一次没有归程的旅途,等待着她们的并不是诗和美好,而是无比艰难的生活。但不管怎样,这些英雄女性的到来让西部大地焕发了生机和活力,给那片黄沙漫卷的蛮荒之地带来了希望的光亮。

她们对于西部荒原的最大价值在于——"过于空旷过于单调的大漠因为她们的到来而温柔而有生气而多彩——包括她们的啜泣和哭喊。西部的辽阔剽悍,西部的

---

① 艾青:《艾青诗选》,人民文学出版社,1979,第265—266页。
② 新疆生产建设兵团农六师政治部编《铁马风尘》,新疆人民出版社,1983,第287页。
③ 新疆生产建设兵团农六师政治部编《铁马风尘》,新疆人民出版社,1983,第294—295页。
④ 赵坤:《"记忆的阐释学"与当代文学的记忆书写问题——以毕飞宇为例》,《当代作家评论》2021年第1期。

山水阳光，也催萌滋润激发她们生命的色彩，使她们生命的色彩展露得那般淋漓尽致！"①她们的人生被无情地裹挟到历史前进的洪流与烟波中，以至于呈现出共通性的美学特质："作者既不渲染，也不抱怨，而是从社会学和人类学的角度，高屋建瓴地揭示了婚姻和生殖——作为社会生产力的人的再生产对于西部军垦这一伟大历史创举的时代延续和持久发展具有何等的重要性和必要性。在这个庄严的命题下散发出来的是母性和人性的光辉。她们痛苦，挣扎，斗争……没有她们，就没有西部中国屯垦戍边的千秋伟业。她们用汗水浇灌了荒原，用乳汁哺育了儿童，用青春创造了家园。"②这些扎根边疆的巾帼英雄以超拔顽强的毅力谱写了生命的诗篇，她们不仅在社会生产的意义上体现自身的价值，同时更担负着延续生命的重任。她们为边疆历史的辉煌和功绩做出了不可磨灭的贡献，成为我们铭记西部拓荒史的一座耀眼的丰碑，她们身上映现着"天行健，君子以自强不息；地势坤，君子以厚德载物"的气魄和伟力。西部的阳光和雨露浇灌了她们的青春、理想、爱情和生命，她们的故事是奋斗者的故事，她们塑造并改变着西部的历史。因此，我们便没有理由选择遗忘她们存在的意义和价值。正如丰收所言及的："女性的命运是社会的命运……母亲啊！当你们欢天喜地又哭又笑坐上火车离开故乡的那一刻起，你们已经成为社会和历史供奉给辽阔骚动的西中国的祭品。注定要成为父亲的媳妇、孩子的母亲。母亲，理解父亲的炽烈、祖国的要求吧，因为你们的到来，西中国的屯垦结束了一代而终的历史。"③很显然，这些女性的人生境遇中充满着屈辱、隐忍和疼痛，但丰收并没有偏执地在悲剧的意义层面上将其形塑为历史的牺牲者，而是在不同的生命故事中诠释和演绎着关于爱和奉献的文化母题。丰收笔下的女性是超越性别、种族和时代而存在的，她们是心系国家和人民的"国之大者"，英雄般地绽放在西中国的大地上，她们是真正意义上的"上善若水，大爱无疆"。表面上看，丰收笔下的女性形象和故事具有一种相近或者重复的美学基调，这种复沓式的结构方式不仅不会消弭和弱化作品本身的思想性，取而代之的是这种重复本身造就了一种氛围和力量，在不间断的美学叠加中蕴蓄着情感的深度。

作为一种心灵镜像的映射，这些女性群像也如此生动地昭示着丰收对于人间大爱的崇尚和追求，他拥有着泰戈尔和托尔斯泰式的博爱、陀思妥耶夫斯基式的深刻和使命感。如果说与西中国相伴相生是这些女性无法逃遁的宿命，那么，选择忠实

---

① 丰收：《绿太阳》，人民文学出版社，1993，第53页。
② 屠岸：《西部中国的开拓者之歌——序长篇报告文学〈绿太阳〉》，载丰收《绿太阳》，人民文学出版社，1993，"序"第3—4页。
③ 丰收：《绿太阳》，人民文学出版社，1993，第44页。

地记录她们坎坷艰难但又不乏幸福的生命进程或许同样是丰收无法拒绝的使命。因此，他以体验和重温的方式为这些女性代言和立传，在历史言说中夹杂着难以名状的情感愿望。在报告文学《西上天山的女人》的缀章"我辽远的地平线"中，丰收以饱含深情的笔触回顾了自己母亲辗转漂泊的生命历程，他这样写道："母亲的体温渐渐消失。母亲谁也不惊扰独自远行了，留下慈祥，淡化儿孙的悲痛。历经沧桑的母亲啊！您要求自己太过残酷……人的有形化为无形竟如此简单，只是一缕青烟，魂逸九霄，尘世不复存在，空茫大地，浩渺苍穹。浑圆浑圆的夕阳，终于从西地平线滑下去了，月光托着天山站了起来，莽莽苍苍。"[1]很显然，母亲的永远离去注定成为丰收难以忘却的记忆和伤痛，在丰收那温暖泣血般的文字中可以感受到他对于母亲至真至纯的怀念。丰收的母亲是无数为西中国的建设奉献青春和生命的伟大女性之一，她们不仅是新的历史的开创者和缔造者，更是西部大地的"母亲"。作为"人之子"的丰收当然无法割舍与母亲之间的血缘伦理之情，而西部大地同样无法斩断与这些英雄女性的水乳交融。因此，丰收真情毕现的怀想与感恩就已经超越了对于母亲个人的追思，更重要的在于他为那些与西部同生共荣的母亲们镌刻了墓志铭。

丰收报告文学的重要特质在于他努力开掘出了人性的深邃内涵，正是缘于现实中人的思想和行动的渗透，历史才显得如此切近和真实。丰收与贾鲁生合著的《中国西部大监狱》是一部关乎人性罪与罚的命运之书，他无意于批判那些侵犯道德和法律禁忌并因此失去自由的生命个体，而是试图希冀他们在浩瀚的戈壁中能够以真诚的忏悔实现灵魂的自我救赎，他渴望用博爱的火光烛照出那些迷失者的前行道路，引导其逃离人性的幽暗地带而走向光明与新生。因此，丰收笔下的西部大监狱不再是阴森恐怖、规训与惩罚的象征，相反这里是重新淬炼生命的熔炉，历史中的发配与流放之地俨然成为富有情感和善意的港湾。监狱不再是善良与邪恶、文明与愚昧之间界限，而是由不自由到拥抱自由、由绝境到复活的起点。"监狱是什么？它像麻风和精神病院一样，用高墙和电网与世隔绝。邪恶关在了里面，善良也就被拒之门外。一群有思想的生物，被迫远离社会，遭到了无可挽救的遗弃，那是何等悲惨的事情。"[2]丰收以人道主义的立场和姿态对那些囚禁者给予理解和同情，所以，他极尽力量地写出了不同身份人的忏悔录。牟建庆对于亡妻的忏悔、张帆对于后代的忏悔、李善生对于劳动的忏悔及李小毛对于父母的忏悔等，在这些如泣如诉的虔

---

[1] 丰收：《西上天山的女人》，作家出版社，1998，第410页。
[2] 贾鲁生、丰收：《中国西部大监狱》，江苏文艺出版社，1986，第77页。

诚悔恨声中，人性深处的真、善、美熠熠生辉。这些饱含着血泪的"向死而生"的故事使得丰收发出了这样的感怀和慨叹："父母的泪，妻子的情，儿女的呼唤，是一种强有力的感召。那些好勇斗狠的孽障，那些无恶不作的魔头、恶棍、社会渣滓，只有在经受大漠风暴的冲击和涤荡，使心灵受到震撼以后，才能真正领略来自亲人心田的圣洁的甘泉。我们说爱之所以伟大，不仅在于孕育和繁衍了人世，还在于它能去腐生新，拯救一些尚未完全泯灭的灵魂。"[1]或许在人性的天平上，我们应当重新理解和诠释善与恶。在这样的意义上，丰收的报告文学中"人"所具有和承担的价值内涵既有别于五四时期思想启蒙视角下周作人提出的"人的文学"，同时也迥异于历史反思视域中的"文学是人学"。他所建构的"人"和"人性"唯有在社会学和文化人类学范畴中才能获取有效地印证。正所谓有情的历史铸就了有情的文学，而有情的文学中也必然蕴藉着堪称伟大的人性。

丰收不仅是优秀的报告文学家，他还是一位拥有着浪漫情怀的诗人，他以诗人的目光审视着山川万物和世间百态，如此自由热烈地点燃了心中奔放的火焰。正所谓"一切景语皆情语"，丰收的笔下总是在不经意之间荡漾着诗情画意，无声中酝酿着别样的生活韵致。因此，他的报告文学在纪实（叙事）之余还兼具着抒情的气质，这种别具一格的温柔而哀伤的独语方式在其唯美的语言世界中得到了淋漓尽致的展现，从而极大地丰富了其报告文学的文学性。这种诗化的语言在丰收的报告文学中随处皆可遇见，如："每一片落叶，都经历了四季的风景，冬天的雪，夏天的雨，饱尝了生命的全过程，最后带着太阳的光泽，无声无息地回落养育了它们的泥土，这就是叶子的生命。树上一片叶，地上一个人。"[2]又如："终于，最后一缕青烟向着蓝幽幽的月亮飘逸而去，明月相伴，清风相随。逝去的岁月里，有了一双眼睛，那是耿耿河汉最亮的星光，是蓝蓝的月亮。"[3]以及："雄奇俊美的骨架，定位高天阔地的新疆。钟天地灵气，聚日月光华，纳百川魂魄，育一方生灵。以百万年的历史，见证沧海桑田，西域古今。"[4]丰收创作的抒情品格既与中国古典文学中的抒情文脉息息相通，同时又与其对纪伯伦的《先知》、泰戈尔的《飞鸟集》和《吉檀迦利》以及诗人北野的诗歌接受密切相关，丰收由此孕育出的那些闪烁着灵动微光的语词就使得他的报告文学散发着诗意的光芒。哲学家海德格尔在《荷尔德林的颂歌〈日耳曼尼亚〉与〈莱茵河〉》一书中曾指出，人被赋予语言这危险的财富。一

---

[1] 贾鲁生、丰收：《中国西部大监狱》，江苏文艺出版社，1986，第114页。
[2] 丰收：《蓝月亮》，新疆人民出版社，2006，第92页。
[3] 丰收：《蓝月亮》，新疆人民出版社，2006，第199页。
[4] 丰收：《西长城——新疆兵团一甲子》，人民文学出版社，2014，第575页。

方面，语言为感知和表达世界提供了前提；另一方面，语言自身的有限性也会在某种程度上狭隘我们对存在本身的认识。诚然，丰收报告文学中抒情语言所带有的"危险"与海德格尔所强调的语言与存在之间的关系有本质的差异。它的"危险性"主要在于抒情语言过多则会破坏了报告文学的文体特征，反之，抒情语言过少则会削弱其自身的文学性。丰收的成功之处在于他实现了纪实（叙事）与抒情两者之间的平衡，从而在规避了语言"危险"的同时建构了其报告文学写作的美学风格。或许当有的论者谴责和指摘丰收过度抒情之际，他们漠视和遮蔽了丰收由此为报告文学写作所开拓出的新的美学范式。

  总之，丰收的报告文学是为中国西部尽情奏响的"大地雅歌"，是对几代戍边英雄的招魂和献祭，他的报告文学在复现历史之际兼具着疗救的功效，以无边浪漫诗意的长虹让我们忘却了历史的伤痛，让中国西部大地上飘扬着傲骨的旗帜。事实上，丰收报告文学的可读性和思想魅力正源于他以无比真诚的姿态坦然地面对历史和生活本身，既没有极尽虚构故事的能事，又不见任何矫揉造作的虚伪。丰收只是极尽自己的力量为那些"被侮辱和被损害"的人重新找回尊严，赋予历史、人、生活以新的意义和价值。狄更斯在《双城记》中曾写道："那是最美好的时代，那是最糟糕的时代；那是睿智的年月，那是蒙昧的年月；那是信心百倍的时期，那是疑虑重重的时期；那是阳光普照的季节，那是黑暗笼罩的季节；那是充满希望的春天，那是让人绝望的冬天……"[①]或许对于作家丰收而言，他有着同狄更斯一样的犹疑和矛盾，他所书写的历史和记录的时代便是最好与最坏、智慧与愚蠢、信仰与怀疑、希望与失望并存的时代，这一切皆因其对于生命本身的敬重和纯粹心灵世界的营构而显得微不足道，因为在消逝的历史与永恒的生命之间铸就伟大的精神才是丰收报告文学最大的要义所在。年轻的新时代卫国战士陈祥榕以"清澈的爱，只为中国"作为自己的生命誓言，同样充盈在作家丰收心间的那份清澈的爱，不仅属于他自己和他的同代人，更加属于我们共有的中国。我无比坚信丰收从未间断和停止他对西中国的爱和书写，因此，对于他的报告文学我们便有理由充满着新的期许。

---

  ① ［英］狄更斯：《双城记》，宋兆霖译，台海出版社，2020，第2页。

现场追踪

《云中记》《森林沉默》的生态文学启示

贺绍俊

2019年的长篇小说中有两部作品具有鲜明的生态意识，一部是阿来的《云中记》，一部是陈应松的《森林沉默》。不妨将这两部小说称为生态文学最重要的收获。两部小说又有所不同，阿来并不是有意要表现生态主题的，生与死的沉思才是他写作的主要动机，但因为他一直对生态问题有着自己的清醒见解，这种见解也就自然而然地体现在他的沉思之中。陈应松则是具有明确的生态意识，他的小说基本上就是在表达他对现实生态危机的忧思的。

一

阿来一直没有放弃要为汶川地震写一部小说的念头。汶川地震过去十年了，作家再来写它，写什么才会有新意呢？找一些当年没有重点宣传过的救灾英雄人物来写，还是再一次渲染一下地震灾害带来的苦难？阿来显然不屑于这样去做。十年后再来写汶川地震，必须写出今天我们对这场地震所进行进一步思考而又有的新的认识，我们从这场地震又获得了新的启发。阿来正是抱着这样的念头而写了《云中记》。阿来说，他一直思考的是关于生命，关于死亡，使自己在生命的建构中得到精神的洗礼。《云中记》的确是一部关于生命和死亡的咏叹和沉思，这其实也是文学的一个重要主题。但在阿来的咏叹和沉思中我读到了许多新的内涵。比如生态意识，它构成了阿来重新认识汶川地震的思考出发点。阿来尽管不是刻意要把小说写成一部反映生态问题的小说，但生态意识使他能把他所要思考的生与死的问题置于人与自然的关系中去认识，置于现代文明的新高度上去认识；他所思考的生与死问题不仅属于人类，也属于整个大自然，因此小说中处处都闪耀着生态理念之光芒。

从一定意义上说，这才是一部真正的生态文学。

生态理念首先关注的是人类与自然的关系问题，阿来正是将地震置于人类与自然的关系之下来理解的，因此在小说封底录下一段文字："大地震动，人民蒙难，因为除了依止于大地，人无处可去。"阿来就像热爱人类一样热爱大自然。对大自然的爱贯穿于《云中记》中，特别是当我读到阿巴返回云中村的第三天，阿来就像一位博物学家，细致生动地描述阿巴眼前各种各样的树木花草、禽鸟虫兽，不仅写到它们的一动一静，而且还写到它们的习性和功用。阿来的文字让我联想起梭罗的《瓦尔登湖》和怀特的《塞耳彭自然史》，这两部作品被认为是生态文学自然书写的楷模。阿来就像梭罗和怀特一样在书写自然时完全将自己的身心融入其间。所不同的是，梭罗处在工业文明粗暴生长期，因此他将工业文明视为自然的对立面，采取彻底批判的态度。而今天已经进入一个生态文明的时代，人们正在重新认识和调整人类与自然的关系。在这样的背景下，阿来就不是像梭罗那样只是表达批判和激愤，而是对文明的发展充满了期待。批判与期待交织在一起，呈现了人与自然的关系是多么复杂。这种复杂性渗透在一个又一个的细节描写之中。比如写到罂粟，写到鹿群的出没。小说多次写到了几株罂粟在荒芜后的云中村无意中开花的情景，会令人们想到一个很沉重的问题：有着"纯洁无瑕的颜色"的罂粟，却因为人类而具有了伦理性。又比如小说中写到云中村曾经建起瓦约乡第一座发电站，家家户户点起了电灯。但这次建水电站显然是没有处理好人类与自然的关系，他们没有进行地质灾害调查，大地于是以山体滑坡的方式给人类提出了警告，在这场滑坡中水电站彻底消失了。阿巴当年是水电站的发电员，也成为这次滑坡的受害者，从此他变成一个傻子。但阿来这样写并非要否定人类创造的发电系统，并非要否定发电给人们带来的生活质量的提高。因此小说就有了一个耐人寻味的设计，阿巴在那场山体滑坡灾难中变成傻子了，一直傻了十多年，而让阿巴从傻子变成正常人的原因仍然是"电"："阿巴是被电唤醒的。"这次是因为修了大型水电站，高压线把电带到了云中村。阿来细致描写了阿巴被电唤醒的过程："阿巴扶着门框摸到了新装的电灯开关。以前的电灯开关是拉线的。现在成了一个按钮。他下意识按一下那只按钮，挂在屋子中央的电灯唰一下亮了。就这么一下，阿巴醒过来了。这灯把他里里外外都照亮了。那些裹在头上身上的泥浆壳瞬间进散。""阿巴看着电灯，看着被灯光照亮的熟悉老屋，说：'呀，我回家来了。'"在这里，电代表着人类文明的进步发展，文明点亮了电灯，灯光把一个与大地密切相连的家照亮了。

阿来在扉页上写下了莫扎特的《安魂曲》，表示他写这部小说是要莫扎特神圣而又凄婉的音乐抚慰在地震中死难者的灵魂。生与死的主题自然就在这无声的音乐中呈现出来。在生与死的主题中也能看出阿来鲜明的生态意识。首先，在阿来的书写中，生与死不仅关乎人类，也关乎大地和自然。人类的生死是与自然的生死相沟通的，人的情感也就会移植到自然草木的情感上去。阿巴在磨坊的巨石前为妹妹招魂时，发现面前的一朵鸢尾突然绽放了，他觉得这是死去的妹妹通过花和他说话。他后来采了一些鸢尾花的种子交给外甥仁钦，仁钦在免职那一天特别想念妈妈，便把种子播在花盆里，小说的结尾则是："回到家里，仁钦看到窗台上阳光下那盆鸢尾中唯一的花苞，已然开放。"其次，他选择了一个地震后的移民村作为书写对象，移民措施就是一种重新调整人与自然关系的措施，缺乏生态意识的作家是看不到移民的重要意义的，这样的作家要么会热衷于写移民措施的对抗，要么会热衷于写灾后重建中人类如何更加强大。再次，小说对现实社会中的生态问题进行了揭露和批判。包括云中村里贪财的人参与采挖野生兰草，"几年时间，满山的野生兰草就被挖了个一干二净"这样的细节也会通过阿巴的叙述顺便带了出来。阿来还为云中村设置了非常特别的一个家庭，即谢巴一家，谢巴一家"赶着村里分给他们家的两头牛和五只羊到阿吾塔毗雪山下的草场放牧去了"，从此云中村有了唯一的一家牧业专业户。"虽然云中村人都在追随着时代的变化，但他们也羡慕谢巴夫妇，说，那才是以前的真正的云中村人的生活。"谢巴一家生活的设置就将生态文明的微妙性完全裸露了出来。在生态文明时代，我们不得不回过头去重新检点人类文明所走过的全部路径。事实上，阿巴这样一位代表旧时代文化的祭司，也在重新认识人与自然的关系。他想起过去在祭山神为大家讲述云中村起源的故事时，心里充满了对先人们开天辟地创世纪的英勇行为的骄傲，但是他发现，面对地震造成了灾难，今天他已由骄傲之情转变为了"哀怜之情"。这种哀怜之情其实就是一种生态之情。阿来紧紧扣住云中村人的宗教信仰和文化信仰做文章，看似他是沉湎于过去，但他又不断地从沉湎中走出来，让过去的信仰与今天的现代科学进行对话。这种对话突出体现在阿巴与余博士的密切愉快的交往中。

陈应松的《森林沉默》同样是一部高扬生态意识的作品。小说所描写的对象是神农架的动物、植物和风情文化，陈应松对森林倾注了极大的感情，全篇几乎六分之一的篇幅都是关于森林风景的书写，森林的呼吸以及森林的喜怒哀乐都通过陈应松的文字传递了出来。小说的批判意识非常鲜明，但陈应松似乎也意识到，人与自然的关系并不会因为提倡生态理念而能得到完美的调整，森林太神秘，森林又是沉默的，人类还需要怀着虔诚和敬畏之心去面对森林和大自然。陈应松将神农架作为自己长期的生活基地，对大自然充满了感情，对环境破坏的现实状况非常了解，也深恶痛绝。他大量的以神农架为背景的小说多与生态问题有关。《森林沉默》是比较集中地表达了他长年来对生态问题的思考。与阿来相同的是，陈应松也是把大自然看成是一种生命存在，而且也赋予其与人类生命体同等重要的意义，将其置于与人类生命体同等重要的位置。他在《森林沉默》的创作谈中说道："人类对天空、荒野和自然的遗忘已经很久了，甚至感觉不到远方森林的生机勃勃。那里藏着生命的奥秘和命运的答案，人只是生命的一种形式之一，更多的生命还没有像人类那样从森林中走出来，它们成为最后的坚守者。"[1] 在小说中，陈应松是带着对生命的呵护之情来书写森林中的草木生灵的，他对大自然满怀着爱意，大自然仿佛也给他一副喜悦与欢快的表情。他写出了人类与大自然万物之间的交流与沟通，而且在他的笔下，这是一种生命与生命之间的交流与沟通。当你赋予大自然万物以生命意志时，万物也有了自己的灵魂。陈应松要表达的是，我们爱护大自然，是在爱护一个个活的灵魂，我们破坏大自然时，也就毁灭了一个个活的灵魂。这种理念可以说是来自民间社会，但陈应松发现民间的这种理念其实是包含着朴素的生态意识的，因此他将其融入小说的主题中。小说中的祖父就是这样一位具有强烈朴素生态意识的老人，他将白辛树视为家中的守护神，因此他要用白辛树材为在县城生活的孙子打一套家具，祖父认为白辛树的灵魂会随着家具来到县城保护自己的孙子，他也的确在孙子家的水缸里看到了映射出的一棵枝繁叶茂的大树。陈应松的生态意识还突出体现在他对现代性始终保持着审慎的批判立场。在这部小说中他特意设计了在咕噜山区建飞机场的情节，"要削平九座山头，填平九条峡谷"。建飞机场显然会破坏山区的生态环境，但村支书对此却是非常高兴的，因为这样一来国家每年要补助村里十来万，村里贫困的问题就解决了。飞机场可以看作是现代性的象征，在讲述建造飞机场的故事时陈应松明显是站在批判的立场上的，但他也把现实的贫困问题摆在了桌面上，生态破坏往往与贫困问题纠缠在一起，这是一个复杂的社会难题。陈应松明白这一点，因此他并不是简单地对现代性批判一通了事。他由此讲述了一个非常怪诞的故事，一位研究生物学的女博士花仙竟然与一个带有返祖特征的山里人戬獯发生肉体关系，并把这种行为当作完成博士论文的一部分。也许在陈应松的构思中，女博士代表着现代文明，她要让现代文明与原始文明结合而造出一个更完美的宁馨儿。尽管结局是悲剧性的，但陈应松的意图非常清楚，现代文明已经到了非要进行彻底改造的处境了，这种改造不能指望那些占有现代文明话语权却完全背离现代文明宗旨的权势者，而要靠全社会的觉悟才能完成。

---

[1] 陈应松：《我选择回到森林——长篇小说〈森林沉默〉创作谈》，《长篇小说选刊》2019年第4期。

《云中记》和《森林沉默》不仅具有明确的生态意识，而且也富有人道主义精神。这也许便触到了生态文学的关键。生态文学应该是将生态主义与人道主义有机结合起来的文学，是将人道主义推进到更高层次的文学。《云中记》和《森林沉默》就是这样的作品。

二

《云中记》和《森林沉默》让我对生态文学有了一些思考。

生态文学是一个比较时髦的概念，对于中国当代文学来说，生态文学不仅还很年轻，也还不是很成熟。当然，中国社会过去非常缺少生态主义理念，社会主流意识基本上还处于"人定胜天"的理念之中。20世纪50年代，有一首新民歌《我来了》非常典型地概括了这个时代的主流意识："天上没有玉皇，/地上没有龙王，/我就是玉皇！/我就是龙王！/喝令三山五岳开道，/我来了！"在这样的豪迈口号中，人类对大自然的敬畏也就荡然无存，更不要说保护环境的生态意识了。20世纪80年代以后，中国社会开始有了要保护自然环境的觉悟，一些文学作品中有了生态主义的萌芽。但生态文学真正形成一定的阵势还是20世纪90年代以后，整个社会大规模的经济活动，对环境的破坏达到了空前的地步，客观上也迫使人们开始严肃地对待生态问题。1999年在海南召开了"生态与文学"国际研讨会，不少作家参会，以此为标志，中国当代文学有了生态意识的自觉性，对现代文明的生态批判进入高潮期。韩少功、徐刚、张炜、哲夫、于坚、迟子建、蒋子丹、叶广芩、贾平凹、雪漠、陈应松、胡发云等作家都创作出具有明确生态意识的作品。在这期间，刘先平创立的"大自然文学"特别引人注目，他的作品以大自然为主角，表达了人类与大自然和谐相处的生态意愿，在此基础上他还提出生态道德问题。生态文学得到众多作家的青睐。但是在我看来，生态文学因为刚刚起步，还不成熟，尽管许多作品标榜自己是宣扬生态理念，但充其量只能算是伪生态文学。所谓伪生态文学，就是对什么叫生态还没有真正搞懂，以为生态就是在人类与大自然的关系中要贬斥人类的行为。这类伪生态文学最大的问题就是失去了人的主体性。生态文学是一种反映生态环境与人类社会发展关系的文学，处理好这种关系，必须充分发挥人类的主体性，迷失了主体性的文学，无论表现的是生态问题，还是社会问题，都难以真正称其为文学。

对于生态文学，在我看来，它应该是更高端的文学，它是人类文明发展到更高阶段时的产物，它代表着未来，它也是文学面对现实问题的有力应答，但它同时需要有正确的理论指引，否则我们的应答就对不起未来。如果以这一标准来要求的话，真正好的生态文学作品还不多见。我为什么强调生态文学是人类文明发展到更高阶段时的产物？因为生态文明是人类文明进步的结果。当人类文明发展到一定阶段，才会对自然生态造成根本性的危害，人类也才能在切身感受到生存危机后而形成明确的生态意识，才会有防止和减轻环境灾难的迫切需要。生态文学以及生态批评便是这种迫切需要在文化上的表现方式。

生态文学改变了以往的文学观，改变了文学看世界的方式。这一改变突出体现在我们要从人类中心主义的状态中走出来。人类不再是我们文学中的永恒主角。但是，我们对人类中心主义的认识有很多误区，因此我们也就很难写出真正的生态文学。

我觉得，首先要厘清的是，我们批判人类中心主义，是批判人类过去在处理人类与自然关系上的霸道和武断，但我们不要因为批判人类中心主义，而完全否定人类文明，否定人类文明所创造的成果。比方对于文学批评来说，生态批评仿佛给批评家配了一副更先进的眼镜，戴着这副眼镜，我们会重新认识文学中对人类与自然关系的书写。我们会发现过去的文学存在着太多的问题。我就看到有的生态批评文章认为，像《鲁滨孙漂流记》《浮士德》《白鲸》《老人与海》等一系列文学名著，过去我们充分肯定了这些作品所表现的人类在战胜自然力量的过程中张扬个性、实现自我，但这些作品也传达出人类在这个星球上征服、扩张、违反自然规律、置自然于死地的为所欲为的自大狂妄。我以为这样的生态批评就值得商榷，这不是一种历史主义的态度。当人类文明还没有达到需要以生态意识来处理环境问题时，我们就不应该要求当时的作家以生态意识来塑造人物。我们也不应该以今天的生态伦理道德去要求当时的人物。

其次，我们批判人类中心主义，也不能否定人的主体性和自主性。我们不能以为人类不能成为中心了，就以其他的东西做中心，比方有的提出以地球为中心，或以大自然为中心，甚至要以宇宙为中心。其实，以人类之外的任何一个对象作为中心都是不成立的。所谓中心，是指以谁作为出发点和价值标准。比方以地球为中心，就应该从地球的客观规律出发，地球的客观规律不能承载数量巨大的人类，那么我们人类是否就要服从以地球为中心的要求，把现在的人类减少几个亿呢？我们要建设一个美好的大自然，什么是美好，是人类眼中的美好。对于大自然本身来说，并不存在美好与恶劣之说，无论是绿树成荫的大森林，还是飞沙走石的大戈壁，都是大自然的一种存在方式。而对于人类来说，大森林和大戈壁，是两种完全不同的生存环境，尽管人类也能够在大戈壁中艰难地生存下来，但显然人类更愿意在大森林般的生态环境中生活，因此人类将大森林般的大自然称为美好的大自然，将大戈壁般的大自然称为恶劣的大自然。这就是说，当我们说美好的大自然时，其中已经包含了人类的眼光和人类的选择了，体现了人类的主体性。人类中心主义的错误从根本上说不是"中心"这个词，而是"主义"这个词，当我们把人类的眼光和选择主义化时，也就是把人类完全孤立了起来，把人类的价值标准绝对化。生态意识的觉悟使我们纠正了绝对化的观念，懂得了人类与大自然是相互依赖的关系，但是，我们在纠正绝对化观念时，也不能走向另一种绝对化，即完全放弃人类的主体性。在生态文学中有一些似是而非的价值判断都与我们放弃了人的主体性有关。比如以自私来批判人与动物的关系，就是简单地以人与人之间的道德标准来处理人与动物的关系。生态文学不能丧失人的主体性，生态文学是将生态主义与人道主义有机结合起来的文学，是将人道主义推进到更高层次的文学。

  再次，生态文学不仅要面对自然生态，也要面对社会生态。因为自然生态危机归根结底是社会生态恶劣造成的。生态文学要探寻生态危机的社会根源，进行文明批判。所谓社会生态，是借用生态学的理论来描述社会人文的复杂关系。社会人文的复杂关系包括了政治、经济、文化、法律、伦理道德等诸多方面，构成了社会繁多的制度、信仰、习俗、理念，规定和制约着人们的行为方式。社会生态也像自然生态一样，需要各种因素达成平衡、互补，获得良性循环，社会才能得到健康发展。社会生态是由人类依靠自己的思想智慧建构起来的，但是，人类的思想智慧是完全可能出现错误的，人类对真理的认识和把握也是有一个过程的，因此人类建构起来的社会生态并不完善，甚至存有巨大的缺陷，这种缺陷对人类文明发展产生了极其恶劣的反作用。这也就能够解释清楚，为什么人们早就对自然生态保护有了清醒的认识，但在现实社会中，仍有大量破坏自然生态的事件发生。因此，不修补社会生态的缺陷，就不能从根本上解决自然生态的问题。多年以前，赵本夫曾写过一部小说《无土时代》，他把城市化称之为"无土时代"，这倒是非常贴切。在城市几乎看不到裸露的土地，全都铺上了柏油和水泥。但土地是自然生态的基本元素，有的生态学家提出土地伦理学的理念，呼吁人们善待土地，尊重土地。但赵本夫也意识到，解决城市化的这一问题并非像小说中的农民工私自在马路边的草坪上种上一片稻子那么简单。城市是人类理性的结晶，过去我们绝对相信人类的理性，但今天我们必须对理性抱有质疑的态度。小说中的市长马万里曾经对他所领导和主持的木城建设非常满意，但他后来对此有了反省，特别是发现了城市隐秘处有黄鼠狼出没时，他醒悟到城市化不仅要依靠科学的理性，也要靠人类与自然沟通的智慧，也就是说人类的社会生态还要在对自然神性的领悟下进行调整。这就是一部能够将社会生态与自然生态综合起来进行思考的小说。

第四，生态危机说到底是文化危机，人类文明是大自然进步和发展的伟大成果，但人类所掌握的改造大自然的知识远远超前于人类对大自然发展规律的认识，于是就用人类自己的手制造了生态危机。这就是一种文化危机，是人类文明发展链条出了问题，解决问题还得依赖文化的调整和更新。生态意识的觉醒和普及是一种进步，但文化危机就像是一种病毒，也会感染到生态意识上，我们应该对此保持警惕。比如2019年年初，在新西兰发生的清真寺枪击事件，袭击者在事前发布了一份宣言，在宣言中他称自己是一个"生态法西斯主义者"。一些深层生态主义者的激进行动也给社会带来麻烦，一些国家的政府将其认定为"生态恐怖主义"。有些生态主义组织则将生态保护与种族优越论、反对移民政策等政治问题相提并论。

以上是我对生态文学的一些粗浅认识，就教于大家。总之，我认为，大自然是人类的大自然，美好的大自然要靠人类来维护和建设，我们保护和建设一个美好的大自然，其目的就是要让人类有一个美好的未来；同时，人类又是大自然的人类，是大自然孕育了人类，塑造了人类，大自然的盛衰决定着人类的盛衰，人类也许永远属于大自然。

大城小事·浮城旧梦
—— 蔡东小说阅读札记

李 雪

一、从《我们的塔希提》回看蔡东

2014年《收获》连续在第4期、第5期组织了两期"青年作家小说专辑",这颇有意味的集中刊发尤其彰显了"80后"作家的创作实绩。蔡东的小说《我们的塔希提》(后更名为《我想要的一天》)刊发在第5期上,这篇小说的出现或许会让熟悉《往生》《断指》《无岸》等蔡东之前作品的人不那么习惯,甚至会有所质疑。毕竟我们的"专业读者"在大多数时候会激赏那种抵达公共经验、表现广阔世界、充满写实细节的作品,而《我们的塔希提》貌似只编织了一场"80后"青年逃离城市的幻梦。这一主题的确不那么特别,可以说是"80后"作家一种惯有的书写路向,张悦然的《家》、文珍的《衣柜里来的人》《银河》、孟小书的《逃不出的幻世》、郑小驴的《可悲的第一人称》等等,无论是文艺青年永远的"生活在别处",还是城市生活高压下的逃避、晋升无路后的退却,逃离此在的生活已经成为都市青年的普遍情绪,并被多位作家的多部作品从不同角度予以细述。那么一向与其他"80后"作家在不同田地里精耕细作的蔡东何以要写作一篇关于逃离都市的小说,难道仅仅想在青年作家专辑中有意回归到"80后"作家的队伍吗?

《我们的塔希提》其实是一篇"伪逃离"小说,这样说不是以人物是否完成了逃离动作为判断标准,而是指小说的主导情绪是反逃离,努力地压制逃离心理,并将逃离视作危险的传染疾病。如若我们先将"逃离"这一惯于被用来理解"80后"文学的关键词从蔡东这里剥离,《我们的塔希提》中的另一层故事便会徐徐浮出、那是关于深圳一对年过三十的寻常中产夫妻的故事，小说呈现了已过而立之年、自觉不年轻的"80后"夫妻于"无事"生活中演绎出的丰富内心戏。正如蔡东自己所说："对普通居民来说，衣食无忧之后，依然绝望，依然扭曲，依然低落，逃跑的冲动强烈涌起却终被深埋，人生朝着平庸无梦的深渊直直地坠落下去，如何管理自己的精神和情绪，如何令自己感到幸福和平静，也是值得探讨的文学命题。"[①]《我们的塔希提》实际上是作家实践自己理想中"城市文学"的典型作品，并由此从对"在别处"的精神空间的虚幻想象，转而明确"逃异地"的无效，从而开始思考人应该如何在客居的城市中安置自己的现代孤魂。无论是塔希提，还是净尘山，都不过是人用于自我安慰的幻境，已经被固定到现代都市、被迫屈从于世俗规则的普通人即使对眼下的生活充满怨气，内在里却依恋都市文明，被消费欲望左右，被当下庸俗的价值观、资本运行规则规训。在此种时代背景之下，蔡东试图在日常生活的夹缝中辟出一个精神空间，这一精神空间的建立依靠的是个人对社会、历史、自身的反思，及反思后进行主体重建的可能性。

我们当然可以从《我们的塔希提》中看出蔡东的变化，写法上更节制，情节被有意修剪，讲述的语气不是从前那种急切的、充满倾诉欲的，只是缓缓道来，话留三分，人物更贴近作家自身经验，所以更能触到人物的痛点。但我们显然可以通过此篇小说辨认出此前一系列小说的面目。主人公麦思和高羽可以被看作成熟了的王果和铁帅（《天堂口》）、郁金和申安（《毕业生》），三十多岁的麦思和高羽度过了二十岁时初闯深圳时的贫穷期，他们拥有了属于自己的一套房，各自获得了稳定的工作，在"平稳、混沌、微妙的制衡"中他们倦怠且暮气沉沉，这不是青春期时伪装的衰老，是与世俗生活肉搏后真正的无力。小说中麦思自述："我们都不年轻了，三十多了。我再也没法忍受一个新的男人深入我的生活，每天在我面前晃来晃去了。一想起来，仅仅是想一下，都觉得累。"[②]三十岁，便已经连更新生活的勇气都没有了，并且不断强化自己的"不年轻"，蔡东应该是"80后"作家中较早在小说中体现出中年心态的作家。比起这一代人漫长的青春梦，蔡东的梦醒得太早，也就勘破了太多的人间童话。

实际上，从创作伊始，蔡东在对生活的认识上就表现得比同代作家更为成熟。在其2006年（时年作者二十五岁）发表的小说《嘿，天堂》（后更名为《天堂口》）中，尚未毕业的年轻女孩远赴深圳挽回爱情的方式竟然是委曲求全、殷勤侍奉，面

---

① 蔡东：《下一站，城市文学》，《深圳特区报》2012年9月17日。
② 蔡东：《我们的塔希提》，《收获》2014年第5期。

对"出轨"的男朋友不质问,以非常"传统"的方式抓住男人的胃,在高压的深圳生活中与其同甘共苦,努力把自己变成男友的生活依靠。这个颇有"心计"的小妇人在爱情中都如此现实,太懂人心,与其说这场爱情里有算计,不如说女孩过早地放弃了浪漫和任性,懂得相濡以沫方能长久,懂得有瑕疵的生活才是恒常。我们可以看出蔡东最初的写作目的便不是急于表达自我,她想要抓住生活的"芯子",关注人世间的生老病死、每个人必须面对的衣食住行,她有着对生活底色和恒常的探知欲,因而从这个角度来看,无论男人、女人,中年、青年,并没有本质上的不同,他们终将面临相似的现实困境和精神难题。而蔡东的优势恰恰在于她除了对平常的日子有非常细腻的体验,还是一个细心的观察者,能够体贴地感受到他人的生活之苦。从外表上的疲态,到内心的伤疤,她对世人有所心疼,反过来,正是年纪轻轻便从别人的人生看到了生活的真相,也就明了那些别人经历的种种苦役也是自己必将经历的,于是便尤为怜惜自身。在这个意义上,或许可以说蔡东的悲与哀,不是因为太绝望,只是因为太爱惜生命,才不忍让生命在世间受损。她一方面认可生活或人生本身的悲剧性,另一方面又清楚地认识到现代社会——都市空间——资本运行规则——世俗生活——成功学、功利主义的难以抗拒,为了保护生命不被这一系列隐形却威力十足的武器杀伤,往往让笔下的人物主动退出社会的主场。这样说来,"80后"的麦思和高羽是可以超越年龄的界限和《无岸》中的柳萍、童家羽,《净尘山》中的劳玉、张亭轩,《木兰辞》中的李燕、陈江流对话的,在多篇小说的多种夫妻关系中,拨开世俗生活对人生理和心理的磨损那一层叙述,蔡东其实想要斟酌的是,在看透人生本身的残酷性和社会结构的制约下人如何自处的问题,她在思想上的纠结之处便在于是否"无为",怎样"无为"。

批评家通常将蔡东笔下携带古风的陈江流、张亭轩、童家羽称为"多余人""局外人",将麦思、高羽、陈飞白这样从个人奋斗的道路上抽身而出的年轻人视为时代的"失败者",其实蔡东小说中出现的大部分男人、女人都对主流价值观不认同,都有逃离世俗生活的欲望。只不过为了维持安稳的生活,更多人物不得不忍辱负重,尤其对女人来说,当她们的另一半选择无所事事、虚度光阴,她们便只得一个人顶住生活的全部重压。对女性的同情可能会使读者偏离作者的写作初衷,反而从中读出对这些男性的讽刺。在《净尘山》中,张亭轩的确被塑造得"萧索衰老",他在用刻意的、虚张声势的姿态维护着一个在世俗意义上失败者的体面。然而劳玉真的粗鄙到没有窥破丈夫表面仙风道骨、内里慌张颓丧的真相吗?事实是,当她与女儿一遍遍回忆丈夫的超尘脱俗时,当她配合丈夫将"钓鱼"说成"垂钓"时,其实是在艳羡丈夫的选择,那是她想要而不可得的另一种人生啊!与其说女人对男人的宽容、纵容来自单纯的牺牲精神，不如说蔡东笔下的夫妻在精神上具有同构性，张亭轩深知他和劳玉是同一类人，麦思当然理解高羽的爱与怕，他们在人群中辨认出对方，合为一体，却只能放任一半肉身享受更多的自由。实际上，那些避世、失意的男人是在尘世中受苦的女人的分体，是她们另一个更为理想的自我。在蔡东这里其实没有性别对峙，她心疼不够超越的女人，也欣赏惝恍的男人，他们共同体现着作者的理想与矛盾——人可以"无为"，但"无为"之后怎么办？

蔡东当然是现实的，她不会编造乌托邦神话，人可以"先莽撞地拒绝了世界"，但不久就会发现，"自己根本没有决绝这个世界的能力"[1]。对主流价值观的规避，不能使他们真正从容自如，重建自足的主体。世俗生活中的失败、对现实生活压力的卸载，又使他们深切感受到自身在社会和家庭生活中的无能无用，加之并无强大的精神资源进行自我支撑，他们其实在不断质疑自我的"出世"。说到底他们不过是有着高洁追求的"软弱的凡人"，这种摇摆和自我质疑又加剧了他们"内心的溃败"。如杨庆祥分析的那样，这种"出世"后却纠结于现世失败的人，其实遭遇了双重的失败，"他们的失败并不仅仅在于他们在现实面前退步，更在于内心世界的溃败，他们完全不能坚持内心的法则去生活，相对于世俗的成功而言，这是更大的失败"[2]。在《净尘山》中，张亭轩曾与友人讨论《红楼梦》秦钟离世那段，认为贾宝玉入仕为官、功成名就才能保住众姐妹的大观园，秦钟临死之前其实否定了浪子生活，对宝玉有所规劝。如果"功名利禄那条路，才是滋补理想的唯一的正途"[3]，那么身处现代城市中的小资、中产就更无法挣脱资本、外物的束缚，稍有懈怠中产很可能转为赤贫，那又何以在肉身无处安放之时获得灵魂的解放。如此我们就更能理解青年中产麦思的恐惧，她原本是主动偏离奋斗之路的"无为"者，却极力强迫自己和丈夫压制逃逸的欲望，不过是为了依靠工作带来的物质收益给自己提供生活上的保障，于日常生活的空隙过上那为数不多的"想要的一天"，这种有限的对自由的争取也在同时努力地规避风险，这恰恰体现了被现代都市塑造的现代人的逻辑。

我之所以要反复回到《我们的塔希提》，是因为觉得它是蔡东创作史上比较重要的一篇，具有连接点的意义。首先，它有效整合了此前的创作经验——留州与深圳双视角的渗入，日常生活的琐碎和对人的侵蚀，"无为"、抽离后内心的挣扎，以及重建生活之美的疗伤方式。它其实与《无岸》《净尘山》《木兰辞》等此前的小说是一脉的，只不过之前蔡东聚焦的是别人的故事，这一次她将自我经验、一代人的

---

[1] 蔡东：《净尘山》，《当代》2013年第6期。
[2] 杨庆祥：《小说即"往生"——读蔡东》，《文艺争鸣》2013年第11期。
[3] 蔡东：《净尘山》，《当代》2013年第6期。

经验渗入小说中，但她表达的并非单质的文艺青年式的逃离欲望和对意义的盲目寻找，而是想要写出被锁死在现代城市中的中产阶层、普通市民、新移民的生活方式和精神困顿，写出他们进退间的矛盾、退避后的彷徨。同时，此篇小说开启了《朋霍费尔从五楼纵身一跃》《照夜白》《天元》等此后小说的写作方向，既写细思极恐的残酷日常，又试图"打开日常生活下面的空间"，探讨人在退避之后如何自我安置。

二、从"无解"之处突围

《我们的塔西堤》是"无解"的，带着点儿丧气。蔡东可能对压抑与绝望有所警惕，而将春丽视作故事中的一道光，寄希望于世界向春丽敞开。小说的实际效果却是春丽无法喧宾夺主，她空有行动的热情却盲目而不自知，她并不是理想的引导者，她只是麦思和高羽生活中偶然的闯入者，没有能量彻底影响和改变他们的刻板生活，麦思和高羽终将回到原地。在这里，蔡东只是呈现出了人们内心的起伏，却不能赋予他们精神力量，具有丰盈内心的个体无法实现精神上的超越，他们是不彻底的抵抗者；而在之后的小说里蔡东更为专注地解决这一类人的"无解"之题，试探着为他们寻找精神支撑。《我们的塔希提》之后，蔡东有意地做减法，写法上越来越注意提纯、延宕、留白，故事被修剪得甚至有些寡淡，讲述的不过是城中小事、家务事，甚至是无事之事，人物的内心却波澜壮阔，又时常要压制着。同时，蔡东也在为笔下的人物做生活的减法，他们从热浪滚滚的都市生活中退出去，偏离个人奋斗的道路，经历最初退居到家庭生活中的恓惶、犹疑，到《照夜白》《天元》时，终于内心笃定、澄明。

发表于《照夜白》《天元》之前的《朋霍费尔从五楼纵身一跃》因为与《往生》中的生活困境具有相似性，很容易被认为是蔡东写"病、老"的又一次尝试，但这次作者的意图或许不是让读者再一次直面病、老的窘相，虽然她仍提供了患病老人那么多日常又令人悚然一惊的细节。小说中的人物一出场就处于"死局"，妻子从情感上、道德上都无法从患有阿尔茨海默病的丈夫身边逃走，唯一的了断途径无非是如同那只叫朋霍费尔的猫一样"从五楼纵身一跃"，但放弃生命、轻言生死绝不是蔡东的方式。女主人公周素格在深切体验到生活的禁锢后，生发了行动的力量，她开始在"死局"中策划突围行动——被称为"海德格尔"的诗意行动。相比之前屈从、隐忍的女性形象，周素格重建生活的愿望尤为强烈，这是因为一方面她曾经与丈夫心灵相通，感受过何为真正的理想生活；另一方面她体会到文学、哲学、艺术对受伤灵魂的疗愈作用，便更不甘于被生活的惯性制约而萌生更多期许。与此同时，作者让人物将自身置于历史长河中以寻求永恒、无限来抵抗眼下的卑微。小说在情绪的铺排中一点点祛除尘世的悲苦，于"死局"中拓展出无限的时间与空间感，从而使整体上变得轻盈、空灵。若说《往生》是一匹棉布，此篇则似一块杭丝。

小说中插了一段周素格的回忆：

> 她说，我想起来了，以前读过的古诗都活了，有自己的气息和体态了，我好像一下子能回到古时候，亲眼看见写诗的那些人了。你看看，唐朝的月亮，不也是这一个吗？他说，我知道，不用多说了。他们两人，心领神会，他们两人和月亮，也心领神会。久远古老的月光，雪一样轻盈地落在他们的身体上，又化成了水般流向地面。月亮是痴的，多少年它都没变。他们在月光下并排坐着。她全身松弛，只觉得安详，她在他脸上也看到了踏实和平静。那一刻，她确信，他们抓住了一点儿不变的东西。①

蔡东在深圳这座现代都市中做起了旧梦，想要"抓住一点儿不变的东西"，虽然她之前就写过颇有古风的人物，可他们多空有仪式感，又身处内陆小城，而近期的作品却主要聚焦深圳，她对普遍的人生之苦的书写更明显地转化为对我们时代的具体批判。现代化、城市化以及由此带来的实用主义、功利主义、庸俗成功学成为其拒绝的具体对象，进而产生了对前现代文明的怀念，或者以更理性的态度来判断蔡东的这种倾向，这不是单纯的怀念，是她向古代文明寻求精神资源的一种尝试。

《照夜白》将批判的矛头直接指向实用主义，对成功的一元化评价标准予以否定。以讲课为本职工作的大学教师谢梦锦竟然不想说话，以假装失声躲避虚假的、程式化的发言。如果说蔡东之前塑造的人物对退避、"无为"有所挣扎，尚不能完全放下，到这里，人物对无意义的公共空间的拒斥则坚定、决绝。将不想上班简单归结为人近中年的职业懈怠，或城市人最为普遍的"慢性疲劳综合征"，实则低估了作者对人物主体性的确认。谢梦锦不想讲课的真实原因是职业工作与出自本心的劳动相悖，工作不能提供给人劳动的意义与尊严。可以说，这里表现的不是倦怠，是对无意义劳动的明确拒绝。谢梦锦以为从工作的主场主动退到闲职是一种抵抗，而可悲的是，她仍逃脱不了我们时代主流价值观的规定，需要讲授一门"你的口才

---

① 蔡东：《朋霍费尔从五楼纵身一跃》，《十月》2016年第4期。

价值百万"的应用类课程。当她在课堂上讲述文学、电影，希望照耀过自己的光也能照到别人身上，却遭到学生的质疑："我报名上课是觉得这门课实用性强，速成班，立竿见影的那一种。"[1]成功学、实用主义的价值观已经给当下的年轻人"洗脑"，使他们信之、遵从之，细想之下，这是多么"正常"又可怕的事情。需要注意的是，谢梦锦对成功的拒绝不是因为不能，而是不想、是不屑。这已然不同于马小淘《毛坯夫妻》中"宅女"温小暖以自然人性为借口对社会压力的回避，不同于霍艳《失败者之歌》中丧失了竞争能力的一家人在挣扎后的彻底放弃，更与郑小驴《可悲的第一人称》中小娄在逃到深山老林里继续复制城市奋斗神话的假"归隐"迥异。如同《天元》中的何知微所说："不瞄准和瞄不准，完全不一样。"[2]以往软弱、不彻底的疏离者，终于在这里蜕变为内心笃定的抵抗者。

《天元》中的陈飞白则更为决绝，她连谢梦锦不想说话之前的挣扎、敷衍都没有，作为最容易在城市中获得利益的应用经济学硕士，她甫一毕业就选择退出奋斗、搏杀的名利场。小说讲述的依旧是蔡东最惯于写作的深圳中产夫妻的故事，全文围绕何知微探究陈飞白为什么不去面试展开，一点点进入"古典"女性陈飞白的精神世界。原来她拒绝的是公司的"狼文化"——"主动进攻，抢占先机，通过伟大的目标把员工凝聚成群狼，虎狼之师，枕戈待旦，常备不懈，时刻准备战斗搏杀"[3]，她反对"一步致胜"的成功观，更厌恶将"天元"这一至美之词被地产商宣传成城市的经济中心。她不只对这一切疏离、抗拒，还有着强烈的对其进行破坏的欲望，当然这种破坏是有限度的。

小说开头作者便用寥寥几句指认了深圳：这是一座"浮城"——填海建楼，人与建筑皆漂浮在海上，没有根基，无家可归。这城里的人如同小说里搁浅在海湾上的抹香鲸，动不得，发不出声音，默默受苦。如果明了，为何就范？提早清醒的陈飞白看似柔弱，实则有着足够拒绝世界的力量。这力量，一重来自她对别人和自我的心疼，对生命的不忍，她理解看起来不那么美好的男友母亲并非原本如此，而是被生活消耗，卑琐老妇也曾是有着美丽名字的美好姑娘"夏清熙"；另一重来自古典文化的给养，她以古典的慢对抗现代的快，以审美对抗实用，以过程对抗结果。她之所以能够在人群中辨认出何知微，是因为他有"一丝古意"，提笔写的字是"小舟从此逝，江海寄余生"。前面我曾提到，蔡东笔下的夫妻表面看起来存有隔膜，实际是同一类人。不过这次，蔡东让女性自在，让女性看到光明，而让男性捐

---

[1] 蔡东：《照夜白》，《十月》2018年第1期。
[2] 蔡东：《天元》，《人民文学》2018年第3期。
[3] 蔡东：《天元》，《人民文学》2018年第3期。

起生活的重担。不论前路如何抉择，在小说里他们理解、同心，结成了价值观相同的小共同体，在对弈时体验到宇宙的开阔，在观海时感知到时间的绵长。作者于现代都市写出了我们这个时代最古典的爱情。

蔡东虽然惯于以家庭关系为核心搭建小说，却对私密空间、个人私语有所警惕，她理想的人物状态是在保有精神空间之后，不进行自我封闭，他人、社会、历史经验依然可以进入帮助补足这一精神空间，从而使自省的主体走向澄明，并作用于社会。谢梦锦的"照夜白"不仅照亮了自己，也让学生陈乐感受到了自由之光；陈飞白摘掉"一步致胜"的广告牌是害怕广告这种强化记忆的方式给更多的人"洗脑"。《我们的塔希提》气氛压抑，不安的情绪蔓延，麦思和高羽走到了困局，而到《照夜白》《天元》，蔡东越写越开阔，写到听风、对弈、观海皆有荡气回肠、天人合一之感。这或许只是现代人"无解"之后重温的古典旧梦，是思想上的调和与改良，但蔡东的确以此让人物得以放下、敞开，有诗情、有格局、有境界了。

我曾经对身为"80后"的蔡东写出《福地》那样的小说感到讶异，自然不是因为城市客居者对于故乡、根的追寻，是惊讶于年轻作者能够发现乡村传统葬礼的美，在常人看来那不过是过于形式化的旧俗，而小说却写出了哭丧的庄严与美感："凤婶子不是哭，是吟唱出来的哭，是炫技，是咏叹调，声音里充满了戏剧腔和形式感，并有一种接近文学的品质。"[①]此篇小说或许暗示了蔡东对传统、古典的一种态度，我们不可能退回去，但传统之美、古典之美却依然具有感召的能力，或许能够帮助现代人重建残损的精神空间。比如影响过蔡东的魏晋风度、晚明闲适，依然可以影响更多功利且焦虑着的城市人。这或许不能简单地被视作批判现代性之后进行的"反古"，从积极的层面考虑，这是获得趣味美、人格美的一种方式。

做减法的蔡东，其小说越来越淡雅，精细而精致，将经验与形式都做了提纯、萃取，这当然是技术上更为成熟的一种表现，可是我又开始怀念她前期作品的那种绵密、充盈，那种生活的浓稠感。不止蔡东，已经"不年轻了"的"80后"作家，尤其是"85前"作家的小说愈发精致、细腻、个人化、内心化。可是有的时候小说写得"糙"一点儿、小说中的生活"糙"一点儿其实并不有损小说的质感。

---

① 蔡东：《福地》，《天涯》2013年第6期。

味之于民间，心之于自然
——读丁帆的随笔集《天下美食》与《人间风景》

何家欢

贺仲明在评价丁帆时曾说"丁帆既是一名学者，也是一名思想者"[1]，如果说学术著作以系统化的架构呈现了他的理论学识，那么散文随笔就像是他思想的碎片化的剪辑，让我们更能体会到丁帆作为思想者的精神气质。在此前出版的《江南悲歌》《夕阳帆影》等随笔集中，丁帆对中国古今知识分子的精神世界与人格品质进行了较为集中的探索和审视，而《人间风景》和《天下美食》则将更多的笔墨放在对饮食与风景的欣赏与书写上，在彰显文人闲情逸趣的同时，也尽显知识分子的人文情怀。

一

文学中的饮食与风景，从某个方面来说，是文人闲情逸趣的一种体现。在中国文化的历史语境中，文人有其特殊的传统。在中国古代，文人是由士大夫阶层衍生出来的一种身份，它无关于主体所处的社会政治经济地位，而是以情趣、爱好为核心取向来界定的，"所谓'文人'就是有文才与文采之人，亦即诗词歌赋、棋琴书画样样精通之人"[2]。正如李春青所言："'文人'不是一个社会阶层，而是一种文化

---

[1] 贺仲明：《知识分子的批判立场与人文情怀——读丁帆的文化随笔》，《文艺争鸣》2013年第3期。

[2] 李春青：《"文人"身份的历史生成及其对文人观念之影响》，《文学评论》2012年第3期。

身份",他们本质上是一种精神的"贵族"[1]。既然是精神的贵族,那么对他们而言,生活的意义就不再只是求得温饱、物质上的富足,或是官场上的名利是非,而是追求一种精神上的自由和愉悦之感。这种对精神世界的高度追求不仅体现在他们风雅的兴趣爱好中,同时也体现为一种心闲意适的状态——通过身体的休息和放松获得精神的平和与宁静,其中休闲是一种手段,精神上的自由感和愉悦感才是目的。所以在古代的诗词文章中常常能够感受到文人对这种"闲适"之感的寻觅,从东晋陶渊明的"采菊东篱下,悠然见南山",到张旭的"纵使晴明无雨色,入云深处亦沾衣",再到李白的"欢言得所憩,美酒聊共挥",登高、游历、饮酒一直是文人墨客笔下不败的主题,这种陶醉于美酒、寻兴于山林间的态度,体现的是文人心灵深处对自由之感的追寻,让心灵驰骋于天地之间,从而使自我得到最大的放逐,抛却世间一切的烦恼与俗务,而文学正是文人墨客用以抒发其自由之情的一个载体。中国古典文学素来有文以载道的传统,"道"所强调的是文学的社会作用,而这些个人化的文人趣味的融入则在一定程度上将中国文学从"道"的苑囿中解放出来,让文学成为远离身心羁绊的自由之作。

进入现代社会以来,古代文人的这种"闲适"精神在一些作家的散文创作中依然有所继承,如周作人、林语堂、汪曾祺等,他们的散文中常常流露出对日常化的生活体验的关注。在他们的笔下,饮酒、美食与品茶都是生活中必不可少的快乐体验,所以每每写起总是文笔诙谐,兴致勃勃,显现出一种平和冲淡的趣味。相较于旧时文人对心灵自由之感的追求,现代作家的"闲适"之情更多包含着他们对生活品质的一种审美性的要求与期待。作家多是敏锐而多情的,所以对比常人,他们更能感受到事物微妙的变化,乐于去体验生活的丰富性,因此,在日常化的生活体验的书写背后,实际上体现的是文人生活的情致与味道。或许对于作家们而言,生活本身就是一门艺术,要不断佐以情调方能让它变得更加适意和美好,才能感受到它带来的精神上的愉悦感。正如龚鹏程所言:"体验、体会、体味都是情感的投入、性情的陶冶,同时也伴随着认识,其结果就会得到一种'乐'。这是自我内在的体验,不是一般的情绪感受。"[2]这种对生活的体味与享受,完全是个人化的,其中的至情至味也只有受用之人才能够领略到它的美好。

无论是对自由感的追逐,抑或是对生活品质的审美性追求,其本质目的都是为了获得精神的愉悦。由此观之,对于文人和作家来说,精神体验是最为重要的。

---

[1] 李春青:《"文人"身份的历史生成及其对文人观念之影响》,《文学评论》2012年第3期。

[2] 龚鹏程:《中国传统文化十五讲》,北京大学出版社,2006,第176页。

丁帆是一个拥有文人气蕴，同时对生活有着作家般的敏锐感知力的人。他笔下的饮食与风景，无一不渗透着自己对生活的理解与体验，那种对各种饮食的直觉，以及对风景的感受力，都是极富灵性的，它饱含着一种作家在面对外部世界时所特有的敏感和好奇。但是个人体验并不是丁帆随笔中唯一要表达的内容，他在书写体验的同时，更注重的是去探求这种体验存在的人文性与时空性。在丁帆看来，无论是饮食还是风景，都附着了大量人类的欲望与想象，正是因为如此，同样的食物在不同的时代会带给人不同的味觉体验，同样的风景在不同的人群中也会呈现出不同的感觉。这种差别本身就是耐人寻味的，丁帆常常会在随笔中把自己的个人体验和自己所身处的历史文化语境连通起来，为各种体验去寻找其存在的文化之根。所以在他的随笔中，我们总是能够感受到一种独特的历史纵深感和深厚的文化积淀。我想，这可能是丁帆的学者与作家的混合思维在发挥作用，一方面，他以作家般诗性而直觉式的感知力去触碰外部世界，另一方面，他又以学者式的反思与自省不断对自己感受到的一切加以剖析。在理性思维的烛照下，感性世界得到了最大的纵深和延展，进而造就了丁帆随笔的厚度与深度，同时也是其文章的精髓所在。

二

《天下美食》，顾名思义是一部文学的美食之旅。在这部随笔集中，丁帆将探寻美食的笔触伸向了民间，同时也伸向了旧时的味觉记忆。

丁帆是一位民间美食坚定的追随者与探索者，在丁帆看来，现代人的味蕾已经被工业化流水线制作出来的食物折磨得疲惫不堪，变得日益迟钝，唯有重返民间才能带人们寻回饕餮的欲望和味蕾的快感。在《天下美食》《天下红烧肉》《寻觅旧时味蕾上的南京美食》等多篇随笔中，丁帆写到了民间美食令人难忘的味觉体验，无论是最普通又最能带来饕餮快感的红烧肉，还是那些令"亲者痛仇者快"的异味美食，都在现代人的舌尖散发着迷人魅力。不过，丁帆虽然是民间美食的忠实拥趸，但是同时他也对民间的一些稀奇古怪的"美食"保持着强烈的拒斥，如流传在广东地区的小老鼠蘸酱、贵州地区用牛胃里未消化的食物汁液做汤料的"牛瘪火锅"，还有世界上最惨无人道的"美食"活吃猴脑等，这些茹毛饮血的行径在作者看来都是应该被文明社会和现代人类所遗弃的。民间固然保留着现代人所缺乏的原始野性，但是同时也在一定程度上保留着原始的愚昧与荒蛮。民间美食虽然刺激着人的味蕾，但是也在某些方面存在着和人情人性相冲突的地方。如何在寻求美味的同时，坚守住人性的底线，这是丁帆提醒人们在寻味民间的过程中要去思考和注意的问题。

在丁帆的笔下，最令人难以忘怀的还是那些深深镌刻在记忆里的味道。台湾有一个词叫作"古早味"，专门用来形容那些古旧的令人怀念的味道。旧时的味道之所以令人怀恋，是因为人的味蕾总是会和一些旧时的记忆相连，当食物在口中咀嚼的时候，记忆便会随着食物在口中弥散开来。丁帆出生于20世纪50年代，他所经历的时代注定了他人生阅历的丰富性，而这些丰富的人生阅历又在无形中造就了他丰富的味觉阅历。随笔中，丁帆谈到了自己在六七十年代的一些美食体验。没有经历过这个时代的人可能难以想象在这样一个物资匮乏的时代会有着什么样的美食。殊不知越是在饥饿的年代，人的味蕾往往越会因饥饿而变得敏感，这样一来，即便是那些看似普通的食物也能咀嚼出特别的味道来。丁帆便写出了在这个饥饿的时代里的那些最令人留恋的味道，比如年少时偷偷从家里拿走跑去野外生火煮熟的嚼劲十足的香肚，比如奇芳阁楼下转弯处那咬上一口便香气四溢的鸭油烧饼，又比如六凤居的油大饼、豆腐捞，还有永和园的小笼汤包。这些已经随着时光流逝远去了的平民美食，透过作者敏感而细腻的味觉体验，又重新变得热气腾腾，飘香四溢。我相信这种味觉上的敏感与贪恋绝不仅仅只是一种个人化的味觉体验，而是已经深深地嵌入一个时代的味觉基因之中，变成了一种味觉上的集体无意识。这种体验是生活在食物充足，味蕾日益餍足的今天的人们所无法体会的。正如丁帆在随笔的序言中所写的："在中国，像我们这把年纪的人，应该是经历了三个饮食文化变迁的见证人，从农耕文明的简单烧制，到现代文明的复杂烹饪，再到后现代文明的饮食文化的大交流。我们跨越了三个时代对食物的不同的尝试和理解，很难想象，如果脱离了饮食文化的具体环境，我们能否深刻地理解美食背后的所指与能指。"[1]正是因为这一代人品尝过苦的滋味，所以他们更能体味到甜的味道。这种对味觉的敏感或许正是过去的历史时代在这代人身上留下的一个印记，而丁帆在随笔中所描绘的一切也都是作者为没有经历过饥饿的"后现代的都市人"奉上的宝贵的味觉体验。

从随笔中可以看出，丁帆对于历史和时代赐予自己的味觉体验，是满怀自豪与留恋的。但是在丁帆对美食记忆的书写中，我们又总是能够感受到其内心深处的失落与怅惘。他常常是在道出了一大篇令人垂涎的美食体验后，又在文章的结尾感叹如今再也找寻不到记忆中的味道，流露出一种怅然若失的怀旧情绪。这样的怀旧情绪在周作人、汪曾祺等人的美食散文中似乎也曾窥见。进入现代社会以后，"美食怀旧"几乎已经成为现代中国的一个独特的文化现象，这实际上是现代文明进程中，人们普遍存在的一种情绪。面对西方文化的冲击和传统文化的陷落，无力逃脱

---

[1] 丁帆：《序言》，载《天下美食》，译林出版社，2017，"序言"第2—3页。

的人们只能转向民间的味觉记忆去寻求最后的慰藉："他们的美食怀旧是创伤性集体记忆的体现；无论描绘'故乡的食物'还是追寻古籍中的美食，他们都在试图恢复或重组传统文化的断简残片。"[①]那些远去的美食记忆，所承载的或许正是现代人对民间传统的一种文化想象与精神依恋。

三

在另一本随笔集《人间风景》中，丁帆的笔触由味觉体验转向了心灵的问询。如果说美食唤起的是现代人对民间传统的味觉记忆，那么风景所激起的则是对现代文明和对人类自我内心世界的拷问。

风景的社会性与自然性的辩证统一是丁帆在《人间风景》中寻觅和探索的一个核心命题。在丁帆看来，任何自然风景背后，都离不开那个"观者"的"内在的眼睛"的解读。因此，同样的景物在不同的人群中，会呈现出不同的感觉，甚至，同样的景物在一个人处于不同的时空环境的时候也会对其有不同的理解，产生不同的心境，这就是风景的社会属性。譬如在《豁蒙楼上》一文中，丁帆由豁蒙楼之行联想到那些曾在此楼上彷徨、豁蒙过的文人墨客，他发现不同的人在不同的时代面对同样的风景，却产生了截然不同的心态，从而导致了截然不同的人生境遇。于是，他开始思索人在风景中究竟看到了什么？或许大多数人在风景中看到的都不是风景，而是自己的经历，以及自己的内心。所以，当我们面对风景时，已经不再只是欣赏风景本身，而是一种"风景的意识形态"，它不仅饱含着我们个人的生命体验，同时还有着时代和社会赋予它的人文密码和意识形态内涵。

丁帆并不否认风景的社会属性的存在，但是在他看来风景的自然属性才是最值得人类去呵护和敬畏的。特别是在人类为了社会发展而对大自然进行大肆破坏和改造的今天，人类更应该去亲近自然，去倾听自然的倾诉，而不是对她所承受的痛苦视而不见。丁帆在序言中这样写道："我反对那种无节制地糟蹋自然资源与风景的人类的卑鄙行径，我们要倾听自然的哭泣，擦拭山湖的泪珠，抚慰她们的心灵创伤。这也许就是一个人类与自然无法解决的悖论，但是不知道这个悖论的存在，或者处于麻木的状态，无疑就是人类的悲哀，因为我们的耳朵已经听不到上帝的哭泣和呐喊声了。"[②]在丁帆看来，人类应该把自然当作自己永恒的爱人一样去呵护，因

---

① 冯进：《中国现当代文学中的"美食怀旧"书写——以陆文夫为个案》，《复旦学报》（社会科学版）2013年第4期。

② 丁帆：《序言》，载《人间风景》，译林出版社，2017，"序言"第2页。

为"当一个人身处喧嚣的都市水泥森林之中,失去了与大自然的亲和力之后,生存的意义就少了一种原始的野性"[1]。而一旦人类丢失了"原始的野性",也就相当于丢失了生命力,只能彻底沦为现代文明的奴隶。

那么面对现代文明的异化,人类又该如何寻回"原始的野性"呢?丁帆在随笔中几次写到了梭罗和他的瓦尔登湖,足见对其精神思想的推崇。梭罗用他的亲身经历为人类提供了一种方式,那就是让身体和精神远离现代文明,重回大自然的怀抱。独居于瓦尔登湖畔的梭罗和古代文人的寻兴于山林并不相同,古代文人寻兴于山林,多半是为了寻求心灵的闲适之感,以及精神上的自由与超拔的体验,而梭罗的独居则有一种和现代文明相对抗的味道。在梭罗看来,现代文明已经彻底阉割了人类的天性和自然的野性,为了不被文明所奴役,他只有选择远离人群,远离文明,"在孤独之中寻觅和倡扬那种人类的原始野性"[2]。但是,梭罗的远离并不是逃避,而是在向自然寻求一种力量来对抗现代文明的奴役,他认为这种力量就蕴藏于大自然的原始野性之中:"生命存在于野性之中。最有生命力的是最有野性的。没有被驯服过的野性能使人耳目一新。"[3]为此,他选择用一种在别人看来近乎固执的孤独方式守护着人类的野性,同时这也是在守护着自己的本心。梭罗和他的瓦尔登湖就像是一个提示,时刻提醒着人类要对自然怀有一颗虔诚与敬畏的心。人类不仅要在风景中看到自己,也要在风景中看到广阔的自然,因为那里有人类生命力量的源泉和存在的根基。只有与自然和谐共生,人类社会才能获得向前发展的无穷动力。

从美食的寻觅到风景的抒写,丁帆的随笔流露出一种寻味于民间,寻心于自然的趋向和态度。借助于对民间味觉记忆与自然野性的寻回,丁帆表达了他对精神彼岸的构筑,以及对现代文明的有力批判。在丁帆看来,现代文明不仅钝化了人类的味觉,更耗损了人类的原始野性,它正在无形中以惊人的速度对人类进行着从肉体到灵魂,从感官到心灵的全方位的异化。透过对民间美食与自然风景的书写,丁帆实际上是希望现代人能够在文明进程始终保有对外部世界的敏感与好奇,并且像原始人类一样怀有一颗对大自然的敬畏之心,唯有如此人类才能在现代化进程中坚守住自己的本心,远离文明的异化与役使。对于现代文明,丁帆始终保有一种批判与反思的态度,这是丁帆散文随笔最突出的精神个性,也是当代知识分子人文情怀的典型显现。

---

[1] 丁帆:《序言》,载《人间风景》,译林出版社,2017,"序言"第2页。
[2] 丁帆:《人间风景》,译林出版社,2017,第10—11页。
[3] 见梭罗:《散步》(节选),转引自丁帆:《人间风景》,译林出版社,2017,第11页。

现实的困厄、追寻与坚守
——读张炜的《艾约堡秘史》

何家欢

张炜在他的小说创作中一直都对人类的精神资源有着非常清醒的认知和自觉的追求，他常常以敏锐而独到的文学目光审视历史与当下环境中亲历者的精神状态，在人类生命与历史现实的碰撞中"建立一种美好、博大、富有道义精神和人类生命情怀的精神世界"[1]，以此抵抗现代文明进程和当代世俗文化带给人的精神阻隔，进而形成对现实、文化的深刻批判。这样的精神立场在他早期的长篇小说《古船》中就已经形成，又在其20世纪90年代出版的《柏慧》《家族》等一些长篇作品中有着鲜明的呈现。2018年年初，张炜的新作《艾约堡秘史》面世，这部作品亦持续了其对当下环境中人的精神之旅的探寻与关注。

《艾约堡秘史》讲述了改革开放以来一个商业巨贾的生命经历和精神状态。不同于以往小说中对改革开放开拓者近乎英雄化、偶像化的描写和塑造，张炜并没有过多着墨于企业家艰苦卓绝的创业历程和奋斗精神，而是将叙事的重心放在了其获得商业成功之后的精神状态的书写上，着意去挖掘这类光鲜亮丽的人物背后隐秘的精神世界。小说的主人公淳于宝册是狸金集团的缔造者，他的实业涉及采矿、房地产、化工、远洋航运等方方面面。功成名就之后，淳于宝册无心再在商海中血拼厮杀，他将集团的大小事务都交由孙辈"老肚带"打理，自己则退居在名为艾约堡的私宅中，成了半个"甩手掌柜"。在以往人们的想象中，一个执掌着如此庞大商业帝国的男人必定是一个坚忍果决、无坚不摧的强者，但是艾约堡中

---

[1] 王光东、李雪林：《张炜的精神立场及其呈现方式——以九十年代长篇小说为例》，《当代作家评论》2002年第3期。

的淳于宝册却时常流露出软弱无力的一面。在生活上，他挥金如土、极尽奢华，却常年被一种不知名的疾病所困扰，每逢发病就会变得狂躁骇人、不能自理；在感情上，他为了博得美人芳心，不惜斥重金收购矶滩角，换来的却是怒斥拒绝和爱情理想的破灭；在事业和理想上，他一心想要成为一个对现实有所作为的"大创造者"，但是随着资本的扩张，他开始怯于面对其滋生出的丑陋与罪恶。于是，他选择退居幕后，竭力借"老肚带"之手将自己和血淋淋的现实隔离开，然而，面对现实所造下的罪恶，他终究无法全身而退，这一切都让他的精神世界备感迷茫与沉重。

借助于淳于宝册这个人物，张炜为我们呈现了一个世俗意义的成功者在剥离浮华之后的空虚、迷茫的精神状态。物质上的富足并没有为他带来精神上的充盈，恰恰相反，在淳于宝册的精神世界中，处处都呈现出一种"被掏空"的状态。小说中，张炜写到了淳于宝册的"荒凉病"，这是一种发作起来会让人变得狂躁异常、不能自理的怪病，患者虽然不知其病因却常年为其所扰。但是，在情妇蛹儿看来，淳于宝册并不是生了什么病，而是"迷了路"，他就像是一个在荒漠中迷路的旅人，一直在拖着自己疲倦的身子四处寻觅前行的方向和力量。从某种程度来说，"荒凉"与"迷路"正是对淳于宝册空虚、迷茫的精神状态的真实写照。对于淳于宝册来说，资本的攫取和占有已经让他感到疲惫不堪、索然无味，他甚至开始对自己既往的事业和追求产生了强烈的怀疑，这让他丧失了生活的方向感，陷入对生命意义和价值的自我拷问之中。借助于疾病的隐喻，张炜将批判与反思的目光投向了当下社会环境中人类精神文明与物质文明发展水平严重失衡的状态。改革开放以来，一些人借着经济发展的浪潮，掘得了人生的第一桶金。然而随着财富的快速积累，人们的精神世界却没有和物质生活一样富足起来，反而在世俗文化的挤压下变得愈加空洞和迷茫，这让他们心理承受着巨大的落差。在获得物质财富的巨大享有之后，人们精神世界中的某种坚定的力量却已经逐渐崩塌、不复存在，这就是所谓的现代人的"荒凉病"。

和精神世界的荒凉与迷茫相伴的是情感世界的空虚与饥渴。当财富的占有和资本的支配已经无法令其感到餍足的时候，淳于宝册开始转向情感世界寻求最后的精神救助。小说中有一处细节写得颇具意味，那就是淳于宝册对探寻两性间的吸引力的执迷。淳于宝册惊讶于两性间不可思议的吸引力，为此他一再追问蛹儿，她和跛子、瘦子交往过程中的细节，并对吴沙原、少尉和小巧女人的三角关系产生了浓厚兴趣。令人难以想象的是一个执掌着庞大商业帝国的男人竟然对别人的情感隐私有着如此强烈的窥探欲。但是，与其说这是一种龌龊的窥私心态，不如说这更多源自他内心深处对爱情的自卑感以及征服欲。对于淳于宝册来说，征服情感就像征服财富和资本一样能够为他带来精神上的成就感，特别是当他觉得自己已经占有了一切可占有的，操控了一切可操控的之后，捉摸不定的爱情在他眼中更加变得难能可贵且瑰丽无比。他甚至将世间一切的奇迹都归因于力比多的驱使，认为"人世间的一切奇迹，说到底都是由男女间这一对不测的关系转化而来，也因此而显得深奥无比"①。这种对两性吸引力的好奇与崇拜更让他对那些所谓的"情种"欣羡不已，一再从他们的行踪中窥探着蛛丝马迹。

无论是精神世界的荒凉与迷茫，还是情感世界的空虚与饥渴，从本质上来说，都是主体深陷于困顿处境时的对现实的一种无力感的表现。淳于宝册的困顿之处在于他在现实生活之中已经找寻不到自己所希求的价值和意义，狸金疯狂的攫取和扩张早已让他深感厌倦，他索性把集团的大小事务都交由老肚带处理，好让自己安心做一个心有大天地的"大创造者"，但是即便如此，他依然无法逃离现实的阴影，那些由资本产生的罪恶就像是魔咒一般笼罩在他的头上，无时无刻不将他拉回到血淋淋的现实之中。在淳于宝册的身上，我们能够看到张炜在既往创作中的那种对现实的否定和拒斥的态度，贺仲明在评论张炜的小说创作时曾指出张炜对待现实的退却态度，他认为张炜近期创作的作品"展现的现实世界都基本呈现负面的基本色调"，"对如此现实，作品的态度是非常明确的批判和拒绝。这主要通过作品诸多主人公的生存状态来展现。这些主人公都是生活中的严重失意者，更对现实持着强烈不满的批判态度，现实困厄与心灵拒绝之间的尖锐对立，构成这些人物的基本生存特征"②。淳于宝册虽然不能算是生活的失意者，但是他同样对现实有着强烈的不满，同样对现实的困厄有着深刻的否定和拒斥，从这一点来看，这个人物在某种程度上也是作者创作立场的显现。

在批判以外，否定现实还有另外一种方式，就是寻找和构建一个"别处"的世界。张炜在他的小说创作中一直在试图构造一个游离于现实之外的世界，以作为人类安放心灵的栖居之所。从《柏慧》中的葡萄园，到《外省书》中的破旧屋子，在张炜的笔下，当人物在选择逃离现实之后，最终都会转向那些远离世俗的宁静之处寻求最后的精神庇护，这些蕴蓄着大自然的和谐与宁静的小天地正是作者心中用来安放心灵和精神的理想处所。面对现实的困厄，淳于宝册也在向"别处"的世界寻觅着自我的精神归宿，他选择的是他的文学梦。淳于宝册曾是一名文学青年，功成

---

① 张炜：《艾约堡秘史》，湖南文艺出版社，2018，第167页。
② 贺仲明：《退却中的坚守与超越——论张炜的近期小说创作》，《文学评论》2016年第2期。

名就之后，他依然没有丢弃他的文学梦想，而是用回忆录的方式记录着自己过往的人生经历。从深层次来说，这其实也是主体在向过往记忆寻求精神依归的体现。当主体无法从现实中汲取力量时，往往会本能地逃向其他时刻——未来或是过去，而张炜常常会选择后者。张炜曾在创作中坦言："我对整个越来越吵闹的成人世界是反应强烈的。我当然不喜欢、不习惯，本能地要躲避和反抗"，"我对付它的方法就是不断地靠想象返回自己的过去，进入我的那片莽影"①。在《艾约堡秘史》中，面对现实的困厄，淳于宝册也逃回了过去，他用文字追怀着自己曾经的一段不堪回首的过往经历。

值得注意的是，在淳于宝册的回忆录中，我们看到了张炜既往创作中对道德的一贯守护。一直以来，张炜都被称为是道德理想主义者，这在淳于宝册的成长史中也多有体现。淳于宝册幼年丧父，后又丧母，虽然在他人的收留下长大，却受尽了地痞流氓的打压欺辱。是校长李音发掘了他的创作才华，他就像一束光一样，照亮了少年宝册生命最灰暗的时刻。淳于宝册深深感念这份知遇之恩，在李音自杀身亡后，他带着老师的遗愿只身前往青岛寻找李一晋，一路周折险些丧命。旅途之中，也不乏救其于危难的好心人，眼盲失子的老太、施舍饭食的老伯，还有姑娘小狗丽……淳于宝册将每一份帮助和施舍铭记于心，最终，所有的善行都得到了回报，作恶之人也得到了应有的惩罚。在善恶对立之间，道德主义的光芒又一次凸显出来。对道德的守护曾是张炜创作的一个重要特点，特别是在其90年代创作的一系列作品中，善良、忠诚常常是其评判一个人的最基本的标准。这种道德判断在张炜的近期创作中已经日趋弱化，很少再以主题的方式在作品中呈现，但是从《艾约堡秘史》中可以看出，张炜对道德主义的倡导并未完全消失，而是转向了一种更为内敛化的表现方式。

曾经的逃亡经历是淳于宝册生命中最不堪回首的一段时光，对于淳于宝册来说，对记忆的书写也是他抚平自己内心创伤的一种方式。他将自己的私宅命名为艾约堡，可见这段"忆往昔天天地哎哟"的屈辱过往在他心底留下的深刻烙印，但是从艾约堡中严密的尊卑秩序和粗俗的惩罚手段来看，他所打造的艾约堡，不仅是对自己事业人生的鞭策和激励，更是以一种近乎报复的方式去回击历史现实强加给他的精神苦难。孟繁华先生在评论中指出，艾约堡是"前文明的产物"，"它具有这一文明所具有的全部要素"②，它有着神秘幽森的氛围，亦有着家族王权的森严秩序。

---

① 张炜、王光东：《张炜王光东对话录》，苏州大学出版社，2003，第205页。
② 孟繁华：《张炜〈艾约堡秘史〉评论专辑》，《芒种》2018年第5期。

可以说艾约堡就像是一个有着自己内在秩序的独立王国，而淳于宝册就是这里秩序的主宰者，是这个王国中至高无上的君主。对于淳于宝册来说，艾约堡就是一个微缩版的现实世界，可以任其控制、改造，甚至是给以痛快的回击，但是对这个虚拟王国的操控还不足以满足他的愿望，在淳于宝册的心中，他一直渴望创造出一片"心灵的大天地"，他将自己视为一个"大创造者"，他对吴沙原说："我要用笔记下心里的一切，对这个狗日的世界所有的喜欢和厌恶、所有的爱和恨，还有我希望它变成的样子！我有一套改造它的方略，我是个大创造者……"[1]这段近乎狂妄的谈话真切地体现着淳于宝册内心强烈的渴望，他要成为一个改造现实的人，而不是一个被现实所改造的人。狸金就是他用来征服现实的一个有力工具，但是随着狸金的扩张，现实和理想之间的差距日益扩大，改造现实、创造现实的梦想最终变成了对现实的否定和厌弃。

　　文学是淳于宝册在现实以外用以安放心灵的世界，还有一处就是爱情。淳于宝册和艾约堡的故事脱离不开他身边先后出现的三个女人，妻子"老政委"、情妇蛹儿和追求对象欧驼兰。这三个女人在淳于宝册的生命和事业中扮演着异常重要的角色，"淳于宝册个人史以及狸金集团的发展史，与三个女人密切相关，没有这三个女人，淳于宝册和狸金集团就失去了讲述的可能"[2]。"老政委"是个破马长枪的女战士，她是助他打下江山的合作伙伴，是他的司令、指路人，没有"老政委"，就没有现在的淳于宝册和狸金集团。蛹儿则是个风情万种的人间尤物，她是悉心照顾他衣食起居的忠实仆从，是帮助他维护和治理整个艾约堡的大管家，她的责任是让艾约堡中的一切都有条不紊、井然有序。"老政委"和蛹儿似乎正是世俗女性中的两极代表，一个性情豪爽、深谋远虑、敢打敢拼；一个性感妩媚、乖顺多情、善解人意。但是，欧驼兰和她们都不同，她的身上没有丝毫世俗的味道，而是多了几分和自然的亲昵，这点从她的名字和民俗学家的身份就已有所体现，而张炜对于她气质的描述更是充满了自然的气息和味道："就像水生中的某种植物，没有一丝泥尘，没有沧桑没有风霜，白细，水汽充盈。"[3]欧驼兰的出现让深陷现实困厄的淳于宝册终于感受到了一种超乎现实之上的精神力量，他原本便将两性间的吸引视作创造一切世间奇迹的原动力，而欧驼兰的出现再次印证了爱情在他身上释放的神奇魔力。为了博得美人芳心，淳于宝册将狸金的触角伸向了矶滩角，试图以此和在矶滩角搜集拉网号子的欧驼兰建立起联系，而当他得知欧驼兰对自己和狸金集团的抵触情绪

---

[1] 张炜：《艾约堡秘史》，湖南文艺出版社，2018，第209页。
[2] 孟繁华：《张炜〈艾约堡秘史〉评论专辑》，《芒种》2018年第5期。
[3] 张炜：《艾约堡秘史》，湖南文艺出版社，2018，第91页。

之后，又不惜以停工为代价来博得其认可。欧驼兰就像是淳于宝册用以抵御现实荒凉的最后一棵稻草，牵动着他的心魂。

可以说，爱情是淳于宝册用于寄放心灵的又一个"别处"，但是，从更深层次来说，张炜将淳于宝册对欧驼兰的爱情追求作为小说的主线，不仅仅是在书写爱情的神奇魔力，他更是在表达一种向自然皈依的倾向。小说中对于欧驼兰的描述无不在凸显她超于现实、远离世俗的自然属性，张炜有意将她放置在矶滩角搜集拉网号子，更是将她和远去的乡土文明连接起来，传递着人与自然和谐共处的古老讯息。淳于宝册在一次次造访渔村的过程中，也曾被渔村和谐宁静的氛围所吸引，沉浸于悠扬而又富有生命悦动的拉网号子声中，那一刻他仿佛找寻到了让自己获得身心自由的美丽净土。这似乎意味着当人类厌倦了现实的残酷和世俗的喧嚣，终会转向自然，寻求最后的慰藉与皈依，但是对于淳于宝册来说，这又是一个理想与现实的悖论，因为他和狸金所做的一切正是在将这片净土彻底摧毁。这似乎也是每个现代人都无法逃避的一个悖论。滚滚而来的城市化进程正将人类作茧自缚般地套牢其中，无论是拉网号子所代表的乡土文明，还是小渔村旖旎的自然风光，都在推土机的轰鸣中渐渐离人们远去，即便人类有意借助自然摆脱心灵异化的危机，在不远的将来也未必有足够的自然空间去容纳和承载人类的寄托与想象，这或许才是现代人所面临的无法逃避的现实困境。

纵观淳于宝册的人生历程，从年少时被时代现实狠狠地痛击，到青年时怀揣着梦想去改造现实、创造现实，再到功成名就后对现实的反思、矛盾和否定，他所经历的正是他这一代人共同的精神历程。在这个无止息地向前奔涌着的大时代之中，淳于宝册并不是一个孤独的精神存在，很多人都像淳于宝册一样，在获得物质上的富足的同时，却感到精神上的空虚、困惑与迷茫，他们都在默默地希求能够找寻到一种精神力量，去帮助自己抵抗这个时代对世界、对自己的异化和改变。欧驼兰和吴沙原也在寻求这种力量，但是他们比淳于宝册更清晰地知道形成这种力量的根源和解决问题的途径。欧驼兰在民间搜集拉网号子，为的是让失落的民俗文化能够在现代文明中得以生存和延续。吴沙原凭借自己的微薄之力同狸金集团对抗，为的是保护矶滩角这个海边的小小渔村不受资本巨浪所侵袭。欧驼兰和吴沙原就像是世俗世界的两股清流，他们都在以自己的方式抵抗着滚滚而来的现代化进程。这种看似笨拙而单薄的方式恰恰是人类本心最真实的流露，面对强大的现实力量，他们没有被裹挟，亦没有选择逃避和屈服，而是同现实进行着艰苦的博弈与抵抗，他们的身上有着淳于宝册所缺乏的勇气和力量。特别是当吴沙原向淳于宝册痛诉狸金的罪恶，说出"是因为有了狸金，整整一个地区都不再相信正义和正直，也不信公理和劳动，甚至认为善有善报是满嘴胡扯……"①的时候，道德理想的光辉又一次在张炜的笔下升腾起来。吴沙原们不仅是自然精神的卫护者，同时也是这个时代道德理想的坚守者和捍卫者，他们才是作家理想中所期待的能够照亮时代的精神力量。

张炜的《艾约堡秘史》让我们看到了一个作家对时代的良心与敏锐觉察，特别是对于淳于宝册这一人物的塑造，既有其企业家形象的典型性，同时也承载着一个时代的心灵历程和现代人共同的情绪与心境。张炜总是能将笔触探入人灵魂的最深处，去挖掘他们所承受的苦难与隐痛。在他看来，一个作家只有深入理解这个世界全部的苦难与人生的困厄，他的笔下才会有更加广泛而深刻的文学呈现，《艾约堡秘史》所体现的，正是张炜对世界与人生的理解，以及他对人类的那份深沉的情感。

---

① 张炜：《艾约堡秘史》，湖南文艺出版社，2018，第313页。

青春的回望与历史的反思
——关于梁鸿鹰的散文集《岁月的颗粒》

张维阳

文学批评家梁鸿鹰于2016年开始散文创作，此后其作品陆续在国内各大文学刊物发表，2021年，这些作品结集为《岁月的颗粒》。在这些散文中，他以文学的方式重返青春，回首往事，娓娓道来那些童年的稚气、少年的理想、青春的爱恋和家庭的故事，用笔墨勾勒出个人成长踪迹的同时，也唤醒了读者对于历史的记忆，既是青春岁月的回顾，也是共和国青葱岁月的历史盘点，是诚恳的心灵声音，也是理性的历史深省。

梁鸿鹰的家乡是一个北方边地的小城，他的少年时代和部分青春岁月在此度过。梁鸿鹰的散文，起笔于他的童年和家乡，文集中的篇目，都和他的家乡有关。在《火车进站》《声音考》《书店不完全往事》和《1978年日记所见》等文章中，梁鸿鹰写出了改革开放前北方小城的闭塞与单调，以及小城的孩子对外部世界的期待和向往。对于和他一样的20世纪六七十年代出生的小城的孩子来说，轰鸣的火车是现代文明的象征，是外部世界的大门，它驰骋于旷野和莽原，穿过群山与寒夜，为小城的孩子带来都市的气息和未来的想象。文章中，在车站看火车是这些孩子重要的娱乐项目，在封闭的北方小城，只有火车能带给他们新鲜的见闻。车站中的旅客、扒手、混混、警察、囚犯带来一些聒噪或者混乱，打破小城的沉静，搅动起一些波澜，为孩子们百无聊赖的时光增添一抹亮色。车站的喧闹，衬托了小城的冷清与无趣，生活的枯燥、知识的匮乏、娱乐的稀缺、未来的渺茫，让这些孩子无所事事，只能借助火车去建构对于未来和远方的想象。孩子们对于火车有关于未来的浪漫憧憬，也有具体的功利诉求，孩子们通过各家接站接来了什么人，来攀比各个家庭的交往对象，也看着旅客的大包小裹，期待客人给自家带来的礼物，这些都表现了那个时代小城人生活的凝滞、与外界交往的疏落以及物质条件的匮乏。

梁鸿鹰对过往的回忆，有些通过具体的场景和画面来还原，有些则以声音为通道，让读者通过对声音的感知和想象进入其讲述的历史时空，通过这样的书写，他立体地复现了当时的社会生态。他写道，收音机曾长时间作为小城居民接收外部信息的主要渠道，在改革开放前，政治的内容几乎占据了当时所有的波段，新闻时事和宣传口号日复一日地随着电波传到千家万户，电波的内容缺少关怀的口吻和温暖的语调，都是政治的调门，铿锵的声音。通过对电波内容的描述，梁鸿鹰呈现出小城当时紧张的政治空气和贫瘠的文化环境，在如此环境中成长的少年，被严肃和冷峻包围，无疑经历了精神的困厄和思想的禁锢。而更让他记忆深刻的是那时钟表的声音，那种重复和千篇一律的节奏代表着纪律和服从，每家的生活似乎都受到钟表的驱遣，单调的日子日复一日，人们就在这重复的日子中成长或者老去。梁鸿鹰没有书写那时他对这些声音的反感与拒斥，却写到当时自己对于拆解家里收音机和钟表的爱好，他的拆解导致了家里钟表和收音机的停摆和损坏，是对这样钟摆一样生活的冲击和破坏。这种破坏行为一方面源自现实中少年的好奇或顽劣；另一方面也具有象征的意味，表现出充满生命活力的少年对那个时代小城紧张单调生活方式的抗拒与厌倦。

梁鸿鹰对小城压抑氛围和闭塞环境的描写，表现出少年时代的他对小城生活的不满和嫌恶，这种不满让他逐渐生成了逃离的愿望。这时，书店中并不丰富的书籍伴着火车的汽笛，唤醒了少年不安分的心，为他带来了外部世界的感召。在文章中，梁鸿鹰多次谈到自己对书籍的嗜好，在那样封闭的环境中，也许只有书籍能打开思想的空间，拓展生活的边界，丰富枯燥的人生，连接外部的世界。他谈到为了买书他花光了自己所有的零用钱，有一次甚至忘记给母亲买药，将买药的钱也交给了书店。他还在文章中塑造了一个美丽的图书导购员小金，她热情而优雅，是小城的一处风景，一抹亮色，让少年们对书店流连忘返，也让他多年后依然念念不忘，她俨然是小城的缪斯，带给少年们对于书籍和知识的向往。美丽的小金，连同书店中的那些有趣的书籍，带给了他很多欢乐的回忆。

《一次邂逅》《盈盈尺素》等篇目是有关青春爱恋的故事。其中《一次邂逅》讲述的是知青的爱情。主人公马津老师是天津来的知青，当年，他怀着燃烧青春、建设祖国的热忱，孤身来到距家千里之外的内蒙古，不久，艰苦的生活条件、繁重的体力劳动以及荒芜的精神生活让他厌倦和痛苦，恐惧和幻灭，很多和他一样的知青在这里迷失或沉沦。漫天的狂风和一望无际的沙海吞没了他们几乎所有的劳动和努力，重复而无效的工作一年又一年地消耗着他们的生命。这时，爱情浇灌了他干瘪的青春，陪他度过了那些荒凉的日子。他无疑是幸运的，在艰难的岁月中幸运地获得了爱情的拯救，获得了幸福的人生。然而，不是所有人都能像他一样幸运。文章中，有的知青由于青春的躁动和生活的苦闷，周旋于两个女孩子之间，成了罪犯，有的知青被独自安排在牧场放牧，与牛羊为伴，离群索居，变得愚钝而冷漠，他们的青春长久地陷落在这片无边的荒漠。与知青的爱情比起来，《盈盈尺素》中改革开放后的爱情往事明媚而灿烂。《盈盈尺素》是20世纪80年代初一对青年男女通信的汇编，通信的双方青梅竹马，但在高中毕业后才建立通信联系，通过长时间的通信最终确立了恋爱关系。两个人以文学交流为由头，开始通信，先是谨慎的试探，继而慎重地关心，接着朦胧地示好，当然也有误会与闪躲，思虑与反复，直到后来大胆地互诉衷肠，爱情才瓜熟蒂落。作品中，情感的抒发与回应委婉而含蓄，需要细心的忖度和思量，他们通过对方信件中词句、语气、篇幅和署名的变化，思忖对方内心的动向，据此决定下一封书信的回复方案。梁鸿鹰写出了他们对爱的耐心，他们不顾长时间的寂寞与煎熬，在漫长的时光中期待和守候彼此的心意，表现出对爱的执着与尊重。他也写出了他们爱的纯真与雅致，他们讨论文学，交流学问，在交流中共同学习，在讨论中共同成长，没有利益的考量，没有功利的算计，这是一场往日温馨的旧梦，这是属于80年代青年人的浪漫。通过对不同时代爱情的描述，梁鸿鹰呈现了改革开放前后不同时代的历史景观，80年代青年可以遨游于文学的世界和知识的海洋，自由追求自己心中所爱，而当年的知青被放逐在文化的荒漠，每日高强度地体力劳动，只能与同病相怜的人抱团取暖。不同的时代孕育了不同的爱情，通过对不同的爱情故事的讲述，梁鸿鹰表现出他对历史的评价与态度。

萧乾在整理早年间回忆时曾写道："早年的事，犹如一碗酸辣苦甜咸的菜汤，有一种难以代替的风味。有时它像是远方吹来的一支儿歌，温存而又委婉，恰似春日垂杨柳梢在脸上拂过；有时又像是一场噩梦，仿佛看到自己孑然一身踏过一道独木桥，四面虎狼都在睁大了眼睛，张开血口，等待吞噬。"[1]每个人回忆往事的时候，会想到一些明媚灿烂的经历，也会有一些荫翳暗淡的岁月，梁鸿鹰也不例外，他那些不悦的记忆，很多与父亲有关。在《被岁月和父亲所塑造》《父亲零章断简》《母亲与我的十二年》等篇目中，梁鸿鹰回忆了自己的父亲。在中国现代文学的历史上，有着众多书写父亲的佳作，如朱自清的《背影》，凸显了父爱的克制与含蓄，贾平凹的《我的父亲》，感念父亲位卑平凡，却又崇高伟大。这些作品多是对父爱的书写，表达对父亲的思念。而李广田的《悲哀的玩具》、北岛的《父亲》，以及刘

---

[1] 萧乾：《一本褪色的相册》，百花文艺出版社，1981，第4页。

兆林的《父亲祭》等作品，则写出了与父亲的隔膜，或者对父亲的不满与质疑。这两类书写父亲的作品，情感饱满而充沛，都给人留下了深刻的印象，但其对父亲形象的刻画往往只注重可爱、可怜或可恨的某一个侧面，单一而缺乏新意，梁鸿鹰对父亲的书写，写出了父亲性格的复杂，也写出了自己对父亲情感上的矛盾，对"父亲"的书写做出了新的尝试。他写出了父亲的才情与仗义，对待爱情的热情与投入，以及面对宿命的勇敢和执着，这是一个高大伟岸，充满了生命活力的父亲形象。然而，这只是父亲的一面，他还有另外一面。作为党的干部，他"以单位为家，以公家的事情为头等大事。宁愿自己吃亏，不让国家吃亏，挣一天钱，出十分力，从来想不起占国家的便宜"[1]。文章中，父亲将自己几乎全部的时间、精力和热情投入到工作当中去，加班是生活的常态，家里成了他的第二间办公室。他对公家的事务非常用心，对朋友的事义无反顾，被无数人尊重和需要，但对家庭事务却不够关心，即使妻子常年抱病，难以负担家务，他也依然如故。他长期缺席于子女的成长，鲜有与儿女共享的亲子时光，还给子女留下了很多施暴的记忆。在爱人去世后，他对子女的照顾也比较糊弄，无论食物、衣服还是玩具，都是对付，让他的子女长时间敏感于和同学们在生活环境和条件上的落差。对政治和工作的热情导致了他对家人的疏离，对远景的渴望和期待影响了他的子女对父亲爱的感知。心理的落差像一根刺，扎在梁鸿鹰的心中，以至于梁鸿鹰多年后回忆少年时代的生活，在写到当年的那些孩子们时，还会细致地描述他们的鞋袜，合脚干净的鞋袜代表了家人对他们的照顾与关爱，而这无疑是少年时代的他所羡慕和期待的。"父亲"对国家和个人事业的情感是真实的，但对于他的子女来说，父亲的缺席和父爱的缺失同样是真实的，父亲对家庭的忽视给孩子带来了经久不散的遗憾和疼痛，梁鸿鹰以一个孩子的视角和立场，书写了对父亲的想念与埋怨，让读者看到那些敬仰与荣耀的背后，隐藏着诸多的伤感和亏欠。

文章中像劳动模范一样工作的"父亲"无疑是值得尊重的，作为新中国的建设者和社会生活的组织者，他的牺牲精神和无私奉献的态度表现了他对新中国的忠诚。但在那个时代，"父亲"这样的干部并不少见，革命政权通过干部落实政策，革命政权的意志通过干部得到执行，在群众眼中，干部的形象就是革命政权的具体形态，干部的形象就是革命政权的形象。当革命在全国范围内取得胜利后，干部的形象就代表了国家的形象，新中国成立后，很多作品都对干部形象进行了具体的描述和想象。周立波的《山乡巨变》、赵树理的《三里湾》、柳青的《创业史》、浩然

---

[1] 梁鸿鹰：《岁月的颗粒》，十月文艺出版社，2021，第108页。

的《艳阳天》等作品中，出现了一系列基层先进干部形象，比如邓秀梅、刘雨生、王金生、萧长春等。作为社会主义先进人物的典范，他们在理想和使命的感召下一心为公，全心全意地投入到工作当中，成为当时人们膜拜和模仿的对象。但关于这些人的情感生活，尤其是家庭生活，作家们却着墨不多，一方面，家庭作为"私"的领域，被当时的作家们刻意地忽视和回避；另一方面，这些先进人物亲情观念的淡漠和家庭观念的稀薄，也必然使其家庭生活乏善可陈。比如周立波的《山乡巨变》就具体反映了相关问题。作品中，作为基层干部的刘雨生整日专注于工作，生活的重担都落在了他的妻子张桂贞身上，这让她不堪重负，提出离婚。刘雨生将组织安排的任务为生活的重心，无力扭转婚姻生活的状况，虽然万般不舍，也只能同意分手。邓秀梅作为先进的基层干部的代表，她一心扑在工作上，到了婚配的年龄也没有结婚或者恋爱的行动或者计划。同时，她对婚姻的态度非常冷漠，当刘雨生因工作繁忙而出现情感危机时，她丝毫没有怜悯或者同情，更没有劝解与说和，反而劝他干脆离婚。也就是说，"父亲"甘于奉献、一心为公的作风，对于公共事务的投入和对于个体情感的漠视，不是个例，在当时的干部队伍中，这似乎是一种普遍的状况，他对待工作和家庭的态度是其个人的选择，更来自时代的要求与塑造。在这个意义上，作者个人的情感体验也可以理解为一种公共的记忆，他叙述和对话的对象是具体的父亲，也是那个形塑了"父亲"的时代。当然，这样的对话里有埋怨，也有致敬。梁鸿鹰虽然对父亲有诸多不满，但"父亲"广交好友，善待老人，身居要职，却没有安排子女，手握权力，却没有半点儿私心，他的这些品行早已给予子女精神的晕染和思想的烙印，以至于多年以后，梁鸿鹰在《被岁月和父亲所塑造的》中写道，自己从容貌到习惯，从行事风格到思维方式，都越来越像父亲，是文化的惯性，也是精神的传承，父亲身上那些他曾拒斥、违逆、对抗、逃离的部分，已不知不觉镶嵌在自己的思想和行动之中，无论他是否喜欢或者接受，"父亲"那代人的思想和观念，已经成为强大的文化基因，影响和形塑着他们的后辈。梁鸿鹰对父亲的书写，在表达怀念的同时也有"审父"的内容，但他对父亲的书写区别于李广田的《悲哀的玩具》、刘兆林的《父亲祭》和莫言的《父亲的严厉》等等文章对"父亲"单向度的审视，在"审父"的同时也在充分地自省，在反思历史的同时也在诚恳地自我剖析。他在自己与父亲的精神联系中去认识父亲，理解父亲，在历史与当下的关联中去认知历史，表现了他客观理性的态度，和坦诚的自省的精神，为"审父"主题的写作开拓了表意的空间。

此外，这本书中，在叙事方面，梁鸿鹰也表现出了他独特的思考和创造。书中每篇散文的开头，他都会引用一些作家的语句作为引子，行文间也会引用大量其他作家的作品或者观点，作为个人观点的佐证或者注解。这或许来自批评家严谨的行文习惯，借引用他者的观点来证明个人感受和判断的理性和准确。当然，文章中生命经历和阅读经验的交织，也可以理解为梁鸿鹰与其他作家跨时空的对话，梁鸿鹰通过广泛的引用，呈现不同时代的来自世界各地作家对于相关问题的理解、认知和感受，不同的观点相互映衬与辩难，而区别和超越于一般性的自传类文章的叙述模式，从而扩大了回忆性散文的表意空间。比如在《火车进站》一文中，梁鸿鹰将唐代诗人灵一笔下《同使君宿大梁驿》中的一句诗，和英国作家朱利安·巴恩斯笔下《福楼拜的鹦鹉》中的一段话作为文章的引子。灵一是唐代的诗僧，好云游，留下了许多题宿寺院、道观、驿站之作，此处所引的诗作便是其中之一。灵一还乐于与僧道俗流交往，为大历诗僧的世俗化倾向打开了先声，他是一位开风气的诗人，身和心都实践着对开放与自由的追求。此处引述的诗句看似与文章的内容无甚关联，实则借唐人的自由开放映衬20世纪六七十年代小城的封闭与保守，在文明史的脉络中对那段历史进行反思和清理。而朱利安·巴恩斯是一位后现代主义作家，他的《福楼拜的鹦鹉》将传记、小说和文学评论杂糅在一起，呈现为一种混合体的小说，在其中《火车狂热者的福楼拜》一节中，书写了福楼拜对于作为现代文明代表的火车的质疑与憎恶，文章的引文正是引自此处。在这里，引文的存在并不是文章主体内容的佐证，从内容上看，更像是对文章主体内容的质疑和反思。引文的存在，在叙述功能上来说，可以理解为在文章的叙述者之外，又添加了一个"审视者"的角色，文章的叙述者以现代性的眼光讲述少年对以火车为表征的现代文明的向往与渴望，而"审视者"似乎站在叙述者的身后，以后现代的视角，对叙述者讲述的内容进行评价、重估甚至解构。在这篇文章中，引文起到了类似《狂人日记》中文言小序的作用，似乎表达出对叙事者单纯、天真和稚嫩的不满。"审视者"的存在拓宽了文章的表意空间，使文章呈现出复调的特征。

在叙事中表达对历史的反思，在历史的反思中融入自我的反省，在与其他作家的跨时空对话中寻找叙事新的可能，梁鸿鹰散文的这些特点让他在当下的散文创作中具有相当的辨识度。梁鸿鹰的散文创作还在继续，期待他带来更多的作品，用他的探索，拓展散文表意的可能。

生命尽头的怕与爱

——论周大新的《天黑得很慢》

张维阳

近些年来，从刘震云的《我不是潘金莲》、余华的《第七天》，到贾平凹的《带灯》《极花》以及迟子建的《群山之巅》，这些创作显示，作家们越来越关注正在发生着的社会现象和热点事件，并通过作品反映和讨论这些时代的焦点话题。大国崛起过程中急剧变化的社会现实在考验作家创造力与想象力的同时，也为作家们提供了开阔的思考空间和丰富的创作素材。周大新是一位始终站在时代前沿的作家，对社会现实的关注贯穿了他创作的始终，《第二十幕》《21大厦》《湖光山色》《曲终人在》这些作品和中国社会的现实状况都密切相关。人口老龄化问题是近些年来人们普遍关注的一个重要问题，当这一世界性的问题已然悄然而至时，人们难以回避这一问题的紧迫性和严峻性。周大新对当下这一大家都关心的话题有着足够的敏感和重视，他凭着多年的艺术积累和对生命的感悟，在最近出版了长篇小说《天黑得很慢》，以文学的方式，表达了他对老年人群体的思考和关怀。

在新文学的历史上，有着众多的老人形象，如《风波》中的九斤老太、《子夜》中的吴老太爷、《家》中的高老太爷和冯乐山、《四世同堂》中的祁老人、《暴风骤雨》中的老孙头、《创业史》中的梁三老汉、《山乡巨变》中的亭面糊、《爱，是不能忘记的》中的老干部、《平凡的世界》中的孙玉厚等等。但作者塑造这些老人形象，关心和言说的都不是老年人本身，而是将其确立为某种观念和传统的化身，或是让其代表一段没有远去的历史。老人形象总是在历史叙事中作为一段历史的标的而存在，带有鲜明的意识形态或文化的象征意味，具体的老年人的生活、他们的精神世界与情感世界，一直被作家们所忽视和遗漏。而在周大新的这部小说里，老人是真正的主角，老人的生活、情感和尊严，都是周大新关心的对象，更重要的是，周大新在描写老人的生活和遭遇的同时，表达了他对生命和死亡的思索与斟酌，使这部作品在拥有可观的现实容量的同时，也具备了不容忽视的思想深度。所以，我们不能把这部作品简单地理解成一部话题之作，事实上，它还是一部探索生命秘密、探讨生命意义的生命之书。

作品中，周大新用拟纪实的文体，通过一位退休法官老萧的经历，细致地描述了一个生命衰老的过程。身体的衰老是生命枯萎的最鲜明的标志，从性能力的丧失、运动能力的下降、听力和视力的降低，到思考力和记忆力的枯竭，老萧眼看着身体的机能随着年龄的增长而持续和不可逆地衰退，他心中充满了恐惧，可自己却无能为力。虽然他有着宽裕的经济储备，不错的医疗条件，也有着积极地配合治疗的心态，然而在时间面前，所有的努力都被证明是徒劳的，自然的力量逐步摧毁了他对生命一切的想象和盼望，将其推入死亡前的混沌、无意识的深渊，他不得不眼睁睁地看着自己的身体走向毁灭。对每一个人来说，这都是一个自然却又恐怖的过程，作品通过老萧的境遇，细致而详尽地展现了生命的衰朽，展现出了生命个体必然的宿命，体现出了自然的无情及其无以抗拒的强力，以及人面对衰老和死亡时真实的态度与心境，让人产生对自然敬畏的同时，也强烈地感受到了生命的短暂和珍贵。

在周大新看来，身体的枯萎是衰老可怕的一个方面，对老人来说，他人对自己态度的变化，同样令人生畏。老萧刚开始进入年老的状态时并不自知，意气风发的他面对小伙子们友善的礼让行为时表现得暴躁而愤怒，用与青年斗殴的方式证明自己青春犹在；面对和女婿的芥蒂，他没有妥协和宽容，想用再婚的方式证明自己依然可以独当一面。然而被青年扑倒在地的惨象和雄风不再的状态让他逐渐认识到了身体的衰微，小伙子的不屑和相亲对象的嫌弃都给了他很大的精神刺激，他们的目光像一面诚实而冷漠的镜子，让他不得不正视自己衰老的现实。他人对其身体的轻蔑让他痛苦，而对其身份的藐视更让他难以接受。身为法官的他原来在单位经历过让人羡慕的光鲜和风光，然而退休以后，单位的后辈们仿佛将他当年的辉煌彻底地遗忘了。通过座次安排的变化他感受到了被人遗弃的悲哀，曾经处于舞台中心的他被遗弃在角落，作为陪衬和背景，接受晚辈的差遣。多年努力换来的身份与地位在不经意间烟消云散，这让他气恼和愤怒，然而他只能以提前离场的方式以表抗议，回到家里抱怨和发怒，以免在人前发作失了风度。老萧不得不面对身体衰老后尊严的消逝，所有的功绩和荣耀都已随着他的退场而灰飞烟灭，在他还没有作古时就已经被他人看成了局外人，这种遗忘和冷漠使他深切地感受到了孤独，这感觉让他痛恨，也让他恐惧。而在罹患偏瘫之后，他连自理都成了问题，不用说尊严，连起码的体面也难以维系了，他只好花钱请男护工帮忙，给他在旁人的面前保留一些仅存的颜面。周大新细致地呈现了老萧失去自理能力后的羞涩与痛苦，刻画了老人自尊受损所遭受的煎熬与折磨。

通过周大新的叙述我们发现，老人处境的艰难不仅来自日益虚弱的身体和他人漠视或嫌弃的目光，还来自社会上一些歹毒的心肠，通过对社会上坑害老人的事件的记述和讨论，小说显现出明显的社会批判的特质。在老萧身上我们看到，当人意识到用科学的办法无法掌控自己的身体和健康时，一直以来对科学的信任将会松动，以往由科学主义支撑的对世界的理性认识也会产生颠覆式的变化，一些打着神秘主义旗帜的骗子会在这时乘虚而入，用谎言编织的幻梦对老人的财富进行掠夺和洗劫。作品中，当老萧意识到自己已经变成一个老人后，他意识到了死亡的逼近，他不甘心在时间面前束手就擒，在发现科学的途径无法实现他留住青春的愿望时，便企望借助一些江湖的秘方和法术来对抗自然的规律，于是，各种江湖术士走进了老萧的视线，让老萧眼花缭乱。在法院工作的他应该见过太多江湖的骗术和套路，对于这些圈套应该免疫，起码警惕，但涉及自己的健康和生命时，既往的经验都失效了，面对那些夸张而美妙的说辞，他仿佛找到了救命的稻草，再高昂的收费他都觉得物有所值，他陷入一种精神的迷失，却觉得无比充实。他找给人消灾延寿的费艾大师施法驱邪、学习据说能返老还童的健身操、按照街头小报上子虚乌有的医学发现增大降糖药物剂量、练习声称能延缓衰老的龟龄功，对于每样所谓能够延寿的方法都保持足够的热情，然而，大量金钱和精力的投入没有换来期待中的结果，刻苦的训练和对药物的依赖反而让他险些因此丧命，这让他对神秘主义的期待最终幻灭，这些经历让他在折损了大量物质财富的同时，也受到了精神的重创。通过这样的描写，周大新道破了人们面对死亡时心底的秘密，人的理性和信念在死亡的威胁面前不堪一击，死亡带来的巨大恐惧会让一个充满自信和力量的生命变得盲目而脆弱，同时，他也曝光了一些歹毒人物的无耻勾当，他们像潜藏于潮湿和阴暗处的蛆虫和细菌，在人丧失生命力时加速其消亡，他们像负责将亡魂拖入地府的无常，让人痛恨的同时，也令人胆寒。

从《安魂》开始，周大新的创作发生了转变，意外而剧烈的家庭变故让他将思考的重心由社会转向了生命。《安魂》可以看作是他面对死亡的精神对峙，作品中，他对儿子生命经历的回忆和对于儿子在天国生活的想象，是他作为父亲的忏悔与祝愿，也是对于永恒的期待和对于死亡的深思。之后的《曲终人在》，看起来是在叙述官场往事，临摹官场纠葛，实际上是在探讨人生道路的选择，在有限的生命里，究竟应该追求什么，满足什么，如何评价一个人的价值，这些是这部作品处理的主要问题。而这部《天黑得很慢》可以看作是这种思考的继续，周大新通过对生命衰老过程的描写，对衰老和死亡命题进行了讨论，对生命的意义进行了追问。

衰老和死亡是这部作品讨论的重要命题，但作品却并没有因为话题的沉重而显得恐怖和压抑，相反，还呈现出了一种温馨和暖意。这种效果的出现是由于钟笑漾这个人物的存在，她是一个大地圣母般的人物，和《第二十幕》中的盛云纬、《湖光山色》中的暖暖、《曲终人在》中的赵灵灵属于同一个人物谱系。作为老萧的护理员，她兢兢业业，不顾老萧的奚落与敌意，甘愿包容一切老萧对她的质疑与非议，用耐心和周到拯救老萧绝望的生命，用热情和关怀驱散死亡的阴霾，即使面对薪酬没有保障的状况，依然没有放弃对老萧的照料，用她的青春守护老萧风中残烛般的生命。她不仅照顾老萧的健康，还关心他的心理与情绪，撮合他的感情，为他保守秘密，她不仅尽了一个护理员的职责，事实上也替老萧的女儿，尽了一个女儿对父亲的义务。她对老萧的付出一方面出于工作的职责，但更多的是她对老萧一家的悲悯和同情，她用她的真诚和善意温暖着老萧敏感而脆弱的心，让他在生命的末段始终感受着人间的暖意，使他在遭遇多次致命的打击后仍能保留对生命的留恋，坚持着对死亡的抗拒。由于有爱的存在，老萧的生命出现了奇迹，在小钟像母亲一般将生命的能量分享给了混沌中的老萧后，老萧本已枯萎的意识又开始了生长。对于老萧的命运，周大新留下了一个开放的结局，在这个结局里，充满了希望。当然，周大新的深沉与敏锐决定了他不可能像冰心一样天真地处理爱的命题，他了解爱的和煦，也深知爱的阴鸷，正如阿莫斯·奥兹对爱的判断："是的，每一种爱都有黑暗的一面。爱是自我的，爱是自私的，因此爱也会抹上黑暗的影子。我对于耶路撒冷的感情也是如此，我爱耶路撒冷，我也知道它的黑暗。"[①]这让周大新在塑造钟笑漾这个形象时，不仅写出了爱的明媚，也写出了爱的凌厉。作品中，钟笑漾对爱执着而投入，长情而专一，为了供自己的男友求学，她离开父母，远赴他乡，寄人篱下打工赚钱。而多年的付出换来的却是男友的抛弃和背叛，这让她无法接受，所有的委屈与不甘顷刻喷薄而出，盛怒中的她意图用同归于尽的方式结束这段感情。这个时候，是老萧挽救了她，将她从迷失中唤醒，抚平她情感的创伤。这样的安排合情合理，并没有让读者觉得意外和突然，因为钟笑漾持续而坚定的爱的输出在带给老萧生的意愿的同时，也感化和改变了他，让他也成了一个温暖的人，爱在两个生命之间完成了传递。当钟笑漾遇到生活的劫难时，她得到了来自老萧爱的回馈，老萧将她从生活的悬崖处救下，消解了她的愤怒与不安，并给了她一个栖息的

---

① http://finance.sina.com.cn/review/essay/20070831/04043934307.shtml.

港湾，让她的生活得以继续。在帮助钟笑漾的过程中，老萧不顾自己曾珍视的名声，不顾世俗怀疑或者唾弃的眼光，像陀思妥耶夫斯基笔下的梅诗金公爵一样，充满了奉献和牺牲的精神，他不再自私与狭隘，燃烧自己仅存的生命能量，进行爱的报恩。爱的投入让老萧看到了自己对于他人的价值，由此确认了生命的意义，对死亡不再恐惧，所以，他在拯救小钟的同时也拯救了自己。在周大新笔下，爱并非单向的输出，而是在人物之间相互传递，他不相信存在那种具有神性的天使，将爱像阳光一样洒向人间，而是相信在苦难的境遇中爱的感染与流动。周大新让我们看到，面对岁月的无情和生活的艰难，两个孤独的生命相互依偎，相互取暖，用超越性别和血缘的大爱彼此鼓励和安慰，抗拒孤独和死亡，生命因爱的存在而充满了韧性和力量，也因这爱的存在而充满了价值和意义。周大新的叙述让我们看到了雨果和托尔斯泰的影子，作品里那种对人间苦难的悲悯和超越的大爱充满了信仰的力量，让作品有情有义，具有感人的力量，同时他对爱的书写又削弱了西方作家笔下爱的神性光辉，突出了人间的真情，将爱的主题写出了新意。

事实上，从世界文学的角度来看，以老年人为叙述对象的写作并不新鲜，海明威和川端康成在这方面都有独特的创造。海明威在《老人与海》中塑造了一个只能被摧毁，不能被打败的硬汉形象桑地亚哥，这是一位已然步入老年的硬汉，但他的强硬和勇敢并没有随着岁月的流逝而消殒，暮年的他依然在风浪里同险恶的自然搏斗，用藐视死亡、单身鏖战的硬汉精神对抗人生的虚无。而川端康成在《山之音》中塑造了一个敏感于自然的声息，内心充斥着悲凉与绝望，纵有家人的陪伴却也无比孤独的老人形象尾形信吾，他对行将到来的死亡惶惑而畏惧，对于生充满执着，他渴望通过对性的追求实现生命力的复萌，然而现实的伦理始终压抑他的企图，他只有通过梦境实现他对青春和性的期待。他们的叙述或是惊心动魄，或是丝丝入扣，风格迥异，但在处理人物如何对待死亡的问题上，都选择了一种"挣扎"的方式，企图用生命的能量挣脱自然的宿命。然而在周大新的作品中，我们看到的是一种宁静，小钟和老萧都因有爱的庇护而对死亡表现得平静而坦然。因为有爱的填充，生命不再虚无，因为有爱的环绕和浸润，死亡不再可怕，这其中蕴含着周大新对于生命的独特理解，他的创作是对这一主题的独特贡献。

在爱被过度消费的时代，读者已然对爱审美疲劳，对爱的书写难能获得读者的信任，可以说，在这个时代书写爱的主题是一件充满了写作风险的事情。但周大新以他的赤诚和坦率、执着和信念谱写了一曲动人的爱的颂歌，他笔下的爱没有虚伪和做作、阴谋和算计，充满了真诚和纯洁，这让这部作品带给我们久违的感动。

为了真实和正义的历史重述

——论何顿的《黄埔四期》

张维阳

《黄埔四期》以文学的方式重返历史，力图祛除阶级理论和党派政治对历史的遮蔽，重述伟大而悲壮的国民党军队抗战历史。作品回望了自北伐至"文革"后这半个多世纪以来中国的历史变迁，通过对英雄人物悲剧命运的展示，对既成的历史叙述进行深入的反思。新历史主义者怀疑发掘历史真相的可能，强调权力在历史叙述中的统治地位，然而何顿却要用文学照亮历史模糊和隐匿的部分，还原历史的真相，维护历史的正义，还那些迅速被历史遗忘的英雄以应有的尊重。我们将从史诗追求和传奇笔法两个方面，展开对《黄埔四期》的讨论。

一、对遮蔽和遗忘的正面挑战——国军将士的抗日史诗

《黄埔四期》涵盖了自北伐至"文革"后半个多世纪以来的中国历史，在这段历史中展示国民党军队将士的遭逢和际遇。这段"革命的岁月"是20世纪90年代以来长篇小说所共同选择的史诗性叙述的时间框架，从《白鹿原》《花腔》到《圣天门口》《笨花》，都在这个时间框架内展开叙事和想象，选择这一时间段线作为叙事的空间，《黄埔四期》的史诗性追求一目了然。事实上，中国当代的小说创作一直有着史诗性追求的倾向，这个传统从延安时代就已经开始了。周立波的《暴风骤雨》和丁玲的《太阳照在桑干河上》将中国农村的整体性变革和中国共产党领导的中国革命紧紧地捆绑在了一起，将中国的土地革命认定为中国现代化道路的必然环节，直观呈现了中国共产党领导土地革命的历史功绩，从而对其执政的政治合法性做出了有力的确认。新中国成立后，当代文学沿着《暴风骤雨》和《太阳照在桑干河上》

的路径,承担起了建构革命历史的重任,"只有通过'宏大的历史叙事',才能把波澜壮阔的历史场景和曲折多变的革命历程表现出来"[①],所以史诗化的叙述成了这个时代作家们对于长篇小说创作几乎一致的追求。《保卫延安》《红日》《红岩》这些作品以革命历史中的重大事件为叙事背景,展现艰难而曲折的革命历史过程,描摹和刻画革命英雄人物,在波涛汹涌的历史氛围中凸显革命英雄主义精神,为之后的革命历史的史诗性创作提供了书写的范例。这种历史叙事方式在被不断的模仿和复制之后,成为一种刻板而顽固的历史叙事模式和规约。这种影响在进入21世纪后依然持续,黄亚洲的《日出东方》(2001)、张惟的《血色黎明》(2009)等作品依然延续了这种风格。毋庸置疑,这种类型的作品所弘扬的革命英雄主义精神和理想主义精神在一定的历史时期内起到了动员群众参加革命和参与现代化建设的作用,但是作为一种历史叙事方式,阶级斗争史观和党派政治思维的影响使其展现出专断性和排他性的特征,文学对于"史诗"的理解被限制在"党史"和"阶级解放史"的范畴中,其他叙述历史的视角被遮盖和屏蔽。这种历史叙述模式强调历史叙事对于现实的功利性作用,而对历史进行了刻意的裁剪和选择性的叙述,对不符合目的性的"历史意志"的历史采取了回避的态度。其中,国民党军队在正面战场抗击日军的历史长期以来是这种历史叙述模式所极力回避的对象,正如唐伟所说:"国民党军队正面抗战的历史,因为众所周知的原因,这段历史就像一个鬼魅般的幽灵,始终徘徊在国家历史的边缘,并没有被编织进现代中国革命的正题"[②]。在这种历史叙事规约的影响下,文学史著述对于表现抗日战争正面战场的文学作品普遍保持一种谨慎或回避的态度,"如果仅凭文学史著述中的抗战文学,很难想象中国现代史上曾发生过一场惊天地泣鬼神的抗日战争"[③]。可以说,《黄埔四期》起底了一段被隐匿和遮蔽的历史,以文学的方式记录和展示了国军将士在抗日战争正面战场悲壮而辉煌的战斗历程,对既有的坚固而僵化的历史叙事逻辑发起了正面的强攻。其实何顿的这种努力在写《湖南骡子》时就已经开始,后来的《来生再见》,也是这种努力的继续,在这两部小说中,何顿将眼光聚焦在他的家乡湖南,书写了湖南境内正面战场的几次大型的会战,写出了国民党军队和湖南人民誓死保卫家乡的英雄气概。但那两部小说只书写了中国抗日战场的一隅,到了《黄埔四期》,何顿突破了地域的界限,将眼

[①] 孟繁华、程光炜:《中国当代文学发展史》,中国人民大学出版社,2009,第120页。
[②] 唐伟、吴霞:《"犹是深闺梦中人"——评何顿的〈来生再见〉》,《湖南工业大学学报》(社会科学版)2016年第4期。
[③] 秦弓:《关于抗日正面战场文学的问题》,《重庆师范大学学报》(哲学社会科学版)2009年第1期。

光投向了全国，书写的战事包括淞沪会战、武汉会战、徐州会战、中条山会战、豫中会战、兰封会战、长沙会战在内的所有正面战场的大型会战，还描写了国民党军队在滇缅一带的作战，用史诗性的笔法将国民党军队主导的正面战场的抗战进行了全景的展示。其中很多战事已经因以往历史叙述经年的刻意回避而日益浅淡和模糊，很多抗战事迹被人们遗忘，何顿以浓墨重彩的历史重述来对抗这种对抗战历史的遗忘。他以极尽烦冗的方式尽可能地勾画每一场国民党军队将士的浴血战斗，记录每一次国民党军队的冲锋，一场接一场的战斗场景接踵而至，丝毫不给人以放松的空隙。当时，战争中的中国军队根本没有喘息的机会，小说中多次提到，日本军队的机械化配置和高人一等的布战能力在与国民党军队的交战中取得了压倒性的优势，给国民党军队带来十分重大的伤亡，而国民党军队由于没有充分的备战机制，只能临时征兵补充兵员，这些临时补充的兵员由于没有时间进行基本的战斗训练就投入了战场，造成了更大规模的伤亡。所以，何顿的笔法虽然繁复，但这种书写方式却对当年国民党军队连续遭遇日军重击而疲于应战的战争样貌进行了精确的还原，不仅不是败笔，反而是一种创造。在小说中，不仅飘扬着嘹亮的战歌，也流淌着国民党军队将士淋漓的鲜血，何顿想用文字记录每个参战的国民党军队将士的名字，张灵甫、宋希濂、蔡廷锴、区寿年、翁照垣、许权中、杜聿明……何顿好像生怕这些抗日英雄被国人遗忘，化作历史的尘埃，就忽略裁剪，让他们尽可能多地出现在自己的小说中。但这些人物在小说中多数只是留下了名字或是简短的事迹，何顿无法做到让他们都面目清晰，这就形成了这部小说人物繁多却面目模糊的弊病。正是由于以往当代文学对于这段历史的忽视，让何顿痛心疾首，急于让自己的小说承担更多的叙述历史的责任，这在一定程度上减损了小说的艺术性，不能不说是一件遗憾的事情。

那些当年御敌抗战的军人是何顿最关心的对象，他不仅关注他们当年战场上的威武英姿和为国家民族付出的生命与鲜血，也关心他们战后的遭遇和命运。他们的命运随历史的蜿蜒和扭转而起伏，他们在国家和民族危亡的时刻挺身而出，奋勇搏杀，用自己的勇气和智慧拯救百姓于水火，但国民党统治集团却并未给予他们应得的尊重和荣耀，反而将他们打入另册，让他们在被怀疑和被监视的状态中度过了漫长的岁月。

通过小说我们看到，党派政治的纷争，是导致他们悲剧命运的最主要因素。在参军初期，姜乃常参加了国民革命军主导的北伐，在战斗中他身先士卒，精明而强悍，取得了傲人的战绩，得到了快速的晋升。他本该留在战场上继续施展他的军事才华，却因蒋汪不和，被蒋介石调去南京，在黄埔同学会任干事，监视黄埔同学的思想动向。国民革命军内部充满了猜忌，他虽光明磊落，却因他人的嫉妒而遭人算计，被检举有"亲汪思想"，在浑然不觉中被打入了另册，在之后的岁月中他都没有得到提拔，以致在抗日战争中没能发挥更大的作用。贺百丁率领的部队在抗日作战中屡建奇功，在他部纷纷溃退之时，他仍能率部高歌猛进。然而，即使他获得如此战功，他和属下并未晋升，收到的只是长官的空头承诺。原来贺百丁在山西抗敌之时，由于粮草不足，用缴获的枪支与八路军交换粮食，被军统的特务怀疑"通共"，从而总部早早地限制了对他的任用，他甚至因此被投入监狱，遭受了残酷的刑罚。国民党军队内部的不和与猜忌不仅导致了有能力的干将不能在抗日作战中最大程度地发挥效用，也导致了在具体的对日作战中各部队不能相互有力地支持和援助。小说中，贺百丁多次带着麾下的独立师独自与日军缠斗，然而其他国民党部队竟按兵不动，在远处观望，贺百丁不禁悲叹："我难过的是这么多兄弟部队，没人配合我作战，要是我手中还有两个师，这仗就好打了。"[①]此外，小说中还多次提到蒋介石用人的狭隘，他对于不同地域的将领亲疏有别，对于来自江浙一带的将领信任有加，而对于来自其他地域的将领则多加防范，这对于国民党军队内部派系林立的现实无疑雪上加霜。国民党军队内部的派系斗争和相互猜忌的状况无疑在很大程度上削弱了其本就不充盈的战力，是其在对日作战中深陷困境的重要原因之一。何顿在赞颂国民党军队将士奋勇抗敌的同时始终保持了冷静和审慎的历史眼光，对于国民党军队内部的倾轧秉持了客观的态度。

　　国共的纷争显然比国民党军队内部的派系斗争更为激烈，也更为残酷。抗日战争中，两党的军队各自为战，相互警惕，抗战胜利后国民党军又挑起内战，这种对抗持续到了新中国成立之后的很长一段时间。何顿对抗日战争影响的表现并没有以抗战的胜利而结束，小说很大的篇幅留给了这些抗日军人及其子女在"胜利"之后的日子，讲述英雄远离战场后的悲哀。贺百丁在内战后期由于大势所趋，加之对国民党军队高层的失望，选择了起义。但起义将领的身份并未给他带来安全和荣耀，他始终被新政权视为潜在的威胁而被排拒和警惕。在反右派斗争中，他侥幸逃过一劫，但在接下来的"文革"中，他被送进了监狱。他在监狱中饱受煎熬，只有在倒尿桶的间隙可以享受片刻"放风"带来的快意。当年与贺百丁一起并肩作战的何绍晖，新中国成立后转业去了工厂，过了一段安适的生活，但在随后的"文革"中，他被认作是国民党的特务，屡遭批斗后无奈逃亡，之后竟流落街头，成了一个乞丐。这种对抗还波及了这些军人的后代，贺百丁的儿子贺兴与贺强，由于是国民党军官的儿子，在学校里遭受歧视，无奈之下他们想参加偏远农村的建设，试图通过自身的努力改变别人既成的印象，但地方管理者没有把他们当作建设者，而视他们

---

① 何顿：《黄埔四期》，《收获》（长篇专号）2015春夏卷。

为敌对分子，对其进行限制和监视。

战争虽然结束了，但战争的思维方式并没有休止。通过对这群老兵命运的书写，何顿对这段历史进行了质问和反思，勇敢地揭示出了历史的隐疾，他的真诚和大胆为21世纪严肃的抗日文学叙述提供了范例。

二、战场与情场——英雄传奇展开的两个空间

何顿对国民党军队英雄人物的塑造，借鉴了中国古典文学的英雄塑造模式。通过史诗文本的构建，何顿还原和呈现了国民党军队曾为国家和民族做出的伟大功绩和贡献，而通过传奇笔法的运用，何顿让笔下的英雄人物与那些民族记忆深处的古典英雄产生了精神联系，从而回避和摒弃了政治的和意识形态的设限，使其归入民族英雄的谱系和行列。作为《黄埔四期》的主人公，姜乃常和贺白丁等人身上散发着浓烈的历史演义和英雄传奇中才有的古典英雄气质。他们有的运筹帷幄，有的能征惯战，他们只要意趣相投，志同道合，哪怕是不期而遇，萍水相逢，也可以自比关张，歃血盟誓，结为兄弟。当然，与古典英雄相比，他们的结义充满了现代意识，他们结为异姓兄弟不是为了追逐个人的功业或完成家族的使命，而是怀着共同的家国情怀，联起手来以血肉之躯抵御外侮，共赴国难。他们以自己杰出的禀赋，在战场上写就了一段段非凡的传奇。李扬认为："传奇意味着艺术在对现实的把握中，摒弃那些普遍的平凡的生活素材，选取富于戏剧性的生活内容，并以偶然和巧合的形态显现。英雄传奇既多虚构，而且其人物又是理想化了的英雄，所以免不了要用夸大的笔法，为他们的行为涂上一层怪异的、超长的或神奇的色调。"[1]何顿为了塑造这种传奇化的英雄，无疑对人物进行了一些理想化的处理。主人公姜乃常是国民党的军官，他善于布兵，更善于格斗，善于近战，还长于用步枪远距离狙击。在具体的战斗中，他或是以一己之勇激起全体官兵的战斗热情，或是以精准的枪法远距离狙杀对方的指挥官，打乱对方的战斗部署，为己方的作战制造优势。小说中多次提到他使用张灵甫赠送给他的带有精确校准功能的狙击步枪进行精准的狙击，此利器在他手里好比倚天屠龙，让他在战斗中如虎添翼，在万人阵仗中取上将首级如探囊取物。他宛如一个冷兵器时代的武将，能以一己之强力左右战局。他不仅在大兵团作战中身先士卒，作战英勇，还可以化身孤胆英雄，深入敌阵。他为了解救被英军扣押的部下，冒着被拘禁甚至被枪毙的危险，独闯英军司令部，在得知对方

---

[1] 李扬：《50—70年代中国文学经典再解读》，山东教育出版社，2003，第4—5页。

已将部下押运到别处之后，更是一气之下率部洗劫了对方的军火库。无论是正面与敌人搏杀，还是面对敌人的暗算，他总是如有神助，每当危险临近，他的右侧眼皮就开始剧烈抽动，向他报警，这使他多次躲开了飞向他的子弹和炸弹，让他化险为夷。此外，古典文学中武松与李逵式的奇勇，要靠打虎这样的情节来展现，而姜乃常却将一只孟加拉虎养作宠物，不必动手打，瞪瞪眼老虎就蔫了，足见其威风和煞气。如果说何顿对姜乃常的塑造偏重于其"力"与"胆"，对另一个主人公贺百丁的塑造偏重其"智"与"谋"。贺百丁也是一名国民党军官，他被描画成一个类似诸葛亮式的智多星。他不仅作战英勇，而且熟读兵书战策，谙熟兵之诡道，常常出奇制胜，以计克敌。在中条山一带与日军的战斗中，他吸取了由于兵员训练不足和装备落后所导致的大兵团作战失利的教训，采用化整为零、奇袭巧取的游击战法，在保存己方有生力量的同时给敌方造成了大量的杀伤。他还利用地形频施巧计，火攻水淹，巧妙地突破日军的铜墙铁壁，凭借个人的才智一次次书写以弱胜强的战例。当其他指挥官损兵折将、一败涂地之时，他却在战斗中将一个旅扩员成了一个师，将帅无不佩服。

陈平原认为，武侠小说着重表现武侠个人的风度和气质，如果让侠客投身行伍，则有损对侠客风采的展示，所以他说："说到底侠客不过是崇信义而重交谊，急难好义轻生重气的个人英雄，以其侠骨豪情而不是丰功伟绩吸引读者。硬要将其改造成政治家或军事家，必然吃力不讨好……非要逼其从军出征建功立业，侠客只能蜕变为'英雄'，'武侠小说'也将转为'英雄传奇'。"[①]的确，相对于爱恨情仇交织缠绕的江湖，战场上的是非曲直、忠奸善恶简洁而分明。除了表现战场上英雄的英勇、果敢和智慧，作者难能仅通过战场展现人物内心的丰富与复杂，所以战争文学中的英雄人物较之武侠小说中的大侠，显得单薄且类型化倾向突出。李扬在分析中国古典英雄传奇对以《林海雪原》为代表的"革命英雄传奇"的影响时写道："'英雄传奇'的重心是对英雄人物的刻画。传奇里的英雄人物大抵分为两类，一类是张飞、武松、李逵一类粗豪的英雄，另一类则是诸葛亮、周瑜式的儒将。《林海雪原》中的英雄也由这两种类型构成，杨子荣、刘勋苍等小分队战士属于前一类，是所谓'五虎将'似的英雄，少剑波则是典型的儒将式的人物。"[②]在姜乃常身上，我们可以看到武松和杨子荣的影子，而贺百丁与孔明和少剑波又是何其相似。为了克服人物的类型化倾向，何顿在书写英雄们的征讨杀伐的同时，又着重写了英雄们的情场逸事，通过表露英雄们柔情似水的一面凸显人物性格的复杂性和特殊性。

---

① 陈平原：《千古文人侠客梦》，人民文学出版社，1992，第120—121页。
② 李扬：《50—70年代中国文学经典再解读》，山东教育出版社，2003，第12—13页。

通过对姜乃常和贺百丁两个主人公英雄形象的塑造，《黄埔四期》表现出了民间文化传统中武侠文化和民间英雄传奇的隐形结构，与《抗日英雄洋铁桶》《吕梁英雄传》《新儿女英雄传》《铁道游击队》《烈火金钢》等抗日题材的"革命英雄传奇"采用了相同的叙事策略。而在"革命英雄传奇"里，没有爱情和欲望的位置，延安文艺座谈会后，"爱情"被抛出革命叙事的范畴之外，性别的差异只有在对婚姻的叙述中才有意义，而对婚姻的叙述，则重点在于突出解放和革命的价值和意义。对于人的私人情感需求以及对于异性的欲望，革命文学多是避而不谈的，其中缘由黄子平曾有过分析："'英雄血'还在，但那是'集体英雄'，集体英雄是中性或无性的，不分男女。'美人泪'？'时代女性'已经脱胎换骨，成长为'党的女儿'。永远是'党的女儿'而不是'女儿'或'女性'，因为政治父权的身份是凭借女儿身份来界定、来确认的。"[1]然而，这样来塑造英雄突出了英雄的"神性"，却忽略了英雄的"人性"，使英雄形象高大却邈远，与现实生活中具体的人难能建立起关系。这种刻意的"纯化"的描写使英雄人物脱离了生活，从而失去了自身的真实性和丰富性，被符号化和平面化。"革命英雄传奇"中对于英雄个人情感的忽视与革命叙事的规约有关，也与中国传统的英雄叙事经验有关。在古典文学的经典文本中，英雄是无性的[2]，从关羽到武松再到孙悟空，对于异性都有一种本能的拒斥，而亲近女色的往往是些悲情的人物，无论是与虞姬相爱的霸王还是恋着貂蝉的吕布，或是有小乔陪伴的周瑜，都功败垂成，只留下后世一声叹息。而何顿在塑造英雄人物时在作品中描绘了英雄们缠绵悱恻的情史，着重突出了大侠的"剑胆琴心"。《黄埔四期》中这些英雄不仅善战，而且多情。

何顿笔下的主人公不似金庸笔下的杨过和黄药师那样从一而终，对待爱情忠贞不渝，而更像古龙笔下的陆小凤，风流而率性，对待每一份感情都真诚而热烈，然而却不执着。在《黄埔四期》中，风姿绰约的女人们不仅作为一种点缀，衬托英雄的雄性魅力和旺盛的生命力，也是一个管道，作者可以通过对她们的设置展现英雄内心深处的细腻和柔软，使英雄的形象更为立体而丰满，也更具传奇色彩。可以说，小说中不仅充斥着英雄血，也流淌着美人泪，何顿不仅将他笔下的主人公设置成战场上的神话，也让他成了情场上的传奇。在小说中，贺百丁与秦云的恋爱令人印象深刻，秦云是总部派给贺百丁的机要秘书，她的美貌和温良征服了贺百丁，使其不顾已婚的状况与之坠入了爱河。但事实证明，秦云是共产党派来的获取情报的

---

[1] 黄子平：《"灰阑"中的叙述》，上海文艺出版社，2001，第64页。
[2] 孙绍振：《中国古典小说：英雄无性——中国古典文化中的英雄观念（二）》，《名作欣赏》2010年第4期。

人员，贺百丁部与解放军交战的数次失利都与秦云有关，当军统查明秦云的身份后，派特务来逮捕秦云。贺百丁闻听此事十分震惊，自己麾下的两个旅，总计五六千部下都因她而亡。秦云的身份和作为给了贺百丁极大的精神冲击和伤害，但对秦云浓烈的爱让他阻止了特务的抓捕，他知道此行等待秦云的将是常人难以忍受的摧残和折磨，同时他也深知，事已至此，自己无法解救秦云，他唯一可以为她做的就是交给她一把手枪，让她自裁。阻挠特务的抓捕行动让怀疑贺百丁"通共"的人掌握了更切实的证据，破坏了上峰对他的信任，几乎断送了他的政治生涯，贺百丁以自己的政治生命为代价给这个他深爱却背叛他的女人以保护。在贺百丁老年的濒死之际，贺百丁于混沌中忆起了他的爱人，在生命的尽头，他还计较于尘世的功业和仇怨，唯独愿意放弃追究爱人对他的出卖和背叛，他以宽容和大度在心中与爱人达成了和解。这些都体现了他内心中的温润与柔情。有趣的是，贺百丁虽然风流而重情义，却也是个怕老婆的人，他在西安受训时与当地一酒楼的老板娘吴姬交好，后者执意跟随贺百丁回老家，不惜做妾，贺百丁满口答应，然而回到家中，面见发妻极其不悦的神情后，贺百丁却怯懦了，不得不将吴姬介绍给还没有老婆的二弟。战场上面对枪口和刀锋面无惧色的猛将，面对妻子却充满了敬畏，作者通过这一情节，表现了人物的不同侧面，使人物更加真实而可信，避免了平面化的倾向。

  与贺百丁相比，姜乃常的情感经历丰富得多。姜乃常的妻子与情人加起来有六人之多，这六个女人无一例外对姜乃常一往情深。发妻田贵荣不计姜乃常对她的冷漠和抛弃，心甘情愿为他守护家产，教育子女，在"土改"中甚至替他顶着地主的帽子，代他受过；黄莹为了与他在一起，不顾他已婚的事实，冒着和父母决裂的风险，以未婚先孕的方式逼父母同意与他的结合；陆琳为了与他长相厮守，不顾自身的安危，女扮男装，投身行伍，在枪林弹雨中陪伴其左右；高红梅毕生将其视为下凡的天神，称其为"老爷"，常年毕恭毕敬侍奉他的生活而无怨无悔；杨凤月不顾道德的规约和世人的眼光，以出轨的方式与其私会；马沙丽更是为了他而放弃了结婚，只要能为他生一个孩子便心满意足。在战争年代，姜乃常骁勇善战，驰骋疆场，充满了英雄气，无疑对女性构成了巨大的吸引，而在战争过后的艰苦岁月，他私藏的名人字画和金条又能及时变现，帮助他的女友们渡过生活的难关，这无疑会增加女人对他的信任和依赖。他不仅是战场上的英雄，也是生活中的强者，他不仅勇猛，而且睿智，他的大侠风范与风流本色不随时代的更替而变异。

  何顿通过写作包括《黄埔四期》在内的"抗战三部曲"，拨开历史的迷雾，还那些老兵以应有的尊重，何顿无法忍受英雄的光辉因遗忘而黯淡，"抗战三部曲"全部的努力，实际上是要重申一个再简单不过的道理，即忘记就意味着背叛。

"幸福街"上的民族秘史与心灵悲歌

——评何顿长篇小说《幸福街》

李耀鹏

何顿新近出版的长篇小说《幸福街》写出了半个多世纪中国历史和社会的变迁，他以小人物的日常生活作为叙事的基调，将大时代的风云变幻与普通人的凡俗生活紧密结合在一起，用日常史诗的笔致再现了民族秘史和心灵悲歌。巴尔扎克曾将小说视为记录一个民族发展的秘史，梁启超在论及小说与群治之间的关系时也曾充满激情地将小说的作用提到罕见的高度。梁启超以思想启蒙和再造新民作为评定小说价值的起点，他认为，欲新旧中国之道德、宗教、风俗等，需用新小说作为其实现的前提。事实证明，历史的后来者总是借助小说建构的叙事和逻辑重新获得感知历史的可能，小说最大的魅力和动人的力量或许也就在于它承载着对时代变革和个人生活的真实表意。在这样的意义上，何顿新近出版的长篇小说《幸福街》无疑带给了我们新的历史认识和美学期待。

一、对历史的重新想象与书写

学者祝勇曾指出："小说的要务，便是从昏蒙的时间中醒来，面对那些裹挟在历史急流中的个体，重新触摸历史在每个人的脸上打下的烙印，在艺术的真实中还原生命的痕迹。小说的本质不是描述什么历史画面，而是真实的心灵图景。"[①]何顿新近的长篇小说《幸福街》以近乎白描的方式再现了20世纪50年代后中国社会的风云变幻以及历史的发展和跃迁进程，小说通过两代人的人生和命运遭际，在"元

---

① 祝勇：《禁欲时期的爱情》，海豚出版社，2012，第120—121页。

历史"的意义上真实而生动地还原了20世纪中国特定历史时期的风貌。无法逃遁历史带来的所有规训和惩罚是每个历史中的个体必然要承受的宿命,他们在肉体和精神上经历的艰难跋涉无疑会激起后来者的悲悯和同情。幸福街是吕家巷进入新时代后的更名,"幸福街"的命名中本身就蕴含着对历史的潜在叙述,同时也是对生存于其间的两代人命运的生动写照,他们的"幸福"与"不幸福"在历史的无声流转中得到鲜明的映现。小说中,父辈的历史以李咏梅、周兰、赵春花、黄迎春等人的人生命运为书写对象。他们是历史的参与者和见证人,他们是顾城笔下的"黑夜给了我黑色的眼睛,我却用它寻找光明"的"一代人",也是大声地向历史宣告"我不相信"的"一代人"。因此,他们的身体和精神之痛、理想和信仰的挫败也就理所当然地成为"一代人"命运的生动隐喻。子辈的历史则以何勇、林阿亚、黄国辉、张小山、陈漫秋等年轻一代的人生和命运抉择作为叙事主体,他们的思想、精神和心灵在历史的错动和变革中成长,历史成为他们无法逾越的羁绊和祭奠青春的墓志铭。在他们的生命历程中,既有青春无悔的热情呐喊,也有与时代抗争失败后的无奈和彷徨。何顿有意识地在小说中同时呈现出父辈与子辈两代人的历史,他将历史的经历者和赓续者的命运与时代的风云变幻同构在一起,两代人面对历史和生命的无常时表征出的犹疑和绝望令我们扼腕叹息之余深表理解和同情。于是,《幸福街》就理所当然地成为两代人共同的心灵传记和精神证词。对于历史的征用和消费是当下小说家用以描摹20世纪中国最行之有效的方式,然而,那些被建构的历史叙事中却鲜明地呈现出一种非历史化的倾向。大众文化和消费文化的双重驱动机制使历史转而成为一种似是而非的随意性想象,于是历史遭受着前所未有的戏说和解构,历史的本原性和真实性消失殆尽。"当消费主义的思潮和诸如历史虚无主义、后现代主义、新历史主义结合起来的时候,消费主义的指向就开始从作为普通商品的消费品转向了作为人类意义载体的历史,历史及历史的诸种转化都被当作消闲之资。"[1]《幸福街》最大的意义就在于它让我们重新认识和考量了小说与历史之间的辩证关系。何顿讲述历史的方式让我们重温了一种久违的历史叙事,虽然这种历史叙事同样无法还原和抵达历史发生场域的彼岸,但至少让那些历史亲历者和想象者对20世纪中国历史有了新的认识和理解。"从思想史的角度看,历史记忆不仅是回忆那些即将被遗忘的往事,或是遗忘那些总是会浮现的往事,而且是在诠释中悄悄地掌握着建构历史……也就是透过重组历史来界定传统,确定自我与周边的认同关

---

[1] 秦勇:《消费历史与价值重构——中国当下历史消费主义文艺思潮概观》,《文艺理论与批评》2007年第2期。

系。"[1]事实上,讲述历史本身在今天已经不再重要,更为重要的是如何讲述。"历史仅仅是叙事的一种集合,就历史对过去的事件做出解释而言,所有的历史是像叙事那样被建构的。"[2]在一个几乎所有人都拥有着自身的历史观念的时代,每个人都以自己的方式想象和讲述历史,表面上看历史获得了前所未有的理解和阐释,但实质上历史之真与我们渐行渐远。

《幸福街》与那些传统意义上的经典性红色叙事或者宏大叙事截然不同的是,小说中呈现出的历史质地近乎是原生态的,历史发展进程中积聚而成的思想焦虑和创伤记忆被何顿以平淡如水的方式有效地消解和置换了,他以"去政治化"的叙事方式将那些不可承受的历史和生命之重予以新的表达。很明显,何顿并没有继承伤痕文学、反思文学和知青文学的写作传统,而是建构了一种个人化的历史叙事。何顿在《幸福街》中并没有表达出对于历史锋芒毕露的批判和反思,他的写作初衷并不是对"谁之罪"问题的追索和探求,他也无意去突显和重塑个人的血泪与生命的悲剧,而是在平常静默中讲述着"含泪的微笑"。诚然何顿对于他小说中书写的历史肯定存在着自身的情感认同方式,但是何顿既没有对他讲述的历史做出任何的思想评说和价值判断,同时也刻意地避免了对那些痛定思痛式的历史劫难和暴力的正面呈现,以至于当我们重新走进和凝视他笔下的历史时,不会感到浓郁的伤感和悲痛,相反,我们体悟到了一种消逝久矣的温暖和动人的力量。这种力量很大程度上源自《幸福街》讲述历史的方式恰如其分地迎合了我们内心深处的美学期待。它让我们从既往的那些带有正史性质的历史叙事的禁锢中走出来,进而开启了新的历史想象与言说方式。

二、日常之光与历史之影的叠映

在评论者的眼中,何顿是一个辨识度极高的作家,这种辨识度主要取决于他的小说写作并不单纯性地拘泥和追逐某种文学创作潮流,而是表征出一种非标签化的个人性写作风格。几乎所有的小说家都会在其文学版图中建构一个相对封闭的时空体叙事,这个时空体既是现实的地理空间,同时也是作家安放情感和心灵记忆的重要载体。这个时空体就像莫言笔下的高密东北乡、苏童的枫杨树故乡、迟子建的哈尔滨以及付秀莹的芳村等。对于何顿而言,他的时空体无疑是湖湘世界。在何顿此

---

[1] 葛兆光:《中国思想史导论·思想史的写法》,复旦大学出版社,2013,第86页。
[2] 阿雷恩·鲍尔德温:《文化研究导论》(修订版),陶东风译,高等教育出版社,2004,第199页。

前的小说《我们像葵花》《黄泥街》《湖南骡子》以及新近出版的《幸福街》中，湖湘文化、历史、风物和人情几乎随处可见，何顿成功地构建了自己绵密、丰富而又无比诗意的湖湘地理学。因此，何顿的小说对于湖湘历史文化的书写就不仅仅是对20世纪中国历史的重新审视，同时也凝结着他永恒的乡愁。《幸福街》中的时间和空间不仅流淌和贮藏着何顿个人的心灵秘史，作为当代中国的时空缩影，"幸福街"上的"小"历史与20世纪中国的"大"历史也是彼此同构和互为印证的。何顿小说的重要特质在于他并不正面直视历史本身，而总是试图将历史设定为小说叙事的底色。换言之，何顿笔下的时代和历史仅仅作为小说的布景而存在，普通人或者说小人物的日常生活才是他小说叙事的"主旋律"。那些潜隐在历史缝隙中的普通人纵然不会对历史的发展进程产生决定性作用，但是作为一个无声的沉默群体，他们的生存状态和生命体验中却鲜活地裹挟着历史的血肉记忆。很多时候，我们正是凭借着现实生活中那些庸常琐碎的细节和不被光亮照射的幽微地带走向了历史的纵深处。很显然，何顿写作《幸福街》的思想原旨和初衷并不试图让我们看到历史如何影响着"一代人"的选择，而是以一种试图告别历史和革命的姿态，透过个人的世俗生活让我们更为清晰地看清历史的真相。这种对于历史本身的潜在拒绝并不是有意地遗忘历史或者将历史从个人的记忆中剔除，其很大程度上是重新建构了一种由个人到历史的想象方式。

新时期以来的文学发展和实践轨迹表明，小说写作由宏大叙事向日常生活的内在转化和过渡是当代文学叙事中的一股清流。何顿不动声色地讲述着那些沉落到现实中的平凡而普通的日常故事，借由日常生活的光与影折射出历史的斑驳与沧桑。犹如20世纪80年代末期的新写实主义小说家一般，何顿同样"贴着生活底层'毛茸茸'的事实书写，传达出一种生活的无奈与渴望走出的焦虑，真实地再现了文学的中国经验，同时，他们在无奈的生存中又屡屡激起生命的韧劲与局部的激情，在原生态的冷酷中透出生存的硬度"[1]。小说《幸福街》中记述的生活便是如此，父辈与子辈两代人的生活和命运都是"一地鸡毛"式的，他们共同拥有着"印家厚"式的烦恼人生，在历史的夹缝中顽强地抗争着卑微琐碎的现实以求得生存。所以，何顿在他的小说中不再媚俗式地标榜和构建革命话语的叙事洪流，相反，他努力地将长久以来一直被强势的革命话语压抑的个人话语突显出来。这些置身在历史中的生命个体不再作为思想启蒙和国民性批判的对象而存在，他们成为历史夜幕中最耀眼的星辰。个人不再是被话语建构的无生命的个体，他们成为世俗生存中真正地具有

---

[1] 朱栋霖、朱晓进、吴义勤：《中国现代文学史》，高等教育出版社，2014，第123页。

思想、生命和欲望的"活着"的个人。

何顿对于人的生命本能及其内在价值的高度肯定，使得小说《幸福街》中不再到处氤氲着历史的云烟，而是充斥着人性和人道主义的思想光芒，正是这些微弱的光照亮了历史的深处并守护着历史最后的正义和尊严。就像小说中写到的林志华，痛不欲生的牢狱生活让他选择了背叛和妥协，他在威逼和诱骗中诬陷妻子周兰是国民党特务，林志华的迂腐和无知让周兰经历着身体和精神上难以言说的苦痛。然而，当林志华幡然醒悟到自己受骗的真相时，他以自缢的决绝方式表明自己真诚的忏悔。《幸福街》中的历史与生活就像光与影无法彻底割裂一般，历史的泥淖困厄了平庸的生活，琐碎的日常重新照亮了历史。一部《幸福街》几乎囊括了20世纪中国历史变革中所有惊心动魄的时间节点，但何顿就像一个游离在历史边缘处的局外人，他近乎以缄默的姿态面对了那些潜藏在他笔下的历史。何顿将自己的历史情感和态度以"理解之同情"的立场投射到普通人的日常生活经验中，他既冷静而谨慎地让我们走进历史，同时又引领着我们走出历史的迷雾，回归和沉落到现实，何顿在虚幻的历史与真切的现实之间讲述中国故事，表达中国经验。

三、现实主义的回归

批评家贺绍俊曾鲜明地指出："现实主义说到底，它应该是文学写作的基本功，因此它也必然是无处不在的。也就是说，一个作家如果缺乏现实主义这一基本功的训练，他以后搭建起来的文学大厦哪怕再富丽堂皇也是不牢靠的。"[①]究其实质，小说《幸福街》对于历史和生活的真实呈现决定了它是一部现实主义力作，或者更为切近地讲，何顿的小说叙事直接继承的是批判现实主义的文学传统。批判现实主义是19世纪西方文学创作的重要支脉，它以人道主义作为思想旗帜和精神武器，忠实地反映社会生活并深切地关注人类的命运和前途。现实主义在20世纪中国的历史语境中经历了异常复杂的接受和发展过程。从五四时期的易卜生主义到社会主义现实主义和革命现实主义，以及20世纪90年代现实主义的重新回归，虽然这个相对漫长的历史进程使现实主义理论的内涵和本质发生了不同程度的变化，但是其忠实地反映时代和社会生活的本质却从未改变。何顿是一个拥有家国情怀的作家，对20世纪中国人坎坷的人生道路和生命体验的关注是其不断地走进和书写历史的重要缘由。说到底，现实的人是构筑和推动历史发展的决定性因素，脱离了对人的关怀，

---

① 贺绍俊：《无处不在的现实主义》，《文艺争鸣》2019年第4期。

任何的历史都将失去存在的根基。"小说是人的历史,同样,历史也是人的前提和结果。"[1]《幸福街》的现实主义特质在于小说中书写的所有历史细节都经得起检验和推敲,在一个到处以"非历史化"的方式书写和呈现历史的时代,何顿以现实生活照亮历史的笔致就显得无比珍贵。小说中,我们在林志华、陈正石、黄迎春等父辈的命运遭际中感受到了历史转折期的动荡不安;在赵春花的身上看到了历史暗哑年代中永不妥协和屈服的女性生命的光辉;在林阿亚、何勇、陈漫秋等子辈的生命历程中体会到了知青一代人生命运的无常;在张小山的身上异常清晰地看到了改革开放后个人奋斗的成功和失败;在陈兵和荷花身上感受到的是革命时期与后革命时期中爱情的扭曲、背叛和死亡。何顿将这些芜杂琐碎的日常生活全部融汇到他的小说版图中,这些小人物的生活和生命的状貌连缀到一起就构成了大时代云谲波诡的历史图景。因此,何顿的历史叙事就实现了人与历史之间的内在统一,即人是历史中的现实人,而历史则是由真实的生命个体构筑成的历史。

小说《幸福街》中的现实主义精神还鲜明地体现在何顿对于人的情感的肯定和书写。对于正义、善良、爱情、美的心向往之是人类源自本能的共通性的情感和价值认同,它们的存在完全超越地域、种族、阶级等构成的阻碍。在20世纪中国文学的历史构成中,爱情在特定的历史阶段是被压抑和禁锢的,它只能被淹没在革命话语的神圣光环下而成为遥不可及的神话。然而,何顿在小说《幸福街》中却不吝笔墨地写出了父辈与子辈两代人的情感生活,他们的情感经历不仅生动地映照出了历史的真实面相,同时也浮现出作家何顿对于历史的反思意识。何顿笔下的情感叙事迥异于传统的革命历史小说,革命历史小说中的爱情只有在革命的庇护下才具有自身的历史合法性。当然,何顿没有像王小波的《革命时期的爱情》那样,将革命时期的爱情表达得如此阴暗和畸形,通过对身体和欲望的爆炸式宣泄达到对历史的质疑和批判。何顿同样也没有像艾米的《山楂树之恋》一般,将残酷年代里的爱情渲染得那么虚幻和诗意,在这种虚拟的历史场域中,历史的真相和本原已经不再重要。何顿以存在主义作为小说叙事的起点,《幸福街》中的那些杂糅在日常生活中的爱情虽然曲折破碎,但是它们直指的是健康美好的人性。我们不难发现,何顿在《幸福街》中写到的爱情几乎都是悲剧性的,这种悲剧感使小说在整体上呈现出一种晦涩凄楚的氛围。

小说中的赵春花因为丈夫陈正石的历史问题而受到牵连,多年来她与女儿陈漫

---

[1] 张大海:《小说递进与历史的人——评何顿的〈来生再见〉》,《湖南工业大学学报》(社会科学版)2016年第4期。

秋一直忍受着非议和欺辱，在历史的涡流中坚强地求着生存；然而，当赵春花走过艰难的岁月与暗恋她多年的常万林开启一段新的感情时，子辈的不理解和思想上的隔阂又令她的感情生活屡遭磨难。周兰的人生命运和情感经历更为凄惨，丈夫林志华的泄愤和报复令周兰蒙受牢狱之苦，严主任利用权力之便对其身体和精神进行残酷的掠夺与戕害。彭校长是爱与美的化身，他让周兰看到了生存的最后希冀，然而，当周兰被无罪释放后，彭校长已经组建了新的家庭，周兰最后的情感寄托也不复存在了。在周兰身上我们看到，女性在强大的历史和权力面前显得如此低微和卑贱，她们无力抗争自身的宿命，甚至寻求一处安放情感的港湾都不可得。此外，何顿在《幸福街》中写到的青年一代人的爱情生活，同样充满着遗憾、悔恨和不幸。何勇与唐小月之间的爱情表面上幸福甜蜜，而在何勇的内心深处林阿亚是无法治愈的伤痛；张小山在改革开放的历史机遇中迅速发迹，然而财富的积累却也令他欲壑难填，道德的沦丧使其与妻子方平之间的患难情感最终离散瓦解。陈兵与荷花、黄琳与高晓华、黄国艳与鲁智力等人的情感经历和爱情生活同样充满着坎坷与不幸，正是他们身上带着世俗和人间烟火气息的生活让我们真切地感受到了两代人共同经历的中国式的命运跌宕起伏。在海德格尔的哲学表述中，人以被抛的方式来到世界，也就是说人的存在本身具有宿命的性质而非自由选择的结果。对于《幸福街》中两代人的人生命运而言，他们被充分理解是令人悲叹的，不被完全理解又是无比痛苦的，或许我们只能在无边的想象中给予理解和同情。

何顿的《幸福街》还值得我们进一步讨论的问题是其叙事采用的儿童视角，小说前半部分是以儿童的叙述视野呈现历史和现实的。儿童的世界是无比纯真和浪漫的，他们对现实的平庸和历史的复杂是无从感知的，然而，当我们将历史的隐痛与忧伤放置在儿童的世界中时，历史本身的真相和正义也就愈加清晰地呈现出来。很多小说家倾心于在儿童的叙述视野中书写历史的暴力和罪恶，以此让人切肤地领悟和感受到历史深处那种无法言说的疼痛。阎连科的长篇小说《四书》，将一个孩子设定为历史的主宰者，通过孩子的口吻讲述历史的癫狂和幽暗；鬼金的小说《孤儿》《姐姐的纸火车》《向上生长的春天》等也以儿童作为叙事的支点，揭露历史的黑暗与诡秘。与之迥异的是，何顿并没有建构一种恶的美学，他理性而节制地平衡了儿童视角与历史书写二者之间的关系，历史的滞重感被轻盈灵动的儿童叙事有效地消解了。总之，何顿将历史的风云写进了小人物生活的幽微地带，小说《幸福街》细腻柔软的笔触犹如静谧的河流一般，从历史的深处缓缓流淌而来。

现代派诗人戴望舒曾讲过，诗应当将自己的情绪表现出来，诗本身就像一个生物，不是无生物。的确，小说也可以看作是一种情绪的表达。《幸福街》就是作家何顿的历史立场与其思想情感汇聚而成的一种情绪,正是这种情绪让我们得以重新面对历史。克罗齐强调,"一切真历史都是当代史"[①]。其实历史的真正指向并不是遥远的过去,而是正在建构历史叙事的当下。于是,我们坚信《幸福街》绝不是何顿书写历史的终点,相反,它成为何顿再次想象和走进历史的新起点。

---

① 克罗齐:《历史学的理论和实际》,傅任敢译,商务印书馆,1982,第2页。

"愚蠢而高贵"的忧伤
——读须一瓜长篇新作《致新年快乐》

李耀鹏

> 除了在我们内心，没有什么日子是太平无事的。但即便是在最波澜不惊的日子里，还是会留有最崇高命运的一席之地。
> ——梅特林克《智慧与命运》

> 阳光里，空气里，时间的流转里，到处充满着人们没有发现的幸福。生命本身就是幸福的，幸福一直就在你的身边。
> ——梅特林克《青鸟》

须一瓜是心怀理想宏愿和雄心抱负的女性小说家，作为一个"温柔的精神警察"，她总是能够以超然物外的道德审判者的立场和姿态书写出时代的喧嚣和芜杂，在善良与罪恶、美好与丑陋、高贵与卑微的情感经验和价值冲突中开辟出隐秘而清洁的精神道路。"尾条新闻，头条小说"已然形成了须一瓜独树一帜的小说叙事模式和美学风格，从而使其在同时代作家中脱颖而出。从声名鹊起的《太阳黑子》《淡绿色的月亮》《白口罩》《双眼台风》等及至新近出版的《致新年快乐》，须一瓜始终以略带忧伤的笔致和辩证的逻辑连缀和镌刻出凡俗人的生命意义和价值。须一瓜小说的优雅和高贵之处就在于她无意于执拗人性的善与恶，而是以决绝的后撤方式回归到人性本身的勘探和沉思，用人性的光芒照亮黑暗的夜幕，以无涯的慈悲和深邃绽放出温暖的人性花朵。因此，"它的精神路径或许是孤绝的，但须一瓜用一种久违了的理想主义情怀，强有力地向我们证明，人性里依然还有亮点，而且无论世代如何萎靡，它都一直坚定地在着"①。可以说，揭示人性的动人与伟岸是须一瓜小说永恒的"法"与"道"，披戴着人性的霞光也是其建构自身小说王国最重要的思想要义。

长篇新作《致新年快乐》讲述的不是层峦叠嶂和惊心动魄的故事，更没有实验性的小说写作技艺的尝试，它的巨大魅力和感人之处在于小说的字里行间中绵藏和氤氲着一种情绪和精神氛围。小说不仅写出了一群逆向驶入时代的年轻人善意进入崎岖世间的悲剧故事，更是一部关于理想溃败和人性复杂的"沙之书"。须一瓜极尽力量地呈现出了追逐梦想征程中的"红与黑"，在欢笑与泪水、幸福与苦痛、生存与死亡中感受和体悟着"不能承受的生命之轻"。在阅读体验和心灵共振的意义上，我们发觉到小说的封帧设计意味深长。红色象征着火一般热烈高蹈的生命态度，"致新年快乐"寓意着须一瓜向所有为梦想而不遗余力的奋斗者致敬；而黑色的封面无疑表征着滞重与喑哑，隐喻着追逐梦想道路上那些不期而遇的迷茫和困境。在《致新年快乐》中，须一瓜在为一个群体倾情代言和立传，礼赞那些甘愿为梦想付出生命代价的高贵人格，他们犹如阿甘一般永不言败和放弃，无论历经怎样的风雨依旧纯朴如故。由此，真实地映照了"风一样的猎猎梦想，破译无人目击的秘密人生"。须一瓜借由小说中猞猁（林羿）的内心独白表明和阐释了这群"以梦为马"的青年人的人生态度——"人生也许就是如此吧，总有绚丽的七彩气泡在飞；总有人只为生命的荣耀而战，总有些傻瓜，一辈子目光远大，只看到远方诗性的光芒，永远看不到自己一脚狗屎。"②

"人生也许就是如此"的慨叹中蕴藏着犹疑不决和充满着未知的不确定性，真正的勇者或许不是那些面对命运的不羁选择迎难而上的人，而是敢于坚守梦想，将苦难化作生命中诗意的长虹的人。就像小说中那些胸怀着警察梦的"伪币"们，他们如此诚恳和倔强地捍卫着自己遥不可及的"乌托邦"梦想，即便深知梦想与现实之间无法逾越的沟壑，他们依然如西西弗斯一般重新置身生命的原点。这些看似"愚蠢"的堂吉诃德式的无畏"英雄"或许才是当代世界中真正为"活着"本身而生存的人，因为他们敢于抗争生活本身，与命运负隅顽抗。余华在其小说《活着》的韩文版自序中曾这样指出："作为一个词语，'活着'在我们中国的语言里充满了力量，它的力量不是来自于喊叫，也不是来自于进攻，而是忍受，去忍受生命赋予我们的责任，去忍受现实给予我们的幸福和苦难、无聊和平庸。"《致新年快乐》中

---

① 谢有顺：《写出可以信任的善和希望》，《新京报》2010年12月4日。
② 须一瓜：《致新年快乐》，上海文艺出版社，2021，第65页。

的每一个人——成吉汉、猞猁、边不亮等都在忍受，忍受着来自命运的不公、生活的无常及世俗的眼光，忍受是他们最无奈，诚然也是最有效的生命哲学。在吉奥乔·阿甘本看来，"当代人就是那些眼睛被自身时代的黑暗光波击中的人"，因此，我们不仅要懂得如何成为时代的追光者，还要清醒和警觉地保持与自身所处时代的距离，甚至逃离、背叛和鄙夷自身的时代。"那些与时代太过于一致的人，那些在每一个方面都完美地附着于时代的人，不是当代的人；这恰恰是因为他们无法目睹时代，他们无法坚守自身对时代的凝视。"①实际上，《致新年快乐》中成吉汉和边不亮等人的看似令人忍俊不禁的滑稽荒唐的追梦行为，恰如其分地成为他们作为"当代人"的有力佐证，他们所谓的"愚蠢"是真正的人生智慧。

现实与梦想是生活的两面，现实是显性的人生，它丰富而残酷；而梦想是隐性的人生，它唯美而浪漫。很多时候，我们愿意用理想中的浪漫对抗和消弭现实的凛冽，用诗意和远方解构荒诞的现实生活。正是因为有了隐秘盛开的孤独梦想，现实人生才因此意味深长。须一瓜虽然无比深刻地洞察和通晓现实人生的复杂和绝望，但是她仍然乐观地期许和希冀恋爱一样的生活，给人以爱和善意。在《致新年快乐》的后记中，须一瓜坦言道："我知道每个人，都有无人目击的梦里人生。它们大多不切实际，越不切实际，越梦得壮丽。尽管光天化日下，人们的现实与理性，在稳重地闪避、沉默；但在我们的年轻或我们的酒后，在无人知晓的地方，各种迷梦在庄重流转……梦想里的我们，佛光在背，黑发如帜；那是没有任何阻滞、过滤掉所有困苦艰难的快意人生。"②我们对这种洒脱不羁的生活全都心向往之，然而此岸的现实与彼岸的理想之间总是充盈着无数的未知和磨难，在这一泅渡的人生进程中，生命的闪耀和人性的斑斓得以最充分地展现。为了实现那种隐藏于心灵深处的快意人生，他们宁愿在静默和孤独中品咂人世的艰辛与荒寒，他们以酒神般的狂欢激情在生活的刀尖上舞蹈和欢歌，即便内心深知飞蛾扑火也要无所顾忌地纵身跃起。

小说《致新年快乐》的故事发生场域是新年快乐工艺品厂，这个曾经缔造了成吉汉父辈辉煌的家族产业到了成吉汉手中却日益走向了没落。顾名思义，工艺品厂的职责就是通过生产物件给人们带去喜庆和欢乐，而一群性别、身份、阅历迥异的青年人却阴错阳差地在这里相遇，他们不约而同地选择让自身的"警察"梦想在这里生长。很多时候，并不是我们有意选择了梦想，而是生活和命运将我们无情地逼

---

① 引文出自吉奥乔·阿甘本在威尼斯IUAV大学艺术与设计学院2006—2007年理论哲学课程中正式讲座的一个文本，Lightwhite译，文章来自"燃读"公众号。

② 须一瓜：《致新年快乐》，上海文艺出版社，2021，第252页。

追到梦想的边缘。这群青年人都曾拥有一段鲜为人知的生活经历，他们希望"警察"神圣光环的笼罩能够短暂地自我麻痹，在布满"刀光剑影和恩怨情仇"的江湖世界中尽显英雄本色。在我们的文化传统和历史认知中，警察是庄严和正义的化身，是良知和尊严的守护者，警察的身份会使身处现实世界中的人们获得前所未有的荣耀和满足，由此带来的便是文学中亘古不变的正义叙事。在中国古典文学中，自《诗经》《离骚》伊始到《史记》《后汉书》及至明清之际的小说，正义叙事始终是文学中不曾远离的魅影。"中国古典文学中的正义叙事启示我们用审美的方式经营人的内心世界，处理人与世界的关系，在正义叙事与诗性叙事之间找到平衡，守护人类生命的自由，确证现实生活中美的本质，这对泛滥于现实生活中的功利主义无疑是一种补裨。"[1]由此可见，须一瓜在其新作《致新年快乐》中不仅接续了中国古典文学中的正义叙事传统，而且也高度表明了她是一位有着正义感和公正之心的小说家。须一瓜如此耐心地在她的小说中书写不同的"案件"，人性叙事中裹挟着正义叙事，她不仅是小说的叙事者和故事的讲述者，更是现实生活的裁决人和世道人心的发现者。"由于公正，那个天真、热情的小说家同时也是明察、锐利的小说家，须一瓜有信念，但正因为有信念，她才知道普照大地的光必被万物的实体所吸收折射，投下游移不定的阴影，而阴影的存在恰恰证明着阳光、月光、星光和灯光的存在，证明了我们正带着我们的肉体和灵魂活生生地行走，人的软弱、人的无奈、人的遍布矛盾、裂隙，充满孤独、哀伤和焦虑的生活在信念的照耀下获得了尊严，获得精神的光辉。"[2]

在西方哲学的理解视域中，人的自我认识便是不断敞开心灵接受生命进程中"阴影"的过程。所以，尼采认定对于"阴影"的朝圣也是相遇最安静、最轻盈的万物的时刻；而荣格则更为直接性地指明，如若个人没有先行拥抱自己的"阴影"，那么就无法获得对自己的领悟或者自我认识。学会与"阴影"共生共存并将之激活而以理性的方式进入意识中，最后指向个体生命的完满是现代意义上人的重要标识。于是我们在小说《致新年快乐》中能够如此深刻和清晰地感知到须一瓜力透纸背地描摹了一群青年人的人生暗影，他们各自背负的难以言说的痛楚和面对生活的尴尬却是最容易被我们忽略和遗忘的，我们总是愿意享受被光照耀和追寻的美好，而不曾切身地理解和感受到失去光的黑暗角落中那些五味杂陈的现实人生。

---

[1] 郑双：《论中国古典文学中的正义叙事》，《南京师大学报》（社会科学版）2015年第2期。

[2] 李敬泽：《三段论：须一瓜（代序）》，载须一瓜：《提拉米酥——须一瓜中短篇小说》，北京航空航天大学出版社，2007，"代序"第2页。

小说《致新年快乐》中的成吉汉、猞猁、边不亮以及郑氏兄弟对于警察身份的神圣向往还缘于他们精神深处遭遇到的戕害及由此形塑的创伤记忆。成吉汉的警察梦在童年时期被父亲无情地摧毁，猞猁则在一次意外事件中彻底失去了自己真警察的身份，边不亮的警察梦源于自己被强暴的原始记忆和父亲的惨死，郑氏兄弟作为城市的底层不断遭受欺辱和压迫，他们只能无奈地以冒充警察的方式继续苟活。这些不同程度和意义上的精神创伤成为主宰人物命运的原动力，进而形成了须一瓜小说写作的"创伤动力学"，即"人物时刻被早年的创伤所笼罩，因此行走在光明与黑暗的交叉地带，性格当中包含着跳脱日常生活逻辑的例外状况。小说利用创伤造成人物行为的驱动力，让人物展开既偏激又合理的行动，从而形成别具一格的艺术韵致"①。当然，作为一个睿智的小说家，须一瓜并无意于向我们琐碎地展现这些悲苦人生的精神面影，而是试图表达出他们如何摆脱命运的桎梏而实现自我救赎和新生。作家柳青在路遥的中篇小说《人生》的扉页中曾这样写道："人生的道路虽然漫长，但紧要处常常只有几步，特别是当人年轻的时候。没有一个人的生活道路是笔直的、没有岔道的。有些岔道口，譬如政治上的岔道口，事业上的岔道口，个人生活上的岔道口，你走错一步，可以影响人生的一个时期，也可以影响一生。"诚然我们不能轻率地认定《致新年快乐》中的所有人选择了错误的人生道路，但不容置疑的是荒诞不经的现实生活的确改变了他们的生命轨迹。于是愚蠢与高贵、愉悦与哀伤、不幸与孤独如影相随，所有被抛入世界的有生命的个体都无法挣脱生活之网的枷锁。

  小说中的成吉汉是身世显赫的富家子弟，是新年快乐工艺品厂的继承者，父亲寄望他能够在名利场中闯荡出自己的一片天地，可惜事与愿违，成吉汉并没有成为一个意气风发的商界精英，而是带领着他的"伪币"伙伴们行走在通往警察梦想的道路上。母亲的意外离世成为残留在成吉汉内心中难以抚慰的伤痛，他最初梦幻般美好的理想也伴随着父亲剪碎的小警服而彻底夭亡。成吉汉酷爱音乐，沉浸在音乐世界中的他是真正的精神贵族，在节奏和音符缔造的狂欢中成吉汉"笑傲江湖"而所向披靡，唯有在音乐的癫狂和迷醉中才能获取生命中久违的快乐和辉煌。新年快乐工艺品厂由于成吉汉的音乐而增添了新的生机和活力，以至于向来严酷的父亲都感到了震撼——"我们一行不知道是走在夕阳浅金色的天地间，还是成吉汉布置的无可名状的奇异光辉中。在那音乐旋律里，在那小号引领的新年贺卡一样的根据

---

① 陈思：《须一瓜的"创伤动力学"——以〈致新年快乐〉为中心兼论其近期创作》，《中国当代文学研究》2021年第4期。

地,一切被音乐描绘得如天国一样感人欲泪。"[1]成吉汉带领他的"伪币"英雄们除暴安良,弘扬正义,他们自发建立的民间反扒志愿力量给芦塘镇带来了前所未有的安稳和宁静。这群伪警察的善念和淡泊名利的义举在道德的意义上值得赞誉和铭记,而他们不具备现实的合法性却也是不争的事实。银行抢劫案后这群青年人的警察梦想走向了终结,猞猁为此献出了自己宝贵的生命,新年快乐工艺品厂被转让,"精神领袖"成吉汉带着他们未竟的梦想失踪了。成吉汉的生命历程让我们在内心中懂得"有的人的怀抱,是天生想拥抱全世界的,他们就为赞美为爱而来,为公平为正义而生,但世界里的一切都可能对他背向而立。再一次地,我想到了那句诗:人怎么通过狭窄的竖琴跟神走"[2]。成吉汉是一个带有悲情落寞意味的英雄,他虽然带着遗憾和感伤的梦远走,但他注定会重新走上新的梦想道路,归来后的成吉汉仍旧会是那个让人泪流满面的追风少年。小说中成吉汉的失踪意味着这群堂吉诃德般的青年人的滑稽梦想彻底幻灭和不复存在,只能在他人的致敬中得以复现和存留。

　　与成吉汉的莽撞和不谙世事相比,猞猁精明果敢,坚毅而又不乏谋略。与那些"伪币英雄"截然不同的是,猞猁曾经是一名被无数人艳羡的名副其实的真警察,可不幸的是猞猁最终遭人陷害而断送了美好的人生前程,母亲离世后猞猁辗转来到新年快乐工艺品厂。猞猁一直在小心翼翼地呵护着自己身上的"秘密",他始终在独自咀嚼和品咂着那些生活暗影中的不幸,以沉默的方式抵抗着内心的煎熬。猞猁重情重义,为人豪爽坦荡,他拼尽自己最后的力量挽救成吉汉,能够与蜻蜓饭草冰释前嫌成为甜蜜的恋人。即使从梦想的云端跌入生活的谷底,猞猁仍然高昂着头,他内心中鄙夷那些"伪币"队友们不安分的激情和以假乱真的野心。但是去敬老院的慰问活动彻底唤起了猞猁心中复杂的情感,他心头的坚冰被"伪币"英雄们全力演绎的人世暖春时光彻底融化了,此刻他终于不再成为置身事外的旁观者,而是真正地与他们成为肝胆相照的患难之交。正是这些"伪警察"春风化雨般的善意让猞猁对生活和生命有了新的感悟——"过去的旧时光,经历的当时,不一定有感觉,也许只有再回首,才会看到岁月风干后显影出的永不消退的底色。这群猪一样的队友,这群朝气蓬勃的伪币们,是在天真烂漫地刺激他永远失去的骄傲与敞亮。被命运鞣制成木乃伊的人生理想,可能有时也会泛射出迷幻的星芒,就像少年边不亮的那双灿若星辰的眼睛。"[3]猞猁直击心灵的理解和感悟是对这群青年人生命处境的歌吟和无比诗意的想象,在他们的生命镜像中猞猁终于"完美"地找回了那个逝去了

---

[1] 须一瓜:《致新年快乐》,上海文艺出版社,2021,第11页。
[2] 须一瓜:《致新年快乐》,上海文艺出版社,2021,第247页。
[3] 须一瓜:《致新年快乐》,上海文艺出版社,2021,第170页。

许久的自我。

  小说中的边不亮是充满着煞气的孤胆英雄，她过往的童年生活就像夜空中孤寂闪烁的星，清冷而幽怨，懒惰而嗜赌如命的母亲给她的清贫生活带来无尽的不堪回首的苦痛。因为母亲的薄情和残忍，少年边不亮遭遇身体的凌辱，弟弟惨死，父亲投河自尽，现实生活将这个花季少女逼迫得无路可走。边不亮选择隐去了自己的懦弱和悲惨，而是以佯装男性的方式过活自己的假面人生，唯有男性、警察、匕首等这些带有强劲力量的语词才能够带给边不亮活下去的勇气。在那个身手敏捷、骁勇善战的边不亮的背后还有一个人们看不见的泣血般的悲惨人生，阿四和猞猁没有戳破边不亮的身世之谜，而是选择保守这个不能说出的"秘密"，而边不亮同样感受到那种源自灵魂深处的默契和涌动在生命中的坚韧力量，当然更有一种他们都曾经体验过的深渊般的哀伤。可以说，在成吉汉、猞猁和边不亮的命运遭际中，我们得以洞察到城市生活经验或者崛起中的城市文明的另外面相。"当然，城市只是须一瓜展开故事的环境或背景，她着意书写的还是城市生活和人性的丰富性和复杂性，她着意挑战的是文学的'不可能性'。因此，须一瓜的小说大都迷宫般地扑朔迷离乱花迷眼。读她的小说在很大的程度上是一种智力的较量。"[①]

  须一瓜在《致新年快乐》中塑造的这群逐梦青年不能说是彻头彻尾的失败者，但至少他们不是现实的成功者，忧伤是他们共有的生命底色。但不可否认的是，失败的人生更加具有况味，悲剧增光人生的价值和意义。朱光潜就曾深有体会地讲道："人生的悲剧尤其能使我惊心动魄；许多人因为人生多悲剧而悲观厌世，我却以为人生有价值正因其有悲剧。"古往今来的文学史中从来就不曾缺乏这样的青年人，他们可以是李白、杜甫和苏轼，可以是《二月》中的萧涧秋、《家》中的高觉新、《人生》中的高加林、《涂自强的个人悲伤》中的涂自强、《云边有个小卖部》中的刘十三、《他乡》中的翟小梨、《玫瑰开满了麦子店》中的王亚丽等等。他们的人生中都夹杂着苦痛和泪水，他们也都曾心怀梦想，他们与须一瓜笔下的成吉汉、猞猁和边不亮等虽然有着时空上的阻隔，但是他们的人生际遇和生命道路却如此相通。无论处于怎样的生命逆境，他们内心中都保持着善意的人性法则，即那个上帝公平地赋予每一个人的道德律令。茨威格在其《人类群星闪耀时》的自序中讲道："在一个民族内部，总是需要有几百万人，才能产生一个天才；同样，总是需要有无数的光阴无谓地流逝，才能等到一个真正具有历史意义的时刻——一个人类群星

---

  ① 孟繁华：《都市深处的魔咒与魅力——评须一瓜的小说创作》，《时代文学》（上半月）2013年第9期。

闪耀的时刻出现。"于是，茨威格有意地捕捉了人类历史长河中那些意义深远的星光时刻，向巴尔博亚、菲尔德、斯科特等抗争命运的信念致敬，给那些黯然的失败者应有的尊严。须一瓜笔下的那些悲喜交加的"伪币"们同样具有英雄的气质，须一瓜给予了他们最崇高的敬意，成吉汉彻底失踪、猞猁失去生命、边不亮在《女武神出骑》的豪壮乐曲中绝尘而去，便是迎来了属于他们生命中闪耀的星光时刻。或许，这就是命运的能量守恒，就是生命历程中普遍存在的"古老的敌意"。

须一瓜在其长篇新作《致新年快乐》中有意地进行了以音乐的情绪和节奏带动小说叙事的美学尝试。须一瓜认为，"我甚至怀疑，音乐家就是上帝派来的人间便衣。他们微服人间，代神向我们打出上帝的手势。有音乐的耳朵是幸福的，最有音乐的耳朵的人，是最幸福的人……音乐和小说的关系我只有个人化的感悟，有时候作品写作中断，我只能通过某段旋律，重新回到小说气场里"[①]。小说中提及的音乐与叙事及人物的命运之间形成了耦合与叠印，须一瓜在不同的音乐氛围中敏锐地寻找和感知小说的内在化律动，在音乐的情感世界中发掘出一个小说家的灵感源泉。对于小说中存在的大量音乐叙事，须一瓜在一篇访谈中做出了明确地阐释——"《致新年快乐》写了个魔境，我需要用音乐，也只有音乐能将现实和魔境连接。所以，在这里，不仅是因为我喜欢和信任音乐，更主要的是，我需要拥有这座桥，把那些现实里的蠢蛋，渡上超现实的真情彼岸。音乐升华着我们的理想主义情怀，酵化着超现实的梦里人生。"究其实质，须一瓜以沉浸音乐的方式寻找现实与理想之间的桥梁，她在用音乐中伴随着的澎湃之力抚慰那些寂寥而遗憾的生活，为那些怀有梦想的"英雄"们奏响凯旋的乐章。

作家余华在谈及音乐对其写作的深远影响时同样深有感触——"然而音乐一下子就让我感受到了爱的力量，像炽热的阳光和凉爽的月光，或者像暴风雨似的来到了我的内心，我再一次发现人的内心其实总是敞开着的，如同敞开的土地，愿意接受阳光和月光的照耀，愿意接受风雪的降临，接受一切所能抵达的事物，让它们都渗透进来，而且消化它们。"[②]无论余华抑或是须一瓜，他们都在音乐中汲取到了一种超越时代、种族和道德的力量，这种力量无声亦无形，它只让人在内心中积蓄出一种磅礴的情感，进而内置到小说叙事的深层褶皱中。小说《致新年快乐》中写到的"伪币"们钟爱的《威风堂堂进行曲》，成吉汉情有独钟的肖斯塔科维奇的《钢琴三重奏》、威尔第的《凯旋进行曲》、贝多芬的《蓝色的夜晚》，阿四倾心的巴赫

---

① 姜广平：《"诚实的写作都是霸道的"——与须一瓜对话》，载须一瓜：《提拉米酥——须一瓜中短篇小说》，北京航空航天大学出版社，2007，第283页。

② 余华：《文学或者音乐》，译林出版社，2017，第212页。

的《第三勃兰登堡协奏曲》、奥芬巴赫的《巴黎人的欢乐》，为边不亮饯别的瓦格纳的《女武神出骑》及奠定整部小说美学基调的斯美塔那的《沃尔塔瓦河》和马勒的《第五交响曲》，等等。马勒在他的惊世之作《第五交响曲》中表达出了悲壮与欢愉、沮丧与疯狂、绝望与希望并存的复杂情感，在暴风雨般的激烈和柔和静谧的宁静中，马勒冲决黑暗而寻找心灵净化的道路。如同《致新年快乐》中的成吉汉、猞猁和边不亮等，他们的生命之路和梦想之歌在马勒和他的音乐中得到了完美的印证。

此外，须一瓜在小说中对于大量西方经典音乐的镶嵌也强化了小说的抒情品质。"伪币"英雄们出色完成任务伤痕累累归来时，成吉汉以《凯旋进行曲》的威武和庄严表达致意，在音乐中感受着雄浑的气势——"合唱的人声来自时光深处，叠加了世代人类的声音，仿佛是人类通用的语言，悠远模糊，它们在颂扬英雄凯旋，在感恩上苍，它们在歌颂黑暗中人们看不见的坚定意志与血染风采。"[1]而当新年快乐工艺品厂和"伪币"英雄成为一段终结的历史时，那个落寞和不被人理解的成吉汉依然选择在音乐中完成最后的救赎，宁静哀伤的《沃尔塔瓦河》乐曲中浸透着一种彻骨的悲凉——"我放弃了去看他一眼的念头，感受着那一路蓄势、一路奔涌的力量纵横捭阖，远向天际尽头，它超越了我倚靠的长廊，超越了新年快乐的所有空间，超越了芦塘小镇，超越星辰宇宙，它追逐万千时光而去……"[2]须一瓜给那些梦想破灭者以优雅高贵的点缀，余生摇摇而天命昭昭，"像恋爱一样生活"依旧以其巨大的魔力吸引着每一个生活的前行者。在米兰·昆德拉看来，"永恒轮回之说从反面肯定了生命一旦永远消逝，便不再回复，似影子一般，了无分量，未灭先亡，即使它是残酷，美丽，或是绚烂的，这份残酷、美丽和绚烂也都没有任何意义"[3]。其实，那些我们很多时候终其毕生精力追求的梦想同样如此，它未必一定得以实现，死寂的梦想所带有的那份残酷或者绚烂同样没有任何意义，真正值得敬畏的是永不放弃梦想，永远行走在梦想的路上。对于须一瓜的小说写作而言，同样如此，在《双眼台风》的后记中，须一瓜如是说："很多写作都是路过，所有路过都是为了最后的抵达。"更或许，所有的不抵达或者未抵达都是最好的抵达。《致新年快乐》中的成吉汉、猞猁和边不亮都没有最终抵达自己的梦想彼岸，正是因为没有抵达，他们才更加值得怀念，须一瓜的小说也才更加耐人寻味。

---

[1] 须一瓜：《致新年快乐》，上海文艺出版社，2021，第64页。
[2] 须一瓜：《致新年快乐》，上海文艺出版社，2021，第246页。
[3] [捷克] 米兰·昆德拉：《不能承受的生命之轻》，许钧译，上海译文出版社，2003，第3页。

总之，作为小说家的须一瓜"她重视雕刻经验的纹路，更重视在经验之下建筑一条隐秘的精神通道，使之有效地抵达现代人的心灵核心。她的写作如同破译生活的真相，当饰物一层层揭开，生活的尴尬图景就逐渐显形，在她的逼视下，人生的困境和伤痛已经无处藏身"[①]。上述创作理念和精神向度在长篇新作《致新年快乐》中再次得到彰显，这是须一瓜未曾改变的小说写作智慧。其实，须一瓜的那些诡秘叙事中还刻意隐藏着一把锋利的剑，直指现实和当下。因此，在一篇访谈中她感叹道："这个时代一定有'愚蠢而高贵'的人，只是人口占比偏低。因为我们都太聪明了。审时度势、利害得失，我们比计算器反应还快。物质感的精明与算计，肯定无法体味、领略甚至排斥精神性的无价之美。拜金的快节奏里，我们也没有时间、没有耐心去抵达那些没有实利的东西。"虽然须一瓜没有正面批判时代的精神堕落和价值失衡，但是她小说中一以贯之的人性主题却表达了这种不言自明的隐忧。小说中的"致"显然带着浓郁的回忆气息，"致新年快乐"的语义隐喻中既有期许的祝福和欢乐，更有回忆时的疼痛与凄楚。《致新年快乐》的写作行旅既是情感上的漫游和回溯，亦是对伟大的道德人格和优雅精神的雕刻。如此愚蠢，如此高贵，而又如此忧伤，这段不谙世事的荒腔走板和懵懂的济世激情对于须一瓜而言有着难以名状的极光魔力。或许，更重要的还关乎着她个人的"小说革命"。

---

① 第二届华语文学传媒大奖给予作家须一瓜的授奖词。

"向死而生"的故乡与人性的"炸裂志"
——读罗伟章长篇新作《谁在敲门》

李耀鹏

对于有着乡村生命经验的作家而言,哺育他的故土是无法逾越的梦幻和宿命,因为那里长养着生命的根芽。回到故乡是逆光的精神行旅,既是对存在之根的寻觅和体悟,更是对自我身份的确指与认同。罗伟章是胸怀着浓郁故乡情愫的当代作家,他始终顽强地以"地之子"的文化姿态和笔致书写着百年乡土中国的世事沉浮。在罗伟章的小说之城中,他有意识自觉地承继着"土地"的精神血脉和传统,以略带忧伤的执念在故乡的荒原中诗意地想象游走,无比激情澎湃地吟咏着他的"大地之歌"。从《饥饿百年》到《谁在敲门》,罗伟章始终不遗余力地质询着文明的更迭,建构着自己丰沛磅礴的"大地诗学"。宏大叙事与日常生活、时代跃迁的光晕与面影、小人物的爱憎与善恶、生存的卑微与倔强、人性的至暗与清澈构筑出了无与伦比的故事之虹。《饥饿百年》以百年的乡村史和饥饿史力透纸背地尽显出父辈的坚韧与挣扎;《不必惊讶》呈现出的是传统文明裂变带来的精神疼痛;《大河之舞》则在惊心动魄的传奇故事中寻找着神秘消失的民族和浪淘千古的大河;《声音史》更是对乡村隐秘心灵史的生动隐喻,声音的隐遁便意味着村庄的消逝;《谁在敲门》致力于彰显父辈的时代落幕后,子辈在道德与欲望之间的艰难自持和抉择。"《饥饿百年》是山的文明,《谁在敲门》是河的文明。山河这个词,说的正是它们的骨肉联系——传统文明和现代文明的骨肉联系。"[①]罗伟章的小说中总是弥漫和氤氲着久违的乡土气息,连缀着现代文明进程中当代中国的"喧哗与骚动",既有仰望星空的浪漫,又不乏脚踏大地的沉稳。因此,罗伟章的文学江河中既承载着

---

① 罗伟章:《谁在敲门》,广西师范大学出版社,2021,第671页。

大巴山脉和清溪河畔的现实风雨，同时又摇曳着属于他个人的"乡"与"愁"。

一、僭越的梦与永恒的"乡愁"

罗伟章新近的长篇力作《谁在敲门》镌刻出的是文明转型巨变时刻当下中国的斑斓图景，在地方志和家族史的经纬中描摹出"新乡土中国"[①]或者说"人类文明新形态"[②]的轮廓和印记，并最终表征为一种"寓言的废墟与废墟的寓言"[③]彼此叠印的现代性症候。《谁在敲门》是一部具有史诗性追求的时代"魂魄书"，它重新奏鸣的是隐匿在时间深处的古老歌谣，再度唤醒复活了流淌于血液中的故乡记忆，那是"隐忍的挽歌，或史诗般的悲鸣"。坚实厚重之余具有撼动心弦的力量，同时又悠远绵长给予孤独寂寥的"现代人"以灵魂的抚慰。较之于远离故土的漂泊者，故乡意味着远游时无法消陨的羁旅之思，亦是源自生命本能的自我召唤。"怀乡"作为人类最质朴的原初情感总是不经意间以无意识的方式进入作家的思想世界，进而被不断地镶嵌内置到小说叙事中，自五四新文化运动以来已经渐趋地形成了中国文学的传统。"'怀乡'作为最重要的文学母题之一，联系于人类生存的最悠长的历史和最重复不已的经验。自人类有乡土意识，有对一个地域、一种人生环境的认同感之后，即开始了这种宿命的悲哀。然而它对于人的意义又绝不只是负面的。这正是那种折磨着因而也丰富着人的生存的诸种'甜蜜的痛楚'之一。这种痛楚是人属于生活、属于世界的一份证明。"[④]换言之，文化／文学中的"乡愁"是农业文明与生俱来的情感基调，它天然地兼具着悲戚和愉悦的质素。伤悲在于远离故乡的无奈和无处寻找的茫然无措，而欣喜于彷徨无地之际还能够将故乡视为最后的精神寓所。

《诗经》中记载的周代生活的人间百态和世风世相，《楚辞》中楚地的山川风物和社会风貌，无不缱绻着人与土地之间无法割裂的历史渊源以及无处不在的"乡愁"。《诗经·小雅·采薇》中的"我戍未定，靡使归聘""忧心孔疚，我行不来"、《诗经·豳风·东山》中的"我徂东山，慆慆不归。我来自东，零雨其濛"等都是

[①] 关于"新乡土中国"的相关论述可以参阅贺雪峰：《新乡土中国》，北京大学出版社，2013。论者主要从乡土本色、村治格局、制度下乡、村庄秩序和乡村治理等方面理解和阐释了新的"乡土中国"。

[②] 李云雷：《〈红楼梦〉传统、生活史诗与"人类文明新形态"——罗伟章〈谁在敲门〉》简论，《当代文坛》2022年第1期。

[③] 唐伟、孟繁华：《寓言的废墟与废墟的寓言——以罗伟章的小说为例》，载陈思广主编《阿来研究》（第4辑），四川大学出版社，2016，第6页。

[④] 赵园：《地之子》，北京大学出版社，2007，第12页。

先民念乡愁绪的明证。古往今来，无数的文人墨客也都以"乡愁"寄寓着离家远行时的凄苦，如李白的"仍怜故乡水，万里送行舟"，白居易的"两处春光同日尽，居人思客客思家"，张籍的"洛阳城里见秋风，欲作家书意万重"，高适的"故乡今夜思千里，霜鬓明朝又一年"以及纳兰性德的"风一更，雪一更，聒碎乡心梦不成，故园无此声"。而今，这些思乡之声跨越了时空的隔阻依旧在离乡者的心中回响激荡。罗伟章同样以古老的祖先声音的感召为契机遥望冥想故乡，于是便有了老君山和清溪河的人间烟火，演绎出燕儿坡、李家岩、拐枣坝和回龙镇上的生活大戏，最重要的是孕育了《谁在敲门》这部皇皇巨著。

当下中国社会的历史转型和文明新变决定了中国文学状况正在发生结构性的变化，"在乡村文明崩溃的同时，一个新的文明正在崛起。这个新的文明我们暂时还很难命名。这是与都市文明密切相关又不尽相同的一种文明，是多种文化杂糅交会的一种文明"①。中国"现代性"不确定性的文化语境决定了中国的乡土文学写作随之发生了新变，一方面，新的文明冲突诱发了作家重返故土的热忱和欲望；另一方面，又直言批判"异化"人性的城市文明。"因此，当下的乡土文学写作，都有一种'望乡'的意味。这种'望乡'，既有作家自己过去的生活经验和文化记忆，更有作家对乡村中国现代性过程中的巨大焦虑、矛盾和纠结。当然，这里更多隐含的还是作家与乡村的情感关系。"②于是，作家多以城市人的身份凝望故乡，同时又以"乡下人"自居的目光重新审视城市，就像鲁迅和沈从文那样，在所谓的"侨寓的文学"中建构了面对故乡的"离去—归来—离去"的情感方式，"城市"和"乡村"也因此失去了本原的面貌。如同《谁在敲门》中的叙事者"我"（许春明）一般，小说中的许春明具有城市人身份，许氏家族和燕儿坡人都对"我"推崇备至，然而"我"却并未真正地感受到那种优越感和自豪感。相反，让许春明切身体会到的是一种难言的陌生，他与那些曾经熟稔的乡人之间产生了无形的"可悲的厚障壁"。这种"厚障壁"与鲁迅同"闰土""祥林嫂"之间的思想"沟壑"如出一辙，烛照出的是新的启蒙之思和国民性批判。于此，让许春明深有领悟的是"跟亲人之间，大姐和我一样，被什么东西阻隔了。这东西是钱，又不仅仅是钱"③。"我"和大姐同亲人之间维系的纽带和桥梁是金钱，唯有在永无止境的付出和奉献中才能够让血缘伦理意义上的亲情得以延续。事实上，"我"（城市）与大姐（城镇）代表的价值

---

① 孟繁华：《乡村文明的变异与"50后"的境遇——当下中国文学状况的一个方面》，《文艺研究》2012年第6期。
② 孟繁华：《"望乡"：当下中国的乡土文学》，《文艺争鸣》2015年第6期。
③ 罗伟章：《谁在敲门》，广西师范大学出版社，2021，第566页。

观念已经无法与传统的乡村世界的秩序准则相遇合,由此产生的对于生存、生活和生命的考量全然不同,"文明"与"愚昧"的冲突根深蒂固。

在乡村人眼中,城市意味着权势、利益和至高无上的荣誉,"我"的诗人地位并未给自己赢得足够的荣耀,取而代之的是彻骨的悲凉和无尽的虚妄。当"我"无法为亲人和乡村带来真正的现实利益时,"我"的城市身份所具有的意义和价值也随之荡然无存,"我"得到的是冷漠、仇视和敌意。颇有意味的是,小说中多次提及的"我"无法实现和承诺为燕儿坡村民修缮残颓破败的道路,"我"的"无力和失败"让我彻底失去了与故乡之间最后的情义。"我"对故乡的眷恋和"愧疚"溢于言表——"我发现,自己在外面混得越久,欠亲人的就越多,欠故乡的也越多。这辈子,我是永远享受不到荣归故里的感觉了。某些时候,当我坐在省城的家里,读书写作到深夜,猛可间听见遥远处飘来一丝音乐,不管是什么乐曲,都会让我怀念故乡,怀念那些烟烟润润的日子,但想起自己没能力给故乡一丁点儿实实在在的好处,便颓然知晓,我是连乡愁的资格也没有的。我丢掉了故乡,也不敢有乡愁。"[1]我的"丢掉"与"不敢"是乡土文明溃败时代无比真切的现实,当我们失去故乡时,内心期许着魂归故里,而当真正回到魂牵梦萦的故乡时,却又面临着无奈诀别的尴尬处境。或许,地理空间意义上的故乡只能成为我们赖以铭记的精神家园,即使穷尽力量终究无法重新抵达,而正是这种难以抵达成就了最好的"抵达"。对于"现代人"而言,永恒的"回乡"与没有时间期限的精神浪游似乎是不归的道路。

当代作家对于"乡土"的再造与想象很大程度上源于城市文明的挤对和压抑,以及由此带来的中国"现代性"焦虑。《谁在敲门》中寄寓着罗伟章深刻的文化忧患意识,现代文明铸就了一种"围城"式的两难境遇,城市中人前所未有地渴望着"桃花源"式乌托邦的"乡村"世界;而乡村人又至死不渝地对"城市"充盈着美好的向往。城市里的"乡愁"与乡村里的"城市梦"之间形成了对峙的两极。燕儿坡的乡民又有所不同,他们虽然与城市之间形成千丝万缕的纠葛,但是对城市(工业文明)与乡村(农业文明)之间的碰撞导致的心理困惑和精神迷茫却是懵懂和未知的。罗伟章借此想要论辩的议题在于文明的递变是否要以排斥和牺牲为代价,在他的理解中——"文明是排斥不了的,没有哪种文明的保存,是通过排斥而取得了成功。山千千万万年矗立在那里,人类和存续于人类的文明,则如同河水,流动既是河水的体态,也是河水的使命。一滴水,再加一滴水,不是两滴水,是一大滴

---

[1] 罗伟章:《谁在敲门》,广西师范大学出版社,2021,第508页。

水,这是水与河的关系,是自我与他者的关系,也是个体与时代的关系。但没有一个时代是孤立的。每个时代下的人们,骨髓里都敲打着古歌。祖辈的付出与寂寞,深潜于我们的生命。而前方和更前方,是生命唯一的方向,我们的歌哭悲欣,证明了我们在朝着那方向,认真生活。"[1]换言之,乡村文明凝固成的传统并不会因为新文明的崛起而消失殆尽,它依然会成为我们负重前行时的精神动力源。"我"的兄长许春山和许春树等燕儿坡村民都"处心积虑"地拒绝搬迁至龙井湾,他们在固守着最后的精神根系,离开了熟悉的土地如同生命的终结。"我"的父亲同样如此,纵使弟媳对他百般刁难和虐待依然心甘情愿地生活在拐枣坝,每次居住到大姐回龙镇家中都会使其感到惶恐和不安——"他有一声没一声叫幺儿子的名字,可那声口,更像一个被丢在客人家的孩子叫爸爸……说完脸却一浸,又将自己扔进惧怕和哀伤里。"[2]弟弟春响"每次来大姐家,鞋子换来换去,都让他感觉受了莫大的屈辱"[3]。"我"同样源于对城市生活的厌弃而倾情故乡,那种无谓的狡诈和争执让我懂得:"卑微的哪里只是父亲。我的诗歌,每一行都流淌着卑微的血液,便用超脱和抵抗,去装点卑微。父亲不装点,也不会装点。这是我们的区别。"[4]

父亲身上秉持着中国传统农民朴实稳重的文化性格,他从不掩饰异质生存空间带给他的窘迫和焦躁,而是安于生活给予他的全部希望和绝望。而"我"则"虚伪"地遮蔽和置换了那份不言自明的疼痛,"我"深知故乡是永远无法逃遁的精神枷锁,但是却又没有勇气面对埋藏心头的"乡愁"。父亲的葬礼上,"我"甚至因为挽留朋友独辫子和谭瑞松吃饭而纠结,令我忧虑和恐惧的是他们对故乡的鄙夷,是阶沿上的灯光会将故乡的"丑陋"无限放大和照亮。这种愁肠百结让我重新审视了自己对故乡的情感——"这种对故乡的执念,究竟是连血带骨的亲情,还是不可救药的浪漫病?而且,我还有故乡吗?如果说父母生活的地方就是故乡,我母亲早死了,现在父亲也死了。大姐说女人没有故乡,我不是女人,同样也没有故乡了。故乡在我心里,就像一列奔跑的火车,车身已远去,只余下苍茫的汽笛和铁轨的震颤。"[5]某种意义上,是"我"无情地抛弃了故乡并因此成为故乡的弃儿,那呜咽的汽笛声和震颤心扉的铁轨是我对故乡最后的"向死而生"的想象。正所谓"我们都无力承担一

---

[1] 罗伟章:《谁在敲门》,广西师范大学出版社,2021,第671—672页。
[2] 罗伟章:《谁在敲门》,广西师范大学出版社,2021,第7页。
[3] 罗伟章:《谁在敲门》,广西师范大学出版社,2021,第1页。
[4] 罗伟章:《谁在敲门》,广西师范大学出版社,2021,第149页。
[5] 罗伟章:《谁在敲门》,广西师范大学出版社,2021,第383页。

种生活的失去，哪怕那种生活已经腐烂"[1]。作为诗人的许春明（"我"）曾认为："诗是写不出来的。诗本身并不存在。诗只在诗心里存在。"[2] 同样，乡愁是无法被言说的，或者乡愁本身并不真实存在，它只存在于怀乡人心中。"乡愁里的'乡'字，在未来的日子里，很可能由外部实体内化为心灵。当然这不是一时的，这还会有很长的路。同时我也坚定地认为，当人类发展到某一阶段，那种土地和家园似的故乡和乡愁，会再次成为人们的需要和言说对象。"[3] 乡愁将伴随着我们生命的始终，只不过每个人都会想象和徜徉在属于自己的故乡，并理所当然地咀嚼着不一样的愁苦。王朔就曾感慨道："我羡慕那些来自乡村的孩子，他们的记忆里总有一个回味无穷的故乡，尽管这故乡其实可能是个贫困凋敝毫无诗意的僻壤，但只要他们乐意，便可以尽情地遐想自己丢失殆尽的某些东西仍可靠地寄存在那个一无所知的故乡，从而自我原宥和自我慰藉。"[4] "谁人故乡不沦陷？"故乡是每一个现代人回不去也走不出的地方，我们都是行走在追乡路上的"囚徒"。走便是一代人的命运，就像鲁迅笔下的"过客"，行走便是道路，"从我还能记得的时候起，我就在这么走，要走到一个地方去，这地方就在前面……然而我不能！我只得走"[5]。从鲁迅、沈从文到王朔及至张嘉佳、罗伟章，中国文学中的"怀乡"（类似"原乡"）之声绵绵无期，从未止息。诚然，我们并非要硬性地建构出鲁迅到罗伟章之间文学"乡土"书写的脉络和精神流变，而是意在表明"乡土—中国"的范式已经凝结为现代中国知识分子共识性的价值认同。

二、批判之剑与人性的炸裂

《谁在敲门》的主体结构主要由父亲生日、父亲在医院、父亲出殡和回到城市构成，罗伟章不吝笔墨地写出了当下时代的众生相，活画了"哀其不幸，怒其不争"的国民灵魂，他将批判的利剑毫不犹豫地挥向了人性的纵深处。小说主要写出了时代变局中四代人不同的人生方式和命运遭际，父亲一代静默地扎根于土地，他如同罗中立油画中的"父亲"，遵守着人与大地之间的生存契约，于困顿中寻找着

---

[1] 罗伟章：《谁在敲门》，广西师范大学出版社，2021，第552页。
[2] 罗伟章：《谁在敲门》，广西师范大学出版社，2021，第157页。
[3] 罗伟章：《谁在敲门，可能是别人或自己，也可能是传统或时代》，《读者报》2021年4月29日。
[4] 王朔：《动物凶猛》，北京十月文艺出版社，2015，第1页。
[5] 鲁迅：《鲁迅全集》第二卷，人民文学出版社，2005，第195—199页。

活下去的出路;"我"(许春明)与兄弟姊妹一代遭逢新的历史境遇,在城市与乡村之间艰难地犹疑和抉择;以丽丽、四喜、李志和秋月等为代表的子辈面对着新文明显得无所适从;天天、豆豆和方敏等成长中的新生力量,他们对于时事尚且懵懂,文明的"风暴"将如何深度地影响他们的人生历程还无法预知。罗伟章善于在普通人凡俗琐屑的日常市井生活中表达自己对时代和文明的省思,于乡风民俗、陈年旧事和伦理纠葛中映现"新乡土中国"的《红楼梦》传统。他曾坦言道:"小说家的心境铸就一个小说的特别气质。我自己在创作中不会刻意煽情或考虑迎合读者的阅读期待,就是想写下天地当中,人的日常以及在时代洪流当中人的命运。"[1]罗伟章的小说观念内在性地决定了他的文学质感,他认定:"小说的思想埋在作家和人物的情感里。对小说而言,思想是情感的结晶。情感决定认知,也决定对道德的评断和选择。认知不单纯是视野上的事,有时还与视野无关。托尔斯泰最深刻的思想,不是他发表的长篇大论,而是在小说的进行中,在人物的吃喝拉撒和白天黑夜里。"[2]更为重要的是,生活的细节中还异常清晰地绽放着人性的微茫和光亮。

小说开篇写到"我"从城市回到回龙镇为父亲庆祝生日,正是这样的机缘让"我"有幸身临其境地感知到时代脉动下人的生存状态和人性的不堪一击,"我"由此发觉了那个不曾被多数人感知到的"乡土中国"。父亲的生日犹如一面镜子,清晰地透视出了几辈人不同的生存处境和畸变的心灵。"我"已经完全脱离土地而在城市谋求生活;我们的大姐性格爽朗而心存善意,对于亲人有着无微不至的关切,如今在回龙镇过着优裕的生活;父亲在《饥饿百年》的时代虽然穷困贫瘠,但至少他属于那个为之挣扎的年代,现在,父亲生活的时代让他没有任何归属感,他只能静默地承受并失去了抵抗的念想。弟弟春晌是新时代农民的典型,他依然要靠土地长养自己的生活,他的骨子与血液中依然流淌着父辈人的文化基因,为了生计疲于奔命又要忍受着妻子的嘲谑和咒骂。弟弟身上的这种与生俱来的农民本性在他的敲门声中得到了印证——"有时候,敲门声是人的脸,也是人的心,哪种人敲出哪种声音,就跟哪种人会说出哪种梦话一样。当这个声音响起时,已去胸腔里荡过一下,夹带着气恼、自大和经过掩饰的逆来顺受,传到指骨,传到门,然后才传进屋子,大姐就知道,是兄弟来了。"[3]"他的摩托声我们都听见的,大姐还说了声'来了'。接着就听见敲门声,是在心里听见。摩托未停,兄弟的敲门声就在我们心里响起了。我和大姐提前想象着各种版本,结果真正响起时,还是兄弟的那个版本。

---

[1] 蒋蓝:《罗伟章:真正惊心的,都很普通和日常》,《成都日报》2022年3月22日。
[2] 罗伟章:《小说断想》,《文艺报》2021年8月6日。
[3] 罗伟章:《谁在敲门》,广西师范大学出版社,2021,第1页。

没有变化，也没有意外。"①罗伟章对弟弟春响敲门的声音做出了细腻传神的捕捉，它成为身份的象征，敲门声即是植根心中的弥足珍贵的乡音，那种裹挟着复杂情感的敲击声蕴藏着对时代和文明的苍茫叩问，是"大地之子"对行将消逝的传统深情的召唤。以声音的方式重新记忆历史和村庄具有情感上的通约性，刘亮程曾谛听着开门的声音回到了"故乡"——"我是被村庄里的开门声唤醒的。这座沉睡的村庄，可能只有一个早晨，剩下的全是被别人过掉的夜晚和黄昏。有的人被鸡叫醒，有的人被狗叫醒……那个早晨，我从连成一片的开门声中，认出每扇门的声音……当我回来过我的童年时，村子早已空空荡荡，所有门窗被风刮开，开门声像尘土落下飘起，没有声音。"②刘亮程与罗伟章都将声音视为重返故乡的媒介，在声音中体味着万事沧桑和故乡的前世今生。

　　罗伟章将为父亲庆生作为整部小说的开端别有深意，此在时间意义上生日是对现实生命力的肯定，实际上被作为时间流逝的见证时，生日中潜在的语义是死亡。正如小说中写道："父亲的名字表达了某种愿景，或者说某种可能，但现在他老了，事实上早就老了，愿景也许还在那里——那是一种乐观主义疾病，会把人陪伴到死——可能性是彻底没有了。他往后的人生，如同熟透的果子离了枝条，不用眼睛看，也不必懂得牛顿的力学原理，就知道它的去处。对我父亲来说，过的每个生日，都是一股刮向那枚果子的秋风。"③对于生日的庆祝就是我们对故乡最后的守望，而那种至暗下沉式的死亡则寓意着传统的农业文明终将消逝。小说《谁在敲门》中始终弥漫着荫翳的死亡气息，这种悲剧氛围形成的叙事潜流萦绕于罗伟章叙事的间隙中，借以完成对故乡的漫溯凭吊。"那是从父亲身上发出的，是时光流逝的气味。"④"活着的人言死，任谁听来都不真实，哪怕这个人真的快死。死只有成为事实，也才成为真实。在我心里，只记住了母亲的死。"⑤"因此，死，在我心里便只是秋风秋雨。"⑥"那个中午，如果我见得没错，母亲就真的没死。她没死，却被埋了。是被我们活埋的……死亡是一种声音，也是一种气息。死亡与活着，都是一种气息。"⑦母亲的死、父亲的死、幺姨的死、尚国的死、女地主杨同舒的死、朱占蕙的死以及亚琼孩子的死，这些死亡共同构筑成庞大的文明衰败的象征系统，其真正的语义核心所

---

① 罗伟章：《谁在敲门》，广西师范大学出版社，2021，第5页。
② 刘亮程：《虚土》，春风文艺出版社，2006，第5—6页。
③ 罗伟章：《谁在敲门》，广西师范大学出版社，2021，第4页。
④ 罗伟章：《谁在敲门》，广西师范大学出版社，2021，第15页。
⑤ 罗伟章：《谁在敲门》，广西师范大学出版社，2021，第16页。
⑥ 罗伟章：《谁在敲门》，广西师范大学出版社，2021，第20页。
⑦ 罗伟章：《谁在敲门》，广西师范大学出版社，2021，第244页。

指是"生"，是对故乡的"向死而生"的希冀。燕儿坡的所有死亡都会让"我"情不自禁地想到母亲的离世，我对母亲的持续怀念固然源于血缘伦理的亲情，但更重要的在于意指我们对故乡的失去，即"地之子"对"大地之母"的永恒"乡愁"。就像小说中的父亲，他年幼丧母而成为孤儿，现如今，每一个失去故乡的精神流浪者都是失去"母爱"的"孤儿"。

《谁在敲门》中罗伟章以人性的光芒照亮了"新文明时代"的物是人非，他几乎走进了所有人的内心，将这个时代中人性的咫尺天涯尽情地展现出来，父亲生病住院让"我"清楚地读懂了亲情的凛冽。大哥春山和二哥春树全然不在乎父亲的生死，弟弟春晌心有余而力不足，唯有"我"在竭尽全力延续父亲的生命。令人不寒而栗的是，父亲的命败给了金钱，赤裸的现实让父子深情显得如此廉价。作为父亲的儿女，我们非但没有让他安享生命最后的时光，而是亲手扼杀剥夺了父亲继续活下去的权利。这纵然有悖于人伦道义，但却是"新乡土时代"最大的现实之一种，伦理的正义和道德的力量完全丧失了存在的意义。罗伟章对于医院中其他人命运遭际的书写使得父亲的生命晚景显得愈加苍凉和悲壮，他"无情"地撕毁了人性最后的遮羞布，让时代生存的"真相"清晰可见。兄长和弟弟以燕儿坡人死在外面进不得堂屋的风俗为由，拒绝为父亲继续医治，就像"我"的母亲一样，因为一场风寒而葬送了生命。如果说母亲的离世缘于她生存时代的贫穷，父亲则不然，父亲是被他的子女"活埋"掉的，他的生命在气息尚存的时刻被终结了。在医院中，"我"见证了年轻的小伙子为救治爷爷面对亲人撕心裂肺的污言秽语的哭泣，年迈的老太婆因无法支付儿媳的送饭钱饥肠辘辘而痛苦呻吟，大姐夫李光文处理鄢敏死亡事件的机智和圆滑，陈九对养父陈猪毛不辞辛劳的悉心照顾。这些人世间的故事中都绵延着人性的光影，医院犹如世道人心的审判场，让我们洞见了人情冷暖和人心的冷硬荒寒。医院中的程护士是爱与美的化身，她与"我"和父亲素昧平生，可是却给予了父亲春风化雨般的关爱，她天使般的善良与慈悲无疑让那些冷若冰霜的人自惭形秽。程护士既是现实的，亦是虚幻的，她或许只是"我"生命中萍水相逢的过客，也许更是"我"对于不悖于人性的健康理想的人生形式的畅想和期许。父亲出院后，"我"与程护士没有实现最后的告别，她的存在如同鲁迅在夏瑜坟头平添的花朵，让我们于绝境中看到逢生的希望，在人性的至暗地带收获一抹和煦的微光。

罗伟章在小说《谁在敲门》中除却医院，还赋予了监狱、教堂、灵堂、禅房和白鹭鸟以象征的寓意，以高度寓言化的方式构成对现实人性的反诘和互喻。大姐夫李光文是贯穿小说始终的核心人物，他在官场中圆滑世故、机智果敢，深受人们的爱戴和敬重，同时又被家人和亲人敬仰而风光无限。我们难以用善和恶的价值准则衡量大姐夫的生命意义，他终其一生都不堪回首当年新疆的创伤记忆，即使金钱和权力也无法治愈穷苦曾带给他的伤痛。大姐夫以赤诚的心对待贵兵、李前涛、灰狗儿和他的表叔，而他们却用背信弃义的方式令其身陷囹圄。监狱折射出的是人性的罪与罚，以忏悔和救赎的力量召唤人性的真淳与明净，而大姐夫却悖论性地成为监狱中"被侮辱和被损害"的人，而那些置身在监狱外拥有自由的人却被囚禁在心灵的牢笼，罗伟章借由监狱这一特定的空间发出了"谁之罪"的深刻追问。小说极为精致用力地书写了父亲出殡的场景，父亲在那些反复的哭唱和祭文中被纪念，这是他与不属于自己的时代做出的最后诀别。罗伟章如同为父亲主持殡葬仪式的刘显文，他就是"新文明时代"的伟大祭司，他的长河之作《谁在敲门》是其为故乡燕儿坡（传统的农业文明）献赠的哀祭文。如果说死亡是另一意义的"重生"，那么父亲的灵堂便是他再度获得生命的起点，同时更是我们对逝去的"故乡"（文明）的凭吊，它承载汇聚着文明的衰败与新生。此外，小说中的教堂和禅房意象同样有着"言有尽而意无穷"的象征魅力。县城和回龙镇推行的"红灯笼行动"是对人道德品行的明证，青梅邻居的儿子因偷窃手机而失去挂红灯笼的资格，那家人的儿子到基督教堂恩光堂悔过赎罪，他的自我拯救却悲哀地没有能够使其获取别人的信任。言外之意，我们是否必经了人性和文明的洗礼就可以得到时代的认同，这是罗伟章自我的质疑，亦是他向此在世界发出的"天问"。燕儿坡的邹灯有着魔幻般的传奇经历，神秘离奇的失踪让他从普通的乡人变成了禅房中的海灯和尚，对于母亲怄瞎的眼睛和弟弟摔断的腿全然不顾，邹灯以对亲情的罔顾换取了清静的修行。同样，建构"新的文明"就注定要以逝去故乡（传统）作为代价吗？时代和文明的进步反复证明着："刀子成了人们的心，心因此变得坚硬和简陋，心里装的，再没有对这个世界忧伤的祝福，只有锋利和寒光。人们以锋利和寒光对待生养自己的大地，包括润泽大地的河流……生发于河上的事故和阴谋，自从有了河流，有了人类，恐怕就没断绝过吧。一条河流的脏，从来就不只是看得见的部分。"[1]如同回龙镇那只因河流污染远走消失的白鹭，白鹭鸟是美好的心灵，是诗意栖居的理想。它的消隐便是"故乡"的远去，是永恒"乡愁"的无限延宕。

灰狗儿和亚琼是小说中的边缘性人物，他们让人既痛恨又心生怜悯。灰狗儿属于那种典型的没有生活尊严的乡间恶棍，虽不是大奸大恶之徒，却百无聊赖无所作为，他用作奸犯科的伎俩勉强维持生计。灰狗儿与大姐夫李光文之间有着含而不宣、薄如蝉翼的隐秘关系，他因穷困对大姐夫唯命是从，而心中积聚生长的是睚眦

---

[1] 罗伟章：《谁在敲门》，广西师范大学出版社，2021，第579页。

必报的仇恨。韩书记利用灰狗儿让大姐夫锒铛入狱,当那个穷困潦倒的灰狗儿西装革履地出现在人们视野时,人性的"恶之花"已悄然盛开。亚琼因粗心嗜赌让自己的孩子丧命,万般悲痛让她成为疯癫的病人,纵使这样她依然知晓镇里推行的"红灯笼行动"的隐含之义。亚琼偷取红灯笼无非想表明自己的品行端正和精神圣洁,中国传统的伦理道德仍旧强有力地支配着她的生活,虽然为了生活她出卖了自己的身体,但是响彻回龙镇夜空的凄厉的惨叫依然令人唏嘘不已。罗伟章走进了每个人的内心世界,他无所顾忌地敞开了"看不见"的生活和世界,以此绘就了他的人性"清明上河图"。罗伟章扣响的是时代跃迁褶皱中的人性之门,让我们发觉到隐匿在世俗生活河流下人性与人心的真正面相,透过那些念兹在兹的人性故事读懂时代和自己。罗伟章在青年一代人身上看清了新的城乡差距,大哥许春山的儿子四喜虽然有勇气去闯荡城市并暂时地寻求到自己日思夜想的美好,但是他又缺乏足够的诚心和耐力,终究无法在城市中扎根立足,只能在对父辈无休止的索取和压榨中浇灌着自己虚无的城市梦想。四喜是一个务虚主义者,他与冉晴、康芙蓉和申晓菲之间的爱情注定是悲剧的,置身在乡村和城市文明之间的四喜难以找到属于自己的生存之路。大姐的儿子李志与儿媳青梅同样不去思量人生和未来,他们只知道一味地啃食着父辈的原始资本,从不想着通过自身的奋斗去创造理想的生活。燕子、秋月、达友和朱贵兵是城市中的底层,唯有在情感的迷茫和困惑中艰难求生,进取的信念和前行的勇气如迟暮黄昏般了无生机。或许,"生活本不需要那么多执着。没有执着,就没有妥协。同时,生活也不需要那么多淡泊。对世事的淡泊,或许正是对生活权利的放弃,甚至是对无能的修饰。吃苦和受穷,包括敢于吃苦,敢于受穷,都可能只是理想主义讴歌出的陷阱,还可能,正是这种建立在穷苦基础上的文明,阉割了骨子里的生力与活力"[1]。这是罗伟章的文明之思,是他对"新文明时代"青年人无力抗争的悲叹。

结　语

罗伟章的小说始终力求表现出的是个人与时代和历史之间的张力,他面对和处理的是"大历史"境遇中个体遭遇的思想困境和精神难题,这使得罗伟章在小说家之余还有着思想家和哲学家的高贵气质。"乡土总要到失落或即将失落时才被寻找、追怀。在目下普遍的文化失落之中,或许怀乡主题会再度行时?只是怕会沦为意义

---

[1] 罗伟章:《谁在敲门》,广西师范大学出版社,2021,第384页。

愈加空洞俗滥的符号、伪感伤主义的廉价点缀。在普遍的浮躁中，我怀疑会有更深刻的乡思。刻骨铭心的怀念是要有所从发出的深渊似的心灵的。"[1]赵园所谓的"深刻的乡思""深渊的心灵"，正是罗伟章《谁在敲门》的根本着力点，他以内在的情绪带动小说叙事的推进。罗伟章尤为强调小说创作的心灵属性，他笃信"作家最难的，是保持心灵的强度。当一个作家有江河水般的内心，内心本身就构成他的语言。那些文体感很强的作家，最要提防的，是过于玩味……只想着美和只追求美，是创造力的孱弱，或者说本身就缺乏创造力"[2]。正是对这种心灵强度的刻意保持，罗伟章的每一部长篇小说都犹如优美曼妙的散文诗，他从不追求小说的内在结构、主体的淬炼以及语言的俭省，一切都随心所欲而成，从而成就了罗伟章小说浑然天成的美感。可以说，长篇新作《谁在敲门》正是这种心灵写作的集大成。"谁在敲门"是时间的流逝，更有深刻的追问。对于小说的命名，罗伟章曾释义——"至于谁在敲门，可能是别人，也可能是自己，还可能是传统或时代。这既是一个陈述句，也是一个疑问句。当它作为陈述句的时候，内在灵魂是平和的，做了疑问句，就有了惊惧和不安。但不管怎样，敲门声已经响起，我们必须面对，并很可能因此而有所改变。"[3]"谁"的语义链条中涵括着城市与乡村、文明与愚昧、欲望与人性乃至生与死之间的冲突，更是现实的罗伟章与精神世界罗伟章的对话。帕慕克在他的《伊斯坦布尔》中以梳妆台的回忆表达了失去传统故土的土耳其人的忧伤，他将这种忧伤的感觉视为永远存在的"呼愁"。但纵使这样，帕慕克依然可以淡然地漫步于博斯普鲁斯沿岸。帕慕克的"呼愁"犹如鲁迅重返故乡后离去的伤感；亦如沈从文《边城》世界中的哀婉；更是《云边有个小卖部》中刘十三心中的"山和海"。在罗伟章这里，是清溪河畔的峻急奔涌和丰饶易感的内心；是他在意的平凡拼争与欢笑眼泪；是无数个不眠的夜晚中"在月光和冬雪之间，横亘着虚构的悲伤"。

在时间深处是古歌的清音，流淌的河水，隐秘的忧伤，最深的寂寥，永恒的"呼愁"，还有如约而至的罗伟章和《谁在敲门》。

---

[1] 赵园：《地之子》，北京大学出版社，2007，第20页。
[2] 罗伟章：《小说观：作家最难的，是保持心灵的强度》，《青年作家》2018年第2期。
[3] 罗伟章：《谁在敲门，可能是别人或自己，也可能是传统或时代》，《读者报》2021年4月29日。

乡土资源与童年书写
——以王立春、小河丁丁和汤汤的儿童文学创作为例

何家欢

21世纪以来，乡土儿童文学创作的热度虽然并未消减，但是真正能够贴近乡土现实，从精神深处抵达童年世界的作品却并不多见。在这样的背景下，王立春的乡土田园诗、小河丁丁的西峒少年系列和汤汤的乡土奇幻故事走进了我们的视野，他们以极具本土化的创作风格为当下的儿童文学乡土叙事带来了新内容与新经验。

王立春多年来一直专注于儿童诗这一文体形式的创作，并在拓宽儿童诗的表现领域不断做出新的尝试，这其中有一类书写童年乡土记忆的诗作最为醒目。这些诗歌中流淌着北方乡土所特有的清新气息，那是诗人生命成长的精神原乡。王立春在《向着故乡的方向》中这样写道："我的血流里流淌着林子的涛声。我生命之初和树林、草甸子、沙土搅到一起，分也分不开。而树林、草甸子和沙土里的一切生物，都是陪我成长的伙伴，就是再转成另一个生命，我也和它们难分难舍。"人生之初的乡土记忆滋养了诗人，给予了她丰富的创作素材和无限诗意。

在王立春的一些诗歌中，乡土记忆化作了童年里的一方菜园，诗人时而像回忆一个老友一样，细心地勾勒着记忆里老菜园子的模样："土豆秧像母鸡一样蹲着／往土里下蛋／憋得满脸长满小紫花／扁豆敞着怀／领一群孩子到处跑／你搭起架子／还让她成串生／黄瓜腰里别着狼牙棒／占别人的地盘／像个找碴的坏蛋。"（《疯长的菜》）时而又动情地向老菜园子倾诉衷肠："当早春融化了最后一个冰碴儿／老菜园子／我用树枝／在松软了的黑土上／给你写信……我从垄沟写到垄台／从菜埂写到园边／我把笔划拉得很长／就是为了让你认得。"（《写给老菜园子的信》）在这些诗歌中，老菜园子成为承载诗人童年记忆的重要场域，它就像是一个神奇的符码，连通着人类与自然、童年与成年、记忆与当下。有了这个载体，诗人就可以穿越

时空，去造访自己的童年。当她以深情的目光凝望着记忆里的童年景象时，老菜园子中的一切似乎也在积极地回应着诗人，它们纷纷从泛黄的旧时光里走出来，闪耀着灵动的生命色彩。

菜园子虽老，但是菜园里的生命却是年轻而鲜活的。诗人笔下，无论是泥土下面的地瓜、土豆，还是架上爬的豆角、黄瓜，都充满了童真与活力。王立春一直在诗歌创作中探求儿童思维的本真状态，她常常潜回到自己的儿童时代，试图以诗的形式去重建童年时与世界建立联系的方式。"王立春不是在用语言写诗，她创作全部的动力与资源在童年的精神感觉，一个特别的内宇宙世界，那是抵达童诗想象力的本源。"[1]从本质上来说，儿童思维是一种自我中心化思维，他们喜欢以自我为中心，将自己的心理情感投射到身边的事物上，把世间万物看作是和自己一样有生命有情感的人。于是，在诗人的笔下，我们看到了一个充满童真与灵性的自然世界，蔬菜瓜果们仿若一个个顽皮的孩子："苣荬菜和野小蒜／快到老菜园子里来吧／虽然你们蓬头扎脑／一直在野地里疯跑／洗去一身脏泥就好了／剪去毛烘烘的野须子就好了。"（《野菜》）小河也在为试一双新鞋子而费尽力气："瞅瞅小河／正在试鞋子呢／鞋子在水上漂哇漂／小河就一会儿弯一会儿拐的／从上游伸到下游／嘴角嘟囔出了泡泡／手指直去薅水草／急得用头撞石块／用脚踢小桥／也／没穿上。"（《小河穿鞋》）在诗人的笔下，自然完全被拟人化了，世间万物都被赋予了鲜活的童真色彩，它们像孩童一样思考，亦如孩童般活力无限。大自然以其宽广的胸怀承载着童年的美好，释放出无穷无尽的生命力。

与此同时，我们也感受到了王立春诗歌中所蕴蓄的对于乡土的情感，以及对乡土民间朴素生命理念的呈现。当春雨迟迟不来时，诗人写道："春雨要是不来／老菜园子就搂着种子们／坚决不发芽。"（《等待春雨》）而当看到菜园子里丰收的瓜果时，诗人又不无欣喜地写道："老菜园子啊／你可真能惯孩子。"（《疯长的菜》）诗人将老菜园子视为农作物们的家长，小小菜园，仿佛是大地母亲的一个缩影，它孕育并滋养着作物，给予它们饱满的生命力量。诗人在《埋了一冬的地瓜》中写道："瞧你这埋了一冬的地瓜／瞧你这满身硬硬的嫩芽／就知道／在土里／你呀／从来没老实过。"即便是埋在泥土中的地瓜，也在冬天里积蓄着萌发的力量，而那些在这片土地上成长起来的万千生命，也如同这作物一般，生生不息，永不停歇。

小河丁丁的儿童文学创作植根于童年记忆，带有鲜明的地域特色和浓浓的乡土气息。他笔下的乡土世界有一个美丽的名字——西峒，这是一个和莫言"高密东北

---

[1] 李利芳：《王立春：探寻童诗想象力的本源》，《文艺报》2017年4月17日。

乡"一样凝聚了作家乌托邦想象的文学地域。在小河丁丁的描绘中，风景宜人的西峒恍若一个远离城市喧嚣的桃源世界，这里所有的一切无不与现代商业文明相疏离，甚至和现代化的乡村生活也相去甚远。但是在其遗世独立的景象背后，又常常掩映着丰富的现实内容和世俗的烟火气息。

小河丁丁笔下的西峒故事虽然从时空设定上与现代生活距离甚远，然而却没有因此造成阅读上的隔膜感，反而带给读者一种新鲜而亲切的阅读体验。小河丁丁在个人化的乡土经验与童年精神之间找到了一个非常微妙的平衡点，经由一种神奇的转化，那些本属于作家个人的乡土记忆与儿童情趣之间发生了一种奇妙的化学作用，它不断从作家的记忆里氤氲开来，弥漫成一幅古老而清新的童年画卷。小河丁丁常以儿童视角和散文式的笔法将童年生活场景里的细节一一道来，如湖南地方的传统节俗、方言特点、食物的制作过程、匠人的手工技艺等等。酿酒、酿豆腐、压米线、榨甘蔗糖片、扎纸鹤、补鞋……那些传统的手工技艺没有随时光流逝在记忆里变得陈旧模糊，反而借助儿童的感官体验呈现得格外鲜活生动。那些远去的乡土记忆渐渐在作家的笔下开始复活，并逐渐嵌入读者的精神记忆中，幻化为一种永恒的童年底色。童年与乡土之间，似乎有着一种天然的联系，这或许是因为它们都与人类的怀旧情绪相关，"他们之所以喜欢田园文学，是因为其中描述的生活方式比他们自己的生活更纯净、更简单——一种事实上从未存在过的生活方式。许多儿童文本表现的也正是那种怀旧，怀念一个不曾存在的更好的世界"[①]。如诺德曼所言，童年的诸多美好在很大程度上源自成人的怀旧与想象，而现代社会人们对于乡土生活的留恋也有着相似的原因。于是，文学乡土成为人类安放童年精神的一个重要场地。或许，在我们每个人的记忆深处都有过一个像西峒一般的存在，那是我们的故乡与童年，是我们日夜渴盼的精神原乡。长久以来，它就像一个朦胧的提示，吸引着我们不断在现实的世界里寻寻觅觅、走走停停。然而此时，这个模糊的存在却在小河丁丁的描绘下渐渐变得清晰起来，有了具体的模样。

对小河丁丁来说，乡土的意义不仅仅在于为儿童带来了生命体验的审美扩张，更重要的是，在乡土民间之中还蕴蓄着童年成长的根基与力量。从观照童年成长的视域出发，小河丁丁一直将乡土视为启蒙儿童成长的重要精神资源，在乡村社会中挖掘潜在的伦理价值，以美好纯良的道德观、人性观实现着对儿童生命之初的成长启蒙。"德"与"善"是维系乡土社会秩序和人情关系的重要保证，小河丁丁从传

---

① ［加］佩里·诺德曼、梅维丝·雷默：《儿童文学的乐趣》，陈中美译，少年儿童出版社，2008，第339—340页。

承传统道德精神的立场出发，塑造了诸如葱王、唢呐王这类颇具侠者精神的奇人形象，他们虽以草根身份出入于市井巷陌，但一言一行无不彰显出心系苍生的英雄情怀。与此同时，小河丁丁也将这种对理想的道德观、人性观的期待寓于乡土生活的日常书写之中，在邻里乡亲的友善交往中彰显出美好的人情人性。在小河丁丁的笔下，我们看到了一个坚守道义而又充满温情的西峒，它正以美好的人情人性呵护并催发着儿童心中"德"与"善"的萌芽。

在小河丁丁的童话创作中，这种真诚友善的人情关系又演化成一种人与自然和谐共生的生态伦理。小河丁丁笔下的动物、神仙、精怪大多从大自然中来，满怀好奇闯入人类生活的世俗空间，和人类相遇并产生友善的交集。如在《花鼓戏之夜》和《毛角坳的孩子们》中，小动物们乔装成人类的模样到村子里去看花鼓戏、赶圩，明明漏洞百出，却未被拆穿，欢天喜地地在村子里走了一遭又返回山林间。《中庸》有言"万物并育而不相害"，说的是万物共同生长而不相妨害。追求人与物的平等、尊重自然、关怀众生，正是儒家世界观的体现，小河丁丁以诗意的笔触书写着人与精怪之间毫无芥蒂的相处方式，可以说也是在向儿童传达这样一种万物平等、和谐的世界观和生态伦理观。

改革开放以来，中国的乡土社会经历了深刻而剧烈的变化，然而，不论乡土社会如何变化，始终有一些东西是不易改变的，而这些东西恰恰构成了乡土社会最稳定的精神内核。小河丁丁的乡土书写，正是在挖掘乡土伦理中所蕴蓄的精神价值，使其成为童年成长宝贵的精神资源。小河丁丁善于从自己的经验和记忆中去发掘那些具有永恒力量的内容，这正是很多优秀儿童文学作家所具有的品质。当今天的读者去阅读安徒生在两百年前创作的《海的女儿》的时候，很多人仍会为小人鱼的付出与抉择而感动，因为爱是人类永恒的主题，善是人性崇高的追求。儿童文学创作所追寻的正是这些在人性与人生中散放着永恒光辉的内容。对于乡土叙事来说，乡村文明虽然正在离我们远去，但是，当乡土与童年精神相连，与人类诗意栖居的梦想相连，它便可以成为文学创作不竭的资源与动力。

同样有着乡土生活经验的"70后"儿童文学作家汤汤从另一个侧面书写着人类与乡土的精神勾连。汤汤以创作"鬼童话"见长，从创作风格来说，汤汤童话的地域特征并不明显，因此也鲜少被视为乡土叙事。但或许是因为童年时与大自然密切相处的旧时光在不时地召唤她，她的文字中常常会流露出一种乡土所特有的灵性之美和泥土气息。不同于小河丁丁非常鲜明的地域化的乡土叙事，汤汤笔下的乡土是一个不甚具体，同时又充满了自然的神秘气息和传统文化韵味的空间场域。汤汤童话中的精怪人物大多有着自然态的身份属性，如《六十楼的土土土》中的土地公、

《老树精婆婆的七彩头发》中的树精、《红藤绿藤》中的藤妖等等，他们大都从自然而来，携带着独特的山野灵性。如在《六十楼的土土土》中，汤汤写了一个住进城市高楼的土地公，名叫土土土，土土土每天都在寻找着"瞳孔里开着烟灰色花朵的人"，用自己的方式去治疗他们的"都市病"，这个方法就是把他们变成蚯蚓，带到自己露台上的泥土里，让他们不停地在泥土里钻洞、休息，等到他们钻出来再变回人的时候，就又变得精神抖擞，瞳孔里的烟灰色花朵也不见了。快节奏的都市生活早已让生活其中的人们精神涣散、疲惫不堪，只有亲近自然才能让生命恢复灵性与活力。借由土地公的故事，汤汤表达了对现代人生活状态的反思，同时也流露出对乡土的留恋和对回归自然的向往。

汤汤在创作中常常会写到一些带有传统意味的事物，如《红藤绿藤》中的老宅门环、《来自鬼庄园的九九》中的红肚兜、《镯子，娉娉婷婷》中的蓝印花布和青砖黑瓦的屋子等等，虽然只是一些老旧的事物，但是却隐约流露出作家个人的一种"带有倾向性的选择"，"这种选择不单单是为了叙述的需要，更是为了满足作者内心的诉求——审美的诉求、价值的诉求和文化的诉求"[①]。每一件事物背后所承载的都是作家对文化传统的认同和守护。

相较于外在的差异性的乡土经验的表达，汤汤更倾向于去挖掘人类与自然之间最本质的联系。因此，在汤汤的童话中，地域性的乡土经验的书写被削弱了，与此同时，乡土空间的自然属性被凸显出来，乡土成为人类亲近自然、与自然发生联系的神秘载体，这在她的《汤汤奇幻童年故事本》系列中多有体现。系列中所有的故事都发生在一个名叫南霞的村庄，并围绕女孩土豆展开。在《美人树》中，土豆在村口遇见了一棵半身化成人形的冬青树，她请求土豆借她的脚一个晚上，帮助她实现一次行走的梦想。善良的土豆答应了，她与冬青树紧紧缠绕在一起，土豆的灵魂进入了冬青树，冬青树的灵魂则钻进了土豆的身体里。人与自然之间那条神奇的秘径被瞬间连通了，树可以变成人，人可以变成树，人与树之间不单单是一种简单的身份的转换，更是一种感觉和精神世界的连通。身为树木的冬小青有着像人类一样对自由的渴望，而当土豆变成树的一刻，她也感受到了作为树的快乐和悲伤，聆听到自然万物的窃窃私语。那一刻，人类不再是自然的征服者和改造者，而是化归为自然界的一部分，人与自然之间的交流也随之变得平等而和谐。

在《再见，树耳》中，汤汤又一次写到了生命与自然之间的神秘连接。这一回，土豆遇见了一个和人类共同生活在地球上，却不被人类知晓的族群——树族。

---

① 孙建江：《汤汤童话的本土意识和努力》，《文艺报》2018年6月6日。

树族生活在大树的根茎之下，保留着非常原始的生活方式，他们用最简单的方式烹饪食物，在采摘果子时，他们要双手合十，放在额前，真诚地向自然表示感谢。傍晚的时候，一家人会围着老槐树站成一圈，把脸颊贴在树皮上，轻唱歌谣。他们用这样一种原始而虔诚的方式表达着对自然的敬畏和感谢。树族对待自然的方式，不禁让我们回想起原始社会，在人类文明的伊始，我们的祖先就是这样怀着敬畏之心，用各种朴素的方式与自然建立起最初的联结。然而，随着人类文明的演进，人类在征服与改造自然的道路上越走越远，而童话中的树族却因为赖以生存的森林受到破坏而人丁稀薄、濒临灭绝。树族其实就是人类的童年，纵然文明的发展是一个不可逆的旅程，但童年的时光总是让人留恋，它就像是一个朦胧的提示，时刻提醒着人类要对自然怀有一颗虔诚与敬畏的心。人类不仅要在文明中看到自己，也要看到广阔的自然，因为那里有人类生命力量的源泉和存在的根基。只有与自然和谐共生，人类社会才能获得向前发展的无穷动力。

汤汤在她的乡土幻想故事中弱化了"乡"，而强化了"土"的部分。或许在汤汤看来，乡土叙事最真实的本质，便是人类对于自然和土地的留恋。现代文明已经彻底阉割了人类的天性和自然的野性，唯有向自然寻求力量，才能对抗现代文明的奴役。纵然乡村文明在走向衰落，但是无论未来乡土世界会发生怎样的变化，那种依赖自然、亲近自然的精神渴望是不会从我们的心灵中消失的。"对于人类来说，乡土的意义绝对不局限在乡土本身，而是具有深远的文化和精神意义。乡土联系着自然、土地、传统等内涵，它是人类重要的精神资源和依靠。即使在物质上人们远离了乡土，在精神上却永远不可能离开。"[1]自然不仅是人类的赖以生存的家园，更是人类精神的栖居之地，也许这正是乡土童年叙事的最重要的意义。

三位作家的儿童文学创作在书写乡土经验的基础上，表达了对乡土精神的探求与坚守。王立春将儿童思维融汇于对乡土田园的书写中，以诗的形式，在人类与自然、记忆与当下之间搭建起一座连通的桥梁。小河丁丁通过对西峒风土人情的书写，肯定了乡土社会以德、善为核心的道德观，及万物和谐共生的生态伦理，表达了对乡土生活方式和核心价值观的理解与认同。汤汤则以原始朴素的自然观为内核，表现了对自然的爱与尊重，这同样也是美好乡土文化价值观的重要内容。他们分别从不同侧面探入乡土文明的深处，试图在个人化的乡土经验和童年精神之间搭建起一座文学的桥梁，其中传达出对乡土精神的强烈认同，并进行了丰富的表现与

---

[1] 贺仲明、李伟：《乡土精神的坚守与文学审美的深化》，《广西师范学院学报》（哲学社会科学版）2017年第1期。

执着的追求。无论是王立春诗歌中对于乡土生命活力的咏诵，还是小河丁丁笔下淳朴、友善的风俗人情，抑或是汤汤笔下对自然的敬畏与渴慕，其核心都是对美好乡土精神的发掘与呈现。从他们的创作中，我们看到了乡土作为重要精神资源在儿童文学创作中应用，与此同时，他们的创作也为当下的儿童文学乡土叙事提供了新经验与新方向。

立足成长，守望乡土
——小河丁丁儿童文学创作中的乡土叙事

何家欢

小河丁丁是近年来儿童文学创作的一名后起之秀，他的创作植根于童年记忆，带有鲜明的地域特色和浓浓的乡土气息。小河丁丁说，自己是一个停留在童年的人。对他而言，童年就像是一块神秘而宝贵的精神腹地，让他源源不断地从中汲取创作的养料。为此，他在创作中一次又一次地潜回到那个承载着自己童年记忆的故乡，用心去勾画它的模样，抚摸它的每一寸肌理，细数着那些在它美丽而平静的外表下所潜藏的神奇故事。小河丁丁将个体的地域性的乡土经验揉碎在童年书写之中，以其独具特色的乡土童年书写为当下的儿童文学创作平添了一道清丽而别致的风景。

一、儿童视角下的民俗记忆

小河丁丁笔下的乡土世界有一个美丽的名字——西峒。"峒"的意思是山中的小块平地，在沈从文的小说《边城》中曾有一个汉人聚集的"茶峒"，它地处湘西，承载着作家理想中的人情与人性。同样出身湖南山村的小河丁丁也力图在他的儿童文学创作中构筑这样一个纯粹而美好的乡土世界。在他的笔下，风景秀丽的西峒如同一个未被现代化潮流浸染的世外桃源，这里不但远离现代信息科技，甚至连工业技术产品也鲜少出现，人们依山傍水而居，过着自给自足的生活。如果单看他的文字，可能很难想象其竟出自当代青年作家之手，他所描绘的自然风物、风土民情无不与现代城市文明和商业文明相疏离，甚至和现代化的乡村生活也相去甚远，颇有一种遗世独立的气质。但是在其新鲜清奇的文风的背后，常常又掩映着丰富的现实内容，充满了世俗的烟火气息。

对故乡风土民俗的描绘是小河丁丁儿童文学创作中颇具特色的地方。他常常透过一个孩子好奇而澄澈的目光去捕捉旧时光中的新奇与美好，将日渐远去的地方传统风俗、民间手工技艺鲜活地呈现在读者面前。在《杀龙》《月儿圆圆粽子香》《赏月别吃胡萝卜》《葱王》《唢呐王》等作品中，小河丁丁借儿童视角描绘了赶闹子、腊月二十二送撑架姑娘上天、大年三十舞龙敬红包祈福等西峒特有的节日风俗。传统节俗本带有老旧的味道，但是作者在叙述中突出了节俗中蕴含的美好的民间想象，又以儿童视角加以再现，怀旧之余更多了几分幻想色彩和童年情趣。除了西峒特有的节俗，一些民间的传统手工技艺也借助儿童视角得以清晰再现，在童真好奇的童年目光中变得格外光彩夺目、熠熠生辉。如《想做神枪手的日子里》，一个普通的补鞋匠因为他的补鞋机而魅力倍增，他摆弄材料的样子在孩童眼中看来简直就像是个富有的国王；《爱喝糊酿酒的倔老头》中，母亲酿酒的过程也是描绘得活灵活现、令人神往。酿酒、酿豆腐、压米线、榨甘蔗糖片、扎纸鹤、补鞋……那些传统的手工技艺没有随时光流逝在记忆里变得模糊不清，反而借助儿童的感官体验呈现得格外鲜活生动。小河丁丁在小说写作中，时常以散文笔法融入其中，将童年生活场景里的细节一一道来，像方言的特点、食物的制作过程、匠人的手工技艺等等。这如数家珍般的讲述无疑体现了作者对家乡的熟悉与热爱，正如刘绪源先生所言："看似琐屑，实则有味，对儿时家乡风土人物的幽深情怀尽藏其间，不抒情而情更浓。"[1]与此同时，这些儿童视角下的风俗记忆也构成了小河丁丁小说创作重要的环境背景和画面底色，使其充满了情感的温度与生活的质感。

在以温情的笔触回溯童年、书写民俗记忆的同时，小河丁丁更深入儿童主体的生命成长空间之中，去揭示民俗传统之于现代童年成长的作用。如童话《花鼓戏之夜》写小动物乔装成村民下山看戏，虽然作者用的是童话的形式，有很多非写实性的内容在里面，但小动物们兴致勃勃、欢天喜地的样子和那些沉浸在节日欢乐中的孩童别无两样，写动物实则是在写孩童。文中小河丁丁着意用笔墨去写台上唱戏和台下观戏的场景，不仅将花鼓戏艺人的神态风韵再现于童话创作之中，更体现了民间曲艺带给孩童的美妙的欣赏体验和恒久的艺术魅力，进而表达了民间曲艺对儿童的艺术熏陶和审美启蒙。还有他笔下那些形形色色的工匠艺人，看似平凡无奇的身份但却在西峒少年的成长过程中扮演着极为重要的角色。如在小说《小鹤王》中，辍学的哥哥原本无心向学，自觉是个没用的人，直到在一次进山采蝉蜕的途中偶遇

---

[1] 刘绪源：《序》，载小河丁丁：《从夏到夏》，少年儿童出版社，2016，第2页。

纸扎匠人"鹤王",被其诚恳的心意打动,拜其为师,自此深下苦功,学会了扎纸鹤的绝技,最终继承"鹤王"衣钵,成为村子里的"小鹤王"。"扎纸鹤"正是日渐凋零的民俗技艺的象征,然而在年轻人纷纷选择放弃传承民俗技艺,投身学文化考大学的时代大潮之时,辍学少年却在担负传承民俗技艺的使命中找到了自身存在的价值和安身立命的方式,这无疑带给读者对于以民俗技艺为代表的传统文化的思索和启示:传统文化之中蕴蓄着现代童年成长所需要的精神力量,而那些在现代化洪流中迷失的自我、丢弃的价值,也能够在文化的传承与坚守中得以寻回。

二、童真幻想中的民间精神与世俗气息

"奇"是小河丁丁儿童文学乡土书写的又一特色,他创作中的传奇色彩多生发于乡土民间,传达出大众的世俗精神和鲜活的民间趣味。小河丁丁很善于从民间幻想故事和坊间流传的奇人异事中汲取创作素材。这些以口头形式流传下来的故事本身就带有浓郁的幻想色彩,体现着民间的智慧和审美趣味。而他在讲述这些奇人异事时,又自觉地将地域色彩、武侠文化和现代童话元素融入其中,在童年和民间、现实与幻想之间谋求最佳的结合点,这使他的创作既富于传奇色彩,又真实可感,带给读者一种亦真亦幻的阅读体验。

最能体现这一特点的是小河丁丁的童话创作。从风格上来说,他的童话与日本儿童文学作家新美南吉、安房直子略有相似,新美南吉创作中那种清新自然的乡土味和安房直子幻想文学的虚实相生、亦真亦幻的朦胧之感都在小河丁丁的童话创作中有所体现。较之两位日本作家,小河丁丁童话的独特之处在于他总能将富有中国传统民间特色的幻想带入童话创作中,一方面借此搭建起连通现实与幻想的桥梁;另一方面也使童话中的人物和幻想情节更富于世俗生活气息和民间味道。如《白公山的刺梅》,每次父亲去白公山砍柴都会带回五颜六色的刺梅,"我"从父亲口中得知那是他和兔子精白公下棋赢得的。甜甜的刺梅成为"我"童年时的最爱,满足了一个乡下孩子的口腹之欲。直到多年以后,我也当了爸爸,进山会了白公之后才知晓了父亲当年的秘密,虽然他赢得了刺梅却也被白公拿走了作为干粮的饭团,那些年的刺梅都是父亲忍着饥饿,负着重担走了长长的山路为"我"换来的。若抛去结尾部分,这篇作品几乎就是极具现实感和乡土气的儿童小说,但是作者却在行文中嵌入了白公山兔子精下棋的传说,这就为作品由现实进入幻想留下了一个秘密入口,引人遐想却又未得确证。直到故事结尾"我"以亲身经历印证了传说的真实性,这条由现实世界通往幻想空间的秘径才真正显现出来。传统民间幻想的融入在

连通现实与幻想空间的同时，又模糊了现实与幻想之间的边界，留下无限遐想与余味。

在融入民间幻想的同时，小河丁丁的童话创作还极具现实感染力和世俗情怀。他的童话与其说是对人间生活的隐喻，不如说更像是世俗生活本身。如《花鼓戏之夜》，小狐狸乔装打扮成孩童下山看戏，然而戏没看完，却半道悄悄跑去看人家生小孩，写出了小孩子对出生之谜的好奇；又如《小麂子指路牌》，失忆离家的雌麂在雄麂一家温暖热情的招待下唤醒了对家和家人的记忆，体现了家的温暖和亲情的守护。虽然两篇作品用的都是非写实的表现手法，但表现的内容和传递的情感却是真实可感的，也充满了世俗生活的烟火气。

同样富于民间传奇色彩的还有小河丁丁笔下形形色色的民间奇人。这些奇人通常具有两个非常突出的特点，一是身怀绝技却不轻易示人，隐居山林陋巷之间，长存济世之心；二是急公好义，为人耿直不屈、一身正气。从这两个特点来看，他的奇人系列很符合中国古代民间对"侠"的想象。如长篇小说《葱王》中的跛医师、葱王皆是此类。跛医师平日里鲜少露面，却又常在危难时刻如天降神兵、救人性命，后来经外来戏班班主点破方知晓原来跛医师曾是颇有名望的戏班叉手，一把叉使得出神入化，又爱打抱不平，人送外号遖大侠。葱王以卖葱为业，善于种葱、用葱，能把葱的效用发挥到极致，却因为爱说公道话，常被打得遍体鳞伤，还被封了个"落花流水大侠"的诨名，但却始终不改仗义执言的性格。诸如此类还有长篇小说《唢呐王》中一把唢呐吓退日本兵而后便销声匿迹的唢呐王盘小吹，《云台渔鼓》中把云台渔鼓唱得活灵活现的瞎子老道，《名堂》中的解穴高人乞丐老头，《我本来可以大侠》中暗藏不露的武林高手九个头爷爷，等等，显现出虚怀若谷、正直不屈、舍己奉公的侠者风范。

所谓"侠之大者，为国为民"，追求正义、心系苍生，正是中国古代民间所崇尚的侠义精神的体现。从古至今这种对侠义精神的推崇早已印刻在一代代中华儿女的民族文化心理结构中，形成了深厚的民族情结，在很多通俗文学和影视作品中都有所体现。小河丁丁笔下的奇人也可以算是继承了这种民间侠义精神，同时在人物塑造上也参考了传统武侠小说之长，但比传统武侠小说更真挚生动，也更具有世俗气息。他笔下的奇人多属于"隐于市"的"大隐"之人，出身草根，混迹民间，谋求现世安稳，从事着三教九流的职业，如医师、药师、拳师、曲艺伶人、乐手、手艺人、小商贩等。外表上看来和普通人别无两样，甚至如葱王者比之常人还要落魄三分，但却身怀绝技，并能在时代洪流中始终如一地坚持自我，不炫耀所学之技，不争名逐利，关键时刻挺身而出，显侠者仁心。在这一隐一显之间不难看出，小河丁丁塑造的这类人物在承传侠义精神之余，也在传递着民间正直善良、谦逊豁达、以德为本的传统价值观和随遇而安、低调示人的生存智慧。与其说这些奇人们是侠，不如说他们是民间道义精神的坚守者，是作者用传统道德文化为人心躁动的现代社会修筑的一座灯塔。而对于儿童来说，他们更像是一种精神偶像，在成长中肯定着他们人格中的正面力量。和那些民俗记忆一样，这些都是小河丁丁从乡土民间挖掘而来的创作的精神养料。正如学者在文章中所言："当这些惊才绝艳的奇技被凝结在平凡无奇的普通人身上时，民间传说所蕴藉的生活经验和智慧财富也真正归属于民间了。"①

三、成长书写中的乡土文化视野

从小河丁丁的儿童文学创作不难看出，他对自己童年成长的乡土民间有着极其深厚的情感，民间与乡土已经成为他童年书写始终如一的立场和资源。但如果站在童年和儿童成长的立场上来看待他的乡土童年书写，我们的关注一定不会仅仅停留在乡土民俗的书写和民间性的表达手法上，而是会从童年成长的实际需求出发去考虑它在儿童成长过程中所发挥的意义。以此为视角，小河丁丁的童年书写不仅以乡土和民间作为叙事的空间背景与创作手法，更将其视作启蒙少年儿童成长的宝贵的精神源泉。

小河丁丁在创作中构建了一个颇为理想化而又充满世俗气息的乡土世界，刘绪源先生曾用"极世俗而极风雅"来评价他的创作，可以说再精当不过。当西峒以典型的奇异风土和文化身份出现在读者面前时，那里清新秀丽的自然景致、历史悠久的民俗技艺、纯粹质朴的风土民情，无不勾引着现代人的乡土情愫。它可以带我们从被现代工业和技术异化的日常生活中退离出来，回到那单纯质朴的原乡世界。从这个意义来说，小河丁丁笔下的西峒传承了沈从文湘西书写的艺术传统，它在以一种诗化的乡土想象构建着现代人的精神栖息地，同时也丰富了现代童年的生命视野和审美体验。

然而，对小河丁丁来说，乡土的意义绝不仅仅在于为儿童带来了生命体验的审美扩张，它还以美好纯良的道德观、人性观实现着对儿童生命之初的成长启蒙。费孝通曾在《乡土中国》中探讨过中国乡土社会的"差序格局"，这种结构是以"己"

---

① 周琼华：《论小河丁丁小说中的童年书写》，硕士学位论文，浙江师范大学，2018，第23页。

为中心，由"一根根私人联系所构成的网络"，正因为如此，乡土社会是一个彼此熟悉的社会，一个没有陌生人的社会，同时也是一个"礼治"的社会，这里所说的"礼"不是礼仪或者礼貌，而是"社会公认合适的行为规范"[①]。"德"与"善"是维系乡土社会秩序和人情关系的重要保证。小河丁丁从传承传统道德精神的立场出发，塑造了诸如葱王、唢呐王这类颇具侠者精神的奇人形象。与此同时，他也将这种对理想的道德观、人性观的期待寓于乡土美好的人情人性书写之中。如《爱喝糊酿酒的倔老头》中，五保户老人逢赶集就来"我家"打三角钱的糊酿酒，多少年来风雨无阻，而"我家"的糊酿酒也是始终如一从不变价；《小照相师》中，十二岁的小照相师在父亲去世后自觉承担起下乡照相的工作，一路上乡亲们的友善相待让他对未来有了新的憧憬。在小河丁丁的笔下，我们看到了一个坚守道义而又充满温情的西峒，它正以美好的人情人性呵护并催发着儿童心中"德"与"善"的萌芽。

在小河丁丁的童话创作中，这种真诚友善的乡土伦理又演化成一种人与自然和谐共生的生态伦理。小河丁丁笔下的动物、神仙、精怪大多从大自然中而来，满怀好奇闯入人类生活的世俗空间，和人类相遇并产生友善的交集。这些从自然中而来的使者们在得到人类友善对待的同时，也在回报着他们的恩情，如《心里开朵野百合》《零陵香》中都有动物幻化成人形报恩的情节，人与精怪之间消失了界限，精怪可以变成人，人也可以是精怪，人与物在乡土之上和谐共生。

从对民俗技艺的留恋，到对民间精神与趣味的传承，再到对美好人情人性的书写和对生态伦理的表达，无不体现着小河丁丁对乡土与民间的深深眷恋。在这份眷恋中，既有对传统的坚守，对民间的热爱，也有对童年成长的现实关怀，但归根结底他的目的还是在对乡土民间的守望中找寻到童年成长的根基与力量。从成长的立场出发，小河丁丁并没有在创作中一味地表达对乡土的崇拜情结，他也在反思乡土空间对童年成长的制约。在他近期创作的《梦根》中就流露出对乡土的封闭性的思索。小说中，古老的西峒在一个陌生闯入者的搅动下泛起了微微波澜。根雕艺人为寻梦中之根而来，为了一块蔸疤（树根）与当地瑶人产生了摩擦，他们的争执无关乎金钱利益，而是为了各自的理想与坚守。乡土社会古朴稚拙的精神信仰与人类至真至纯的艺术理想都巧妙地凝结在了蔸疤这个物象上，根，成为梦的载体。而对于少年丁丁来说，从一块块蔸疤中生发出的是童年生命里层出不穷的奇思异想，随着外来根雕艺人的出现，一个崭新的世界向他敞开了，年少的心正在逐渐燃起对"梦"的憧憬与期待。而我们不禁猜想，这是否也预示着这片古老的乡土将迎来它

---

① 费孝通：《乡土中国》，江苏文艺出版社，2007，第33页、第54页。

新的改变。

小河丁丁笔下的乡土既是经由童年记忆的滤镜诗化而成的理想的乡土，同时也是具有真实生活温度的世俗的乡土，而在这片乡土之上，有着他对童年成长的关怀与期待。"文学从来不只是描绘一个地方和一种生活，它还构建着我们立身其中的这片土地和这土地上生活的样貌。"[①]小河丁丁正在以他的乡土书写为童年成长创造一个理想的精神家园。

---

① 赵霞：《乡土的伦理——论王勇英的儿童小说及其现代性书写》，《南方文坛》2017年第3期。

经典重读

大地诗学中心灵磁场的核心故事
——莫言小说的生殖叙事

季红真

莫言质朴瑰丽的大地诗学如一个引力强大的心灵磁场，把神话、历史、现实与人生、人性、生与死等所有文学的母题，都吸纳进自己丰沛的想象世界中。其中，生殖的叙事是居于这个心灵磁场中心的核心故事，从他挖出高密东北乡的第一锹土开始，到登上瑞典皇家文学院的授奖台，他的传奇几乎都是以生殖为中心辐射出意义的疆域，有时是显豁的，有时是隐蔽的，常常是处于故事的开端或结尾，一如这个主题起于他全部创作的开始与最辉煌的巅峰，而且修辞范围最广，象征意义也最为复杂丰富。生殖因此成为他创作的一个母题，使广大的意义空间形成立体的宇宙图式，围绕着大地诗学心灵磁场的核心旋转。正是这个母题的反复变奏，使莫言的文学一开始就进入了人类学的意义空间，也因此衔接起人类世世代代的记忆与遗忘、光荣与梦想，以中国的神话方式为人类祈福。

一

莫言是迄今为止，全世界对于生殖主题涉及最多的作家。他目前已出版的著作中，直接涉及生殖故事的叙事，多达三十多起，如果加上隐蔽的生殖带来的身世之谜和其他物种互喻性的生殖叙事，以及人兽交合的神话传说故事，则有半百以上。而且是和食、性、生、死、爱纠结缠绕，展现人类最基本的人性本能，也描画出农耕民族的种群在现代性劫掠中挣扎与衰败的历史图景。

莫言虚构的文学帝国高密东北乡，一开始就以生殖为中心展现原始蛮荒的风景，第一篇出现这个文学地理标志的作品是短篇小说《秋水》。这个不足八千字的短篇小说，从"高密东北乡最早的开拓者""我爷爷"八十八岁时的仙死开始，倒叙转述听来的往事，爷爷带着奶奶情杀逃亡来到这片当年荒无人烟的大涝洼，开荒捕鱼，陆续便有一些匪种寇族迁来。"自成一方世界"的传说，把思绪带到家族创世神话的起点，也是一方文化创世的起点。隔开一行，迅速转回到童年的记忆，爷爷当年最早落脚的"那座莫名其妙的小土山"已经被十八乡的贫下中农搬走了，而自然地理也只剩了升高了的洼地、雨水极少的干旱气候与密布的村庄。"十八乡"以数码化的方式取代"东北乡"自然方位的地理指涉，意味着被政权纳入规划与管理体制，这是社会学范畴的一般问题；而匪种寇族与贫下中农的分类则是新的权力结构中基本等级制度的重新划分，这是政治学范畴的问题。这两个范畴涉及中国现代性的基本问题，特别是乡村社会结构的改造与重组，干旱、荒无人烟与村庄密布，是自然与文明的两项对立，也是人口与资源的两项对立，是生态的问题，也是自然史的问题，更是现代性带来的最严重的全球性的环境问题。都使这则以"秋水"命名的生殖故事带有神话的指涉意义。爷爷和奶奶非婚结合的生殖故事与父亲的出生是文明之始，而标题的语义文化关联域，则使遍及人类的洪水灾难故事置换在中国文化的语义系统中，创世记的故事以老庄的哲学与美学理念为文化思想的源头。这个命名是莫言对文化史原点的回望，也是他美学理想的开端，他此后所有以高密东北乡承载的生命故事，都是在这个最基本的神话框架中演绎着出人意料的传奇，在丰饶自然与质朴人生的原始文化镜像中反衬出现代人的退化、堕落与萎缩，而生殖及其方式则一开始也就设置了基本的情境与症结。

这篇小说实在是一个大动机包，莫言所有的叙事主题义素都已经包含在这一则以生殖为核心故事的创世神话中。而且，最富有莫言风格的电影蒙太奇式的不断闪回与跳跃性联想修辞，以"我爷爷我奶奶……"开始的一整套叙事策略、由民间记忆转述的演述方式、血缘心理的时间形式等等，也都由此生成。这篇小说也是一个富于暗示性的开端，"高密东北乡"的所有生命故事，都必然要在这一巨大的文化镜像反衬下，演绎自身多层次的独特伦理意义。而作为核心故事的生殖叙事，则四通八达地勾连起所有故事的义素，发散出莫言表义系统层次丰富的思想光谱。

在爷爷的讲述中，高密东北乡的自然地理状况和村人口口相传的蛮荒景象相呼应："方圆数十里，一片大涝洼，荒草没膝，水洼子相连，棕兔子红狐狸，斑鸭子白鹭鸶……"但突出了原始丰饶的自然生态环境中个体生存的特点："大洼里无官无兵，天高皇帝远……成群的蚊虫、湿草中像水一样流动的幽幽绿光和长大后马蹄大的螃蟹……令人神往神壮，悔不早生六十年。"这篇小说写于1985年，拟真实的叙事人"懂人事的时候"，应该是六七岁，从莫言写作的三十岁上溯到记忆的起点，童年应该是20世纪60年代初，正是中国大饥荒的年代。从他出生的50年代中，再上溯六十年，则是19世纪末叶的1895年左右，也就是义和团运动之前，现代性还没有侵入的原始农耕文明的时代。[1]六十年也是中国农历纪年的一个周期，所谓一个甲子，也就是一次历史的循环。莫言高密东北乡的文学帝国到《生死疲劳》《蛙》的时候，基本已经瓦解，乡村城市化的进程导致了耕地流失，《丰乳肥臀》中上官鲁氏的丧礼是她唯一的儿子上官金童勉强找足帮手才草草完成。从《秋水》到《蛙》，在社会史的层面上，是这个王国由开疆辟土到收缩坍塌的过程，最终的消解是环境的破坏，《红蝗》以飞机喷洒灭蝗农药为高密东北乡的"恶时辰"，一如那位知识渊博"魔魔道道的青年女专家"所咏叹的"可怜大地鱼虾尽"，自然生态的恶性变异是乡土人生毁灭性的灾难；从家族史的角度，则是不断地由离散到回归再离散的反复重演，而最终的离散是家园已经不复存在后，人们流离失所，以各种方式漂泊在新兴的城市里；最终的聚合则是以死亡为终点永恒地回归大地，自然降生、大头的世纪婴儿，最终还是被确认为蓝家的血脉而回归家园，难产而死的母亲庞凤凰也埋进了蓝家的坟地。一个甲子的循环结构，以家族的聚合与离散反复循环的生殖故事，容纳了一个文化种群由勃兴到覆灭的漫长历史过程。莫言的历史叙事一开始就设定了基本的循环模式，动机已经播种在《秋水》的叙述方式中，而且是以现代生态学与遗传学为基本的知识谱系。

爷爷种地，奶奶捕鱼，靠天的恩赐与人的勤劳，即将获得最初的收获——粮食与孩子的时候，洪水如黄色的马头一样"从四面扑过来"，而奶奶的难产则是生命又一重的灾难，归根结底，也是自然的灾害，两性交媾的生殖方式把人牢牢固定在大地上，和其他哺乳类动物的生命延续方式没有差别，作为一个物种的人类，难产也就是自然灾害的一部分。从《秋水》开始，灾难与难产成为莫言生殖故事中的基本情境，只是灾难的性质发生了变化。这以《丰乳肥臀》最典型，战争的灾难和分娩的困厄是基本的主题，开篇第一卷就是外族入侵的警报和上官鲁氏难产交替演进着叙述，这是历史的两个开端。《十三步》中高马卷入村民请愿的事件被投入监狱，怀孕的妻子不堪事故的打击上吊自杀，已经长成的孩子因为没有剖腹取胎也随之死去，这是社会灾难导致的生殖悲剧，比难产还要恐怖；《食草家族·二姑随后就到》中二姑的母亲看见她手掌上的蹼膜便晕厥而死，被抛弃与被虐待都是孤儿处境的必然，而返祖现象隐喻着的家族"恶时辰"，则是一个种群宿命的孤绝处境。《三十年

---

[1] 莫言在《丰乳肥臀》中，借助母亲上官鲁氏讲述的高密东北乡的开发史，则明确指认为咸丰年间，可见是晚清洋务运动开始之初。莫言：《丰乳肥臀》，作家出版社，2012，第96页。

前的长跑比赛》中的著名演员蒋桂英，在被错划右派下放的年代里生了两个血缘不清的孩子，这是政治历史的灾难。《筑路》中的一对婴儿降生时，父亲被罚劳役、代人受过被罚推磨、为生计盗窃，饥饿的母亲近于乞讨，分娩出一对婴儿之后自己截断脐带，被极端贫困的父亲扔掉的女婴，被野狗撕咬粉碎，父亲也随之陷入疯狂，这是一个时代的灾难。《红树林》中卢面团是在讲出身的年代来世，而难民身份的残疾母亲也因此去世，这是社会政治与文化的灾难；林岚是在丈夫自杀之后、生下与公公私通的儿子不久，抱着婴儿参加公公的追悼会，很快又被打入监狱，这是干部腐化与政坛权斗的灾难。《扫帚星》中的主人公，因为是彗星闪过时出生，母亲难产死亡，而被指认为扫帚星投胎，被家人扔到冰雪中，这是原始信仰的灾难。《蛙》中的中俄混血儿陈鼻则是在父亲被划为地主押解回乡之后来世，而且也是难产，这是社会改造的政治苦难；而管小跑的妻子王仁美、陈鼻的妻子王胆，都是因为计划外的怀孕引产时意外身亡，难产在这个时代演变成引产的困厄，这是文化心理与生育被纳入规划时代的冲突，对于重视子嗣的乡土中国来说，也是社会文化性的灾难。

  这个基本的情境，使莫言的生殖叙事一开始就和他的历史叙事共生，由此派生出一系列的义素。《丰乳肥臀》是典型，上官鲁氏的女儿们几乎都是灾难的产儿，是母亲为给夫家延续香火借种受孕，是夫家断子绝孙的巨大恐惧笼罩下的母亲灾难，本身就是屈辱的化身，而她们的身体又都和各种党派的人结合，导致血亲之间的野蛮杀戮，一如她的二女婿司马库所言，"所谓亲戚，其实都是建立在和女人睡觉的基础上"[①]，也就是建立在生殖开始的伦理秩序中。残酷的党派政治是对这个血缘伦理秩序毁灭性的冲击，把莫言所有作品生殖故事连接的历史本事发生的年代顺序排列，就是一部地方特色明显的中国近代史，在充满血腥杀戮的伦理悲情中，遍布身世之谜与人生沉浮、人命危浅的历史涡旋。这使他的历史叙事呈现为高度混乱的粘连与惨烈，混融如野生杂树林的参差与蓬勃，最集中地践行着他超阶级的文学理想，也从始至终都带有庄子齐物的世界观背景，以及哀祭文的功能特征。

二

  《秋水》中的祖父因为洪水的天灾与祖母的难产而陷入绝境，"一个彪悍的男子汉"束手无策，只能"眯起鹰隼样的黑眼"，用手支撑着下巴，弯曲着身体，"端的

[①] 莫言：《丰乳肥臀》，作家出版社，2012，第52页。

一个穷途英雄"。敢于杀人的精壮男人，面对自然的灾难与难产的困厄，特别是对于深爱女人分娩苦难的无助，鲜血和激情都显得苍白与虚飘，这是文明主体最基本的无奈处境，也只能是困守土山、盲目等待。奇迹出现了，被洪水冲过来的紫衣女人，"不知是人是鬼"，居然是医生，而且是以新法助产，祖父自然"以为女人是仙女下凡"。偶然性也因此成为莫言灾难生殖故事的重要情节，几乎所有灾难中的难产都有意外的转机，而这些转机又无不和近代中国的文化震动与助产方式的改革相互扭结，成为文化史新旧杂陈、接续更替的经典细节。《丰乳肥臀》中的上官鲁氏的生产过程可谓一波三折，先是婆婆为了省钱请兽医代劳，其后则是央求仇家孙大姑助产，刚刚接出龙凤胎，还来不及激活他们生命的新状态，侵略者的暴力就迅疾而来，孙大姑在反抗中惨死，最后是日军医生完成助产的最后步骤，使两个幼小的生命和母亲得以存活，而照片又用作宣传王道乐土的资料，文化史和政治史重叠错杂，是非难分泾渭。铁血暴力与文化革新，首先在助产方式上夹缠不清，大历史的混乱与斑驳比党派政治的血缘纠葛更复杂。

从《秋水》中的紫衣女人开始，莫言的生殖叙事中逐渐形成一个新式助产医生的序列。孙大姑是有见识的传奇女性，响马出身，犯事以后逃避官府刑罚而下嫁到高密东北乡的小炉匠家，她有着临危不惧、放弃前嫌、不顾个人安危、挺身而出并且最终舍生取义的侠女性格，而她的助产方式和西学传入的方式不同，原理或潜在相通，但药物显然不是化学制品，是本土的物产顺乎天然物理性能加工而成。这几乎是一个过渡性的人物，到《凌乱战争印象》中的女军医，《司令的女人》中公社卫生院妇产科王医生，一直到《蛙》中上海医学院毕业、因右派身份发配来的资本家出身的黄秋雅，都是乡村的外来者，也是西式助产方式的文化载体。而大量的乡村妇科医生几乎都是中西医结合的产物，她们大都出身乡土，受过新式培训，从《扫帚星》中妓女出身的接生员二曼，到《蛙》中的姑姑，都属于同一个类型。她们在助产方式上显然带有除旧布新的特殊贡献，都必须面临与旧式接生婆的竞争与冲突，而且相对于完全西学背景的黄秋雅们，她们的知识构成与乡土文化的信仰心灵相通，要承受更多的精神压力。新式接生员二曼和老式产婆祖母的观念是一样的，先出手的孩子都是祸害，把婴儿拖着胳膊拽出来之后，她赶紧逃走。根正苗红的姑姑未婚年轻，受训回来以后，接生的第一个孩子居然是地主家中俄混血的婴儿陈鼻，而且是在愤怒殴打驱赶愚昧野蛮的旧式产婆之后，开始自己的工作。这则生殖故事的隐喻义素包括超阶级、超种族、划时代的意味，因此具有中国生育制度史的文化标记性质。从紫衣女人、孙大姑到姑姑，都有着镇静从容而又理智温柔的特征，接近中国古代侠骨柔肠的女英雄理想。而且这些新法接生的妇产医生，都没有生育，反倒是以传统药理接生、下嫁给小炉匠的孙大姑生了三个儿子，但都是哑巴，是否也隐含着她早年响马生涯中杀生受天道惩罚的隐喻？《白狗秋千架》中的暖嫁哑巴生三个哑巴孩子是遗传的原因，这一则故事显然不是遗传的问题。中国古代的侠女们通常都没有生育的记载，连著名的四大美人都没有孩子，不知是否也隐含着红颜薄命的语义。

莫言写了好几个旧式产婆，而且和主人公都有血缘关系，祖母是对她们共同的称谓，婆媳冲突的激烈爆发集中在对异状新生儿文化意蕴的阐释，天然的母性使她们本能地勇敢对抗愚昧长辈的杀子阴谋。《祖母的门牙》中的祖母要扼杀出生即生着门牙的孙子，以为是前世的冤家投胎来复仇，而一向逆来顺受的母亲以母性的本能冲破家族制度的尊卑观念打了祖母，保住了一条幼小的生命。而《扫帚星》中的祖母能通灵野兽，亦医亦巫，几乎是山林文化中集大全的职业妇女，接生、说媒、主持婚丧仪式，一生接生过的孩子死去过半，简直是一个职业杀手，但基本干的还是"积德行善的事情"，而"死去的孩子都是讨债鬼"的解释则是潜藏在愚昧杀子中的原始巫术信仰。就是在开化很早的中原乡村，包办早婚、多产、频繁生产与婴儿高死亡率也是普遍的现象，如陕北情歌所唱"十三上定亲十四上迎，十五上守寡到如今"[①]，至于婴儿死亡率之高，则比萨满信仰下的山林民族更严重，因为营养不良与缺医少药等等。据山西某县某村几个时段的调查，婴儿死亡率最低也是31.2%，最高则达70%。[②]因为彗星闪过、母亲难产，而把先出手的孙子认定是"狗都不吃"的妖孽，肆无忌惮地把他扔到冰雪中，是一只母狼喂养温暖了他，父亲因此被以弃婴罪判刑十年。满族血统的祖父，蒙古族血统、近于萨满身份、精通所有山林文化知识的祖母，是这一则杀子故事最基本的意识形态承担者，也是主使者。愚昧无知的杀子是旧式助产方式的普遍现象，而计划生育时代的引流则是又一种合法杀子，一个由于愚昧，一个根据现代的科学理性。姑姑在乡人眼中由"活菩萨"与"送子娘娘"，到"妖魔"的形象变化，被以天道的名义责问与诅咒"……你们造孽啊……你们不怕遭天谴吗……"是国家的生育政策的调整带来的形象转身，在救人危难的助产侠女和愚昧杀子的旧式产婆的两项之间，由此出现了一个被迫不得已的中间项——当代乡村妇科医生，她们既是生命创造的帮手，又是生命的扼杀者，如《司令的女人》中的王医生所言："这辈子好事全让我干了，坏事也全让我干了。"民族集体意识的诅咒成为她们命运的一部分，姑姑"文革"中被迫害的遭遇、晚年

[①] 李发源：《陕北情歌》（珍本），榆林报社印刷厂，2005，第300页。
[②] 王亚莉、岳谦厚：《陕甘宁边区的妇女生育与妇婴保健问题》，《福建论坛》（人文社会科学版）2016年第1期。

被恐吓，祸及家人被追杀殴打，都和她的职业身份有一定关系，她在承担着民族集体无奈的同时，也承受着女性身体的空虚、心理无奈的畸变，使决绝的性格超越政治的信仰与职业的需要。叙事者所谓"姑姑对她所从事的事业的忠诚，已经到达疯狂的程度"[1]；母亲所谓"女人不生孩子，心就变硬了"，都是职业带来的命运悲剧。而且相对于完全现代大都市知识背景的黄秋雅们，乡土文化生殖信仰的精神诅咒使她潜意识中的罪恶感时时涌现，一个无所畏惧的女英雄居然害怕生殖图腾——青蛙，并且导致精神崩溃，以帮助丈夫做泥人救赎不得以杀子的罪孽，艺术创作成为生殖的替代形式。唯其如此，她所承受的巨大心灵苦难便反映出整个民族现代性苦难中的深度历史创伤。

《扫帚星》以生殖为中心展开的曲折复杂的因果链，又与土匪出身、娶日本贵族孤女为妻的外祖父一家在"文革"中的悲惨遭遇互文参照——怀着孩子的外婆被打死，而且是由养子带人来行凶。父母无爱、政治残酷、社会险恶、人命危浅，使这个狼都不吃的孩子历经磨难与曲折，最终做了变性手术。生殖的主题，由此而纠结着政治历史的深层窠臼、种族仇恨的心灵症结、意识形态的激烈变革、文化溃败中释放出来的性欲望，与贫瘠人性中的暴力施虐本能……多种力的角逐与对抗，绞缠在一个生命艰难的诞生与成长中。而叙事的背景还涉及复杂的国际政治场域与中国党派政治舞台的显赫片影，是近代中国在现代性劫掠中，沉入民间的历史碎片形成多种族混融拼接与最终粉碎的漫长过程。杀子与弑父（母）交替演进是现代中国历史场景中文化失范、生命伦理瓦解的历史剧目的核心情节，都是以生殖及其相关信仰的知识谱系为逻辑。而历时性的时间形式成功地置换出一个生命出生前后的传奇，共时性的时间形式成为叙述历史沉积物的黏着剂。生殖由此成为所有叙事的神经中枢，一个畸形的生命以血缘的方式、以遭遇不同助产方式的信仰背景，而连缀堆积起文化的断层，线性、平面、静止的零散生命故事由此而立体化、富于动感地旋转起来，对宿命感中偶然与必然的辩证，对当下思想界的深度道德质疑，对人生与人性的悲悯，都由这个基本的神经中枢传导，完成对非理性生命苦难的悲悼。

由于这样的叙事策略，莫言的历史叙事（政治史、民族史、文化史与心灵史）高度胶着，难分轩轾，模糊而粘连，只有生命的价值在这个血腥、斑驳而污浊的背景中明亮闪烁。变性意味着主动放弃生殖，和被动的阉割一样，是终极的衰败与灭绝。这和《红高粱》中余占鳌在外来暴力种族灭绝一样的屠戮中，看到儿子被疯狗咬伤男根的绝望异曲同工，也延续着《丰乳肥臀》中上官金童无后的隐喻象征语

---

[1] 莫言：《蛙》，作家出版社，2012，第167页。

义，都是在对"种的忧虑"中，寄托对民族命运的巨大忧患，而且是父权制文化的主体性恐惧与焦虑。莫言的生殖叙事与历史、种族、文化和民族精神高度整合，是写实，也是象征，是叙事的策略，也是汇合了所有主题的终极追问："生殖繁衍，多么庄严又多么世俗，多么严肃又多么荒唐。"①

三

《秋水》的核心故事中，生殖是套在血亲仇杀的外围故事中叙述的，伴随着艰难新生的是惨烈的凶杀。祖父在洪水中最早打捞起来的是一具垂老的死尸，七个手指的身体特征成为父亲诞生以后惊险故事的谜底。坐在彩釉大瓮飘来的白衣盲女弹着三弦琴，唱着富于隐喻性的歌，这和医生身份的紫衣女人一样，几乎就是高密东北乡文明之始的象征，而到《丰乳肥臀》中，她已经是司马库家族的母系始祖，因为"说出话来谁也听不懂……解不开她话里的意思……"而被母亲指认为"狐狸精"或"神经病"。她不在场却影响着这个家族后人的性情与对于文化艺术的特殊偏爱，电焊切冰、嘎斯灯、发电、跳伞，从演文明戏到请美国飞行员放电影，成为现代西方物质文明最早的自觉传播者，"……本司令要为地方造福，引进西方文明"②。而且在强梁火并的险恶环境中，以盲目之躯而夷然生存下来，并且繁衍子孙，祖父祖母熬过了自然的灾难，而白衣盲女则度过了人世的灾难。这是一个对文的结构，原始的生命力与超越暴力的文化艺术精神战胜了自然与人世的灾难。而白衣盲女唱的歌谣色彩斑斓，包括了生物圈食物链弱肉强食的唯美演述，也包括了反自然的以弱胜强的传奇特征，但是最终的大限则强与弱都无法逃避——大化归一的死亡，使庄子齐物思想以形象生动、旋律单纯的歌乐形式复述。这个盲目之人倒是看清了天道的生死轮回，简直就是一个置生死恩怨情仇于度外的智者，超度了所有伴随着生殖而来的死亡，使人类最永恒的生与死的意义都消解在无始无终的自然之道中，莫言生与死的主题由于和生殖的直接联系而独树一帜。而且在她"童音犹存，天真动人"的歌声中，"洪水开始退了"，这简直是一个通天地鬼神、超度亡灵的女祭司。莫言借助她的歌声，借助生生为大德的天道表达了消弭仇恨、放弃暴力的拯救理想。

这个外围的故事，谜底在最后揭穿，神秘的紫衣人杀死了黑衣人，原因是后者

---

① 莫言：《蛙》，作家出版社，2012，第198页。
② 莫言：《丰乳肥臀》，作家出版社，2012，第219页。

杀了她的父亲——七个手指的顶尖豪强七爷，而黑衣人称白衣盲女为"干女儿"，称紫衣女人为"侄女"，且有"你跟你娘像一个模子脱的"的临终遗言，在这个复仇的故事中，似乎还隐藏着一个连环套似的血亲情杀故事。而黑衣人与鲁迅《铸剑》中的黑衣人又有精神血脉的联系——为弱者行侠而牺牲。语义的含混之处在于"干女儿"的暧昧称谓，白衣盲女究竟是他的被保护者，还是情人？或者兼有两者。莫言重视遗传基因对性格与命运的决定性影响，白衣盲女的后裔、"司马家的男人，都是一些疯疯癫癫的家伙儿"。一如《食草家族·二姑随后就到》中的兄弟俩天与地，尽管残忍相似，相貌却差别极大，一个高大漂亮、蓝眼黄毛，着装与武器皆为欧式；一个矮小猥琐，着装与武器接近亚洲国度。而黑衣人对白衣盲女的关爱似乎又透露着两者之间隐秘的关系，在这个扑朔迷离的语义场中，在爷爷和奶奶的公开生殖故事之外，似乎还隐藏着一个隐秘的生殖故事。在《生死疲劳》中，身体健壮、四肢发达、胆量很大，靠渔猎为生，后来又领导了最早的武装抗德的司马大牙，把坐着盲女的大瓮拖上岸，盲女生了一个男孩儿就死去了……他用鱼汤把男孩喂大。而这个名叫司马瓮的孩子与他的两个儿子都风流成性，似乎不是司马大牙的遗传基因。

  这样的叙事迷宫造就了莫言的传奇故事中不少的身世之谜，《酒国》中酿造学教授妻女的相貌与智力差异，《红树林》中秦虎血缘世系的混乱，《食草家族·玫瑰玫瑰香气扑鼻》中小老舅自叙母亲被嫉妒的父亲杀死，又最终揭开叙事者我（金豆）的身份之谜，乃是革命之子，系支队长的血缘之后，等等。革命造就了大量的隐秘生殖，也遗留下大量无父的孤儿，使杀子与弑父的演进由此断裂，这一代人的悲哀是现代人的悲哀，父亲的缺失是文化失范最好的隐喻，而皮团长代表的革命文化对子一代的精神阉割则是生殖主题的转喻，与变性的隐喻修辞方式相同。一直到《生死疲劳》中的世纪婴儿蓝千岁，隐秘的血缘都隐蔽在无父的孤儿身份中。应该说，最早的叙事动机也萌芽于《秋水》中，隐藏在血亲情杀的生殖故事里，情杀开始的生殖叙事使一显一隐的两个故事形成对文的关系，生殖也因此才能够成为莫言心灵磁场的核心故事。

四

  血亲仇杀则是这个外围故事最显赫的特征，复仇是基本的动机。这个主题在《丰乳肥臀》中表现得最直接，而且是和生殖的核心故事重叠交错，司马库与上官鲁氏二女儿的一对未成年的双生女儿，是被上官鲁氏五女儿的丈夫、自己的亲姨夫鲁立人宣判死刑，而且最终死于身份不明的骑手枪下。党派政治的恶斗直接以血亲仇杀的方式，演绎着《秋水》中外围故事的主题，而且将以弱胜强的英雄故事反转为屠杀无辜的弱小者的卑劣丑剧，也是违背生生之大德的造孽。而这正是莫言在《食草家族》中对于返祖现象蹼膜恐惧的一部分，而且是由乱伦引起的衰败宿命的表征之一。而其中一部分的情杀，则是核心故事情杀生殖的重复，莫言在《食草家族》的开卷语中，明确写作动机之一是"表达了我对性爱与暴力的看法"[①]，《秋水》中的核心故事当为最初的呈现。

这和《红高粱家族》的叙事动机一脉相承，对于违背生命规律的、垂死者的无爱之性占有的婚姻制度，是他"种的忧虑"的重要内容，是和对外来暴力的种族灭绝一样愤怒的情绪。而纳入生育规划时代，贫富导致的生育权力之不平等，也是其中的一部分，《蛙》里的小扁头所言"有钱的罚着生，没钱的偷着生"，而现代科技与商业大潮共同推动的代孕现象，更是类似莫泊桑《人妖之母》似的人间丑闻，其中以性别估价的商业制度，更是比难产还要令人发指的母性灾难。其他如跨国婚姻，混血生孩子，几乎都是应对国家计划生育政策的生殖变通。连他对携巨款出逃的女贪官的诅咒，都是"让她到北极圈去给爱斯基摩人生孩子去"（见《藏宝图》）。而《秋水》中爷爷和奶奶由爱而患难与共的生殖故事已经成为一个壮美的镜像，反衬出所有现代中国离奇生殖的荒诞，爱与性的分离、爱与生殖的分离、母亲与孩子的分离是基本的语义。

而且，在莫言的生殖叙事中性爱是生殖的起点，生殖是性爱的目的。没有生殖的性爱在他的文本中几乎与"淫毒"同义通假，不仅是婚外的滥交（如《与大师约会》），还包括婚姻制度认可的合法性行为（如《野郎中》），连没有结果的爱情都是病，《蛙》中的王肝迷恋小狮子十几年，在她与蝌蚪结婚以后才如梦方醒，成了一个诗人，而且是能够阐释日月精华、宇宙之道的抒情诗人。莫言大量写了无爱生殖的故事，最极端的叙事是《金发婴儿》中军人无爱的婚姻与军嫂的婚外生殖，以及最终酿成的惨剧。不仅是男性的生殖欲望与爱情分离，比如《变》中的何志武娶俄罗斯姑娘的目的是为了多生，坦言"男人，如果不能与自己爱的女人结婚，那就要找个最能给自己带来好处的女人结婚"；也包括女性强烈的生殖冲动高于爱情的欲望，比如，《球状闪电》中的茧儿对蛐蛐的求爱动机之一，是眼馋同龄姐妹们都抱上了孩子，而蛐蛐看到女儿出生才对茧儿生出爱情，重复着"先结婚后恋爱"的古老婚恋模式，变化在于性别偏见的消失，比起古代溺杀女婴的野蛮风俗和当下丢弃

[①] 莫言：《食草家族》，作家出版社，2012，第2页。

女婴的现象，毕竟是一个长足的进步。而《蛙》中小狮子则是由于被压抑了的母爱，在育龄终结之后，不择手段地获取一个属于自己的孩子，连明察秋毫、铁面无私的法官以灰栏试母的古老审案方式也断错。在女人的生殖欲望中，男人几乎成了被动、单纯的种，由此带来的也是血缘世系的混乱，如朋辈陈鼻以舅舅的身份闯金娃的满月宴。当然，也有正面的叙事，比如《石磨》中的乡村青年"我和珠子"就是自由恋爱，成功地逃离父母之命，以经营磨坊成家立业，并且以可爱女儿的出生为叙事的终点。《秋水》中爷爷在灾难中对奶奶"你能给我生个儿子吗"的问询；《革命浪漫主义》中的老革命在战争中"失去了传宗接代的家伙儿"的自嘲；《地道》中外号耗子的方山毁家纾难般悲壮地超生，"管它耗子还是人，只要是公的就行"的目的，也化解为李手对蝌蚪的开导："人生最大的快乐，莫过于看到一个携带着自己基因的生命诞生，他的诞生，是你生命的延续。"[1]尽管仍然重视生殖，但是生殖的意义已经从家族制度延续香火的文化需要，转变为个体生命延续的心灵需要，但孩子也因此成了一个特殊基因的载体。因此，蝌蚪的母亲所谓女人就是为了生孩子来世的性别文化观念，也被母性的伟大与庄严取而代之，进而使白衣盲女之孙司马库的临终喟叹"女人是好东西啊——"也被"但归根结底女人不是件东西呀"的反诘颠覆掉。莫言两性和合的性别理想是由生殖出发，借助对母性的崇敬而建立起来，而现代科技也为年老的小狮子催生出旺盛的奶水，这是绝望中的希望之泉，是文明主体处于善恶两难的伦理悖论中的福音。

激情结合、两性和合、创造生命从《秋水》开始，就是莫言生殖故事的伦理理想，奶奶在阵痛中呼天抢地，洪水却一直不退，她绝望地对爷爷说"……咱活不出去了"，而爷爷却以同生死、共患难的朴实言辞安慰鼓励之："你是怎么啦？咱人也杀了，火也放了，还有什么好怕的？当初就说，能在一起过一天，死了也情愿，咱一起过了多少个一天啦？"生死相许的性爱激情是激发男性责任感的催化剂。奶奶在难产的阵痛中生不如死，乞求爷爷行行好、杀死她："我生不下你的孩子啦！"爷爷好言安慰，为她做饭喂食补充体能的同时，也以决绝的愤怒激发她的意志："好吧！要死大家一起死！你死，孩子死，我也死！"奶奶由此振作起来，夺过饭碗流着泪进食。莫言的生殖故事中最集中地体现了两性和合的理想，共命运的意味也包括共同承受创造生命的职责。因此，生殖叙事才得以成为他大地诗学心灵磁场的核心故事，堂奥所在是人类存亡绝续的健康生命延续，生殖是希望的象征。

《秋水》中艰难的生殖场面是像联合国教科文组织大厅里悬挂的伏羲女娲像一

---

[1] 莫言：《蛙》，作家出版社，2012，第257页。

样庄严的场面，由此沟通了全人类克服危机的梦想。他的现代生殖故事中，总是影影绰绰地闪动着这个场面的光谱，《天堂蒜薹之歌》中卷到蒜薹事件中的高羊，在监狱里，为灾难中出生的儿子取名守法；《红树林》中的林岚让真情关爱她的马叔为自己戴上手铐，马叔也以辞职等待的约定，坚定她忘掉过去、重新开始的信念，而且表明心曲："其实，我一直爱着你。"《生死疲劳》中自然降生的世纪婴儿，几乎就是人类的希望所在，尽管先天有缺陷，但是终于能够承担起叙事历史的重任，疗治家族乃至人类的遗忘。

五

莫言的生殖叙事中还有一大类带有寓言性质，这和《秋水》的文化寓言的文体形式相同。《食草家族》中蹼膜的身体标志是起源于祖先的乱伦，而再次生出蹼膜孩子则是家族"恶时辰"的开始："……带蹼婴儿的每次降生都标志着家族史上一个惨痛时代的开始。"这是文化封闭、与世隔绝的社会文化语义借助近亲繁殖的生物学知识谱系的故事隐喻，而关于家族中人驴交合丑闻的叙事和所有男盗女娼的家族往事一样，都体现着一个僵死的文化制度导致人性的堕落与衰朽。而惩罚导致蹼膜婴儿的乱伦行为的家族火刑、由皮团长领导的革命阉割，则是恐惧中以恶惩恶的无奈之举，一如因为生蹼的前人罪恶导致的遗传后果带给二姑的苦难，成为她血缘混乱的儿子们复仇的理由，而非理性的屠杀则是以暴易暴的历史隐喻，杀子与弑父的演进是充斥着血腥暴力的循环历史之基本结构，由此，"二姑随后就到"成了一句屠杀与灾难的咒语："一个充满刺激和恐怖，最大限度地发挥着人类恶的幻想能力的时代就要开始，或者说，已经拉开了序幕。"[1]缺席的二姑成了高悬的"达摩克利斯之剑"，恐惧因此笼罩在一个家族将被斩尽杀绝的末日天空，一如在皮团长庄严隆重的丧礼时分，"革命在天空中飘扬"。在《秋水》的巨大神话镜像反衬下，乱伦与刑罚都是违背天道的，和大地上一片衰败与污浊的末世景象互为表里，"家族历史有时几乎就是王朝历史的缩影"，食草家族以乱伦开始的衰败宿命，显然是历史的缩影。而"一个王朝或一个家族临近衰落时，都是淫风炽烈、扒灰盗嫂、父子聚麀、兄弟阋墙、妇姑勃豀——表面上却是仁义道德、亲爱友善、严明方正、无欲无念"。面对"蹼膜的恐惧"就是对泛滥的人欲的恐惧，包括性的欲望与屠戮的欲

---

[1] 莫言：《食草家族》，作家出版社，2012，第296页。

望，美国女艺术史家琳达·诺克林认为，强奸与屠杀是男人的游戏。[1]红色沼泽实在是欲望的载体，蝗灾则是人欲的象征："蝗灾每每伴随兵乱，兵乱蝗灾导致饥馑，饥馑伴随瘟疫使人类残酷无情……"[2]这段点题之语，使莫言的历史反思、文化批判与对人性的质疑，直抵现代性的中心问题——人与自然关系的逆转，解构着文艺复兴以来西方思想的核心观念"人是万物的灵长""……人跟狗跟猫跟粪缸里的蛆虫跟墙缝里的臭虫并没有本质的区别，人类区别于动物界的最根本的标志就是：人类虚伪！"[3]由此，莫言的生殖叙事以乱伦的变异情节转喻人类堕落的宿命主题，并且重新建立起一个符合规律的文化理念，把社会、历史、文化置于宇宙自然的大系统中，粉碎人类中心的集体谵妄和个体自我的膨胀，借助中国古代的原始思想重新建立起对自然的敬畏。

在莫言的生殖故事中，对于《秋水》的结构性调整最大的变异是人与动物生殖的互喻性修辞与对文式故事布局，而且具有特殊的表意功能。《丰乳肥臀》第一卷在战争与生殖两个主题交替演进的叙事中，还有一个派生的主题，就是头胎生仔的驴的难产。这个对文性的结构主要用来表达旧时的生育制度的反人道性，驴因为是头生而受到近于母爱的悉心呵护，上官鲁氏因为已生过七胎而无人关爱，还要承担对于新生儿性别文化功能的焦虑，只有祈祷中外民间的各种神仙鬼怪，让自己生一个男孩出来，改变自己在家庭中的地位。为了省请接生婆的财物，她的婆婆让兽医代劳，可见父权制社会中女性在人类神圣生殖活动中卑微的处境，连牲畜都不如，而人类创造生命的庄严感也消解在家族香火的盲目迷信中。这个主题义素并不是莫言的创见，萧红等现代作家早已经表述过。而《蛙》中姑姑为难产的母牛接生，则是莫言空前的首创。万物平等的原始自然观中的生命伦理是这则生殖故事的思想谱系，母亲所谓："菩萨普度众生，拯救万物，牛虽畜类，也是性命，你能见死不救吗?!"尽管最后还是脱不出母牛比女孩儿金贵的传统观念，但是姑姑对父亲的奚落已经代表了时代文化的更新。姑姑在接生的时候不但超越了根深蒂固的阶级论政治观念，"……她将婴儿从产道中拖出来那一刻会忘记阶级和阶级斗争，她体会到的喜悦是一种纯洁、纯粹的人的感情"；而且也超越了物种的范畴，"那母牛一见姑姑，两条前腿一曲，跪下了。姑姑见母牛下跪，眼泪哗地流了下来"。原始的母性改写了现代作家们生殖叙事互文见义的表意结构，人与动物的情感交流是大生命伦

---

[1] [美]琳达·诺克林：《女性，艺术与权力》，游惠贞译，广西师范大学出版社，2005。

[2] 莫言：《食草家族》，作家出版社，2012，第107页。

[3] 莫言：《食草家族·红蝗》，作家出版社，2012，第79页。

理的自然观之形成的依据,也是莫言的生殖叙事通往世界动物伦理与生态哲学的情感端口。莫言生殖叙事的知识背景是古今中外复合的,不限于现代遗传学,也浓缩着中国古代的医学伦理。当然,也包括了农耕民族对于牛的特殊感情,有神话的心理原型,这与他的《生死疲劳》以人与畜的投胎转世完成历史叙事的策略殊途同归,都是泛神论的原始自然观中包含的众生平等的生命伦理。而《野骡子》里以屠宰牛来牟取暴利的屠户黄彪,跪在母牛前大哭,乃是在奶牛悲哀的表情中发现了母亲的愁容,使他深信奶牛是死去母亲的投胎转世,从此把它养起来,改行屠狗,这是集体无意识中原始自然观的倏忽涌现,冲垮了金钱至上的商业法则,同样是超越物种的母性启发的觉悟。一如上官鲁氏为被捕的二女婿司马库临行送饭时,对五女婿鲁立人的质问:"他五姐夫,你们这样折腾过来折腾过去,啥时算个头呢?"[1]但是和域外现代的动物伦理观念还是有着文化价值观的差异,当然这也是莫言无奈的幽默,虽然同是动物,牛和狗这两个物种原始的象征意义,完全属于两个不同的文化种群,前者是农耕民族的圣物,后者则是游牧渔猎民族的圣物。《蛙》中对陈鼻的诅咒,几乎一开始就设定了他的命运与归宿,姑姑急忙骑车冲过石桥去接生的时候,吓得一条狗惊慌失措掉到河里,狗在汉民族的语言文化象征系统中绝大多数的语用是贬义,莫言小说中的狗多数情况下都是危害生育的障碍,惊慌失措的落水狗几乎是陈鼻一生的象征。而在游牧渔猎民族中,狗则是人类最好的朋友,而对自然的敬畏与感恩则是一样的,生产和生活中的彼此依存使人与动物的关系最直观地显现着人与自然的和谐关系。极端的表意则是《人与兽》中,北海道的山林女人生出毛孩儿的故事,最终的相悖也是莫言式的无奈幽默,而作为逃亡的劳工爷爷余占鳌险些成为这则生殖之谜的谜底,就是在孤绝处境中,莫言对英雄的性爱叙事也是有伦理底线的,余占鳌瞬间消失的强暴欲念,是因为看到了那女人和九儿相似的内裤,人性由此战胜了兽性,性爱与暴力的关系中,爱是超于性之上的心灵源泉,这是人与兽的根本区别。这和现代绿色运动中兴起的动物保护与环境理论意念相通,莫言以中国／东方思想回应丰富着全球人类的心灵呼唤。

在莫言的生殖故事中还有两则人畜交合的生殖叙事属于文化寓言,区别于《食草家族》中人驴交合的家族衰败隐喻,带有忏悔录与启示录的性质。在《十三步》中人猿相遇于荒岛交合生子的故事中,是男子遇到离开荒岛的机会背弃动物——立即抱着孩子跑上小船,母猿追来紧紧抓着船尾,男子在孩子"Ma——Ma——"的叫声中,毅然斩断母猿的巨爪,回到人世。他在母猿的眼神中读出了怨愤,听到了

---

[1] 莫言:《丰乳肥臀》,作家出版社,2012,第245页。

动物界对人间末世的质问："……我问你人间又有什么好／使你狠心将奴来弃抛／你不见寺无僧狐狸弄瓦／你不见官无能乌鼠当街／森林大火冲天起／江湖污染无鱼虾……"这是和食草家族／农耕文明的恶时辰相呼应的危机警示。男子心中愧疚不娶，教养聪颖过人的儿子弱冠而金榜题名、高中状元。他向父亲追问母亲，男子被逼无奈，只好拿出盛有母猿巨爪的锦盒告知实情，状元渡海寻到山洞，见断爪枯骨，大哭祭奠，头撞石壁而死。这个两难处境中的男子简直是罪恶深重而又良知未泯的人类化身，也是人类在自然界中尴尬位置的体现。莫言在对"南山大玃、盗我媦妾"神话的改写中，颠倒了性别的文化秩序，也颠倒了文明与自然的等级秩序，儿子以死献祭是对动物、对自然界表达像对母亲一样无法救赎的原罪感，这也是一种杀子的方式，和血亲仇杀、弃婴、引流、代孕一样，都是危机时代生命伦理瓦解的寓言。

而《食草家族》中的最后一梦《马驹横穿沼泽》简直就是对人类原罪的忏悔，也是回归自然的渴望借助更久远的神话传说，寄托救赎的梦想，简直就是一篇祈祷文，呼应着第一梦《红蝗》中古代的《祭蜡文》，是现代人渴望恢复与自然和谐关系的启示录。一代一代的爷爷们重复着先人口口相传的家族起源故事——红色沼泽中仅剩了一匹红色的母马驹和一个少年，他们在孤独绝望中相依相助，少年陷进泥潭的时候，红马驹用尾巴把他拖出来，当红马驹听到小哥哥同意合婚的时候，要求他承诺结成夫妻之后永远都不要提马字，得到爽快应诺便立即变成了一个美丽的姑娘——春草。他们在神鸟苍狼的光明照耀下，获得精神力量，受尽千辛万苦走出沼泽，成为食草家族的始祖，生了两对男女双胞胎。"搭起了草棚，开荒种地，打猎逮鱼……"这也是《秋水》故事基本结构变异性的重复，灾难中的生殖。只是自然的灾难转变为红色沼泽所象征的人欲灾难；难产的自然灾难则转变成丧失生殖力的终极灾难，而且是因为春草误食了彩球鱼的卵块所致。当少年变成了壮汉，春草变成了憔悴的农妇，一心扑在土地上的父亲发现儿女们偷偷干欢爱之事，一怒之下枪杀了其中的一对，另一对躲在母亲身后，春草流着眼泪哀求，他愤怒之中违背誓约，骂一双儿女是两个母马养的畜生！随之而来的巨大响声中，妻子春草重新变成了红马驹被红色烟雾卷走了，只留给他仇恨的目光，两个孩子搂抱着喊"Ma！"后悔了的壮汉在一天之内变成又黑又瘦的活死尸。这则神话传说无疑复合了中外多个创世的神话，兄妹交合是两代人的命运重复，父母是人与动物，而子女则是同一血缘的兄妹，语义却处于价值体系的正负两极，父母一代的结合象征着人与其他物种患难与共的和谐相处，而兄妹则是听凭本能的无知乱伦。葫芦兄妹的故事在中国流传甚广，灾难之后别无选择的乱伦婚配，是试探了天意的。而食草家族的始祖兄妹是两个不同物种在绝境中别无选择的相依为命，而由马幻化为女人，则是万物有灵泛神信仰中大量存在的原型性故事结构，从白蛇转身为白素贞，到梁山伯与祝英台死后化蝶，都是生命轮回转世的信仰，体现着人与其他生命的平等关系。而且，人为导致的后人蹼膜的遗传灾难责任在父亲，因为他对妻儿们的不关爱、不教育而导致无知的乱伦，区别于俄狄浦斯王的无意乱伦。这是对《圣经·创世记》性别文化的颠倒，由于父亲的蒙昧而造成了血亲的伦理惨剧、家族的衰败，而不是由于女人被蛇引诱偷食智慧果而被上帝驱逐出伊甸园。母权文化的罪责转变为父权文化的罪责，有意识地偷吃变成了误食，智慧果变成了彩球鱼卵，同是自然物，一个寻常，一个稀缺，临近红色欲望沼泽的人类，很难不被未知的食物毒害。以人与兽的结合为种族的创世神话，这在不少民族中都存在，比如檀君与熊女的故事。而马是食草的物种，正契合莫言"……渴望食草净化灵魂的强烈愿望"[①]，而且"马不骈母"，与人的伦理观念也接近。且马又与妈同音，在莫言的文本中几乎具有通假的语义，红马驹与春草的来回转身，正是这一语义的通假语用。而最后也是最初的灾难来临，则是由于父亲背弃了对母亲的承诺，也就是背弃了对动物/自然的承诺，而受到自然的惩罚，而一切循环往复的血亲仇杀几乎都是源自这背弃者导致的最初宿命。

人与自然关系的破坏在莫言的生殖叙事中，承担着对现代文明最激愤的批判，而对于父权文化的诘问则是这一批判意向最富于杀伤力的情感矢量。《十三步》人猿交合故事中父亲的两难处境转变成了母亲的两难处境，但仍然是以杀子为中心情节，两则神话把《秋水》中生命创造的神圣感改写成创造生命者的原罪与无法克服的文化悖论。抛弃妻子则子死，杀子则失去妻子，文化不可克服的怪圈是这些人兽交合神话故事的重要喻义。而母性自身的缺陷也是悲剧产生的原因，母猿对男子的监控占有，春草误食绝育异物，人与兽的共同困境，寄寓了自然与人类共同的灾难。而汉语中马与妈的同音异调，是最大的无意巧合，还是文化史的因缘际会？汉族历来有关于马的神话传说，著名的有不同版本的蚕马故事，都是以人的失信与戏弄屠杀马为基本的情节。农桑是形成于黄帝时代的生产方式，马已经是重要的畜力，驾驶轩辕的必然是马，而且，彼时已有文字，可见与农耕民族的生产生活休戚与共，是人与自然依存关系最直观的象征。借马以注声，加女会意，形声结构的字体是对口语称谓的标记，而文言通常是以母为指涉。这也是一次对神话的改写，变故同样是由于人失信于动物，但是结合有强行与自愿之分别，古代神话强调的是人对动物的忽视造成的无意过失，包括对动物的残酷屠戮导致的惩罚，而这则家族神话则是人与马平等热恋而自愿结合，而且幻化为人身，为人类生育儿女。而且，蚕马

[①] 莫言：《食草家族》卷首语，作家出版社，2012。

的故事灾难具有转型的功能,由于马皮包住了女孩儿,而诞生出能够造福人类的奇异昆虫——蚕;而红马驹的真身离去则导致了毫无拯救希望的子孙退化、堕落与萎缩。

小男孩和春草是领受了龙香木上金色巨鸟苍狼的光明,获得神奇的力量,才走出绝境。这则创世神话的神灵显然是作者幻想出来的神鸟,金色巨鸟飞行有火光,却取兽名为号——苍狼,叫声亦如狗吠。苍狼与狗都是与北方游牧民族相生相伴的物种,苍狼还有图腾的意义。而东部夷族的殷人祖先则以玄鸟为图腾,苍与玄色系接近,而且还有天上的语义,苍狼也可以解释成天上的狼。而关于玄鸟的另一种解释是《山海经》中记载的四翅鸟类,羽毛呈淡黄色,性暴戾,喜食鹰肉,居平顶山。和莫言笔下的苍狼形体与颜色等特点较为接近。玄鸟民间称燕子,是顺应季节生产的农耕民族视为体现着信期的物种,而且是契之母食其卵而孕,成为殷人祖先神话生殖叙事的核心意象。而几乎灭绝了的四翅鸟类,在古生物化石中尚有遗骨留存,则是中侏罗世生物由水生到陆生,再向天空发展的演化过程中,由兽到鸟的过渡形状,特点是体大,近鸟龙①就是其中幸存尸骨的种类,神话其实是被掩埋和遗忘了的上古自然史。《易经·乾卦》九五爻爻辞取象"飞龙在天",就是对这些巨型鸟类最初的名称。龙是虫的音转,所有长体巨型的动物皆称为龙,民间所谓马长八尺为龙是这个命名方式的语义折射。莫言取《诗经·商颂》"天命玄鸟,降而生商"的殷人祖先神话、《山海经》玄鸟的形状样貌,北方游牧民族的图腾名称、游牧渔猎民族共同的圣物狗的叫声,复合出这个神灵。种族起源、祖先崇拜、自然崇拜、天行健的吉言爻辞,糅合在人类朦胧的远古记忆中,成为超越所有文化之上,使人"神壮"的新图腾。而苍狼筑巢的巨大龙香树,则是唯有亚热带以南才存活的物种,类似于蚌病成珠的原理,则可以解读为是苦难升华的芬芳,如《食草家族·玫瑰玫瑰香气扑鼻》中美丽而苦难的母亲之名,且和马一起出现与消失,语义多有交集。而分布的地域性,则和温带以北的物种命名的神鸟苍狼组接,成为覆盖全球的人类祖先之图腾。

六

这则寓言中黑色男人唱的歌:"苍狼啊苍狼,下蛋四方——声音如狗叫飞行有火光——衔来灵芝啊筑巢于龙香——此鸟非凡鸟啊此鸟乃神鸟——得见此鸟啊万寿无疆——"简直就是祈福的歌词。而出入于坟墓的黑色人就是最早背弃红马驹/春

---

① 孙革等:《30亿年来的辽宁古生物》,上海科技教育出版社,2011,第51页。

草的小男孩／壮汉，是食草家族第一代祖先，是灾难中的开拓者，也是背弃动物、施暴自然种下罪愆的人；生着蹼膜的"小杂种"则是第二代乱伦者的后裔，代表了所有承受着祖先原罪的食草家族的后人／现代人类。他与黑色人相遇，就是和祖先的灵魂交往、对话。而黑色人唱词中"兄妹交媾啊人口不昌……再亡再兴仰仗苍狼……"则几乎是家族命运的谶语，启示着退化了的后人重建对自然、对祖先的崇拜。因此，成为食草家族图腾崇拜的红马驹在一代一代爷爷们的讲述中，能够激励家族后人的梦想与勇气："……世世代代的男子汉们……总是在感情的高峰上，情不自禁地呼唤着：ma！ma！ma！这几乎成了一个伟大的暗号。"[1]兼有情人与母亲的ma，既是血缘之母，也是自然之母。对于母性的呼唤是力量的源泉，这则主要以男性为主体的启示录，将男性集体无意识中的恋母情结与人类对大自然的永恒依恋，借助语义双关的声音符号糅合浮现，将文明主体"无意乱伦"的宿命原罪升华为祈福的崇拜，超度了所有无家可归、在红色沼泽中挣扎的现代灵魂。这和《秋水》中的爷爷看见紫衣女人"素白如练"的身体时，"一片虔诚、如睹图腾"的庄严语义聚合，爷爷"仰头祝拜明月"的虔诚之心，和"四方下蛋"的苍狼之歌，都是对自然的敬畏与感恩，祝福质朴的生命创作，为种族也为人类祈福。生殖叙事由此承担起莫言大地诗学中神话思维的基本艺术方式，返璞归真是主要的意向。

自《秋水》开始，莫言"神话般谈论着"大洼的创世故事，就设定了这个东北乡神话的主体是农民。而开篇祖父的体面仙死，村人以为"生前积下善功"的评价，带给全家人的荣耀，都是对这一则神话体现的乡土人生价值观念中农耕民族意识形态特征的强调。而后文关于父亲的评价，"……出生时很有些气象，长成后却是个善良敦厚的农民"，则强化着这一神话的主体。而这个农民不是社会学意义上的农民，也没有阶级身份认定的政治学色彩，是在乡村被数码化之前、没有按照阶级论分划贵贱时代的农民，而且是生态文明意义上的农民。这是莫言的大地诗学得以创立的文化史依据，而以生殖叙事的核心故事勾连起来的历史叙事，则将一个农耕为主的民族一个多世纪衰败的宿命以各种变异的形态演绎生发，将"种的忧虑"内化在现代性劫掠导致的遗传变异与环境破坏的恶时辰标注出来。而且，坚信最终的拯救也只有依靠这个依存于土地的文化种群，是和神话一样质朴的古老文化种群，而且是"……最重要的职业"[2]。父亲的出生如孔孟，如释迦牟尼，如耶稣，如所有宗教历史的叙事起点，祖父则具有鲁迅《故事新编·理水》中大禹的原始形

---

[1] 莫言：《食草家族》，作家出版社，2012，第34页。
[2] ［美］小约翰·柯布：《和中国农民朋友说点心里话》，《学术评论》2015年第6期。

貌，具有在滔天洪水中中流砥柱的文化坚守功能，《生死疲劳》中坚持单干的蓝脸原形之一就是莫言的祖父，他偷偷去开小荒，拒绝参加生产队里的劳动，"我爷爷1958年时就预言，人民公社是兔子尾巴长不了"[①]。一如美国生态哲学家小约翰·柯布所言："……世界的命运就掌握在你们（农民出身的学人）手里。"并且希望"……中国以务农为生的村落能够起到带头作用。……带领全世界进入生态文明。"[②]新一轮的创世已经开始，经历了五次投胎动物的转身之后，西门闹的灵魂转世为保守农民蓝家的孩子，地主和长工的阶级身份被血缘弥合，回到了《秋水》的起点——在现代性的滔天洪水中，讲述一个文化种群的历史起点，而父死母亡的孤儿处境则超越了一个文化种群，象征着疏离了大地母亲的人类共同的命运。大头的世纪婴儿虽然先天有缺陷，但是祖辈的造血机能是拯救的秘方，也"如赌图腾"，苍狼之歌主语重复的祈祷句式与《诗经》式的四言叙事节奏，是心灵返璞归真的呼喊，远古的生殖图腾"蛙"是"金娃"的守护神。而莫言由"我爷爷我奶奶"开始的一整套叙述方式，也就不仅仅是叙事策略的问题，还包括适应对祖先的追慕与自然的膜拜，所有的忏悔与启示都是借助对上古文化精神的深度认同，以生殖叙事为核心故事完成神圣的祭祀。

梦想还在延续，但是植根在祖先灾难中的生殖、创世的质朴光荣中。

---

① 莫言：《神秘的日本和我的文学历程》，载《用耳朵阅读》，作家出版社，2012，第20页。
② 莫言：《神秘的日本和我的文学历程》，载《用耳朵阅读》，作家出版社，2012，第8页。

古华和他的语言世界

——长篇小说《芙蓉镇》新解

杨 晶

《芙蓉镇》是20世纪80年代初期具有重大影响的长篇小说，进入90年代后，遭遇了由热到冷待遇的文学作品中，《芙蓉镇》是有代表性的一个。原因很简单，我们对文学作品的评价还常常停留在思想层面，对《芙蓉镇》难以突破政治批判的思维限度。对于80年代初仍处于公共话语时代的中国文学来说，《芙蓉镇》的意义应该更在于它的个性化话语。也就是说，最具有革命精神和文学史意义的一点是作家古华运用独异的语言形式颠覆了半个世纪以来的文学语言，作为对主流文学叙事的怀疑与反思，这种自觉的语言追求，成为新时期作家意识苏醒在语言领域的最早文学表现，也成为对当代中国具有最强大势力的农村题材的首次突破，它预示了一个文学新时代的开始。

一、语言祛魅

"文学是语言的艺术"，语言是文学的肌肤也是本体，有关文学的一切最终都将追溯到语言。对于当代文学来说，最大的压力就是如何承受及改造由"五四"文艺腔、政治化语言及翻译体所共同形成的语言困境。尤其是历经"文革"后，语言的政治化和规则化达到极端。20世纪80年代初，思想解放为文学带来了新的政治环境，但在长久的束缚下，中国作家对文学的认识仍着力在思想突破的层面，没有从深层次上意识到语言的问题。在这种背景下，《芙蓉镇》正是古华对中国文学深刻反思的结果，成为少有的对语言有自觉意识的作家。在语言对写作的障碍与压制下，古华选择了方言作为冲脱固有文调的突围之道。

小说的话语方式决定了作家讲述世界的方式和角度。早在五四时期，方言的独特品质就已被大家所认识。胡适认为方言作为最自然的语言，最能表现"人的神理"[①]；刘半农认为它有"地域的神味"[②]；稍后的张爱玲则指出方言拥有"语气的神韵"[③]。与规范的文学语言相比较，古华选择了最质朴、最生活化的民间语言来表现民间，带来了语言层面的"位移"外，不同类型的语言还表现了不同的视角、价值立场和审美倾向。新中国成立后以方言土语入文者不乏其人，但以方言作为思维方式，以方言来作为文学作品特定"腔调"的作家却越来越难以寻觅了。古华将文学语言回归为自己的生活语言，让《芙蓉镇》为我们描绘出一个新鲜的、久违了的民间世界。《芙蓉镇》中不仅民间人物说话操持的是方言，整个作品的叙述都是按照方言的声韵口气，渗透着活泼精神。方言作为鲜活有生命力的语言，使得民间世界通过自己的语言真正获得了主体性，从而呈现了真实的图景。

　　小说讲述的是"文革"时期，女主人公胡玉音历经磨难的苦难兼爱情故事，但这部作品表现的不仅仅是一个人或几个人的故事，更多的是展示久已不被人们意识到的、阔大的生活世界，它甚至比人物重要。所有的人物都是这个生活世界的活生生的表现，因此，我们可以看到，古华在写主人公之外的人、事、物等各种情形时，总是情致盎然，充满浓厚的意味。如小说一开头对芙蓉镇青石板街的描写，就将小镇的生活世界在方言的叙述中浸润着韵致和光泽："铺子和铺子是那样的紧密，以至一家煮狗肉，满街闻香气；以至谁家娃儿跌跤碰脱牙、打了碗，街坊邻里心中都有数；以至妹娃家的私房话，年轻夫妇的打情骂俏，都常常被隔壁邻居听了去，传为一镇的秘闻趣事、笑料谈资。……便是平常日子，谁家吃个有眼珠子、脚爪子的荤腥，也一定不忘夹给隔壁娃儿三块两块，由着娃儿高高兴兴地回家去向父母炫耀自己碗里的收获。饭后，做娘的必得牵了娃儿过来坐坐，嘴里尽管拉扯说笑些旁的事，那神色却是完完全全的道谢。"这里写的是乡村生活的基本内容，吃喝拉撒、人情世故，突出的是一个纯朴、乐观、充满人性人情的世界。这种民间气味弥漫在整部作品的空间，青石板街"生活世界"的喜怒哀乐贯穿了小说始终。显然，湘地方言作为一种语言形态，古华一方面将其作为写作的语言资源，另一方面是把民间世界精神看成是抵牾当代中国文学、文化偏向的一种力量。能在盛行半个世纪的文学语言传统外，努力探索不同的表达方式，这种写作是一种迂回的、与主流对话的文化立场、精神姿态的表达，更是一次勇敢与可贵的建立新的文学语言的努力。

[①] 胡适：《〈海上花列传〉序》，载韩子云：《国语海上花列传》，上海古籍出版社，1995。
[②] 刘半农：《读〈海上花列传〉》，载《半农杂文》，中国戏剧出版社，2001，第157页。
[③] 张爱玲：《〈国语海上花列传〉译者识》，《国语海上花列传》，上海古籍出版社，1995。

同时，由于方言与现实生活之间直接的亲和关系，在小说中我们会经常遇到如"崽娃""爷老倌""姐子""寡白""巴壮""筋吊吊""打口干""跪床脚"等字词，从字面上来看，说话的"气口"特色鲜明，富于质感，表情达意精细微妙，仿佛刚刚从地头上、从村舍里、从赶圩的路上拿来，散发着可触摸的生活与泥土的气息。特别是方言材料中民歌的大量运用、反复出现，在带有野生气息的语言的包裹下，我们面对着一个浑然自如的民间乡土世界。面对这个世界，我们可感受到另一种生命感觉，它自由、充沛、充满活力，这种感觉是从语言的色彩、质地、语调、语气等方面传递出来的。费孝通在《乡土中国》中指出，中国作为乡土社会，在基层上有语言而无文字，"中国社会从基层上看是乡土性，中国的文字并不是在基层上发生。最早的文字就是庙堂性的，一直到目前还不是我们乡下人的东西。不论在空间和时间的格局上……没有用字来帮助他们在社会生活中的需要"[1]。可以说，在民间世界，语言比文字重要得多，或者说方言比规范的文学语言更吻合民间世界的现实。古华对语言有很强的感性体悟与传达能力，他对方言进行了选择、加工却又不失原味，收拢了湘南乡土独特的魅力。规范之外的方言以其特有的自由态势对各种逻辑权势和语言定规以冲击，为我们带来耳目一新的审美感觉。借助方言的原生态性，古华以方言为血脉的语言复苏了语词的灵活性、人间性及个体性。与人为制造的、已是满嘴庙堂腔的文学语言相反，古华是将方言的独特味道作为自己的目标，表现出了对语言审美品质的自觉追求。

二、语法还乡

方言使古华摆脱了文学语言的束缚外，同时，还摆脱了中国作家难以摆脱的语言思维定式。当用与"生活世界"已相距甚远的文学语言来叙述"生活"的时候，"生活世界"无法不面临着被删改、戏弄、强暴的威胁。因此，对古华来说，反抗语言在语法上的政治化规则的道路更加艰难，对20世纪的中国文学来说，也更为重要。在小说体裁中，人物形象作为最重要的要素，意识形态往往通过改变构成形象的话语来改造形象，使得特定词语与形象形成固定关系并逐渐成为日常生活中的一般思想。[2]古华首先从塑造崭新的人物形象出发，对文学传统中根深蒂固的人物形象进行解蔽，解除了它们词义上的意识形态束缚。

---

[1] 费孝通：《乡土中国　生育制度》，北京大学出版社2004年版，第22—23页。
[2] 温儒敏、陈晓明等著：《现代文学新传统及其当代阐释》，北京大学出版社，2010，第224页。

最有代表性的是《芙蓉镇》中的女主人公形象。在现当代文学传统中，"女人"是最值得探究的词语。"女人"形象的变迁一向集中反映了文学语言、人物形象、意识形态三者之间的复杂关系。小说中的主人公胡玉音非贫下中农，非先进人物，政治内涵褪尽，只是一个普普通通的农村妇女，但她却具有鲜明的性别内涵，古华首先为女性恢复了遮蔽已久的女儿身。正是芙蓉姐子的貌美，引发了与三个男人的故事，由此也带来了胡玉音的苦难经历。小说还为我们描绘出湘南大地上女性的特有性格：灵秀、聪慧、倔强、刚烈。在她身上，我们感受到的是湘地这块古老土地上，生生不息的顽强生存意志。最终，胡玉音经受住了磨难，古华肯定了她个体顽强生命力的胜利，也肯定了民间世界的胜利。

"文革"后芙蓉镇首任"党委书记"谷燕山是古华精心塑造的另一个人物，这也是小说发表后给古华带来批评最多的人物。这一形象由于具有高度政治敏锐性，在他身上作者传达出了前所未有的复杂信息。作为南下老干部、复员军人，谷燕山是镇上的实际领导者，正直忠厚、朴实有威信。但他又是生活世界的"普通人"，身上同时存在不少缺点，比如他的工作水平问题。最值得注意的是谷燕山的生理缺陷。在芙蓉镇这个虚拟出来的独特空间，身体的出场意义重大。战争导致男性功能丧失，这本应成为为事业或理想献身的"崇高"标志，但由于属私人的隐秘领域，革命者不仅无法言说，而且人的欲望本性被截断，无法有异性的私情，也无法有家庭的私情，为此要付出的是巨大的精神隐痛。古华将"阉割"赋予这个形象，无疑更多地带有象征意义，当与文学传统中这类人物形象"无性"的特征遥遥相望时，不能不引起我们的深思。古华在解蔽了"女人"形象政治隐喻的同时，还消解了政治的权威及神圣。

除此之外，在古华笔下，受迫害的"知识分子"、出身最红的"无产者"、最积极的"革命闯将"等，都很难把他们归入原有人物种类。他们的内涵发生了根本性变化，附加的政治隐喻被摒除，个体的人性本真得以重返。这标志着文学作为特殊的语言艺术具有自在的本体地位，呈现出语言自由的光辉。

不仅如此，《芙蓉镇》还打破一种话语的常规模式，方言与官话两种话语体系并行，形成鲜明对比与反差。小说多次强调政治暴发户李国香"说一口和悦清晰的本地官话"，言必称主义；区委书记杨民高的官话立意高深"以组织的名义"是他的口头禅。显然，官话特有一套"庙堂腔"，它在特定历史时期走向极端时，作为意识形态工具，拥有特殊的资格和权力，对民间世界的干涉和压制提供着强有力的保证。值得注意的是在《芙蓉镇》的叙述中，古华还加入大量的官话"戏仿"段落，堪称神来之笔。它夹叙夹议、夹讥夹评，散播出对于一个时代浮夸虚饰话语特征的谐谑和反讽意味，使庙堂的崇高与威严受到了损害。整体上，两种话语体系的并置与交错，使古华的创新与探索形成别样的语言奇观。

总体上说，《芙蓉镇》从语言的转变入手，运用远离污染的原生态方言，勾画乡土人物，描绘地域风俗，还原了乡土中国的生活情状，呈现出生命的本真状况。无疑，作为湘籍作家，沈从文对古华的创作提供了极富启示意义的写作传统。沈从文一再在各种文字中强调自己是"乡下人"，在创作中追求牧歌情调。古华同样声称"我是个南方乡下人，身处江湖之远，既有乡下人纯朴、勤奋的一面……也有乡下人拙笨、迟钝的一面"，在《芙蓉镇·自序》中，作者将自己的作品定性为"唱一曲严峻的牧歌"。可以说，从身份定位到艺术追求，古华对沈从文都亦步亦趋。在创作上，古华与沈从文构成了一种可以呼应的传统。

乡土中国一直是20世纪以来中国文学最重要的叙述对象。因此，百年来中国文学主流无疑是乡土文学，但其中已包含了太多的断裂与歧义。从40年代丁玲《太阳照在桑干河上》、周立波《暴风骤雨》起，中国当代文学的农村题材小说与现代文学相比较来说，已然是全新的"乡土"，建构起了中国农村社会主义不同阶段革命历程的宏大史诗。这种从乡土到农村的转换，源于意识形态对乡土的权威性改写。经历了激进革命"文革"后的新时期，文学开始重新开创自己的历史，但这一开创异常艰难。古华借助于方言，在对乡土的重读中，通过对乡土自身的丰富与意义的凸显、风俗叙述的回归，他把乡土从模式化的叙述中解放了出来。古华这一探索的有效性，为中国的乡村叙事带来了新的经验，成为接继断裂已久的乡土文学的第一人。

一切文学变革最终都是语言变革。在古华之后，中国当代文学中对方言的使用越来越普遍，但大多数作家更愿意在语言的文化品格内涵上下功夫，而并不重视作为一种文学语言形式的方言。当下语言情势面临着新的危机：一方面，随着民族共同语的普及和"全球化"趋势的深入，公共话语的权力在无限扩大；另一方面，世界多元文化的兴起、多元理论的兴起，生活世界的总体性瓦解。虽然语言已引起了更多的重视，十年来汉语危机的讨论持续不断，但是我们一直没有将文学语言当成是一个独立的存在体系来反省。近几年，中国的一些作家开始重视对中国文学经验的探索，回到汉语书写的意识越来越强烈。可以说对于汉语写作，古华早已为我们提供了难得的文学实践，他的语言自觉无疑对于当下文学具有重大的启示意义。他引导我们去重新认识文学，重新寻找、建立生活、语言、写作之间的息息相通的联系。在这个意义上，古华的努力依然鲜见，《芙蓉镇》依然是一个超越的目标。

文化想象与精神原乡
——《尘埃落定》的文化解读

杨 晶

在中国当代文坛，阿来是一位有着浓郁原乡情结的作家。1998年《尘埃落定》的发表，让阿来几乎一夜之间享誉文坛。时至今日，历经二十五年的岁月，这部作品依然没有淡出人们的视野，成为一部不断重读的作品。今天面对这部作品，在干净而又极富诗意的文字引领下，我们仍能很快感受到浓浓的浪漫和激昂，打开已久难感动的心灵。阿来的成功，绝不是简单的地域性写作，阿来独具魅力的创作对当下全球化下的现代汉语写作具有重要的启示意义。在一定意义上，他独特的写作已经为我们提供了世界文学格局中经由地方经验获得中国经验的书写可能。

中国当代文学的版图中，20世纪80年代是"西藏"被文学书写填充的关键期，甚至可以称为"西藏地域期"。中国文学在一夜之间发现了西藏，成为先锋和寻根作家尽情书写的渊薮。无论是本土作家扎西达娃，外来作家马原、马建和马丽华等人，"隐秘"的异域想象成为这一时期对西藏的共同书写。20世纪90年代崛起的阿来却开创了另一派不同的藏族文学。

从《尘埃落定》到《空山》再到《格萨尔王》，阿来的创作总是聚焦于宏大主题。首先，他一直致力于人类生存的思考。在《尘埃落定》中，借助末代土司这一独特题材，阿来带来的是自己对人类生存的着力思考。小说讲述的是一个关于"命运"的故事，通过"二少爷"关于人性本真的讲述，读者鲜明感受到的是一种社会的嬗变起伏、一种人的生存景观或生命形式。在无边的欲望下，人类劫数难逃。其中可以清晰听到一种历史与现实互相碰撞而难分彼此的沉重声音。在充满情爱、仇杀、金钱与权力争夺的历史中，我们可以感受到大地上人类高扬的生命伟力。在这种富有诗意的讲述中，作家表达了深刻的文化意义。小说最为可贵的在于，一方面没有设定土司们堪称腐朽的上层社会在历史进步面前的无力与必然没落；另一方面，没有将普通民众描述为惯常的历史创作者，具有天然的阶级反抗。[①]在阿来的笔下，我们看到的是老一代土司作为曾经开创了辉煌时代的英雄，在面对充满了荣光与激情时代结束时，内心的痛苦、困惑与决战的快感；看到的是普通大众对卑微地位的安然处之，这里还有尔依、索朗泽郎对英雄的天然追随，曲扎和桑吉卓玛对情爱的追求，老管家对权力的欲望，等等。种种复杂隐秘的心理是小说中最为精彩的部分。事实上，无论是老土司还是下层民众，在《尘埃落定》中都十分生动，作为原初时代的"人"的尊严，在阿来的笔下都得到了真实的再现。《尘埃落定》之后旁逸斜出的一系列作品，如《月光下的银匠》《行刑人尔依》，实际上正是作者基于人性的高度对《尘埃落定》中没有来得及充分展开部分的一种丰富，在这些作品的合璧中，阿来已向更具有普泛性的底层切近，显示的是文化上的自觉努力。

另一方面，细读阿来的作品，不难发现，面对历史转型所带来的困惑与质疑，始终贯穿在他的文本中。《尘埃落定》中，作为一个有历史责任感的作家，阿来关注的是现代性进程对原有秩序的冲击以及对人性的深刻影响。《尘埃落定》里，时间被安排在20世纪上半叶，这是现代文明已经无法阻挡的历史阶段。在偏远落后的藏地，封闭的大门不可避免被撞开。西方文明的产物纷纷涌入，人们在惊叹之余看到了外来的缤纷世界。阿来在对历史的表述中，呈现了现代性强权下的存在危机。小说中"傻子"人物的设置，无疑寄予了阿来这种深层的思考。作为具有"寓言"性的人物，傻子显然代表的是文明进程中落后民族的传统文化在现代性的冲击下所引起的反应。惯常的叙事中，面对冲击的正常反应一定是反抗，因为似乎只有反抗，才能寻求一种新的平衡，这种抵抗在世界的现实与历史想象中以各种形式上演着。"傻子"却反常，选择的是顺应这种力量，也就是顺应历史的进程。[②]实际上，无论是抵抗还是顺应，由于现代性的进入都是外力强制的结果，而不是民族内部发展到一定历史阶段的自发转型，内在的张力必然带来的是紧张的存在。在小说结局中，无论是怀疑、反抗还是试图顺应，最终都以受到重创而以失败结局。这个现代性的历史过程，小说以语言的形式形象地展示出来，其中包括了对历史进步代表——现代国家进入原始封闭藏地的反思、质疑，以及落后的藏地世界自身与现代

---

① 孟繁华：《文化想象与原型母题——评阿来的长篇小说〈尘埃落定〉》，载《卧龙岗上散淡人》，中原农民出版社，1999。

② 梁海：《阿来的意义》，《文艺评论》2012年第1期。

性之间紧张关系的思考，包括土司、宗教的制度，也包括不同的生活、伦理等精神世界，这也是我们今天的文化处境。实际上，在《尘埃落定》中，阿来涉及的是一个普泛性的问题，那就是在人类历史上，任何所谓先进的文明都要努力走进相对落后的地区。"文明之间最引人注目的和最重要的交往是来自一个文明的人战胜、消灭或征服来自另一个文明的人。这些交往一般来说不仅是暴力的，还是短暂的，而且是断断续续发生的。""每一个民族都把自己的历史当作人类历史最主要的戏剧场面来撰写。与其他文明相比较，西方可能更是如此。"①

对现代性的思考，一直都是中国20世纪以来百年文学所关注的主题之一。阿来对这一问题有自己独特而深邃的理解。他选择了藏区这个具有特别意义的地区来承载这个厚重主题，本身就具有很好的启示。显然，阿来以佛陀式的生命体验去关注人生，关注历史，以浓郁的悲悯情怀试图寻找建立在对现代性反思之上的精神救赎之路，这成为他写作的一个方向。这种对重大历史的反思写作在中国文学中应该说是一种少见的严肃思考。与控诉特定历史时期的苦难叙事相比，如"伤痕小说""知青小说"等，阿来已超越了具体的意识形态或政治力量，进入了新的高度。阿来的写作不再仅仅是一种地域性的写作，藏地已经具有符号化的意义。《尘埃落定》中，阿来笔下不仅是藏区，也不仅是中国，而是具有世界意义的言说，即反映人类普遍的生存困境。他构筑的是一种全球性的书写模式，写出整个人类面对现代性冲击的质疑。

这些都表明，在阿来的文化想象中，他没有追随历史惯性的话语，也没有模仿80年代藏族文化想象所刻意追求的搜罗奇风异俗的"隐秘"式展示，在再现历史的叙事中，阿来表现了不同的文化态度，打破了独特性直接等同于世界性的沉重迷思。②作为一种文化，不在于急于得到他者的承认、认同，而是从自身出发，首先发现自己、认识自己、表达自己，然后才会有沟通和理解。这种精神上的启迪，是今天我们重读作品仍然十分迷恋和感动，仍能带给我们深思的原因所在。

21世纪的风风雨雨下人的问题变得越来越复杂，个体生命在风雨飘摇中越来越难以找寻归家之路。尤其是在全球化不可阻挡的今天，随着现代性进程日益加快，一切价值体系都面临着重构的命运。而在当代文学中，还没有获得多少用现代汉语写作表达当下生活的经验，除局部的审美外，大的思想文化常常是他者化的。在这

---

① ［美］塞缪尔·亨廷顿：《文明的冲突与世界秩序的重建》，周琪等译，新华出版社，2022。

② 阿来、冉云飞：《通往可能之路》，《西南民族学院学报》（哲学社会科学版）1999年第9期。

个变动不居的生存空间中许多人拘囿于个体经验的藩篱，有的作家则采取逃离式的回避。在这个意义上，阿来的努力是可贵的，沉重的责任感和灵动的智慧，使得他独树一帜的文化思考和美学选择在某种意义上已经超越了这个时代，洞察到现实存在与人类生存的某种共鸣，让我们感受到了文学存在的精神价值和力量。阿来的写作不是一种地域性的意义，他带给我们的是提供给这个时代的书写经验。

作为原点的《十八岁出门远行》

李 雪

  1986年《北京文学》举办了一个青年作者改稿班,希望借此发现新人、新作,余华本不在这批青年作者中,被临时邀请来参加。[1]接到邀请的余华手头尚没有可以带到北京的合适小说,便以很快的速度写了一篇短篇,或许他自己也没有想到,这篇急就的小说成了这个改稿班上的"明星"小说,得到《北京文学》主编林斤澜和副主编李陀的一致肯定。这篇给余华带来好运的小说在日后被誉为他的成名作,它被写进当代文学史,被编入不同版本的"余华作品集",成为余华写作史上尤为值得标记的一点。当余华不断回望自己的创作道路,当无数的研究者频频探究余华的历史时,这篇小说便具有原点的意义,一次次被追溯者提及。它便是《十八岁出门远行》。

  《十八岁出门远行》写于1986年下半年,虽然经由青年作者改稿班进入《北京文学》,但《北京文学》并没有将它与改稿班上的其他稿子同时发表,它被提前刊发在1987第1期的头条,这个位置足见该杂志对其的重视。我们今天重读这个作品时,也许再也感受不到李陀和林斤澜当年初读时的兴奋,也许也不至于觉得"干巴巴的"[2],毕竟它被余华写得很生动。在没进入"先锋"语境之前,我们可能会觉得这个故事被讲得莫名其妙,一旦获得了文学史常识,又容易习惯性地按照文学史上对"先锋小说"的说明来套解这个作品。如果我们将其视为一个暗含深意的故事来

---

[1] 付锋、李雪:《八十年代是热衷创新的年代——关于余华的〈十八岁出门远行〉》,《长城》2011年第5A期。
[2] 张新颖:《重返80年代:先锋小说和文学的青春》,《南方文坛》2004年第2期。

解读，如唐小兵一样在某些细节上纠缠含义，①那么创作者余华可能要得意地发笑了。面对这样一个故事被分解得支离破碎、情节被扰乱得因果失调的小说，我最大的疑问是，《十八岁出门远行》何以被公认为余华的成名作，这样一篇看似如此简单的小说，何以成为不断被提及的重要作品，之于余华、之于"先锋小说"，它发挥了哪些秘而不宣的作用，它的被"经典化"又与"先锋小说"有着怎样割舍不断的联系。

一、作为经历的《十八岁出门远行》

柯文在《历史三调：作为事件、经历和神话的义和团》中，提出了认识历史的三种路径，这三种路径即为事件、经历和神话。作为事件的历史是历史学家"对过去的一种特殊的解读"，作为经历的历史是当事人讲述、记录的历史，作为神话的历史是"以过去为载体而对现在进行的一种特殊的解读"②。在这里，我希望可以有效借用他的方式来考察《十八岁出门远行》，看一看作为经历的《十八岁出门远行》和作为事件的《十八岁出门远行》会分别透露出哪些信息。

在余华的各种版本的文集中，《十八岁出门远行》是目前可见的最早的一篇小说，却不是他的处女作，在此之前，余华已经是一个有四年发表史的文学期刊作者，其小说可谓题材丰富，总体上流露着淡淡的哀伤，大多表达的是人生细微的情感滋味，有的小说如《竹女》明显带有汪曾祺的痕迹，正如他自己所说，他是在汪曾祺和川端康成的激发下开始写作的，③基于这一点，他早期的小说与当时的潮流文学保持了一定的距离。在余华日后的追述中，《十八岁出门远行》之前的这些作品被他选择性遗忘，不予追认，它们被作者视为"自我训练期"④的小文，被排除在作家的写作史外，这样会使我们产生某种错觉：仿佛余华是在1987年突然横空出世的，仿佛他一出手就恰到好处地创造了一篇所谓的"先锋小说"，在此之前，他没有历史。而作为当事人的余华也一再把《十八岁出门远行》视为自己写作的起点，

---

① 参见唐小兵：《跟着文本漫游——重读〈十八岁出门远行〉》，《文艺争鸣》2010年第17期。

② [美]柯文：《历史三调：作为事件、经历和神话的义和团》，杜继东译，江苏人民出版社，2000，第2页、第3页。

③ 余华：《我的文学道路——在苏州大学"小说家讲坛"上的演讲》，《当代作家评论》2002年第4期。

④ 余华：《我的写作经历》，载《没有一条道路是重复的》，上海文艺出版社，2004，第112页。

将之前的一切文学活动视为前史。查看他的"前史"会发现他与马原等作家明显不同，马原在1985年以前就写作带有实验性的小说，而余华1987年之前的作品虽然未进入"伤痕""反思""改革"的潮流中，却明显不具有实验性。可以说《十八岁出门远行》是余华的第一篇具有实验性的小说，之前他的写作风格稳定，并没有相关的练笔，这样的话，《十八岁出门远行》诞生于余华之手就多少要使人感到意外了。

余华之所以能从小镇卫生院的牙医成长为著名作家，很重要的一个原因就是他能不断反省自己的写作。1983年余华以业余作者的身份到《北京文学》改稿，1984年他如愿以偿地从小镇卫生院调到了海盐县文化馆，并在1984年于《北京文学》《青春》《东海》等颇具影响的杂志上频频发表作品。然而，正值春风得意的余华却旋即为自己的创作道路忧心，在1985年发表于《北京文学》第5期的创作谈《我的"一点点"——关于〈星星〉及其他》中，余华既为自己作品的"太浅""太小气"辩驳，也不无忧伤地吐露着对自身创作的疑虑，辩驳中实则蕴含了检讨的成分。由此我们可以看出他对《十八岁出门远行》前自己的创作尚不够了然，也不太满意，他还未找到属于自己的独特的书写世界的方式。《十八岁出门远行》无疑为他开创了一个新的写作路向，在以后的追认中，他一直把这篇小说视作找到适合自己的叙述风格和理想写作状态的开端。而他之所以能走出创作的瓶颈期，按他自己的解释，是"阅读"拯救了他，阅读的扩展为他开辟了写作的新路，这其中最直接的原因便是他邂逅了卡夫卡，《乡村医生》则直接诱发了《十八岁出门远行》的诞生。余华在读过《乡村医生》后，突然发现"原来小说还可以这样写"[①]，"这样"的含义便是故事可以完全没有因果逻辑，作家想让人物、情节怎样，人物、情节就可以怎样。余华最初在卡夫卡这里学到的是一种叙述方式，一种纯"自由"的叙述方式，这对于一个绞尽脑汁编故事、努力把日常经验审美化的不成熟作者无疑是精神和技术层面的双重解放。学到了表述的方式是不够的，还需要找一个故事来实践这种方式，要找一个什么样的故事呢，余华这样描述他当时的经历：

> 那个时候（1986年）我们中国的报纸已经有晚报了，我在一家地方报纸上读到了一条小消息，就是有一车苹果，在去新昌的路上被人抢了……我读了以后就想干脆就写抢苹果吧，我反正没有什么可写的，就要

[①] 余华：《我的写作经历》，载《没有一条道路是重复的》，上海文艺出版社，2004，第113页。

去北京开笔会了,要带稿子去,我那个时候发表作品还不是那么容易,根本没有约稿,谁会向我约稿?……于是我就写了抢苹果的故事,无意中写出了我第一篇真正重要的作品,《十八岁出门远行》。整个写作过程非常的愉快,半天时间就写完了,写到最后,我发现写作带着我走了。①

《十八岁出门远行》是余华用新的形式写故事的第一次尝试,具有试验品的性质,所以他也不确定这篇小说的优劣,想必他带着小说来北京时也是既有所期盼又惴惴不安。在这样的情况下,李陀之于余华的先锋写作,甚至整个写作生涯便具有重要的意义。据余华回忆,李陀看过小说后认为余华"已经走到中国当代文学的最前列了"②,这样的评价对于一个尚在摸索阶段的写作者无疑是极高的褒奖,余华后来讲,李陀的这句话他一辈子也忘不了,并使他越写胆子越大。③应该说,自此余华才从一个青年写作者蜕变成一个作家,并且是一个走在时代前列的具有先锋意义的作家。如罗贝尔·埃斯卡皮所说,"作家之所以获得文学意义,成为一位名副其实的作家,那是在事后,在一个站在读者立场上的观察者能够察觉出他像一个作家的时候"④。更何况在李陀这样一个"权威"读者眼里,这种位置的确认更是对其作家身份和地位的确认。《十八岁出门远行》之诞生,是余华从业余作者转为专业作家的关节点,为他正式成为先锋小说家提供了机会。

同时,我们也会和李陀产生相同的疑问:为什么这个来自小城的业余作者会写出这样一篇"超前"的小说。余华回忆说:"他(李陀)跟我聊天,问读过什么书,他说我明白了,他读过的书,我都读过,他以为我在海盐读书比他们在北京的作家读得少。不,不比他们少,所以我觉得作为一个读者,对我作为一个作者的帮助非常大。"⑤在这段讲述中,余华试图通过阅读的趋同弥补地域的差异,通过对自我阅读上的自信解释《十八岁出门远行》诞生的理由。实际上,这种地域差异是客观存

---

① 余华:《我的文学道路——在苏州大学"小说家讲坛"上的演讲》,《当代作家评论》2002年第4期。
② 余华、杨绍斌:《"我只要写作,就是回家"》,《当代作家评论》1999年第1期。
③ 洪治纲:《余华评传》,郑州大学出版社,2005,第50页。
④ [法]罗贝尔·埃斯卡皮:《文学社会学》,于沛选编,浙江人民出版社,1987,第15页。
⑤ 余华:《我的文学道路——在苏州大学"小说家讲坛"上的演讲》,《当代作家评论》2002年第4期。

在的，北京对小城的优势不言自明，马原就承认"外省与北京差距大"[1]，甚至余华的身份/出身也客观限制了他的阅读与视野。第一，余华缺乏一种全局性的视野，他不是王蒙和李陀这种深谙文坛形势和走向的人物，也没有这些人做他的写作导师，所以写作《十八岁出门远行》时的他不知道自己暗合了哪种潮流，这种潮流是否会使他走得更远，作为一个偏安一隅的当事人他没有能力预知后事。在1987年后的语境中，先锋小说被视为一种"冲决旧的文学教条和旧的意识形态"[2]的对抗性写作，实际上这种说法不完全是后设的，在1985年之前，文坛上的"革新派"便已经对"伤痕文学""反思文学"不满，对陈旧的写法不满，对政治对文学的束缚不满，一批具有新形式、新观念的小说已经产生，只是杂志筛选作品谨慎，使许多作品获得不了刊发的机会。据李陀说："谭甫成和石涛两人大概在1980或1981年前后，就已经写出了相当成熟的'先锋小说'。"[3]余华不了解这些文坛掌故，他的写作只是一种无意识的自觉试验而已，是一次拯救自己于写作绝境的个人行动，尚不具有所谓的有意识的"反抗"和"叛逆"。第二，余华既不是博学的精英知青，也不是大学生，亦非出身于高知高干家庭，他在"文革"时期的阅读仅限于《金光大道》《闪闪的红星》之类的"十七年""文革"文学，写作起点其实是很低的，初学写作时只是以随机填补的方式进行阅读，看到什么、听说什么读什么。众所周知，20世纪80年代各个高校的文学社团相当活跃，很多新观念、新的写作理念都在高校迅速传播并被实践，北京、上海的高校在"前卫"方面更是独领风骚。同为先锋作家，马原、苏童、格非等均为大学生，余华却与高校无缘。也许正因为余华的身份与大多数20世纪80年代活跃于文坛的年轻作家不同，《十八岁出门远行》才没有那么叛逆、那么有实验精神，它可以被人们简单地解读为具有寓言性质的成长小说，评价现实主义文学的标准并没有在这个作品身上完全失效，即便这种评价存在着误读。当然，写作《十八岁出门远行》之后的余华实现了有意识的身份转变，他由一个散兵，一个学习、模仿的写作者，成为一个进入"圈子"的人。

如果说1987年《十八岁出门远行》使他得到了《北京文学》编辑的引导，并且通过进入鲁迅文学院学习，获得了一种全国性的视野，掌握了一套"先锋"理论，让他的不自觉的先锋写作变为自觉的文本实验，那么李陀把他介绍给《收获》的编辑程永新，使《四月三日事件》和《一九八六年》相继在《收获》上亮相，则使余

---

[1] 马原：《在理想年代一鸣惊人》，载新京报编《追寻80年代》，中信出版社，2006，第18页。

[2] 李陀、李静：《漫说"纯文学"——李陀访谈录》，《上海文学》2001年第3期。

[3] 李陀：《另一个八十年代》，《读书》2006年第10期。

华彻底有了"组织"。程永新将李陀热情推荐的余华的两篇小说选入"全国青年作家专号",即后来被视为"先锋小说"家集体亮相的《收获》1987年第5期和第6期,自此自称为《北京文学》"儿子"的余华对《收获》表示出更大的兴趣。实际上,在80年代,尤其是林斤澜和李陀分别担任主编和副主编的《北京文学》,刊发了不少具有探索性的小说,但北京的杂志和上海的杂志又有不同,且一直坚持刊发作品的全面性,这种情况决定了它不可能像《收获》那样集中几期刊发实验性极强的小说,也因为缺乏那种集体爆发的轰动效果,早年已在北京零星亮相的后来被称为"先锋作家"的一些人并未形成大的气候。而《收获》的这种组织策略无疑把这批作家集体推上了文坛的风口浪尖。我们可以通过阅读余华1988年和1989年写给程永新的信,发现他是多么愿意进入这场"先锋小说运动":

"去年《收获》第5期,我的一些朋友们认为是整个当代文学史上最出色的一期。但还有很多人骂这个作品,尤其对我的《四月三日事件》,说《收获》怎么会发这种稿子。后来我听说你们的5期使《收获》发行数下降了几万,这真有点耸人听闻。尽管我很难相信这个数字,但我觉得自此以后应该写一篇可读的小说给你们。"(1988.4.2)

"你是先锋小说的主要制造者,我是你的商品。"(1989.6.9)[①]

虽然余华的这些信不乏"谄媚"之嫌,我们也可从中看出《收获》的这种刊发策略的确使余华的先锋写作从自为变为自觉,更可明了期刊的这种有意的组织在多大程度上影响/规训了他的创作。余华对这种"异质"性的写作表示了极大的认同,并狂热地强调要凸显"异端的力量"[②],这种骄傲地以"异端"者自居的心态绝不是写作《十八岁出门远行》时的余华就具有的,这是作家被上海文坛接纳、进入文本实验语境后,对自我异端身份的执着确认。虽然余华把自己描述为一个不被喜欢的作家,但实际上,聪明的他深知只有获得先锋身份,显示出"异端的力量",甘心情愿地成为程永新的"商品",才能顺利地进入"当代文学的最前列",《十八岁出门远行》只不过是进入"前列"的敲门砖,只有接续《十八岁出门远行》,甚至写出更极端的"商品"才能得到上海的认可,站稳前列的位置。

《十八岁出门远行》作为一种存在的事实,本身的含义并没有那么丰富,它只

[①] 程永新:《一个人的文学史》,天津人民出版社,2007,第44页、第45页。
[②] 程永新:《一个人的文学史》,天津人民出版社,2007,第44页。

有进入余华的写作史中，与其前后期的创作相联系，才能彰显出它的重要性；它只有被置于80年代末、被置于"先锋小说"中才能被理解，才能体现出其革命性意义；如果它或早或晚地突兀出现，只能让人觉得它是莫名其妙的作品。《十八岁出门远行》无法单独被文学史定性，它其实是一个未被完成的作品，需要事后在不断被阐述中增添含义，这样，它便由余华的个人经历转变为一个被研究的事件。

二、作为事件的《十八岁出门远行》

《十八岁出门远行》发表后成为未被遗忘的作品，是因为无论余华还是批评家、文学史家都把其视为余华先锋写作的原点，而作为原点，它其实是被追封的，它要借助于《西北风呼啸的中午》《四月三日事件》《一九八六年》《现实一种》《世事如烟》《河边的错误》等一系列小说才能获得原点的意义。事实上，当年《十八岁出门远行》发表后曾遭到批评界的冷遇。刊发它的《北京文学》自身就有评论栏目，汪曾祺、王蒙、林斤澜、陈建功、张洁、莫言，包括刘索拉等人的小说发表后，都曾在该刊的评论栏目迅速出现其小说的评论文章，但被副主编李陀称为处于"中国当代文学的最前列"的《十八岁出门远行》刊发后，并未听到多少评论的声音，就连《北京文学》的评论栏目也没有对这篇小说做出回应，直到1988年第1期的《北京文学》刊发了《现实一种》后，才在同年第2期的《北京文学》上出现曾镇南的评论文章《〈现实一种〉及其他——略论余华的小说》。比起成名作《十八岁出门远行》，《现实一种》才真正使余华被更多的人关注。目前可查的最早对《十八岁出门远行》做出回应的是王蒙，他把余华的这篇小说与刘西鸿的《你不可以改变我》、洪峰的《湮没》看作探讨青年问题的小说放在一起来解读，认为《十八岁出门远行》写出了"青年人走向生活的单纯、困惑、挫折、尴尬和随遇而安"[1]。王蒙其实是把这篇小说当作在写法上有所创新的具有寓言性质的现实主义小说来解读的，而曾镇南这位在20世纪80年代相当活跃却在某种程度上延续着"十七年"批评方式的批评家在解读《现实一种》时则被李陀不点名批评为"竟有评论者认为此篇小说'完全是一种冷峻的写实手法，直通人物生活形态、社会氛围、心理图谱的真实'——那现实主义真是无边了"[2]。李陀的这一批评宣告了用批评现实主义文学的方法和标准来评价余华《十八岁出门远行》及之后的一系列小说的失效。当这一系

---

[1] 王蒙：《青春的推敲——读三篇青年写青年的短篇小说》，载《王蒙读书》，复旦大学出版社，2000，第313页。本文写于1987年2月。

[2] 李陀：《阅读的颠覆》，《文艺报》1988年9月24日。

列作品震动文坛后,一些更年轻的批评家开始关注余华,他们用一套新的话语来解读余华,面对一篇篇如此另类的小说,他们开始追溯余华的历史,《十八岁出门远行》被拉到这一系列作品的开端位置,以追认的方式被一次次重提。

值得玩味的是,当代作家的一个优势是自己能站出来为自己说话,进行自我解读,当然不在世的作家也可留下文字进行自我解释,但不在世的作家无法与当下的批评者互动,他们的解释被凝固在某一历史时空中,被动地被后人赞扬、批评或利用,而当代作家却可影响评论者和被评论者影响,这种相互的影响交杂在一起,形成了暧昧的话语空间。《十八岁出门远行》不仅被研究者当作一个事件来解读,也被余华当作其创作道路上的一个重要事件予以解释。我们来对照着看1989年第1期《上海文论》上发表的吴亮的《向先锋派致敬》和1989年第5期发表的余华的著名创作谈《虚伪的作品》:

> 先锋文学的自由是对生存的永恒性不满,对有限的超越,对社会束缚的挣脱,对日常感觉的改变和对变幻无穷的叙述方式的永久性试验。先锋文学是如此迷恋它的形式之梦,以一种虔诚的宗教态度对待之,它认为有着比日常的实用的世界及其法则更重要的有价值的事物,它不存在于现实生活中,恰恰相反,它是不可直接触摸的,仅存在于人的不倦想象以及永无止境的文字表达中。——吴亮

> 现在我似乎比以往任何时候都明白自己为何写作,我的所有努力都是为了更加接近真实。因此在1986年底写完《十八岁出门远行》后的兴奋,不是没有道理。那时候我感到这篇小说十分真实,同时我也意识到其形式的虚伪。所谓虚伪,是针对人们被日常生活围困的经验而言。这种经验使人们沦陷在缺乏想象的环境里,使人们对事物的判断总是实事求是地进行着。——余华

这两段表述如此相近,在90年代及以后,恐怕作家和批评家再难以达成这样的一致。"日常""想象""形式""虚构""自由""欲望"等词语频繁出现在余华的创作谈和批评家的批评文章中,在《虚伪的作品》中,余华还提到了张颐武、李陀、朱伟、李劼,可见作家、批评家与编辑在当时进行了友善的互相确认和支持。而余华也正是在批评家和编辑的影响下,在与一批致力于制造、推进先锋小说的批评家、编辑、作家的交流中,提高了理论水平。《虚伪的作品》的叙述语调充满了自信,显示了作家对自己已选择的创作方式的执着,它完全不同于1985年带有检讨意

味的《我的"一点点"》，处处显出余华身为先锋作家的强势。在这篇文章中，一再被人"误读"的《十八岁出门远行》得到了作家本人的诠释：在余华的追认中，《十八岁出门远行》不是要表达一个日常性的道理，而是要表达抽象的形而上的理念，承载着在日后不断被论及的余华的"真实观"。有论者认为，余华的小说可以被轻松地概括出主题和意义，在这一点上"与另一派新潮创作大相径庭"，在另一派，"对意义的概括几乎是不可能的"，"概括的不可能导源于创作对意义的消解"[1]。显然，余华不想消解意义，但同时他又有意回避谈每篇小说的具体意义，以故作高深的姿态引出"真实观"，以标榜自己的先锋品质和哲学追求。余华的先锋性更多来自其故事的极端，而不是形式上的无节制实验，所以在当年，李陀说："就我个人来说，我更喜欢余华，但余华有一种危险，即在小说实验的可能性上不如这两人（叶兆言和格非）能走得远。"[2]余华之所以能在创作的道路上走得远，的确因为他是一个好的读者。他在卡夫卡身上不仅学到了一种"虚伪的形式"，在读到《饥饿的艺术家》《在流放地》等小说后，他还体会到了"意义在小说中的魅力"，他认为，"川端康成显然是属于排斥意义的作家。而卡夫卡则恰恰相反，卡夫卡所有作品的出现都源自他的思想"[3]。所以，在《虚伪的作品》中他表露了自己的"思想"，并有意识地在小说中渗透着他的"思想"。米兰·昆德拉在《小说的艺术》中说："小说家有三种基本可能性：讲述一个故事（菲尔丁），描写一个故事（福楼拜），思考一个故事（穆齐尔）。"[4]余华是一个聪明的作家，他知道只有做好这三方面，才能成为大家。

有趣的是，《虚伪的作品》在日后成为批评家和文学史家解读余华的一种参考，或者说得直接一点儿，《虚伪的作品》影响了批评家、文学史家对作家的判断，它受批评家、编辑、同阵营作家的影响而产生，又反过来制约日后他人对作者的想象。如果我们去翻阅1989年之后有关余华的评论文章，会发现对常规的破坏、对日常生活经验的怀疑、对真实的重新审视、对幻觉与欲望的偏执成为进入余华研究的普遍路径。

倘若说写作《十八岁出门远行》的余华是无意中被先锋圈子选中的，写作时他

---

[1] 晓华、汪政：《余华小说现象》，《上海文论》1989年第5期。
[2] 李陀、张陵、王斌：《一九八七——一九八八：悲壮的努力》，《读书》1989年第1期。
[3] 余华：《川端康成与卡夫卡》，载《我能否相信自己》，人民日报出版社，1998，第93页。
[4] 米兰·昆德拉：《小说的艺术》，董强译，上海译文出版社，2004，第155页。

内心并没有一个想象的读者，仅仅希望编辑能看好他的作品，而经过上海的先锋话语检验、审查、确证的余华的内心则有了明确的读者，他的读者是李陀、程永新，是吴亮、李劼，也是马原、苏童、格非、莫言这些具有先锋性的作家。他的每部作品的产生都被这些所谓的圈内之人视为事件进行评定。在当时，他最看重的也许也是同圈子人的看法。程永新在《一个人的文学史》中展示了马原写给他的信，信中说："刊物出来大致看了一下，余华稿不错，但是痕迹太重，处处让人想起格里耶，《吉娜》《窥视者》《嫉妒》，且小题大做（或叫无病呻吟）趋向太甚。文字相当沉着，叙述也好，只是被别人影子罩得太黯淡了。"①在这里，马原以资深先锋派专业读者自居，直指余华的创作来源，这种评价完全不同于曾镇南的批评，或许我们可以将之称为"圈内语"。当先锋小说的读者只有先锋批评家和小说家自己的时候，先锋小说也就越来越走入绝境了。需要指出的是，从所谓的1987"先锋小说年"到所谓的1989"先锋小说衰弱年"这一阶段，并不是先锋小说独尊的时代，其他各种类型的小说同时存在着，只不过当时先锋小说在编辑、批评家的推动下，在作家的实践与认同中，的确形成了一股短暂的风潮。作为后来者的我们因为预先知道了结果，往往觉得历史具有某种必然性。以余华作为个案，倘若他当时没有自觉地进入先锋圈子，是一个在潮流之外游走的作者，那么他可能不会迅速出名，在日后被写进文学史；倘若他是一个在潮流之外游走的作者，是否日后的作品会呈现出完全不同的面貌呢。在当时进入先锋派究竟是成全了他，还是制约了他的写作。历史如同格非的《迷舟》，拥有太多的偶然。

三、作为结语：一个故事的N种写法与一个观念下的N个故事

提起先锋作家，吴亮说："我觉得不能把他们孤立地拎出来加以评判，一定要把他们放在一定的历史环境和过程里面，并借助很多方面的材料，来发现他们当时是以一种什么样的方式呈现的，才能进行相对客观的判断"②。今天面对《十八岁出门远行》，我们会觉得它过于单薄，如果以现在的眼光来看待它，我们是不是会不自觉地添加太多当下的东西，陷入柯文所说的将其"神话化"的怪圈。无论是余华在1989年给予《十八岁出门远行》的意义，还是唐小兵等人在21世纪添加给《十八岁出门远行》的含义，其实都是事后已知历史结果的人对前史的一种扩展性阅

---

① 程永新：《一个人的文学史》，天津人民出版社，2007，第37页。
② 吴亮、李陀、杨庆祥：《八十年代的先锋文学和先锋批评》，《南方文坛》2008年第6期。

读，当然每个读者都有进行"创造性阅读"的权利。在这里，我无意进行那样的"创造性阅读"，仅仅想把有关小说林林总总的信息进行历史梳理，在最后这一部分，我希望能以对文本的探讨发现余华写作中的某些惯性动作，或者说是他组织、进入故事的某种方式。

《十八岁出门远行》和《现实一种》等小说都是以报纸上的新闻为创作蓝本。《十八岁出门远行》是余华在晚报上看到抢苹果事件而作的，这样一个事件可以讲出完全不同的故事：首先，可以塑造一个对抗抢劫的英雄，写成一个见义勇为的故事；另外，在小说中，司机做的是个体贩运，"汽车是他自己的，苹果也是他自己的"，"他口袋里面钱儿叮当响"，这样的细节足可以扩展成一个在新的历史环境中个人发家致富的故事；再或者，可以写成"问题小说"，揭露商品经济发展过程中的世风日下。余华却把这样一个抢苹果事件与一个十八岁出门远行的男孩联系到了一起，最初的原型事件"抢苹果"成为一个被后置的次要故事，男孩远行的故事则浮到了最前面。男孩代表的是"我"，是"人"，抢苹果代表的是"世界"，人通过出走、远行来邂逅、直面、遭遇这个世界，如果通读余华的小说，便会发现这是他组织故事的一贯方式。十八岁的男孩与抢苹果事件其实都不是余华着力要讲述的对象，故事的核心是他观察这个世界的方式和他想象的他与这个世界的关系。余华说，他与世界一直保持着紧张的关系。作家的话是靠不住的。余华与世界的关系并不如他说的那么紧张，在20世纪80年代末的小说中他对世界表达出好奇的观察欲望和无节制的诗意而暴力的想象欲望，从90年代后的小说中可以窥见他对世界含情脉脉的眼神。

余华观察与想象世界的方式主要有两种，起初通过窗看世界，而后通过行走想象世界。在余华的作品中，"窗"是一个不断被重复的意象，这与他童年的经历有关，童年时他被父母锁在家里，只能通过窗观察窗外的风景，想象外面世界的样子。在1986年发表的散文《看海去》里，余华表达了在窗口眺望、想象海的苦涩和甜蜜，90年代的小说《命中注定》中，窗成为主人公与外界接触的道具。1983年余华来北京改稿后，终于出过远门的他又开始以行走的方式邂逅世界，《十八岁出门远行》《鲜血梅花》《古典爱情》《在细雨中呼喊》等小说中都不断出现"路"的意象，人物走在各种各样的路上，遭遇世界给予他们的种种意外和宿命的事件。他所关注的不是人物，也不是人物遭遇的故事，而是"遭遇"这个动作。正如晓华、汪政认为的那样，余华的小说容易概括出意义，但这种意义其实是作者包装故事的道具，是使小说变得具有可读性的一种手段，而不是小说的真正指向。因为余华的经历有限，他没做过知青，没有进过工厂，也没出门读过大学，正如他在《我的"一点点"》中感叹的那样,"怎么使劲回想,也不曾有过曲折,不曾有过坎坷。生活如晴朗的天空,又静如水。……我又何尝不想有曲折坎坷的生活。但生活经历如何,很难由自己做主"①。这使他无力写出与现实生活生死纠缠的作品。卡夫卡无疑启发了他,在卡夫卡的帮助下,他聪明地将对世界抽象的理念注入某个故事中,而《十八岁出门远行》作为他创作的原点,正是在最初的位置上清楚地彰显了他组织故事的模式。这种模式成功地将余华从《我的"一点点"》时期解救出来,同时也限制了他日后的发展。他与世界始终保持着距离,有观察和想象的热情,却没有投入的热望。

韦勒克和沃伦提醒我们说:"在文学史中,简直就没有完全属于中性'事实'的材料。材料的取舍,更显示对价值的判断。"②我选择的材料本身便不够中性,更何况运用过程中又平添了我本人诸多的预设和偏执的认识,所有的言说和判断代表不了真实,只是进入问题的一种方式而已。

---

① 余华:《我的"一点点"——关于〈星星〉及其它》,《北京文学》1985年第5期。
② [美]勒内·韦勒克、奥斯汀·沃伦:《文学理论》,刘象愚等译,江苏教育出版社,2005,第33页。

文学女青年的进化史
——以《一个人的战争》为中心的重读

李 雪

一、从埋葬青春开始

  1993年是中国当代文学史上值得标记的一年，它带有时代更迭、历史转折、文学版图被重新划分的意味。这一年的9月，林白历时半年完成了在她的个人创作史上尤为重要的代表作品《一个人的战争》，小说在1994年第2期的《花城》发表之后，很快由甘肃出版社再包装，打着"情爱/性爱"小说的招牌出版发行。抛开出版社投合市场的商业行为不论，小说本身的确也提供了可供争议的话题——性意识的觉醒、身体的暴露、女性的自恋、性解放与未婚先孕，这些很容易使《一个人的战争》在商品经济野蛮发展的20世纪90年代被奇观化。一直关注林白，并将林白纳入"女性写作"范畴的批评家陈晓明在面对《一个人的战争》时也称："当代小说应该说是处在某种绝境，它不得不以走极端的方式走出穷途末路。制造生活奇观，发掘那些被掩盖的精神死角，甚至精心策划一些欲望化的观赏场景，这都是当代小说走出困境的必由之路。如此看来，对于《一个人的战争》存在的诸多偏颇，特别是它对女性经验的极端发挥，多少有些诱惑式的写作姿态……"[①]这似乎暗示《一个人的战争》的"极端发挥"可能是林白试图在20世纪90年代文坛突围、发声、为人所知的一种策略。

---

  ① 陈晓明：《彻底的倾诉：在生活的尽头——评林白〈一个人的战争〉及〈青苔与火车的叙事〉》，《作家》1994年第12期。

然而，细读《一个人的战争》就会发现，它重组了林白此前创作的部分小说，尤其大段或整篇纳入了其80年代的中短篇小说，90年代备受争议的内容来自1989年发表的《同心爱者不能分手》。为什么在80年代这一系列书写女性，表现了女性身体觉醒与性意识的小说没有引起社会关注，甚至没有引起主流批评的关注，[①]没有使林白成为80年代女性文学的代表人物？这个在广西南宁以精英文学女青年自诩的自治区内著名女作家在80年代更大的中国文坛多少显得有点儿默默无闻。恰恰是以《一个人的战争》为中心，批评家将围绕长篇小说周边的中短篇小说进行再发现、清理、捆绑，与《一个人的战争》打包放入"女性主义写作"的框架中来阐释，此前的中短篇小说才以被追认的方式获得了它们在90年代的文学标签，最终在90年代的文学版图上占据了一席之地。对于有着"知青"身份、有着恢复高考的首届大学生身份、90年代广西活跃且有"野心"的文学青年来说，90年代在争议、谩骂与声援中的成名的确显得有点儿姗姗来迟，欢乐也便没有那么多了吧。

《一个人的战争》不仅写了一个敏感、孤独的文学女青年的成长故事、青春往事，还表达了林白在90年代初的心绪，婚后琐碎的日常生活和工作的压力使她备感压抑、焦虑，她想要通过重返青春，以追忆与抒情的方式排遣当下生活的苦闷。可是90年代的文艺女青年已经没有了80年代林多米的幼稚，她清楚地意识到一切以隔绝现实为目的的书写不过是徒劳的临时逃避，70年代被少女浪漫化的革命英雄主义与80年代的理想主义都无法治愈90年代的现实焦虑，80年代的"文艺病"甚至加重了对90年代的隔膜与愤懑。如果"我"不是一个浪漫派的文学女青年，如果"我"没有前史，是不是"我"才能平静地、心安理得地面对滚滚而来的新时代。正是在这样一个时代转折、文坛重新洗牌、个人际遇改变的关键点，《一个人的战争》的出现便不只是对以往写作的重组和总结，反倒带有对以往历史弃绝的意味。通过一部总结性的长篇小说将三十岁之前的个人成长史埋葬，只有埋葬，林白和那一群有着历史来路的文学女青年（她们成长于"文革"时期，深受80年代文化思潮影响、塑造）才能顺利地过渡到90年代，与商品社会和日常生活共处，即使这种弃绝带有英雄陌路的悲剧感、毫无反抗意识的颓废，它也是必须被完成的具有祭奠性质的仪式。在这个意义上，《一个人的战争》或许不是面对90年代的"诱惑式的写作"，虽然它最终被90年代树立为"旗帜"，实际上它是对80年代的告别，只是这种告别不是以追悼、怀旧的情绪来进行，而是以弃绝的态度来埋葬。

[①] 林白提到朱伟曾在《读书》上介绍过《同心爱者不能分手》，在文学圈中产生一点儿影响，但林白在20世纪80年代没有引起主流批评的太多关注。

林白是决意要将林多米写"死"的。在小说的尾声,林白写道:"旧的多米已经死去,她的激情和爱像远去的雷声永远沉落在地平线之下了,她被抽空的躯体骨瘦如柴地在北京的街头轻盈地游逛……她的身上散发着寂静的气息,她的长发飘扬,翻卷着另一个世界的图案,就像她是一个已经逝去的灵魂。"[1]70年代的小镇精英少女、十九岁的知青诗人、80年代N城意气风发的女作家在90年代被"抽空"了,前尘往事不必再提,当她意识到自己已经遭到社会的拒绝,便以遗弃前史的方式"偷生"。1993年是多米的句号,林白的一个结点,那么这种对自我历史的终结是不是意味着新的开始呢?一向缺乏文学史意识,且文学观颇为随性的林白在完成小说后或许没有预料到此种"了结"会给予她全新的身份,使她从文坛的边缘迅速进入中心地带。可惜急于阐释、命名的文学批评没有在90年代深入理解一个已然"过气"的文学女青年与时代的纠葛,批评家们祛除林多米身上的历史感、具体性,将其抽象为一个脱离宏大叙述的"个体",一个对抗男权文化的叛逆者。于是当《一个人的战争》及《同心爱者不能分手》《日午》《瓶中之水》《回廊之椅》等被贴上"个人写作"与"女性主义写作"的标签后,与之相匹配的理论进入对林白小说的阐释中,林白在90年代的合法性被确认,她甚至成为反叛集体话语与男权话语的时代"英雄",以至于对历史的弃绝也被看作抛弃男性历史的极端手段,"这种阐释关系在将其文学意义推向极端的同时,也可能将其文学写作的其他向度进行了删削或遮蔽,使其文学意义在醒目的同时又不免显得扁平、狭窄"[2]。《一个人的战争》迅速度过了争议阶段,此后针对林白的批评相当一致,批评者的知识结构从未在她这里更新,直到《妇女闲聊录》《万物花开》相继出版,"底层"与"民间"才被引入对她小说的解读中。

其实在《玻璃虫》阶段,林白的写作已经出现了一些变化,林蛛蛛虽然也是林多米的变体,但情绪、心境、对往事的态度已经很不一样,努力被林多米弃绝的青春被林蛛蛛捡了回来。这说明作家可以坦然地面对历史,并具有反思80年代的意图。如果把林白从"女性主义写作"解放出来,我们便会发现林白与她笔下的女性人物正是一路从80年代走来的文学女青年,她们的身上携带着那么丰富的历史细节与真切的时代感受,但《玻璃虫》的随意性和狂欢姿态却容易被指认为对80年代的调侃,反思不够。《玻璃虫》可以被看作是未被完成的作品,因为它的不圆满、不深刻,恰恰为这部分经验的重写留下了空间,不可忽视的是林蛛蛛是从多米到海红的一个重要的铺垫性人物,是林白重述80年代的重要线索。

---

[1] 林白:《一个人的战争》,花城出版社,2013,第283页。
[2] 王侃:《林白的"个人"和"性"》,《东吴学术》2014年第2期。

告别80年代，又要重回80年代，80年代的林白到底经历了什么？

二、文学女青年的全盛时代

林白，1958年生于广西，赶上"上山下乡"运动的尾声，1977年恢复高考便被武汉大学录取。比起众多知名的"50后"作家，20世纪50年代末出生的林白经历简单，文学起点不高，她本人亦多次在文中流露了作为边地小镇少女的文化自卑。这个在小镇学习成绩优异的精英少女在大学之前不过读过《红楼梦》和"文革"时期的主流文学，70年代的地下文学沙龙与秘密流传的西方文学作品与她无缘，身处边地加之短暂的插队生活也使她对政治、家国命运等大话题隔膜。在《长江为何如此远》中林白写道，当上海的"老三届"同学南下向今红激动地谈起张志新、"伤痕文学"时，经历不同的今红无法与之交流，进行情感呼应。今红的情况很可能也出现在林白身上。更何况，十九岁的"抄袭事件"使她在大学期间远离了文学，当她在1982年开始写诗、1983年发表小说的时候，她已经错过了"伤痕文学"和一系列的历史与文化大事件，她的经历使写作从一开始就无法水到渠成地借助社会话题和文学主潮来完成。但作为被时代话语影响着并试图进入文学潮流中的文学青年，她曾主动参与广西文学的"寻根"运动，而后也曾向"先锋派"取法，不过在80年代，她的各种向文学主潮示好的文学实践都浅尝辄止，她自己可能也意识到以严肃文学期刊为标杆的模仿、跟从写作始终无法形成自己的风格，只能在各种潮流的周边无方向地游走。

1986年《人民文学》刊发了林白的小说《从河边到岸上》。《从河边到岸上》是林白以小说的形式向"寻根文学"的有意靠拢，同时林白小说一贯的抒情、内心独白与意识流动等行文方式都在此篇中有所体现。《人民文学》的刊发意味着在广西作家中林白有了打入北京、打入中心的能力，奠定了她在本自治区的重要地位，如她在《玻璃虫》中所说："我不断认识了新的朋友，除了一本薄薄的诗集，又在《人民文学》（1986年5月）和《上海文学》（1987年10月）发表了小说，这些成绩在90年代什么都不是，但在80年代却是骄傲的资本。我春风得意，每天骑着自行车在大街上游逛。"[①] "出名要趁早哇，来得太晚的话，快乐也不那么痛快"[②]，文章走出广西、进入北京和上海对一个有野心的文学青年来说是多么值得骄傲的事情。可当年徐敬亚却给林白泼了一盆冷水："徐敬亚说年底清理旧杂志，看到《人民文学》上有我

---

① 林白：《玻璃虫》，作家出版社，2000，第41页。
② 张爱玲：《传奇再版的话》，载《流言》，北京十月文艺出版社，2009，第156页。

的一篇小说，他说看来你还挺稳健的。我不解，问他稳健是什么意思，他说稳健就是中庸。"[1]徐敬亚显然对潮流文学和"概念"性质的写作比林白多了一份警惕。

若是重新细读林白于80年代写作的小说不难发现，她写得最自如、自然的，本来就是基于个人经验的带有自传性质的小说，这些小说以女诗人、图书管理员为主人公，多以两位女性的对照形成双线索，反映了林白在当时的生活、情绪和隐忧，尤其表露了大龄单身女青年年近三十的焦虑。[2]现实生活中的焦虑在小说中可以暂时被文学缓解，因为作者的潜在逻辑是一个女性如果追求写作上的成功，探讨某些"高雅的话题"，那么日常生活、婚恋问题都变得不那么重要。这种文学女青年的形象从80年代中期延续到《北去来辞》，或者说林白日后的作品中，知识女性基本都有一段如此这般的前史。

1988年写就于北京的《黑裙》为林白笔下的文学女青年添加了更多的标记——摇滚乐、现代诗、海德格尔以及吸烟的颓废姿态。这篇小说受北京之行触发，北京向来自边地的林白展示了更前卫的文化，也在短时间内改造了小说的主人公梅红。外省的精英文学青年梅红在北京被认为"思想太古典了"，流行歌星、外国人名、西方理论与性开放、同性恋浪潮迅速被她的头脑接收。从北京归来时梅红已身怀有孕，这是标志自己并不"古典"的冒险实验，更是北京在她身体中植入的"思想"的种子。有趣的是，小说中20世纪80年代末的北京已经散发出浓浓的金钱的味道，隐隐暗示了另一个时代的将临。

被时代裹挟着具有浪漫情怀的文学女青年对一切前卫艺术与思想照单全收，甘为文学潮流中"一粒快乐的沙子"[3]。而在写作《一个人的战争》时，林白却要将青春、将文学青年的全盛时代埋葬，这不是单纯地通过压制理想以在更为现实的90年代苟活，而是她已然发现那个文学青年的全盛时代本身便具有虚幻性。林白、林多米、海红、南红这样的文学青年、艺术青年自以为在80年代活得风生水起、意气风发，她们不过是被当时的各种话语、思潮"洗脑"，不加辨析地对前卫文化义无反顾地热爱和投奔，这些词语、人名与理论是什么、为什么都不重要，重要的是"我"走到了时代的最前沿。从《一个人的战争》开始，林白屡次在小说与自述中检讨那个80年代的"自我"，她与她们活在书本中，盲目、狂放、热情又颓废，被符号化了的浪漫主义者表演着"对于狂野不羁的天才、绿林好汉、英雄、美学、

---

[1] 林白：《玻璃虫》，作家出版社，2000，第126—127页。
[2] 参见林白在80年代创作的小说《红绿蓝》《三重奏》《四月》《房间里的两个人》《左边是墙，右边是墙》。
[3] 林白：《一个特别热爱90年代的人》，《南方文坛》1999年第6期。

自我毁灭的崇拜"①。这些特质不仅存在于林多米个人身上，它们在时代中扩散，成为文学青年的群体特征——"80年代，我认识的边远省份先锋追随者们，好像多少都有一点狂气，在我的周围，人人口出狂言，个个摧枯拉朽，这阵狂放之风使我很震荡。狂傲也就因此成为一个好词，等同于率性、心性的自由、挥洒的生命力。"②80年代文化塑造着林多米的知识结构与情感模式，她其实在当时就已经发现艺术与理论无法被现实生活实践，她真实的生活其实平淡单调，如此只有借助浪漫的爱情才能真正将生活艺术化。于是，我们看到了一场80年代文艺圈中的"典型爱情"：

> 我想他跟我谈论过那么多高雅的话题，先锋的电影、戏剧和文学、颓废的人生、时髦的名字（海德格尔、维特根斯坦、罗兰·巴尔特）以及大麻。大麻也是时髦的东西，据说真正献身艺术的人都要抽大麻（我不止一次告诉过他我藏有这种东西）。③

> 我毫不矜持，不顾自尊，一无策略地爱了起来，刚刚交谈了两次就迫不及待地想把自己交给他。跟他交谈的内容使我喜出望外，他读的书竟正是我读的书，这使我对他大大地产生了好感，那时我刚从北京组稿回来，买了一批新书，我以为N城不会有人有的，他却说他有，我马上就觉得他跟我是同一类人，是N城的精英分子，我想我终于找到一个知音了，我想他是在N城唯一能跟我交谈的人，而这个人像高仓健，这是多么难能可贵。④

文学青年林多米与"先锋派""文艺片"导演的爱情无疑带有强烈的时代特色，林白的确不会在整体上把握历史，提炼出具有公共性的时代主题，但不意味着她笔下的人物不提供历史细节与时代情绪，他们被80年代塑造，至少他们的情感模式是属于80年代的。如张莉所说："当男女主人公之间的话题以这些西方文化产品名词构成时，那只是一个男人与女人之间的故事，还是一个八十年代中国社会文化权力分布的隐形地图。"⑤

---

① ［英］以赛亚·柏林：《浪漫主义的根源》，吕梁等译，译林出版社，2008，第20—21页。
② 林白：《反抗与静穆：先锋文学的两种姿态》，《文艺争鸣》2015年第12期。
③ 林白：《一个人的战争》，花城出版社，2013，第242—243页。
④ 林白：《一个人的战争》，花城出版社，2013，第263—264页。
⑤ 张莉：《三个文艺女性，一场时代爱情》，《南方文坛》2008年第6期。

如果追问林白为当代文学的人物画廊提供了什么样的重要人物，除了史道良，以林多米为中心，众多女性人物联袂出演了非常具体的80年代文学女青年，并且这些女青年没有真的被林白"杀死"在《一个人的战争》中，进入90年代后，面对新的时代问题，她们一方面葆有文艺气质和感性的思维方式，在生存压力下依然渴望精神生活，另一方面时代是仓促的，等不及她们成长、成熟，她们必须在新的时代自觉地自我更新、修复、进化以适应环境。那么，她们将如何面对90年代，凭借何种资源进行精神调适呢？

三、"90年代既是我的爱人又是我的敌人"

> 我常想象自己是一个在90年代的烈日下不停奔跑的裸身孩子，满身泥垢，汗水眯眼，大人们觉得不可理喻，自己却兴高采烈。就这样我穿越了整个90年代，90年代既是我的爱人又是我的敌人，既是我的烈日又是我的参天巨树。90年代即将消逝，我最美好的年华也将一去不回，这使我感到无限失落。[①]

——林白

林白曾多次强调，90年代批评为她贴上的"女性写作""个人写作""身体写作""私人写作"等标签限制了对她作品的解读，把她的小说窄化了。同时，她非常清楚恰恰借助这些标签和相关理论，她才很快经由《一个人的战争》进入文坛的中心，直至被写进文学史。从这一角度出发，她感谢90年代为她的小说提供了生存的空间，并表明："如果我的作品通过各种主义得以传播，我觉得是好的。"[②]

在林白小说中，最明显体现了女性主义理论的应该是《致命的飞翔》，小说中的身体展示、权色交易，以及女性对男性的复仇表达了比较激烈的男女对抗，很容易被理解为对"性政治"的演绎。林白自己也承认此篇小说与之前的小说不一样，这种"不一样"很值得揣测。一方面，批评家对《一个人的战争》的声援与认可，使林白难免不受"同道"的影响，甚至主动被规划；另一方面，此时的林白正遭受着家庭生活与社会生活的双重压力，《致命的飞翔》是她情绪上的一次大爆发，她需要通过"飞翔"抒发满腔的郁结。

---

① 林白：《水瓮·异想》，《作家》2000年第1期。
② 林舟、齐红：《心灵的守望与诗性的飞翔——林白访谈录》，《花城》1996年第5期。

当阴郁、孤绝的林多米被埋葬，在90年代改头换面的新女性李荑和北诺便诞生了，她们绚丽、果决、单纯又诡计多端，她们解放身体，毫无道德包袱地利用男性，她们遗忘了前史，她们只属于90年代。小说写道："在这个时代里我们丧失了家园，肉体就是我们的家园"①。当女性丧失了精神家园，仅能自主自我身体的时候，林白其实并不真正想要通过权色交易故事去图解"性政治"，极力将女性的身体审美化不为了指向欲望，她创作的内驱力仅仅是单纯地把自己写"飞"，从而超越现实生活：家庭生活的操劳、生存的压力、体制内的监管——这才是女作家的真实处境。如果我们对照这一时间段的创作谈，林白讲述的关键词是"超越""飞翔""悬浮在现实生活之上"②。权色交易、女性复仇的故事只是包装，内核不指向对现实的批判，而是对现实的狂想式的抽离，这基本是文学青年面对现实困境的惯有思维。

然而，切实的生活经验很快使林白意识到"飞翔"与"超越"不过是一种修辞，真实的生存压力和精神焦虑无法被艺术化地消除，下岗、失业、物价上涨、金钱至上是时代抛出的不得不面对的难题，谁也无法从所处的社会抽身而出。在这个时间点上，《守望空心岁月》在林白90年代的小说中便具有过渡性，在保有玄想的同时，增加了对现实感受的细腻表达。《致命的飞翔》是喷薄而出的，试图实现对现实幻想式的逃离；《守望空心岁月》则既是林白"在现实中长歌当哭"，又是"企图飞离现实的彩虹"③，一方面对诗性与超越意识心怀敬意，另一方面又无奈地故意轻置过时的浪漫主义和理想主义，在时代洪流中仅做一个"软弱的凡人"（张爱玲语）。

及至《说吧，房间》，林白显然更为注重表现女性对现实的反应，她不从整体上书写普遍性的"下岗"与"下海"，却通过女性的内心独白传达了她们在社会转型期的切肤之痛。两位时代的失败者幽居的房间中，并存着三维空间：日常生活空间、社会空间、从80年代延续而来的精神空间。"我"和南红都被社会空间所拒绝，在90年代普遍的经济焦虑中度日。如果说"我"的被拒绝源于自我与社会的疏离，可独闯深圳、遵守市场交易规则、争做时代弄潮儿的南红却同样伤痕累累；"我"放弃精神空间，遗忘80年代的理想，被社会拒绝后沉迷于日常生活的实在，貌似早已被商品社会洗礼的南红却一直怀揣着80年代生成的不切实际的梦想。文艺青年南红死于90年代；面对现实、既不追忆也不控诉、在日常生活中寻找"小确幸"的"我"却活了下来。林白必须让南红死，80年代遗留的"文艺病"无法让南红真正

---

① 林白：《致命的飞翔》，《花城》1995年第1期。
② 林白：《选择的过程与追忆——关于〈致命的飞翔〉》，《作家》1995年第7期。
③ 林白：《〈林白文集〉跋五篇》，《作家》1996年第4期。

适应90年代，即使她努力表演投合的姿态，她在本质上却没有彻底转变为市场中可流通的商品。林白在小说中借南红朋友之口提醒："南红你现在年轻，可以当文学青年也可以当美术青年，但人不能当一辈子文学青年。"[①]这自然也是林白对自己的提示。

早已过而立之年的大龄文学青年不做文学青年怎么办？在滚滚的时代车轮之下，她们要凭借什么自我更新，通过进化来适应时代的法则呢？

"诗人之死"往往被视为90年代的"古典悲剧"，而实际情况或许是"八十年代人不仅健在，而且大都活得挺好、挺实在，只是随着中国社会这十几年的巨变，这个群体也经历了堪称戏剧化的调整、分化、流变"[②]。吕乐在20世纪末拍摄了一部纪实与虚构相结合的电影《诗意的年代》（又名《小说》），邀请林白、王朔、马原、徐星等作家以开研讨会的方式进入电影，无非是想让这群作家在世纪末哀悼诗意的逝去。结果作家们普遍表现出自己活得"挺实在"，并认为90年代是有诗意的，这种诗意可能来自碎片化的日常生活。当观众以为作家们会宣泄愤怒与悲伤情绪时，他们却在平静地表达，与现实的对抗性变得微弱。

林白在《说吧，房间》中已经表露了对"实在"生活的青睐，并开始将日常生活审美化。这之后，对她来说80年代英俊的先锋电影导演不如厨房里炒菜的男性背影更能令人愉悦。在"下岗"前后，林白曾絮絮叨叨地盘算着自己"沦为"自由撰稿人之后的经济账："我与之保持联系的纯文学杂志的稿酬标准大致在每千字三十元左右，这就是说，我每年必须写二十万字才可能有六千元左右的年收入，这样的收入只能维持我的温饱。但我的女儿今年才四岁，把她养到二十四岁还要经过漫长的二十年，二十年中我病了怎么办？我女儿病了怎么办？还有从幼儿园到小学中学大学的教育费，这一切怎么办？"[③]体制内的温饱生活一去不返，林白突然自称自己是一个看重实惠的人，因为实惠才能把女儿养大。在90年代后期，林白不断表达着自己对生活的"及物"意愿，并认为对生活的投入可以将其从观念中拯救出来，并通过发现"他者"而缓解焦虑。

时代对个人可能并没有想象中那么穷凶极恶，做自由撰稿人可以使"下岗"的林白生存下来，她或许在90年代后半期才真正感受到人生存能力的强大，文学青年也未必注定是无法转变的殉道者。这种转变似乎没有我们想象得那么悲壮，如果按照惯性思维将之视为理想主义者的低头，便理解不了林白在《北去来辞》

---

① 林白：《说吧，房间》，中国青年出版社，2011，第26页。
② 查建英：《写在前面》，《八十年代——访谈录》，生活·读书·新知三联书店，2006，"写在前面"第6页。
③ 林白：《接近日记的个人材料》，《山花》1996年第1期。

中表现出的内心宽广。感受时代变化，面对现实，热情地投入日常生活，才能使她与她们从书本中、从自我的内心世界走出来，看到他人和世界。一个人要安顿自己的肉身和心灵便必须要和他所存在的历史环境相知并和平相处，林白愈发理解"人物生长在时代中，谁都不可能生活在时代之外"[①]。这里面有对外部环境的被迫妥协和被裹挟，也有发现和理解，如以赛亚·柏林所言："浪漫主义的结局是自由主义，是宽容，是行为得体以及对于不完美的生活的体谅；是理性的自我理解的一定程度的增强。这些和浪漫主义的初衷相去甚远。"[②]不体谅、不理性、失去自由的林多米虽然被埋葬了，成长着的海红却延续了林多米的生命，实现了对浪漫主义的升华。

结语　我们时代的"百感交集"

林白认为《一个人的战争》因为名气大而遮蔽了《北去来辞》，实际上，恰恰要通过林多米才能更好地理解海红的成长与成熟。70年代的革命浪漫主义少女李飘扬、80年代N城的精英文学青年林多米，怎么突然被抛入90年代的现实生活中，经过北诺的激越、南红的挣扎、老黑的妥协、林蛛蛛的欢愉，在实际生活经验的获取中自我调适，进化为21世纪的海红。这一系列人物的成长史提供了如此鲜活的生命感受，也使我们可以在林白的创作史中将这一脉梳理清楚。

海红是吸收着一群林多米的好与坏走来的，理想、浪漫、文艺的元素始终存于骨子里，她在时代中成长、蜕变，但不会变成完全不可辨认的面目。《北去来辞》的结尾处写道："下一年就是2013年，海红将满五十岁。经过这么多年纠结的生活，她感到自己终于褪尽了文艺青年的伤感、矫情、自恋与轻逸，漫长的青春期在五十岁即将到来的时候终于可以结束了吧？生活真有耐心，它多等了你二十年，而没有一脚把你踢个稀巴烂。"[③]林白以海红的理解、宽容、对他人的体恤和与自然万物的和谐宣告了她笔下一以贯之的文学女青年终于告别了青春期，迈向了人生的成熟阶段。这段漫长的成长史不能靠海红一个人来完成，它存在于林白的整个创作体系中，并在整体中生成新的意义。从这一点出发，《北去来辞》的重复性便不是单纯地总结与重写，人物和经验都是过去存在的，但对人物、往事的看法却是当下的，关键在于已过知天命年龄的作家如何动用自己的个人经验与知识去理解人物的生命

---

① 范宁：《林白："战争"更野性，"北去"更丰富》，《长江文艺》2013年第8期。
② ［英］以赛亚·柏林：《浪漫主义的根源》，吕梁等译，译林出版社，2008，第145页。
③ 林白：《北去来辞》，《长篇小说选刊》2013年第4期。

历程。作品的格局大小或许不在于写了多么广阔的社会，更在于作家内心格局的宽广，以及随着时代的变迁个人人生观、文学观的更新，这样作家的创作生命才会更长。而某些"50后""60后"作家虽然在写"当下"，生产"新"故事，观念、思想若是不更新，写出来的其实依然是旧故事。

在"现实主义"的标准之下，《北去来辞》因为融合了女性与男性的故事、知识分子与"底层"的故事，既面对当下又反顾历史，而被认为表现了历史与当下的社会生活。在此之前，《妇女闲聊录》《万物花开》已经被批评界认为林白转向了书写"他者"和"民间"，开始面对现实。实际上，这两部小说与之前的作品在创作思想上并没有本质上的改变，写"现实"不等于具有"直面现实"的态度。林白在《万物花开》中把世间万物写得不遵守自然规律，呈现出尽情的狂欢姿态，是否意味着她写"民间"与"底层"依然是为了寻觅新的空间以获得临时性的超越，是否意味着她对现实仍旧是"隔"的、焦虑的。写他人不代表真正地想去理解他人，如果"民间"被奇观化，那么提供的可能只是一种被虚拟的审美。她自己对此亦有自省，承认走向"民间"与"大地"使她看到了别样的生活，但内心依旧封闭。而在《北去来辞》中，她应该意识到了个人的精神困顿可能来自自我经验的限制，若将自己置于众多人物的经验和历史之中，而后再来审视自我，可以获得更多疗救自我的可能性。这才是真正地写他者、写世界，最终指向的是清理自身。

林白当然不是"写实"作家，不擅长表现广阔的社会生活，很大程度上她是为了治愈自我来写作的，但《北去来辞》却以真实的生活感受写出了众人的"百感交集"[①]。多年来，我们一直习惯于以"现实主义"的标准去衡量作品，林白小说的"女性"与"个人性"特质容易使她被视为格局不大的作家，若将其放入"浪漫主义"的框架中，认可感受型作家的写作意义，便会发现她一直在讲述历史中个人的生命感受，这种感受不都是形而上的，更多时候是具体的，从她与人物存在的历史中而来。她的写作不是"去历史"的写作，相反她比普通人对社会环境更为敏感。她惶惑地、好奇地打量着她所存在的世界，只不过她的方式不是为世界赋形，而是讲述时代给予人的感受，并思索人如何面对历史转折，以及如何进行自我转变。相比其他"50后""60后"作家在"现实主义"召唤下触及社会热点的急功近利，林白的写法反倒尤为朴素、动人。

[①] 林白在接受采访时说："以前我们总是认为文学的价值在于某种'超越'，这种站在高绝处的立场很容易'隔'，不容易血肉相连，我现在认为，文学的价值在于那种切肤的百感交集，那种复杂的五味杂陈。"参见余幼幼：《林白：生活不是一个人的战争》，《青年作家》2015年第18期。

余华的小说创作

何家欢

20世纪80年代中后期,余华以极具先锋性意味的短篇小说创作闯入文坛,从而推动了先锋小说的崛起,带动了中国当代小说的新进展。进入90年代以后,余华的创作发生了明显的转型。在《在细雨中呼喊》《许三观卖血记》《活着》等作品中,他开始告别极端式的先锋写作,试图将偏执的话语实验纳入更具有现实意义的书写之中。他的写作内容变得更为日常化,曾经凛冽的杀气和血腥展示几乎完全退去,呈现出一种因观察而来的感性创作。纵观余华过去三十年的小说创作,可以说是从一个典型的先锋战士到生活行者的蜕变过程。

一

在文学上,西方的现代主义、后现代主义以及拉美的魔幻现实主义对中国先锋小说的艺术方式起到了重要的启迪作用。这种"启迪"并非只是简单的创作手法的移植,而是植根于"实验小说家对当代现实和文学实验的一种集体'感悟'"[1]。无论是在生命体验还是在生存态度上,先锋小说作家都和西方后现代主义艺术家有着惊人的相似之处。后现代主义消除了"应该"的概念,它"把存在的各种现实形态——可理解的与不可理解,合理的与不合理的,都作为生活'本来'的内容予以接受。"[2]由此,荒诞与真实都成为构成这个世界的一部分。对于二战以来的西方作家来说,以生死为内容的文学创作早已显得倦怠,文学变成了书写个人精神苦闷的

---

[1] 陈晓明:《无边的挑战》,广西师范大学出版社,2004,第48页。
[2] 陈晓明:《无边的挑战》,广西师范大学出版社,2004,第48页。

寓言。不同于传统现实主义作家，他们不再执着于书写资本主义世界的贪婪、丑陋和残酷现实，而是将自己作为这个时代的受伤害的标本，以自己的不完整来展现时代的不完整。

当代中国的"先锋派"作家也有着相似的生存体验。出生于20世纪60年代的余华，在"文革"时期度过了童年与少年。他对"文革"没有伤痕作家前后对比式的伤痕感觉，也没有归来作家对韶华已逝的感慨，更没有改革作家对时代的政治叙述。对他而言，历史纵然残酷，也不过是一场每个人都不得不接受的荒诞。余华的早期作品属于最初的"文革"荒诞化的遗物，他来自一个荒诞的政治社会，从而拥有了颇具荒诞色彩的现代主义写作风格。

以革命的荒诞化来解释所有已存在的既定概念，如亲情、友情、爱情，是余华早期创作先锋性的主要表现。1987年，余华发表作品《一九八六年》，这是一部典型的"文革"荒诞小说。作品记述了一个历史老师在"文革"中的遭遇，在这场突如其来的劫难中，一个曾经美好的家庭在巨大的冲击中惨遭解体，随之而来的是一家人精神世界的彻底决裂。历史老师的妻子通过改嫁保护了自己和女儿，而历史老师本人却仍生活在历史的回忆中，并进入比回忆更加残酷的新的历史中去。当经历了惊心动魄的历史关口，每个人都试图以身份的改变来忘记过去曾经遭到的痛苦，然而，并不是每个人都能实现这样完整的身份转变，或是将过去的身份完全遮蔽。这部作品中的历史老师就是一个停留在创伤记忆中的个体，同时，他历史老师的身份也可以被理解为作为符号的历史记忆，他的疯狂自戕所喻指的正是这段历史记忆与人们有序和谐的现实生活状态间的格格不入。纵然这段记忆最初还会不时地撕裂自己的伤口，将血淋淋的过往展示给人们，勾起人们残存的记忆，但随着时间的流逝，创伤的记忆也会随之抚平，只留下一个不痛不痒的历史印记。所以，在作品的最后，一个干净的疯子从母女俩身旁擦身而过，母女俩的神态也"仿佛他们之间从不认识"。历史不再言说自己的过往，经历了历史的人们也以"优雅"的姿态宣告着这段历史记忆的终结。

从《一九八六年》可以看到余华对"文革"记忆的反思，他深刻地认识到，一段历史记忆如果不再被继承、质疑和思考，那么它将迅速地被遗忘，被终结，最终变得不复存在。《一九八六年》是一则关于"文革"记忆的寓言，而这样一部充满现代主义风格的作品也正是余华走向独特性的标志。他随后两年的主要作品都延续了这样一种写作风格。余华试图以一种超现实主义的话语形式来实现对一些哲学问题的探讨。余华在《上海文学》1988年第11期发表的《死亡叙述》和在《北京文学》1988年第12期发表的《古典爱情》都显露出明显的超现实主义风格和形而上的内容架构。《死亡叙述》讲的是一个长途司机如何经历死亡的过程。起初,他以回忆的方式讲述了一个十几年前他开车撞死一个少年的故事,逃逸后他回归到正常的生活之中,而且还有了一个儿子;十多年过去了,他还在做着同样的工作,结果他又撞到了一个女孩,这次他没有选择逃逸,而是抱起这个女孩想要寻求帮助,却被赶来的村民打死。这样两个类似而又颇有些对比的故事同时发生在"我"的身上,结果却不同。从逃逸后的生,到不逃逸后的死,余华在这里想要表达的是对于人性及人在面对现实困境时所做出的抉择的质疑。这个问题带有鲜明的存在主义色彩,在这两次事故中,"我"都被推到了萨特式的极致境遇之中,而"我"所做出的不同的选择似乎是对存在主义自由信条的二次确证,如果说第一次的逃逸是人类自私的本性使然,那么第二次的承担后果则体现了人类社会得以维系的道德、良知和责任。在萨特看来,主体拥有绝对自由的选择权,但与此同时,主体也要承担自己的选择所产生的一系列后果。"这种绝对的责任不是从别处接受的:它仅仅是我们的自由的结果的逻辑要求。我所遇到的事情只有通过我才能遇到,我既不能因此感到痛苦,也不能反抗或者屈服于它。"[1]对于作品中的"我"来说,选择了逃逸,就是选择了生,选择了肉体的解放和道德良心的枷锁。而选择了承担,则意味着灵魂的解放与救赎,同时却也将肉体推向了死亡。作品中极致境遇的设置暗示着人类永恒的精神境遇,生与死,道德与私利,灵魂与肉体,自我与他人,在无数二元对立中的抉择取舍成为人类永恒的精神境遇,主体的选择看似自由,实际上却被套上了连环的枷锁与桎梏。

在《古典爱情》中,余华以白话小说的写作手法演绎了一曲古典爱情的悲歌,进而揭示了现代人类社会的又一精神困境。在这部作品中,情义与生死之间的矛盾性再次有了残酷的交集。按照中国古典小说、戏曲的普遍模式,郎才女貌的爱情最终都是以大团圆结局来迎合观众的审美期待的。而在这篇作品中,余华却有意消解了这种大团圆的模式。作品的开篇,柳生在赶考的途中遇到小姐惠,与其相知相爱,之后又因求取功名而分离,再次相见,已是多年后的"菜人"饭店。接下去,便是如聊斋故事般的死后会面。不同于现代人的生死观,古代的中国人相信人死后存在着一个不为活人所知的死后世界,即冥界。死亡也不是人的终结,而是一个跨越生死两界的单向门槛。冥界与凡间原本是不通融的,但在古人的笔下,至真至情的鬼魂却能常常突破这层门槛的单向限制,实现跨界的爱。显然,余华在这部小说的后半部运用了这种生死观念,然而,不同于古人心中的爱情传奇,余华在让人物

---

[1] 萨特:《存在与虚无》,陈宣良等译,生活·读书·新知三联书店,1987,第672页。

实现了跨界情缘之后，又再次将其终结。他让柳生和小姐惠的爱情再次失败于跨界后的交汇中，彻底销毁了他们在生死两界的所有可能。他以彻底的毁灭来消解掉人生的所有欲望、情感，从而将人置于赤裸裸的绝对孤独的境地。这种绝对孤独既是现代人的生存体验，也是人类理性发展的结果。如果说在现代到来之前，人们面对生死离别还有一个可以寄放情感的空间，那么现代人的悲哀则在于人活于世的孤独感，和死亡所意味的绝对虚无。

余华的早期创作"多借用一些现实性较强的叙事符号，来表达自己对生活的某种形而上的思考"[1]，这使其作品呈现出一种高度符号化的寓言模式，这也是20世纪西方现代派文学的共有特征。他有意避开人们所熟悉的日常体验，以细节的真实构筑作品整体荒诞的话语形式，又在荒诞化的表达中追求更深层次和更高程度的真实。他所追求的真实是他自己心中的真实，而非现实中的自然存在。对余华而言，那些常识性的认知就像是这个世界所呈现出的一张张虚伪的面孔，等待着人们去解构，去撕碎。这样一种创作风格的形成不仅是因为受到20世纪以来西方哲学思想的影响，同时也与余华本人的个人经历有关，曾经的牙医余华对死亡、存在等颇有哲学意味的问题具有一种天生的敏感性，而"文革"时期所亲历的一切也让他在写作之前便已见惯了生死，也懂得了生死。这些都让余华的作品中展现出20世纪西方作家身上所普遍存在的现代主义风格。

余华将自己所确立的写作态度称之为"虚伪的形式"，在他看来，现实主义文学在过去相当长的一段时间里已经"将文学的想象力送上了文学的病床"[2]，而20世纪最伟大的文学成就是"让文学的想象力重新获得自由"[3]。于是，从《十八岁出门远行》起，余华开始了自己的文学冒险之旅。或许，对于年轻的余华来说，文学实验的成功与否并不那么重要，重要的是一种创作所带来的快感，即实验过程中所带来的惊心动魄的体验和酣畅淋漓的成就感。而我们经常提到的余华作品中的暴力展示则是其增进创作快感的一种方式。

二

发表于1991年的《细雨与呼喊》（后改名为《在细雨中呼喊》）可以说是余华摆脱前期写作经验的一次有益尝试，它预示着作家创作转型期的到来。在这部作品

---

[1] 方爱武：《生存与死亡的寓言诉指》，《外国文学研究》2006年第3期。
[2] 余华：《虚伪的作品》，《上海文论》1989年第5期。
[3] 余华：《虚伪的作品》，《上海文论》1989年第5期。

中，奇观式的话语实验开始渐渐淡出，展现出余华以回忆为创作底本，将生活本身作为创作对象的开放心态。

余华似乎要在这部小说中写出世故中的人性，在零散倒错的记忆中，贫穷愚昧的生存困境，和颇为荒唐的时代影像伴随着少年的成长感知慢慢铺展开来。相较于之前作品中对人性非理性的呈现，在这部作品中，余华更注重的是对人性弱点的书写，这意味着他对于人性中不完美的部分开始给予同情和理解，而不再以高高在上的姿态冷漠地展示和剖析人性。暴力和死亡的出现也不再作为一种残酷的展示登场，而是试图通过种种离奇的人生转折突显出人生无常的意味。与此同时，作品中人与人之间的关系也发生了转变。余华在20世纪80年代曾执着于书写人类的孤独感和人与人之间的紧张关系，他笔下的人物和人际关系都是近乎抽象化的，只能作为作家所支配的哲学符号，而不具有现实意义。而在这部作品中，余华让每一个家庭、每一个人的细节都呈现在一种乡镇生活的日常化中，人与人共处于同一世界，彼此间有待于建立一种相互扶持、相互理解的生活关系。虽然人性的卑劣之处仍在不断地毁灭着这种和谐共生的关系，但人性的闪光点也同样让生存于苦难世界中的人们感受到生命的温暖和生活的力量。由此可以看出，余华的创作态度发生了具有重要意义的转变，他终于由居于人类世界之外的某处回到了日常的现实世界之中。

相较于日后的《兄弟》《第七天》等作品，《在细雨中呼喊》对现实世界的展现还显得有些生涩，其中仍然掺杂着一些难以为大众审美所普遍接受的虚幻成分。然而，这种生涩所体现的正是作家在将生命融入艺术的努力，正如学者所说的，它所呈现出的"是一个正在形成中的世界，而非是一个已然如此的世界"[1]。它的重要意义在于，它真实地记录下了"个体与世界之间的内在交往"[2]过程。作品中的"我"真切地感受着这个世界强加于"我"的一切苦难，并以发自心底的呼喊对世界做出强烈地回应。这回应中有希冀，也有绝望，但更多的还是对于人生的好奇和疑惑。随着年龄的增长，这些疑惑会在现实中渐渐得出答案，却又徒增出更多的迷茫。借由农村少年孙光林对这个苦难的世界发出的悲痛的呼喊，余华的创作也由形而上的寓言世界进入日常的现实世界之中。可以看出，余华已经开始将目光转向小说对生活的探索功能，而不只是满足于追求小说创作方法上的新奇实验。

1992年发表的《活着》和1995年发表的《许三观卖血记》延续了《在细雨中

---

[1] 王世诚：《〈在细雨中呼喊〉对余华创作的意义》，《南京师范大学文学院学报》2007年第4期。

[2] 王世诚：《〈在细雨中呼喊〉对余华创作的意义》，《南京师范大学文学院学报》2007年第4期。

呼喊》中的苦难叙事模式。从整体内容来看，这两部作品具有一定的相似性，作品的主人公都是作为一家之主的父亲，家庭的苦难遭遇成为他们一生不可逃脱的命运。这种命运让小说充满了对人生的绝望感，但也呈现了个体生命在遭遇人生苦难时所表现出的悲壮的坚韧。《活着》记叙了一个男人贫苦艰辛的人生经历，在战争中死里逃生的福贵对于生活几乎没有任何的奢望，然而却在接二连三的残酷遭遇中奔向无止境的下限。虽然由于历史的偶然机缘，让他重新回到日常生活的轨道来，但苦难和孤独的折磨已经让他对人生再无所求，活着成为生存最大的目的。福贵的悲剧性在于他面对命运的束手无策，他所经历的每一次遭遇几乎都是一个无法动摇的事实，他被毫无预兆地抛入一个又一个的深渊之中，没有任何挣扎逃脱的机会。与福贵的形象相近的许三观也是一个接二连三地遭受生活打击的男人，比起福贵，他多了一份处置自己命运的机会，只是这些机会都是通过卖血换来的。对于许三观来说，"卖血"是一种价值转换的媒介，它可以将生命的组成部分抽取出来，迅速地转化为金钱。我们可以说，许三观要比福贵幸运得多，因为他所面对的问题，都是用金钱就可以解决的问题，换作一个生活富裕的人轻而易举地就可以将其解决。然而，对于生活在社会底层的许三观来说，贫穷就是他最大的灾难，为此，他不得不以耗损生命的方式来改变境遇。如果说"自由意味着能够不受强制地做选择"[①]，那么许三观以卖血为代价的选择显然就是一种新的社会奴役。这种奴役并非是由具体的人来实施的，而是以隐蔽的经济手段，从全社会的雾霾中实现着对许三观的奴役性指引。如果说福贵的悲剧是面对命运的束手无策，那么许三观的悲剧则在于这种因为贫穷而带来的社会奴役。

从这两部小说可以看出，余华过去笔下那些符号化的人物彻底不见了，取而代之的是一个个有血有肉对生活有承担的现实中的人，而生活也随之复活。在创作中，余华所关注的都是生活在底层的小人物，他们大多没有明确的政治身份，自然也就没有英雄般的历史功绩，更无须肩负史诗性的时代主题。他们的生命从来都无暇于形而上的思考，活着的唯一目的就是生存。小人物的动人之处就在于他们遭受生活劫难时所表现出的惊人的耐力，像野草一般的韧性让他们的身上流露出孤胆英雄式的气魄。余华在小说中记叙了这些小人物的内心冲撞，时代背景固然也是作品不可分割的底色，但发挥主导作用的还是人生的不确定性，以及人物处置命运的方式。这样一种诠释人物的方式一方面可以看作作家在被解除了文化精英旧有的主体性之后，重新寻找到新的主体性的过程；另一方面，也可以说这是作家对于历史和

[①]［英］以赛亚·伯林：《自由论》，胡传胜译，译林出版社，2011，第278页。

人生的重新发现。作家以自己的声音诉说历史，是作家塑造自我主体性的方式。20世纪80年代先锋小说作家确立的是一种精英式的叙事立场和创作姿态，他们在消解对象主体的同时，"不自觉地建构了一个关于强大的作家自我主体的神话"[1]。进入20世纪90年代以后，随着《活着》《许三观卖血记》等作品的发表，我们发现，余华的叙事立场已经抛弃了过去的精英姿态，而进入一种彻底的民间叙事立场之中。小说中对民间生活细节和民间人生世态的展示成为小说艺术力量的重要源泉。让民间发声，就是要依靠民间自身的反哺，而不能只依靠精英文化的给予性发掘。事实上，民间的混沌与粗糙本身就可以释放出一种原始野性的魅力。我们可以说，余华成为一位真正的民间作家，他懂得民间的非理性，同时也能将这种非理性的力量进行历史化的处理，这就是他这一时期创作的重要功绩。

三

走向民间的余华依然保有其对人生的哲学思索。写出命运的独特性、荒诞性、随机性，破解某个已经确立的理性概念，一直都是他所着力关注的内容。如果说他在20世纪80年代是以突入式的话语实验表现自己对人类和人生的思考，那么退去先锋身份后的余华则更倾向于以生活本来的面貌来呈现人生自然而然流露出来的哲学意味。这时的余华更像是一个行走在世间的行者，一面以悲悯的目光注视着身旁的民间景象；一面向读者徐徐地讲述着自己独特的见闻。

这样的创作方式延续到他最近出版的小说《第七天》中。《第七天》讲述了一个人在死后七天的见闻，在去往"死无葬身之地"的路上，主人公遇见了各路亡灵，这些亡灵大多都是在各类新闻事件中的罹难者——强拆、瞒报死亡人数、鼠族、卖肾、警民冲突等等。这些时代的隐痛被纠集在了一起，以一个死者的叙述视角呈现出来。在这部作品中，死亡成为一种已然如此的状态，它就像是与人世间相对应的又一个日常世界，因而也就不再令人感到恐惧。借助这样一个死后世界的建构，余华首先打破的是对于"平等"的期望。我们常说，死亡是唯一的平等，然而，在《第七天》中，死后世界却依然是一个赤裸裸的"阶级社会"：有权有势的官员、富人可以被体面地火化、安葬，而那些生无所依的穷人，死后也只能孤零零地漂泊在黄泉路上，孤独无依地去飘往死无葬身之地。死亡并没有让一切回归到初始状态，反而延续了人世间的不平等，人类寄希望于死后的梦想再次被终结。除此

---

[1] 吴义勤：《告别虚伪的形式》，《文艺争鸣》2000年第1期。

之外，余华似乎也在以死亡来喻指底层民众生无所求的生存状态。正如伊格尔顿所说的："如果我们已经习惯于生活在匮乏之中，拒绝使我们的欲望充斥着偶像和种种迷恋，我们就预演了生活中的死亡，因此也就使死亡不那么可怕。"①生活在底层的人们一直都在拒斥着对幸福不着边际的幻想，一无所有的生存状态让他们无时无刻不在进行着生活的死亡预演。

死亡视角恐怕是这部作品带给我们的唯一具有新鲜感和冲击力的部分，除此之外，我们很难在《第七天》中找寻到在阅读余华以往的作品中那种持续的兴奋感。虽然，我们依然读到了他通过小说人物之口所表达的诸多人性温情，和充满社会正义感的声音，但以亡灵为主角的叙事策略，本身就证明了这只是一个颇有失败情绪的游离者身份。《第七天》中的"我"似乎又回到了《在细雨中呼喊》中的孙光林的状态，"我"并不真正属于谁，也不真正地属于哪个群体，"我"只是一个纪念父子之情的游魂。这样的"我"无论是在生前，还是在死后，都注定着被遗忘，成为一个除家庭之外，再无所依恃的亡灵。从文学与创作者的关系来看，这个游离者的身份可能揭示出这样一个问题，就是作为专业作家的余华，已经游离于某个具体行业、具体领域的社会体验，而只能依赖第二手的社会新闻来组织自己的创作素材。在不同行业的有写作欲望的人，尽管在词语表达能力上尚有提高的可能，但在社会生活隐秘性的阐释上，却有可能超越专业作家的认知范畴。而专业作家，或者说曾经以写作为生的作家，如果没有更新的内容和想象，仅以人所共知的社会新闻作为素材进行创作，必然会限定写作的拓展空间，沦为一个难以在写作中超越生活的社会观察者。这样一来，作家就很难在作品中对人物做出深度阐释，人物之间的关系只能做简单松散地处理，这便是《第七天》缺乏文学魅力的症结所在。

体验一个时代的文化精髓要多从这个时代所孕育的哲学背景中去找答案，正如黑格尔指出的"艺术的宗教属于伦理的精神"②。作家对世界的感性把握最终需要通过理性形式表达。若要从小说中发掘时代精神，一方面作者要有足够的社会解析能力，能够从纷繁复杂的社会图景中抓取出最具代表性的人物标本；另一方面又需要读者有足够的社会敏感度和美学修养，能够体会到小说家推出社会标本的非功利性的用意。其中的结合点并不容易掌握，但在一些受关注的、美学意味丰满的小说中发现属于某个时代的精神内核仍不难。余华在20世纪90年代的创作中以逃离意识形态框架下的小人物命运来写作父子之辈的人生经历，无论是对大历史下的意识形

---

① [英] 特里·伊格尔顿：《理论之后》，商正译，商务印书馆，2009，第177页。
② [德] 黑格尔：《精神现象学》（下卷），贺麟、王玖兴译，商务印书馆，1979，第229页。

态场域，还是在非政治化的家庭生活中，都有他亟须改变现状的心理要求。而在2005年后的创作中，比如《兄弟》和《第七天》，余华的作品则逐渐失去了对深度生活的敏感度。《兄弟》写的是"文革"时期及以后的经济生活。看这部小说，我们可以基本判断出，完成了文学实验后的余华，如果没有足够的生活经验，已经很难写出有足够吸引力的作品了。这部小说的主要内容，仍是余华在《在细雨中呼喊》《十个词汇里的中国》和他的自叙传中反复强调过的"文革"经验，区别只是因为这是一部新的小说创作，而不得不又重新安排了人物，重新设置了一些情节，让它看起来更像是独特的"这一个"，但在整部小说的文学经验来说，余华已经无法提供更新更有力度的文学理想。文学创作可以写以不同阶层的人物为参照对象，但李光头的形象只能说是契合了民众对财富英雄的鄙俗化想象，这一形象已经不能满足21世纪初的中国富裕阶层中出现的诸多问题。而宋刚近于迂的君子形象，以致最后失败，也颇有些君子落魄的感觉。在《兄弟》中，余华似乎也不打算批评什么，他只是想以概念创作的方式，写出这个社会的丑，这丑的视角不是居高临下的，它仍是民间的，无论其话语，还是其感情。这自然决定了这部小说，乃至余华本人已经不能担任社会解析度的重要使者。坦率地说，这正是一部文学精神开始下降的小说。对于2013年出版的《第七天》，余华也同样没有写出生活的深度，这部作品只能算是对社会的新闻状态描述。它总结了我们在日常生活中所听到、看到的社会事实，并不将其更深度地展开，而是以魂灵的躲避来窃窃私语般地进行了新闻记录般的复写。即便在《兄弟》和《第七天》的比较中，《兄弟》中的人物也尚有一些相对独立的一面，毕竟这部小说中塑造了一个暴发户李光头，还有一个因为坚持道义，最后失去了社会位置的宋刚，而《第七天》的灵魂观察者基本就等于是旁观的余华自己。这样，从文化传播的角度来看，《兄弟》和《第七天》更像是两部通俗文学读本，或是文学实验，而非严肃的文学创作。这样两部作品的热卖，并不能说明我们这个时代已经处于深刻的文化思考之中，它只是在更为广阔的文化版图中，再次证明了这个时代，无论是作家，还是文学，都处在一个奔向世俗化的路上。

世俗化的生活打败了一切的先锋，这也正是余华作为一位曾经的先锋作家给我们的最终启示。

现实深处的光芒

——读蒋韵《心爱的树》

何家欢

对人类精神现象的关注,是当下小说创作的一个重要命题,不同的作家在聚焦这一命题时,也选取了不同的姿态与方式。其中以石一枫为代表的青年作家直面青年遭遇的精神难题,以对道德问题的思考与追问,构成了"当下文学的一个新方向"[①]。而对于山西女作家蒋韵来说,那些被放逐在"抛弃一切理想、道义和浪漫的年代"之外,"固执地想走回精神家乡的悲剧式人物"[②]才是她关注和书写的对象。对这些生活的"外乡人"的精神书写成为蒋韵写作的底色,她执意将笔触探入现实的纵深处,去发掘那些闪烁在小人物身上的精神光芒,在对精神家乡的守望中寻觅着人性中的浪漫与诗意。这在她的《心爱的树》等小说作品中有着较为突出的体现。

"精神"是解读蒋韵作品的一个重要关键词,贺绍俊先生曾评价蒋韵是"一位追求精神性的作家"[③]。从蒋韵笔下走出的许多人物形象,尤其是女性形象,"几乎都具有一种超乎寻常的精神守护者特征"[④],她们的心目中往往有着某种坚定的信念,对于精神追求怀有一种不灭的热忱和决绝的勇气,哪怕是为之付出生命代价也在所不惜。这种义无反顾的姿态让蒋韵笔下的人物透露出一种独特的生命力,他们为信仰而生,为理想而活,以某种看似极端的方式结构着自身存在的价值与意义。

---

① 孟繁华:《当下文学的一个新方向——从石一枫的小说创作看当下文学的新变》,《文学评论》2017年第4期。
② 蒋韵:《我们正在失去什么》,《当代作家评论》2005年第4期。
③ 贺绍俊:《抵达现实的纵深处——2014年中篇小说评述》,《小说评论》2015年第1期。
④ 王春林:《理解蒋韵小说的几个关键词——兼谈中篇小说〈心爱的树〉》,《北京文学》(精彩阅读)2006年第5期。

如在小说《行走的年代》中，女大学生陈香为诗人莽河的才情所吸引，怀着献身的热忱，孕育了诗人的后代，以为自己领受了"神迹"，就此成为"诗的一部分"。她动情地写信给刚出生的儿子，"这是你的幸运，也是你的宿命"[①]。然而，直到有一天，莽河的照片从天而降出现在她的面前，陈香才知道原来自己遇到的莽河是个冒牌货，而自己与诗人创造的"神迹"也变成了来历不明的"野种"。在得知真相的一瞬，多年来所有关于人生的信仰与想象都在顷刻间坍塌，生活的全部意义也随之荡然无存。崩溃中的陈香甚至想要杀死儿子和自己来结束这场无意义的献祭，在被朋友救下后，她又将自己放逐到乡村去支教，多年后成为一名希望小学的校长，又戏剧性地与"莽河"相遇。这种对待精神追求的偏执与迷狂在陈香的身上可谓体现得淋漓尽致。类似的精神特质在蒋韵笔下的许多人物身上都有所表现，无论是《隐秘盛开》中的潘红霞、拓女子，还是《我的内陆》中的林萍、《想象一个歌手》中的许凡，他们都以自己的方式，固执而决绝地维护着自己内心深处的精神追求。

在小说《心爱的树》中，梅巧、凌香和大先生的身上也有着这一类形象的影子，他们以各自不同的命运和姿态守护着内心的追求与坚持。

梅巧和陈香一样，是一个为了爱情"能豁出去的女人"，这种义无反顾的勇气在她的少女时代即有所显现。十六岁的梅巧为了读书，赌气似的嫁给了年长自己二十岁的大先生做填房。此后，她的青春时光便被困在了一座两进的四合院中。连续的生育成为套在梅巧身上的沉重枷锁，几经周折完成学业之后，积蓄已久的压抑情绪在梅巧第四次怀孕时达到了顶峰。她泄愤似的将画布上的槐树涂成蓝色，其内心中潜藏的渴望已化作层层巨浪。泄愤于树，可能是因为在她眼中，古板的大先生就像是这棵老气横秋的槐树，但更可能是因为她觉得自己就像是一棵树，而她自始至终都无法接受自己的生命像一棵树一样被安排，被固定在一个不情愿的位置上动弹不得。可是在求学之外，梅巧也不知道自己的生命出口究竟在何方。随着孩子一个接一个出生，她只感到自己的根越扎越深，和丈夫及家庭的绑缚也越来越紧。精神的苍白让梅巧的心灵迅速枯萎，以致染上产后抑郁。危急之下，大先生帮她觅得了一份在学校教书的工作，这虽然暂时缓解了梅巧的空虚和焦虑，但却无法让她真正得以解脱。就在这个时候，年轻俊朗的青年学生席方平，如一剂解药降临在梅巧的身边，他的出现让她感到如获甘霖。梅巧毅然决然地抛弃了大先生和四个儿女，与席方平一起南下出走，开始了新的生活，从此彻底地消失在了大先生的世界里。

---

① 蒋韵：《心爱的树》，太白文艺出版社，2018，第231页。

梅巧的身上有一种反传统的精神，她对于爱情、对于自由的自主追求，都显现出强烈的现代女性意识。而在对待爱情的态度上，她又脱离了世俗物质生活，将其视为一种纯粹的精神信仰，从这一点来说，梅巧的爱情观又有了"生死相随""一生只够爱一人"的古典意味。在蒋韵笔下的诸多精神追求之中，爱情信仰是最为炽烈而又不断被反复书写的。对爱的渴求与执迷，几乎是她笔下女性人物的一个共性特征。如陈香、潘红霞、拓女子、梅巧等人，她们在青春年华燃起了爱的信仰，从此便沉溺在爱情的虚幻中，无论任何的艰难困苦都不能泯灭她们奔赴爱情的决心，哪怕这注定只是自己的一场独角戏，也无悔于自己为爱的付出。蒋韵笔下的爱情是一种极为崇高的精神信仰，唯有为信仰而苦行，乃至奉献生命方显出心之虔诚。这种富于殉道色彩的爱情观不禁令人唏嘘，但它在人物身上所呈现出的鲜活而饱涨的热情又很难让人不为之动容。幸运的是，梅巧的爱情追求得到了席方平热烈而忠诚的回应，两人离家出走修成爱情成果。但他们在南下生活中遭遇的疾病和贫穷的窘境未尝不是为爱苦行的体现，此外，或许还有几分赎罪的意味在其中。

女儿凌香继承了母亲敢于"豁出去"的个性。自从母亲出走之后，寻找母亲便成为凌香心中无法摆脱的情结。十六岁的凌香为寻母孤身一人从北方小城一路南下来到重庆小镇青木关，然而，见到母亲之后，她却只对母亲扔下一句话："你说过永远也不会丢下我，八年来我没有一天忘记过这句话。我来是要告诉你一句话，你——不值得我这么、这么样牵挂！"[1]说完便掉头而去。凌香的决绝和母亲梅巧如出一辙，然而，她此刻的决绝或许只是为了宣泄多年来积压在自己内心的痛苦，在她的心底里，其实早已原谅了母亲对家庭的逃离与背叛。

其实，在凌香看到梅巧的最初一刹那，她就原谅她了。看到她从茅屋里烟熏火燎地钻出来，蓬着头发，穿着打补丁的衣服，手上沾着菜叶的那一刹那，她就原谅她了。或者说更早，在她乘坐的木船被炸沉，整整一船人葬身水底，那和她一路行来已情同手足的流亡学生们，那和她一样年轻一样茁壮健康的生命瞬间灰飞烟灭的那一刻，她就原谅她了。可她还是说了那句话，那句话哽在喉头，坠在心头，是必须要说的。说完了，她才能重新成为一个善良温情柔软的孩子，一个悲天悯人的孩子。[2]

一次次的苦难经历与生死离别造就了凌香的悲悯之心。对她而言，放下仇恨，选择原谅未尝不是一种自我的精神救赎，而与此同时，她也在救赎着父母二人彼此

---

[1] 蒋韵：《心爱的树》，太白文艺出版社，2018，第25页。
[2] 蒋韵：《心爱的树》，太白文艺出版社，2018，第26页。

之间相互羁绊的情感。在梅巧和大先生之间，凌香是一个微妙的连接点，她既读懂了父亲沉默古板外表下的柔软与善良，也能够理解母亲内心深处的痛苦与渴望。即使对于父母曾经的一些做法和决定难以认同，凌香却依旧能理解和抱持他们各自的选择与追求，并暗中帮助他们维系着对彼此的情感。从这一点来看，凌香这个角色可以说体现了作家蒋韵对于世界和人生的悲悯情怀。对于作家而言，悲悯是他们观察社会和人生时的一种情怀和姿态，唯有心怀悲悯，方能俯瞰苍生，否则便会很容易沉浸在自己一方狭小的情感天地中顾影自怜。而在《心爱的树》中，凌香正是作家蒋韵悲悯情怀的承载者，这不单单是因为她饱经苦难却依旧心怀柔软，更重要的是，作为小说重要的视点人物，作品中对于其他人物的讲述大多都是透过凌香的视角呈现出来的。而透过凌香的视角，我们感知到的是作家对于笔下人物善意而温柔的眼光。无论是"抛夫弃子"的梅巧，还是"古板霸道"的大先生，在女儿凌香的目光中都显现出或柔软或脆弱的一面。他们不是完人，都情有可原。可以说，在面对人物身上的性格缺陷和道德瑕疵时，蒋韵总是处理得格外地仁慈与宽容。她无意对任何人进行过多的诘责和道德上的审判，她只是以某种宽容而悲悯，同时又夹杂着几分无奈与忧伤的目光凝视着自己笔下的人物。正如王春林所言："我总感觉到蒋韵在以一种无奈而忧伤的目光注视着自己笔端活动着的人物。人物自有其自身的性格与行为逻辑，这逻辑在很多时候是连作家自己也无法干预得了的。于是，作家蒋韵便只能以这样一种悲悯的情怀去默默地注视自己小说中的人物了。"[①]正如同凌香在经历了苦难与生死离别后，对母亲的理解和原谅。蒋韵的悲悯情怀未尝不是源自她对人间疾苦的充分感知与悉心体谅，因为理解人世间的愁苦，所以才有了对人物的慈悲与宽容，这正是蒋韵小说"悲悯底色"的深层内涵。

小说中，同样流露出悲悯之心的还有大先生。尽管在梅巧的眼中，大先生是个"古板，霸道，不通情理"的夫君，但是，从两人一帧帧的生活细节中，不难看出这是一个内心柔软而又重情重义的真君子：梅巧过门之后想要继续读书，他从未加以干涉；梅巧因怀孕不能去学校上课，他便在家耐心地帮她辅导功课；连续生产过后，梅巧染上了产后抑郁，他及时为她觅得一份体面的工作，助其排解心中郁闷；梅巧的背叛一度让他为仇恨所扰，但多年之后，心中的恨意已消泯于时光之中，他又暗中给予其无私的帮助。对于梅巧而言，大先生就像是一个严厉的父亲，她对他只有敬和怕，却唯独少了爱。但在大先生的心中，梅巧却是一生中最难以忘

[①] 王春林：《理解蒋韵小说的几个关键词——兼谈中篇小说〈心爱的树〉》，《北京文学》（精彩阅读）2006年第5期。

怀的挚爱，纵有背叛和伤害，但依旧抹不掉心底对她的挂牵。最终，他还是原谅了梅巧，他在凌香的包裹里塞入香烟、食物，帮助梅巧度过困难时期，并小心翼翼地维护着两个人的体面。无数的细节证明，大先生并非如梅巧所说的"不通情理"，他不但通情理，而且很懂梅巧，只是他们终究是活在两个世界里的人。大先生心里很清楚，自己之于梅巧，正如同树之于旅人，他情愿为她遮蔽风雨，抵挡毒辣的日头，但是，他也深知旅人的心在远方，自己能给予的不过只是一抹浓荫而已。

从大先生对妻子梅巧的宽容和体恤，以及他面对逼迫时大义凛然的民族气节，不难看出这是一位具有古典情怀的君子式人物，他如槐树般亭亭而立，微风拂过，留下了古韵清香之气。在作品的后记中，蒋韵这样写道："……一个有情有义剑气箫心的君子就这样拨开时光之雾与我相会，我心痛如割，为大先生，为剑气箫心，为这个早没有了'君子'的世界。"①不难读出，这个人物在作家心底的分量。蒋韵是将大先生作为精神偶像来创造和书写的。他的身上凝聚了她所追求的"典雅的精神"②。然而，她内心也深知，这种"剑气箫心"与当今这个抛弃一切理想、道义和浪漫的年代之间的深深隔阂。失去了古老的背景，它正在无可挽回地向着边缘迅速漂流，直至彻底消失在人们的视野中。小说的最后，大先生患了癌症，庭院里那棵被梅巧视为"老气"的槐树也没有逃脱被砍伐的命运，大先生最终还是登上了"所有人终将登上的列车"，这一切似乎都在喻示和宣告着古典的终结。

蒋韵在一次对谈中谈道，她的小说"选择了那些身上隐藏着某种'宗教感'的人"③，他们对于精神世界有着某种超乎寻常的追求与坚守。在《心爱的树》中，我们看到了这种"宗教感"的多元化体现，无论是梅巧对爱与自由的追求，还是大先生对气节与情义的坚守，都具有着某种宗教信仰般的崇高意味。而对于凌香来说，宗教式的悲悯情怀与救赎精神是她持有的人物底色。这些生活中的小人物们在对信仰的追求与守望中，于现实的纵深处，迸发出无尽的浪漫与诗意。正如蒋韵所言："不管他们在生活中沉陷得有多深，活得有多卑微、渺小、失败、屈辱，但他们身上总能在某个时候，'迸发出高贵的人性的光芒'。那正是他们存在的价值。"④

---

① 戴红稳：《对传统文化之根断裂的哀叹——论蒋韵小说〈心爱的树〉》，《广西民族师范学院学报》2011年第2期。
② 贺绍俊：《抵达现实的纵深处——2014年中篇小说评述》，《小说评论》2015年第1期。
③ 傅小平：《蒋韵：我的写作，是坚持坚守，也是命运》，《文学报》2020年4月9日。
④ 傅小平：《蒋韵：我的写作，是坚持坚守，也是命运》，《文学报》2020年4月9日。

浪漫与悲情的历史映现

——评蒋韵长篇小说《隐秘盛开》

李耀鹏

蒋韵是兼具思想和智慧并"追求高贵品质"的当代作家,她强烈的辨识度和鲜明的创作个性使我们难以用地域、风格、流派等传统批评概念来涵括她的小说写作。从初登文坛时的《我的两个女儿》到新近的《你好,安娜》,蒋韵的小说中始终潜流着一股悲观浪漫的理想主义气息。蒋韵的小说点燃了我们仰望历史星空的激情,她那温婉别致、诗意唯美而略带忧伤的文字总是让人心生感动和敬畏。令人深感遗憾的是蒋韵却成为中国当代文学史上的"失踪者",文学史家和批评家并未给予蒋韵和她的小说应有的公允评价,蒋韵小说所具有的文学史意义和思想史价值还未得到充分的发现和开掘。

蒋韵披戴着理想、青春和爱情的霞光绵密地想象和建构了自己的文学飞地,在凄美悲怆的爱情神话中重新讲述和复现历史是蒋韵小说重要的修辞方式,历史和爱情对于我们理解蒋韵的小说具有逻辑原点的意义,它们已经作为"方法"内化生成为蒋韵小说的美学原则。事实上,作为活在"历史中的人",都在以各自的方式呈现自我理解和认同的历史,对于蒋韵而言,即是在"后革命"时代如何书写和讲述"革命"的复杂问题。蒋韵曾坦诚地讲道,她的写作是"坚持和坚守,同时也是命运"。而洞穿蒋韵的小说世界,我们也能够异常清晰深刻地感知到,她对于历史的讲述也是一种无法抗争的宿命使然。蒋韵使历史个体与历史之间的距离不再如我们想象中的那般遥远,她让那些未曾经历和体验过她笔下历史的人获得了感知和抵达历史彼岸的可能,与此同时,让那些构筑历史的人内心中重新浮泛起回忆的涟漪。蒋韵与其同时代作家的迥异之处在于她从不直面批判、反思抑或同情她试图要表达的历史,而是在一种静谧的叙事中让历史自身呈现出它本来的真实面目。而这并不意味着蒋韵缺乏直面历史的勇气和力量，而是说她始终秉持着近乎零度式的情感立场重温她置身的当代史。蒋韵既无意塑造自身超然的道德主体性，同时又抛弃了历史亲历者那种宗教式的狂热情绪。这样，历史就以被悬置的方式成为她小说叙事的思想和精神底色，并且具有"历史的人性"的内涵，即那种"思想从超尘世的随心所欲和盲目的自然需要的奴役中要求解放，从超验论和假内在论（它也是一种超验论）要求自由，它把历史看成人类的作品，看成人类意志和心智的产物，这样，它就进入了那种我们将称之为人本主义历史的历史形式"①。总之，蒋韵重新理解了历史与现实人之间的辩证关系，或者说她以自己女性的立场和情感方式处理了知识、权利和话语之间的内在纠葛。更或许，蒋韵试图在以小说的方式告诉我们"历史和今天现实的人、现实生活之间的联系，已经非常脆弱、细若游丝。我们似乎正在进入一个失去历史记忆的时代，一个没有历史记忆也可以活下去的时代……想一想刚刚过去的昨天为什么会变得这样陌生，想一想历史记忆对我们今天有什么样的意义"②。在这样的意义上，蒋韵的那些小说书写和祭奠的就不纯粹是关乎女性的爱情传奇，更是带着温度和气息的并未远逝的历史。实际上，蒋韵这种结构小说的方法中体现出的是她个人的"大历史观"，表面看蒋韵书写的是历史的枝蔓和末端小节，实际上都会不同程度地牵动和关联着20世纪中国的历史整体。黄仁宇先生在阐释他的"大历史观"时曾指出："首先要解释明白的则是大历史观不是单独在书本上可以看到的，尤其不仅是个人的聪明才智可以领悟获得的……以短衡长，只是我们个人对历史的反应，不足为大历史。将历史的基点推后三五百年才能摄入大历史的轮廓。"③黄仁宇先生的阐述意在警醒我们，"大历史观"的建构和生成要以长时段的历史作为基本前提，同时又急需个人性的生存感悟。蒋韵以她理解和致敬的80年代作为多数小说写作的精神基点，80年代的激情和梦幻也成为她小说中挥之不去的内在气韵，她以80年代连缀了历史、此在和未来，蒋韵的"大历史观"的意义或许正在于此。

  蒋韵的小说是情绪化写作的典范，她总是会在不经意间将一个时代的历史裹挟到她的小说叙事当中，借由历史的光影重新照亮现实。现代诗人戴望舒认为，诗歌是一种情绪的表达，而蒋韵却将小说发展成为情绪的艺术。在蒋韵的小说观念中，人物和情节不再是推动小说叙事的动力，而潜隐和流淌在小说中的那种情绪力量赋

---

  ① ［意］贝奈戴托·克罗齐：《历史学的理论和实际》，傅任敢译，商务印书馆，1982，第71页。
  ② 北岛、李陀主编《七十年代》，生活·读书·新知三联书店，2009，第177—178页。
  ③ ［美］黄仁宇：《万历十五年（增订本）》，中华书局，2015，第242—243页。

予了蒋韵小说独特的气韵和魅力。《朗霞的西街》中的藏匿历史、《栎树的囚徒》中关乎成长的历史、《行走的年代》中的精神漂泊史、《晚祷》中女性疼痛的历史、《你好，安娜》中父辈的爱情史诗等都不同程度地彰显了蒋韵的历史和文学观念，而作为小说写作的美学范式在其长篇小说《隐秘盛开》中得到了更为生动的表征。《隐秘盛开》书写了一代人充满着激情和悲壮意味的"青春之歌"，潘红霞、陈果、刘思扬等青年人经历过70年代的人生洗礼，作为历史的行走者，他们在时代的新生和蜕变中以饱满昂扬的生命姿态面对未来——那个充盈着自由、青春、诗情气息的80年代。蒋韵并未着意去渲染桎梏和喑哑的历史带给一代青年人的戕害，历史本身的凝重与"伤痕"被云淡风轻般地消散了。潘红霞和刘思扬们要在精神血脉上彻底告别那个充满着禁忌的革命年代，他们没有怀疑、批判和哀怨，而是要以文学为终身的志业，用诗和文学的方式走进无边浪漫的80年代。因此，潘红霞和刘思扬们的骨子里没有"卑鄙是卑鄙者的通行证，高尚是高尚者的墓志铭"那样从迷惘到觉醒的精神历程；也没有"黑夜给了我黑色的眼睛，我却用它寻找光明"痛定思痛式的反思。蒋韵在《隐秘盛开》中写出了一代人的心灵传记和命运悲歌，她试图以诗的方式重新回到那个酷烈而虚幻的年代，体悟和感受"生活似乎永远在别处"的落寞和空虚，这种切身的体会在《行走的年代》中得到了酣畅淋漓的表达。蒋韵以"行走"的方式寓意着永恒的精神流浪和漂泊，而《隐秘盛开》就是一部"行走"的历史和诗学，"行走"意味着永远"在路上"和永无休止地精神跋涉。《隐秘盛开》中刘思扬在"行走"中追逐文学理想；米小米在"行走"中实现对生命的延续；潘红霞则在"行走"中终结自己无力抗争的宿命。在诗意性的历史行旅中，蒋韵以凭吊的方式成为自己精神的领路人，同时感召和抚慰了与她同时代的所有人。

  书写具有古典美学意味的悲壮爱情是蒋韵小说的另一重要特质，蒋韵的小说一直致力于激赏和建构一种女性乌托邦式的爱情神话和类宗教式的信仰，在"穿透哀婉和撕碎优雅"的格调中表达女性的爱情悲剧。她笔下的那些女性主人公穷尽生命的全部热忱去追逐可望而不可即的爱情，她们是《朗霞的西街》中的朗霞、《隐秘盛开》中的潘红霞、《心爱的树》中的梅巧、《琉璃》中的海棠、《水岸云庐》中的陈雀替、《你好，安娜》中的安娜和素心。蒋韵反感和批判那种仅仅拘囿在肉体和性欲上的两性关系，她希望用一种新的方式展现出人性的美好。对此，蒋韵曾指出："'肉体'似乎是一面最理直气壮最飞扬跋扈最反叛最高调的旗帜，它几乎变成了'人性'的代名词，并以时代代言人的身份宣告着古典爱情的死亡，而且，是以一种冷漠和蔑视的姿态。于是，人类两性关系中诗性的、浪漫的、星河般神秘的情愫,被剔除净尽……那就让我这个时代的落伍者来写一个另类的'陈旧'的故事吧,让我来写写古老的爱情。让我来写写和灵魂有关的、诗意的爱情。或者说,让我来向这永生不死的爱致敬。"①蒋韵曾明确表明在写作长篇《隐秘盛开》之前她并不懂得如何表达爱情,或许蒋韵真正要写出的并不是那些我们所谓的世俗爱情,而是一种贯穿着生命始终的爱意,是那种刻骨铭心的"让人疼痛至死却不能放弃的爱意"。因此,我们与其在情感上认同蒋韵的那些充满悲剧气息的爱情,莫不如承认蒋韵呈现出的是一个时代中一个群体面对爱情的精神镜像。蒋韵在谈及她的小说《生命之河》时指出,她想要写出的是"那些在滔滔的历史长河和大洪流中被无声无息吞噬、牺牲、湮灭的卑微生命,我想写那些卑微生命的珍贵、鲜活和美,我想写他(她)们无尽的凋零的姿态:壮丽的、凄美的、惨烈的、荒诞的、绝望的、丑态百出的……我是在为这千姿百态的凋零立传!"②正是源于这种为卑微者立传的心境和意愿,蒋韵在《隐秘盛开》中才略显"冷酷而无情"地演绎了呼延小玲、拓女子和潘红霞们至死不渝的爱情传奇。

　　作为女性小说家,蒋韵自然地会带着她的性别立场进入到她的小说叙事,但蒋韵又是那种能够超越各种女性主义或者女权解放思想羁绊的作家。"蒋韵的艺术优势却更多地体现为她从女性自身的纤细与敏感出发对世事人心的悉心抚摸,体现为她在自己所讲述的凄凉的悲剧故事中凭借着女性的直感与顿悟对存在意义的穿透与洞见,体现为她始终坚持着女性叙事立场以及她富有女性特质的对现实人生的别具诗意的观照与表现方式。"③蒋韵更加着意的是她以女性的目光审视和尊重那些将身体、生命与爱情完全同构的女性命运,这种女性观、生命观和价值观在其长篇小说《隐秘盛开》中得到了集中完整的展现。在小说的后记中,蒋韵援引汤显祖以"有情天下"和"有法天下"将人类割裂成两个完全不同的生命世界。在蒋韵看来,"毋庸讳言,古往今来,'有情天下'永远都在被'有法天下'所围剿,今天,在这个物欲统治的年代,这个欲望比天大的新世纪,早已没有'有情天下'的寸土之地……所以,那个'有情天下',就在这具身体之中,这个肉身的生命深处,与它同在,不可剥离,无从背叛。悲剧感,或许,就是由此而生"④。

---

① 蒋韵、舒晋瑜:《蒋韵:凭吊的何止是一个传奇》,《中华读书报》2016年5月18日。
② 蒋韵、王春林:《赋予"小说"以"诗"的灵魂——蒋韵访谈录》,《百家评论》2014年第6期。
③ 王春林:《女性生命的咏叹——评蒋韵长篇小说〈栎树的囚徒〉》,《小说评论》1997年第2期。
④ 蒋韵:《隐秘盛开》,作家出版社,2011,第232页。

蒋韵正是想要借由她笔下的潘红霞们的生命和情感历程来呈现有情的历史和有情的文学。

《隐秘盛开》中的潘红霞是来自北方内陆小城的文艺女青年，她的身上浸润和流淌着80年代应有的感伤和浪漫。在那个无比自由和诗意的年代里，潘红霞与陈果、刘思扬等人共同组建了"红钟"社，他们与80年代绝大多数的青年人一样，像热爱革命一般地热爱文学，尤其热爱诗歌。然而，他们未曾料想到的是与诗相伴随的还有爱情和死亡。潘红霞义无反顾地爱上了潇洒而有才华的刘思扬，她的爱决绝、炽烈和真诚，她甚至愿意以生命为代价呵护这份从未公开的感人至深的爱情，而她深爱的刘思扬却浑然不知。对于潘红霞而言，爱情只能够在内心深处隐秘而静默地绽放，当她终于有勇气表明自己的爱意时，她的生命已经走向了尽头。事实上，蒋韵真正意欲表达的并不是潘红霞们的人生有多么惨烈和悲壮，她更想透过潘红霞们的爱情悲剧揭示出"人世间，爱，永远只有一种，那就是，全心全意，肝胆相照，以命相许"的真谛。"爱，也许，从来都和被爱者无关，爱永远是一个人的事"是蒋韵笔下那些充满悲剧宿命女性共同的爱情哲学。如同小说中的潘红霞那样——"她没有失恋，她是在爱，爱得又坚贞又绝望。她绝望地、奋不顾身地爱着一个不可能。不是说过了吗？从小，她身上就有一种异乎寻常的东西，有一种坚贞的狂热，那是圣徒的品质，这使她的爱，随时可蜕变为献身与牺牲的激情，她爱的不再是一个尘世间的人，而是一个信仰。"[1]潘红霞并不是真正的怯懦者和失败者，而是捍卫爱情的孤独的"英雄和战士"，她为之付出生命的也并非世俗中的充满烟火气息的爱情，而是高贵的信仰和灵魂。"对于个体来说，个体的解体是最高的痛苦，然而由这痛苦却解除了一切痛苦的根源，获得了与世界本体融合的最高的欢乐。"[2]潘红霞秉持着"深刻而片面"的爱情观，她倾尽全部的生命去守候既没有开端亦没有结局的爱情，她坚贞地忠于自己的信仰，用无边的思念和漫入骨髓的苦痛浇灌了虚幻的爱情花朵，终于在生命凋零的时刻完成了爱情的创世记。潘红霞是一个平凡的"精神贵族"，她淡泊平静，善良而慈悲，她的生活和生命虽然并不光鲜华丽，但却有无限诗意的万种风情。

浪漫性是蒋韵小说独树一帜的美学风格，这种独特的浪漫气质并不外在性地体现在蒋韵小说的形式和语言层面，而是说蒋韵的小说在整体上会呈现出一种抒情韵致。小说的抒情传统古已有之，但其作为现代主体建构的重要面向却一直被遮蔽，

---

[1] 蒋韵：《隐秘盛开》，作家出版社，2011，第53页。
[2] 周国平：《译序》，载《悲剧的诞生——尼采美学文选》，生活·读书·新知三联书店，1986，"译序"第2—3页。

究其原因在于"作为一种诗歌或叙事的修辞模式，抒情不外轻吟浅唱；作为一种情感符号，抒情无非感事伤时。'五四'以来中国的文学论述以启蒙、革命是尚，1949年之后，宏大叙事更主导一切。在史诗般的国族号召下，抒情显得如此个人主义、小资情怀，自然无足轻重"[①]。蒋韵小说的抒情意义在于一方面接续了中国文学的抒情传统，另一方面复活了"五四"以来被启蒙叙事和革命叙事长久压抑的抒情叙事。蒋韵小说的浪漫质感主要源于她将80年代的那种诗性情绪杂糅进她的小说中，在内心深处，蒋韵终究无法割裂80年代的激情和虚幻的魅力赋予她的全部灵感，并由此开启了自己文学复兴的旅程。蒋韵唱响了关于80年代的动人歌谣，80年代是她的青春时代，她希望在这个时代的纵深处理解人性和爱情。尽管80年代在蒋韵的小说中承担着不同的使命——"有时，它是激昂如火的青春，有时，它是黑暗强大的命运，有时，它是苍茫的时间和悠远的背景，有时，它则是'哀江南'般的凭吊和伤怀。"[②]对此，蒋韵进一步阐述了她与80年代之间的精神联系："'诗的年代'，这是我对八十年代的评价，更准确地说，它是以诗的方式、诗的精神和灵魂渗透在了我的血液里，成为我灵魂和小说的底色。"[③]细读蒋韵的小说《隐秘盛开》便能够发觉到，小说中经常会出现诸如月光、河流、黑夜等古典诗词中的意象，它们的叠加与聚合赋予了蒋韵小说浪漫主义的气质并具有诗的品格。"一般认为诗以象征语言提炼生命经验，将所有感官的震颤凝结于一刻，而叙事则一再提醒我们时间的流程所必然带来的生命裂变。蒋韵不是不明白这个道理，选择以小说形式写作就像决定了某种宿命……说穿了，她自己何尝不就是一个诗的地下工作者，就着写小说作掩护，发送讯号，寻找当年失散的同路人。"[④]当然，蒋韵深知作为"盛开"的小说叙事与"隐秘"状态的诗之间存在着巨大的裂隙，或许以诗的方式讲述历史和那些充满生命悲情的故事是蒋韵的宿命所在，而这种所谓的小说写作的"局限性"无疑又成为蒋韵小说最大的独特性。总之，诗已经完全熔铸进蒋韵的血液和生命中，并带给她的小说耀眼的诗性光辉。

蒋韵是一个满怀激情和理想主义的小说家，她讲述的那些"隐秘而盛开"的历史就是她个人的一部浩茫的心灵史，她用浪漫抒情的笔致使个人化叙事与宏大历史

---

① 王德威：《序》，载《现代抒情传统四论》，台大出版中心，2016，"序"第1页。
② 蒋韵、傅小平：《蒋韵：我的写作，是坚持坚守，也是命运》，《文学报》2020年4月9日。
③ 蒋韵、王春林：《赋予"小说"以"诗"的灵魂——蒋韵访谈录》，《百家评论》2014年第6期。
④ 王德威：《隐秘而盛开的历史——蒋韵〈行走的年代〉》，《书城》2012年第4期。

得以完美地融汇。罗曼·罗兰曾说过,"世界上只有一种真正的英雄主义,那就是认清生活的真相后依然热爱生活",蒋韵的英雄主义就在于她勇于面对疼痛和忧伤,在历史和生活的岩石上镌刻情义和尊严。每当我们深陷红尘而精神放浪形骸时,蒋韵俊逸的诗情和高贵优雅的姿态便更具光彩和魅力。

重塑东北新文学

国有企业情怀的叙事诗
——评李铁的长篇小说《锦绣》

贺绍俊

李铁是国有企业的忠实儿子，他仿佛就是专门为国有企业而出生的，所以当他进行文学写作时，就注定了绕不开国有企业的时空。纵观他的创作，可以说他就是在为国有企业立传写史。国有企业是由众多工人的一双双坚实的手抬举起来的。国企工人曾经是令人艳羡的工作岗位，李铁也是其中一员，但当他进入工厂时，正是国有企业遭遇最大困难的时候，国有企业不吃香了，工人们"靠边站"了。李铁当年在工厂肯定感受到了这样的整体气氛，他也像众多工友们一样，心情郁闷、憋屈，但国有企业所铸就的工人本色也使他和众多工友们一样男儿有泪不轻弹。这就决定了李铁当年开始书写工人生活的小说的基本旋律。李铁的旋律不像过去的工业题材小说那样高亢、雄壮，总是在高音区飘荡；也不像有些揭露国企改革问题的小说，总是在低音区徘徊。李铁的旋律是在中音区回旋，就像是说唱音乐一般地诉说着日常生活的酸甜苦辣，偶尔会下沉到低音区发出悲壮的吼声。这是国有企业在特定时代以及下岗工人最真实的声音，如他的《乔师傅的手艺》《工厂的大门》《杜一民的复辟阴谋》等。李铁的工人小说带着当代工人的喘息声，引起文坛的关注。但这种关注也就那么一瞬间，大家依然回到自己纵情的欢乐中去了。李铁把国有企业工人的喘息声带到文坛，这样的小说我们给它的赞誉声太少太少。李铁小说的遭遇与他所描写的国有企业工人的遭遇完全一样，都是被冷落、被边缘化的遭遇。也许是这个原因吧，李铁转而去写其他的小说，当然，他在写其他小说时同样证明了他具有小说叙述的天才。他有点儿像他在小说《锦绣》中所写的工人，他们不得不从国有企业下岗，只好到社会上闯荡，以一技之长生活。我很想仿效锦绣厂的董事长把下岗工人重新召回工厂，去把李铁再召回来写工人小说。但事实上李铁并不需要召唤，因为他的身体内流淌着工人的血，他的情绪牵挂着工厂的炉子和机器。果然，他回来了。他回来就写了一部反映一个国有企业七十多年来变迁的长篇小说《锦绣》。当我准备为李铁写一篇文章时，我就想好了要写李铁身上的国有企业情怀。正是这种国有企业情怀与他的文学情怀相遇，便炼出了一种文学中的"特殊锰"。国家有了特殊锰，就能造出具有特殊功能的飞机、舰艇，文学有了"特殊锰"，同样也会让我们的文学精神具有金属的质地。

一、国有企业情怀

《锦绣》突出体现了李铁所具有的一种宏大的国有企业情怀。这种情怀并不是李铁个人化的情怀，在新中国的历史中，国有企业情怀曾经是非常公共化的情怀，而且这种情怀在一定意义上说是中国社会体制人民性的呈现方式之一。因为工人阶级作为国家的领导阶级，在新中国最初建立的社会主义体制下，最直接体现在国有企业的重要性上，工人阶级几乎成为国有企业职工的代名词，中国现代化所开启的中国工人的精神传统也主要由国有企业所传承和延续的。李铁的国有企业情怀正是对中国工业史的强烈呼应。

李铁的《锦绣》以东北大工业基地为背景，书写了一个现代钢铁企业——锦绣金属冶炼厂自新中国成立以来的变迁和发展。李铁所写的锦绣厂具有典型性，它俨然是中国的国有大型企业的样板，李铁通过这一样板真实反映了国有企业情怀所形成和壮大的社会原因。锦绣厂是日本侵略中国后在东北建起的一家钢铁厂，新中国成立后成为国有企业，工人们成为工厂的主人，工厂也担当起为建设新中国生产更多钢材的重任。这是一个根本性的变化。小说紧紧围绕这一变化展开故事情节，"主人"便成为小说中频繁出现的一个热词。前来接管工厂的共产党干部刘英花来到锦绣厂就给职工们开大会，她在大会上说，要把锦绣厂变成人民的工厂。她还特别对工人们说："你们也要从思想上解放自己，把自己从一个奴隶变成主人。"[1]小说真实再现了在中国大地上发生的这一场天翻地覆的变化。马克思首次提出，工人阶级是产业革命的产物，他看到了资本主义大工业对工人阶级的压迫和剥削，也预言工人阶级将成为资本主义的掘墓人。但不知马克思是否料想到当工人真正成为工厂的主人后将会是一种何等兴盛的场景。马克思曾论述到工人与机器的对立关系，工人们把对资本家的仇恨转嫁到机器身上，以破坏机器的方式与资本家进行斗争。马

---

[1] 李铁：《锦绣》，春风文艺出版社，2021，第9页。

克思认为，工人与机器的对立是不可调和的。但是，当工人成为工厂的主人后，工人不再仇恨机器，而是与机器建立起了深厚的感情。[1]李铁在小说中饶有兴趣地写到了这一点。小说主人公张大河在给徒弟们传授手艺时，特别对徒弟们说，电炉也是有生命的，你必须用自己的生命来和它肝胆相照。这种与机器的感情最典型地体现了一名工人的主人翁意识。张大河从共产党的干部来接管工厂起，就强烈感受到国家是把自己当成工厂主人来对待了，他在自己的日记里写道："工人当家做主，我完全可以在锦绣厂干出一番大事业。这大事业是个啥？我现在也说不清楚。"[2]虽然说不清楚，但这阻拦不住张大河把所有的热情都投入到工作之中，他知道干好了工作，也就是干好了大事业。这是一种比较朴素的国有企业情怀，但也是新中国成立初期最强大的精神支撑。小说非常真实地描写了锦绣厂就是因为有一群怀着朴素国有企业情怀的工人的热情和积极性，才在极短的时间内创造出了国有企业的兴盛。可以说，国有企业情怀是贯穿这部小说始终的一条思想红线。

二、工匠精神

李铁在塑造张大河这一工人形象上，突破了以往在工业题材上的思维定式，找准了在这一人物身上最具代表性的时代精神，这就是工人群体的工匠精神。张大河新中国成立前就在日本人办的厂子里练就了炼锰的好手艺，连他的日本师傅都不得不佩服。新中国成立后，他想要让自己的手艺充分发挥出来，为国家炼出好钢。张大河很看重技术，认为工人就是要有技术。李铁还写了一个同样看重技术的工厂领导牛洪波。牛洪波本来是军人，被上级派来锦绣厂当书记。他满腔热情来到工厂，却不知道从哪里下手，是张大河给他上了一堂"课"。当他带着一帮人在厂区清理垃圾时，张大河冲过来喝止了他们，训斥他们什么都不懂，是瞎搞，把炼钢铁用的金属块锰都当垃圾扔掉了。牛洪波虽然被人当面训斥，但他并不恼火，因为他明白了专业和技术的重要性，于是他决定在厂里成立技术核心组，还专门把张大河叫到办公室，要他担负起为新中国炼好第一炉锰的光荣任务。有了领导的支持，张大河

---

[1] 马克思在《资本论》《哲学的贫困》等著作中反复论述到机器与工人矛盾关系的问题，如在《1857—1858年经济学手稿》中马克思写道："最发达的机器体系现在迫使工人比野蛮人劳动的时间还要长，或者比他自己过去用最简单、最粗笨的工具时的时间还要长。"（《马克思恩格斯全集》第三十一卷，人民出版社，1998，第104页），在《资本论》中，马克思谈到工人反抗机器的悲剧性结果："机器成了镇压工人反抗资本专制的周期性暴动和罢工等等的最强有力的武器。"（《马克思恩格斯文集》第5卷，人民出版社，2009，第501页）

[2] 李铁：《锦绣》，第34页。

的底气更足了,他在日记里写道,他的理想就是做一个技术大拿,他还要把技术传授给大家,"我要让大家都跟我学,成不了大拿也要成个内行"[①]。这就是曾在新中国成立后掀起建设社会主义高潮中被工人们广泛认同的"技术第一"论,它是工匠精神在中国的通俗版。李铁紧紧围绕这一点展开情节,不仅将张大河塑造成了一个具有独特光彩的新中国的工人形象,而且也十分准确地表现了20世纪五六十年代的时代特征。比如小说写到张大河在爱情上的痛苦抉择,这是与当时社会普遍流行的阶级斗争意识有关的。张大河与古小闲相爱了,但是古小闲的阶级成分不好,厂领导告诫张大河,如果跟成分不好的人结婚,就不能得到重用。张大河为了要在厂里"干一番大事",就逼迫自己与古小闲分手了。但他对古小闲的爱始终无法从心底抹去,这成为他一生的"痛",他只能暗暗地以各种方式关爱着古小闲。又如小说还写到苏联政府对中国建设的帮助。上级给锦绣厂派来了苏联的专家,他们的确也给锦绣厂带来了先进的设备和技术,但张大河很看不惯他们的指手画脚。在一次因为不熟悉苏联的机器设备而发生了故障后,苏联专家彼得罗夫便断言张大河作为炼锰高手是徒有其名。张大河很不服气,当面向他提出要一比高低。小说非常生动地描写了两人比试炼锰手艺的场景。比试的结果是张大河略胜一筹,这让张大河很开心,痛痛快快地让徒弟们"宰"了他一顿。当然,因为对技术的痴迷反而使张大河和彼得罗夫成为朋友,他们在翻译的帮助下交流起了炼锰的心得。在讲述这些故事时,李铁充分显示出作为一名曾经有过工人经历的作家独有的优势,这些故事里包含着很多工业技术的专业成分,李铁不仅十分了解这些专业知识,而且能够将其转化成文学元素,从而使故事具有浓烈的工业味道(关于这一点的意义后文详谈)。李铁在塑造张大河这一形象时便是主要围绕"技术第一"论而展开的。在李铁笔下,张大河的理想与技术大拿有关,他工作的目标也是如何发挥他技术上的长处,他因为在技术上精益求精而获得进步,不仅承担起生产的重担,而且还被评上了全国劳模。小说真实再现了20世纪五六十年代在工业战线看重技术、提倡技术的整体氛围,也正是在这样的氛围中,张大河的精益求精的工匠精神得到良好的发挥。

同时还要看到,在新中国工业的初创期,人们还只是停留在工匠精神的通俗版,还缺乏建立在科学基础之上的战略眼光,人们即使具有强烈的国有企业情怀,在思想和行动上仍有局限性。李铁并不回避这一点,而是始终贴着历史进程来塑造人物。在20世纪50年代末期,正是我国社会主义建设处于热潮的阶段,用小说中

---

① 李铁:《锦绣》,第4页。

的描述是"全国进入了一个火热、奔腾、到处流淌钢水的时代","赶超英美,产值翻番"的口号对锦绣厂太富有刺激性了,他们决定上马钛白粉项目。这一项目当时在国际上也是前沿的,从客观上说锦绣厂还不具备上马的条件。这一决定让张大河热血沸腾,他自告奋勇,向组织上提出要去钛白粉车间当车间主任。尽管工厂投入巨大精力,但三年后仍以失败告终,牛洪波书记在职工大会上做了犯冒进错误的检讨。这一段虽然小说是以虚写的方式简略记述,但它把新中国的国有企业发展的曲折性和复杂性非常连贯地勾勒出来了。

三、工人精神的传承

李铁以钛白粉项目的失败作为第一卷的结束,其实是一个充满寓意性的安排,它意味着中国新兴的国有企业的高光时刻已经进入尾声。以后它将面临日益严峻的挑战。因此第二卷、第三卷基本上是从改革开放后国有企业在市场经济大背景下的尴尬处境写起的。张大河这个时候退休了,但他心中的国有企业情怀之帆仍被主人翁意识鼓得满满的,他有三个儿子,他让三个儿子都成为锦绣厂的工人。也正是在国有企业遭遇困难和挑战的时期,这三个儿子逐渐在锦绣厂挑起了大梁。大儿子张怀智是生产技术部副主任,二儿子张怀勇是锰冶炼分厂的副厂长,三儿子张怀双虽然只是摊长,但他最像自己的父亲,他传承了父亲的手艺,如今是锦绣厂的炼锰高手。张大河的三个儿子便成为小说第二卷、第三卷的主要角色,李铁通过三个儿子的书写,成功塑造了"工二代"的整体形象。相比于父辈一代,"工二代"在精神层面上显得更为丰富多彩,他们的人生选择也更加多样。三个儿子的命运便各不相同,大儿子张怀智选择了辞职下海,组建起自己的民营公司,事业干得风生水起,一度还成为锦绣厂的有力竞争对手。二儿子张怀勇在锦绣厂最危难的时刻出任厂领导,以坚韧的毅力带领工人们闯过难关,使锦绣厂迎来了新的腾飞,他也被评选为全国的优秀企业家。三儿子张怀双则热爱工人的技术活,他乐于坚守在生产的第一线,享受着生产的成功喜悦。尽管张大河在故事情节中已退到了幕后,但三个儿子身上分明都有着他的影子。这显然是作者李铁的有意为之,他是要通过"工二代"写出新中国铸就的中国工人精神是如何传承的。如前所述,李铁是通过张大河这一形象把中国工人精神集中理解为国有企业情怀和工匠精神的。那么这些精神内涵在张大河的儿子们的身上又是如何表现的呢?首先,他们的国有企业情怀显得更加舒展,他们将国有企业情怀与国家意识、家国情怀以及个人事业更好地衔接了起来,因此他们并不拘泥于某一个具体的工厂,而是能够站在国家和社会的大格局中去认识和处理问题。工匠精神则突出体现在三儿子张怀双的身上。李铁也是刻意要塑造这样一个热爱技术的"工二代",以此表达他对工匠精神的呼吁。因为在很长一段时期内,现实社会中几乎没有了工匠精神的落脚之地,在李铁的心目里,新中国之初培育起来的张大河不应该随着历史的翻篇而被遗忘,即使在今天越来越科技化和现代化的工业体系内,仍然需要张大河式的工人,仍然需要发扬他身上所具备的追求精益求精的工匠精神。从一定角度看,李铁是把张怀双当成张大河的延伸体来书写的,他以一个暗示性非常强的情节来点明这一点。他写到张大河当年评上全国劳模时,画家老朱为他画了一张画像,这张画像当年在全国都红火了,张大河因此也成了工人阶级的代名词。几十年后,老朱的儿子成为画家,他为张怀双画了一张画像,张大河看到这张画像时,还以为这是画的他年轻的时候。作者在这里所要表达的,显然不仅仅是说他们父子俩的模样非常像,而且是要借此说明,虽然时代发生了变化,但张大河式的具有工匠精神的工人仍然是今天的楷模。

李铁的可贵之处就在于,他并不是拘泥于某一种理念,或某一种道德观,而是把自己心仪的人物置于历史发展进程中来对待。张大河是他精心塑造的人物形象,这个形象凝聚着新中国工业发展的时代特质,的确可以称得上是那个时代的"工人阶级的代名词"。但李铁的思想并没有止步于此,他的文学思考完全遵循着现实主义精神,他勇敢地直面现实的急剧变化,让自己的思想以及笔下的人物跟随着现实朝前走。他在第一卷里写出了国有企业的高光时刻,而在第二卷、第三卷里,他聚焦于锦绣厂的现实场景,既有阳光,也有风雨,写出了国有企业的改革阵痛和雨后彩虹。他知道,国有企业所处的大环境发生了变化,处在这一大环境下的工人群体的精神世界也会发生变化。张大河的儿子们既继承了父亲的工人品格,又接受了社会发展的新事物和新观念,他们同样有一种国有企业情怀,但在他们的国有企业情怀里,包含了许多的现代性和时代性。李铁也是凭着自己的国有企业情怀,才能与小说中的工人们心贴心,才能深深理解锦绣厂在七十余年所迈过的每一道坎、翻越的每一座山。《锦绣》是一部忠实于历史和现实的小说,李铁通过锦绣厂几十年的兴衰、发展和蜕变,谱写了一首真切动人的国有企业情怀的叙事诗。

四、工业题材的审美化

最后,我要说说李铁小说的工业味道。《锦绣》是写炼钢工业的,其中有大量情节是与生产直接相关的,也写到不少的工业专业知识,但李铁基本上都能将其转化为文学元素。过去有评论家批评工业题材小说写得不生动,就是因为写了太多的生产活动，他们认为，写生产活动太枯燥，所以要少写生产活动，多写工人的生活。批评过去的工业题材小说写得太枯燥是对的，但问题并不在于写生产活动就枯燥，而在于能否将生产活动转化为文学元素。李铁的小说写了大量的生产活动，但小说同样写得生动形象。因此，李铁的创作具有一种普遍性的启示意义，这就是如何进行工业题材的审美化处理。以前的小说给人们留下一个印象，仿佛写乡村的小说更具有文学性一些，而那些写工厂和工人的小说，则显得文学性弱一些。这其实有一个重要原因，即乡村叙事经过长期的磨炼和实践，文学能够自如地将乡村进行审美化处理。但工业叙事相对来说还缺乏长期的磨炼，作家们还没有完成对工厂的审美对象化。那些粗笨的机器，那些标准化的金属零件，以及那些站在流水线前的进行重复操作的工人们，作家们很难将其转化为审美意象。但是，仍有不少作家在努力闯过这一关。李铁就是这样一位作家。他在这方面有着得天独厚的条件，因为他曾是工人中的一员，他对工厂怀着深厚的情感，他对工厂的事物非常了解，他在了解的基础上再去吃透它们的内涵和意蕴，于是便找到了将其审美化的途径。如《锦绣》多次写到炼锰，有为新中国炼第一炉锰，有与苏联专家比试高低的炼锰，有退休后仍然上阵成功炼出"特殊锰"，等等。每一次书写都直接从炼锰的技术进入，但每次都能以不同的色调来写。如写炼特殊锰，李铁重点放在写张大河的沉思上，别人以为他坐在那里是在发呆，其实头脑里在不断涌现出过去的经验。当他想起20世纪50年代一次炼高锰的经历时，便"眼睛一亮，信心一下子冲到了嗓子眼儿。对，要加料。他打定主意，人立马有了精气神儿"[①]。接着写他在儿子的疑惑下不紧不慢地吩咐加料，然后继续闭目养神。尽管如此，炼完后他还是心里不托底，提前回家了，走到家门口便接到儿子兴奋报告炼成功了的电话。整个场景写得有起有伏，人物性格也跃然纸上。

　　李铁对工业题材进行审美化处理，也许是他对自己所处的工业环境有一种自然而然地自我欣赏的结果，如果他对此有一种理论上的自觉，他在工业题材审美化的处理上肯定会做得更加完美。在此，我不得不提到他在《锦绣》之后又写的一个中篇小说，从中可以看出他具有这种自觉性。小说的标题就是"手工"，专门写工人手上的技术，李铁将其当成审美对象，把技术的精彩和魅力描写到了出神入化的地步。小说中的红星机械厂曾是当地一家大型国有企业，他们工人的技术水平是在全市最牛的。李铁告诉我们，在工厂的工种里，最能体现工人手艺水平的是钳工。他写了红星机械厂的钳工"大把"巩凡人，带出了两位技术同样高超的徒弟荆吉和西

---

① 李铁：《锦绣》，第275页。

门亮。小说的主要情节就是写了两次为这两位高徒而安排的擂台技术比赛。一次是当年国企正红火的时候，巩凡人将要退休，就有了两位徒弟"大把之争"的一场比赛。另一次是眼下正在倡导工匠精神，市总工会牵头要组织一场钳工技能擂台赛，获胜者将获得"工匠大师"的称号，荆吉和西门亮这两位师兄弟都各自凭借自己的技艺在外地闯荡，但他们都答应回来参加比赛。李铁将这两场比赛写得风生水起。我读小说才知道钳工这活儿的内涵太深了！有意思的是，做一个好钳工，不仅在技术上得过硬，而且还得在酒量和女人上也能镇得住别人。我读到这里时还一愣，但接着读下去才明白，他们所说的女人，是指厉害的钳工必然眼力好，眼力好就能找到标致的女人。这说明了，当年有技术有手艺的好钳工，也是好女人追慕的对象。真是物是人非，今天的追星潮比过去凶猛得多，可是还有谁会把好钳工当成追慕对象呢？工人的技术比赛不仅比工人手艺的高下，实际上也比性格、比修养，最终也比出了人品。李铁对于手艺在工人心目中的位置琢磨得非常透彻，在他的笔下，工人对待手艺的态度，就像武侠对待武功的态度一样，他们怀揣手艺的绝招，便如同武侠一般可以笑傲江湖、独行天下了。李铁将工人手工技艺作为审美对象，便为我们提供了另一幅美的景致。如这样的描述："我看过荆吉做四方套，那是一种熬，不是熬粥，是熬鹰，需要有足够的耐性。一块钢铁卡在老虎钳上，荆吉并不急于操作，而是先去洗手，擦干净了手，才会拿锉刀，摆出前腿弓后腿蹬的姿势，再目视前方做过足够长时间的冥想状，然后才会下刀，仪式感十足。"又如："他拎着锉刀站在老虎钳前，目光凝视那块钢铁。正是冬日的下午，接近四点钟，太阳快落下去了，该称夕阳了，这艳丽的夕阳透过窗户落到钢铁上，落到荆吉的身上，他的脸一半阴一半阳，一副思想者的样子。我问他，你咋不挫？他说，思考比动手重要。我说，一块破铁有啥好思考的？他说，阳光穿越了这块铁，让我看到了它的前世。"[①]这是写工人的技术，又是多么审美的文字！我愿意让我的文章结束于这样审美的文字中。我也期待李铁对工业的审美化处理有更大的收获。

---

① 李铁：《手工》，《十月》2021年第4期。

2020年辽宁诗歌扫描

杨 晶

农历庚子年是一个不同寻常的年度，突如其来的新冠疫情令人猝不及防，甚至在一定程度上改写了人类历史的进程。而在这个特殊的时间节点上，诗歌并没有停滞，辽宁诗人们以饱满的热情寻求着连接时代精神和心灵需要的创新点与增长点，激发各自的生命激情和诗性智慧，贡献出丰硕的创作实绩。诗意"返乡"的自觉和对地方经验的呈现，探寻富饶而充满活力的文化根脉，找寻精神家园，辽宁诗人不断建构与丰富着"辽宁"的文学版图。

一

作为诗歌大省、强省，强烈的现实关怀和淳朴厚重的美学风格是辽宁诗人的创作特色，对于所处时代和置身的日常生活体察与思考，使得辽宁诗歌构建起大气沉稳的格局与气象。2020年，辽宁诗歌接继着这极为宝贵的创作传统。

2020年，辽宁诗人在巨大的时代感召和强烈的现实关怀下，创作出大量诗作关涉现实的不同侧面。随着时代的变化，尤其是精神世界的巨大变化，现代境遇与都市乡愁、宏大叙事与日常生活、现实层面与精神世界等等，都有诗人给予关注、书写。响应到乡村工作的号召，2020年3月林雪正式开始阜新市阜蒙县白音昌营子村驻村工作，成为"诗人镇长"，之后她创作了《时光机》《命运是一个有温度的把手》《在小鸟的叫声里金子出现》《在夏坝听歌》《犁桦镇诗笔记》《又见布谷》等大量诗歌。作为一个获得过鲁迅文学奖、《诗刊》全国十佳青年女诗人奖的成熟诗人，林雪在葆有自己原有风格的基础上，2020年的创作有了可贵的新变与收获。她的诗开始更多地带有现实的体温，关注当下，试图以诗歌把握时代的脉搏，敏锐地感知着这个急遽变化的外部世界。"它来自于平静的／生活一样的乌云／絮语一样播洒于此／它书写生长之诗／／当它匆忙洒在我的领口／停在我的袖子／她对我这个异乡人多么眷顾／／看她就像是街角折叠的景色／展开，再收起／那让一切为之倾慕的美／／它又滴落在我的手里／也许不是。我已经握住一个故乡／或是它一个时光／一种故事。我多想再留住它一会儿／让它认出我，并赠我荣耀"（《雨啊》）。诗人借无边的想象与贴近土地的深沉的爱，笔下不仅有远山、树木、炊烟、云影，还有季风、春雨、乌云和雷电，不仅写村庄、老街，还写小镇、城市、疾驰而过的高铁，在平静的生活中捕捉细微的人生经验与日常经历，探寻生活的起源与生命存在的状态。"把季风和春雨都种到地里／把乌云和雷电也种进去／把玉米、刺柏和黄芪种进去／把坏秉性、轻易就点燃的愤怒／一起种到地里／种下去的还有过去的小心眼／和大懒散／旧日的贫穷经他的手／长出过窘迫／如今都是寓言和故事"（《种植》）；"电影总是偏爱火车／犁桦镇的现实也是／车窗把圆形山体切换到矩形天空／在一个快速闪回中／我与坡地上牧羊女的身影重叠／如不假以岁月沉淀／我俩又如何互相认出／彼此致意"（《偏爱火车》）；"说起回乡，你不说你是否曾浑身伤痕／只如蒙感召，踉跄起身／你大声说：大地就是这样／一只杯子／村庄、树木、炊烟、云影／都是杯子／你需握住自己／命运的一个有体温的把手／赶它们在日落前和你一起回来"（《茶人》）。应该说，林雪是一个纯粹的抒情诗人，不以激情和情绪取胜，但我们发现，实际上她也精于叙事。真正的抒情，也可能是一场宁静的叙事之旅。即使立足于现实的书写，在写实与虚构之间、现实与梦境之间，诗人仍在叙事中充满了诗意，即使稍做停顿，也不会刻意修饰，遵循内心的诗歌定律，始终自由行之，笔随心走，沉静、温润、深沉，这种朴素的愿望遭遇理想主义的表达，便呈现出真挚的抒情格调。

  作为有悠久历史的工业大省，工业题材一向是辽宁诗人瞩目的领域，这是对一个时代命题的探寻与思考，是辽宁诗歌创作的重要收获之一。曾获得全国煤矿文学"乌金奖"提名奖等多个诗歌奖项的邵悦，她的创作总是紧密贴近当下火热的现实生活，2020年诗人仍将目光聚焦在她所熟悉与热爱的领域，在《诗刊》等刊物上发表了《为祖国燃出一小块红红火火》《每一块煤，都含有灯火通明的祖国》等一系列诗歌。诗中诗人以煤自比："而后。我成了一块煤炭／来自黑暗深重的地心／在玄武岩层层叠加的圆圈内／在侏罗石长长的隧道里／积压了我太多的红，和火／储藏了我太多的热，和光"。紧紧围绕"煤"这个核心意象，诗人回环往复，从侏罗纪到大工业时代，纵横几千年历史："我由内到外坚硬的黑色里／全都是等待燃烧的真情／祖国，我的母亲／你最懂我的内心是怎样的温暖／最知我的情怀是怎样的火热／你能清楚地看到，我那些／隐约燃起来的信念，和信仰／你，把我立成顶门立户的长子／把我视为喂养大机器的工业粮食／把我当作奠定复兴之路的太阳石"（《为祖国燃出一小块红红火火》）；"我自带火种，自带宝藏／每一块噼啪作响的我／都含有灯火通明的祖国"（《每一块煤，都含有灯火通明的祖国》）。长歌吟咏之处，既有共和国长子曾经岁月的回顾，更有炽热的家国情怀的表达，暗藏了一颗悠悠的赤子之心，对投身新时代的"信念""信仰"，真挚的期盼之情喷薄而出。巴音博罗的长篇叙事抒情诗《北方的海》、组诗《那闪耀于炼钢厂中的海》《在大河拐弯处》等诗歌作品则更多地踯躅往返今夕之间，在关乎一代人的命运书写里拓展了精神视野。诗人紧紧围绕"炼钢厂"层层展开，串联起"空虚""黑暗"与"沉寂"，意象的组接与意义的传达建立起多重对话："黑暗中，总有一样东西独自活着／而钢铁厂的心跳，隐隐有力／那是海与大地的心跳，长河般的脉动／使这世人蒙羞"（《午夜时分的炼钢厂》）；"我要把太阳挂在钢铁厂的墙壁上／我对这世界一无所知，只能把语言献给天空""铁青色的波涛，是盲者才能看见的／最美的容颜／铁青色的高原，成为这世上最大的深渊"（《铁青色的海》）；"年轻时我曾想用一张报纸包裹住钢铁厂／现在，我不得不用夜色／我不得不放弃月亮的骨头，星粒的玻璃碴／我不得不沿着血管一路狂奔／以余生喂养心头的另一只野兽"（《在钢铁厂面前读一本书》）。作家以坚硬的"钢铁"标识着自己的良知与品格，展现对一代人命运的理解，充满感伤的同时也有深深的反思与希冀，简洁、凝重的文字作为对一个时代命题的凝视与回应，在传递中给人强烈的艺术感染力。

二

对于时代与生活的深度介入，构成2020年度辽宁诗歌的一个鲜明面貌，面对突然降临的灾难及急遽变动的世事，诗人们试图用诗歌把握时代的脉搏。同时，对于诗歌来说，辽宁诗人们仍立足于向内挖掘，在不断的博弈中努力靠近诗的本体。诗的力量源于诗人的真实感受与心灵创造的对接，对此辽宁诗人是有着文学传统的，他们沉潜于将日常生活和现实经验转换为诗歌中的"精神现实"，低调的写作姿态，专注于诗歌的韧性，为2020年的辽宁诗歌增添了更内在的风景。

应该说，诗歌的"社会功能"和"内在功能""个人功能"是需要同时抵达的，但是在今天，诗人如何写作、如何保持写作的有效性、思想难度和精神深度是每个人面临的困境，也是诗歌发展的时代诉求和内在命题。每一个时代都需要新的创造者、发现者和反思者的出现，诗人正是担负整合时代命题和人类境遇的特殊人群。

面对诗歌的"重"与"轻"及诗人的自我定位,辽宁诗人们普遍注重人生之诗的书写,认真去理解生活、想象生活以及再造生活,并在诗歌世界中过滤、提升和转化,于静水深流中努力让自己的写作走得更深更远,并都形成了自己的美学风格。更重要的是,这种沉潜的精神在很多诗人那里已成为一种自觉,这正是他们持守诗歌精神的保证,"坚守"在这个时代是最为难能可贵的品质。

人生之诗的重要前提是需要生活经验的积累与重构,在这方面李轻松的诗越发显得澄明。2020年李轻松写下《那些羊》《一个幽灵》《早晚祷告》《刃上白莲》《搓麻的人》《那时……》《一本书,两座城》等诗,代表了她的水准和高度。她不仅仅是在处理表征的词语问题,更是在思考人生困惑和灵魂难题,句中点点滴滴起起伏伏的诉说,都对应着世界的沉窒与变化,一首《那些羊》很能代表她的风格。"那些羊角张开,黑的崖,白的羊 / 一棵嫩草捧着粉红的嘴唇 / 河西的羊站在山崖上,那么高! / 它只吃发芽的草,和清晨的露珠","那些羊眼神温柔,有棉田,也有星空 / 一只羊的九十九座悬崖 / 有隐隐作泣的石头 / 一河风涌的浪 / 为此,我打消了对大美,始终都持有的一种怀疑"。我们初读诗歌,或许会以为这是诗人观察生活的写照,可她显然不满足于此,而是为之找到了美的揭示,这种由自然延伸出的演绎,无意于思想的升华,诗人是在生活当中发现了我们精神上的惯性,传达出自己敏锐的个体感知。她将关于美的感受以及对于生存意义的思考凝聚在词语中,理解着生命的流转变换,用诗歌写出内心充沛的情感。在另外几首同样是为人生的写作中,李轻松听命于内心对诗的召唤,所有的见闻、回忆和感触在诗中都变得奇幻、鲜活与通透。在《一个幽灵》中诗人写道:"一个幽灵,穿过三生来到这里 / 只需一刻他已完成了对死者的访问 / 对生者的审视,他用的是间离法 / 而我的幕间词用的是绝句 / 有着烟花与烟雨的交织"。这是诗人穿越时空,置身人生天地间的独白,有怅惘、困惑,也有顿悟,诗人克制着倾诉的愿望,在回眸的审视中,接续的是判断的难题,最终以神秘、多变的表达做了内在的平衡。

诗歌总是试图超越现实经验,使人直面内心,通过诗意的书写让自我得以超越有限性的规约,以挣脱外部世界的束缚求得心灵无限延伸,达到对人类精神层面的观照。在辽宁诗坛上,隋英军、柳沄、麦城、其木格、微雨含烟、林栀子、剑语、颜梅玖、苏笑嫣等都是具有浓厚自我觉醒气息的诗人。隋英军的《我要变得很小》《废墟之美》《子夜》《救赎》等组诗内敛而深沉,无不指向精神的深渊,那是他观察、体验、感悟与探索的结晶。诗人的写作更多归于凝视自我与周遭世界,在他开启的宇宙里,在深夜的幽居中面对辽阔的黑暗,星星、秋虫、流水,到一鸟、一鱼、一僧都静静流入诗人的笔下。"山中皆杂树 / 月光,掠过树梢的叶子 / 一叶落,如老僧／一山石，如金殿／我要挖一塘／水净塘深生芙蓉"(《题友人山居》)；"走在雪地上，没有听到鸟叫声／它不应该消失，那么明亮"(《丢失了鸟声》)；"翻书的人，提着星光的人／都隐匿了火焰／火点燃了火，这些孤单的雨滴／终将走到穷途／且一滴不剩"(《子夜》)。诗人显然迷醉于夜晚的"孤独"，他凭借无声的默祷剖视自己，在诗意的朗照下，沉思于对心灵的深刻关切，竭力触碰到一个更为接近的"内心的天堂"。语言既是其创造的中介，也指向最终的美学实践，在其他诗人笔下，我们可以看到："外婆坐在天堂里的一条长椅上／等我来取她为我熨好的一个外表／她不知道这个外表／穿在我的身上还合不合身／但她知道／穿上它不会露怯"(麦城《平安夜》)。"她把孤独放大，向晚秋抽出手／仪式感落下破碎……那场还在路上的雪／早已在额上，生根"(其木格《这个夜晚有点冷》)。"落日锈腐蚀的事物，我们可以忽略不计／比如玲珑塔、松树、烟火人间／它们深藏一柄剑的形骸，终将成就剑的意志／若有少年割霜雪为袍，持剑迎风而立，／剑与少年未曾想余生竟然会同锈迹密不可分"(剑语《生锈的剑》)。面对人类的"异化"，诗人们不仅有凝视本身所带来的情绪抒发、悲悯之心和道义追问，更延伸到与自然、与时代、与人生的交集，并以隐忍的"激情"写下悲喜与淡定。

在人生之诗的潮流中，还潜隐着一批值得敬畏的冒险实验者，他们愿意凝视，耽于沉思甚至幻想，执著于复杂的哲思空间，也注重形式的探索，这种带有先锋性的写作在近些年的辽宁诗坛越来越形成一定的影响力。李皓、张笃德、刘川、王爱民、高凤超、侯明辉、姜庆乙等诗人在本年度佳作连连。2015年，对于诗人李皓来说是一个丰收年。从年初开始，相继在《诗刊》《诗歌月刊》《星星》等刊物发表了多首组诗，他的书写庞杂，但不烦琐，在回忆过往与切入现实之间穿梭，充满了浓郁个人风格。李皓的先锋性体现于从日常的观察与经验里体悟世界的本质，并将这样的体悟转化为主体的反思与自我的救赎，最终都通往思想的高度。像《重新定义一些美德和美学》《本来的雪》《风一半，雨一半》《李皓的诗》等，一方面在表达中映现场景；另一方面又在诗中设置了内在的阐释性。不具有日常的和谐温馨，而是不断向下用力的风景。"一棵绿叶尚未落尽的树／在十二月的东北／被一场冬雨叫醒／那些睡眼惺忪的绿叶子／已经或者正在被芭蕉认领"(《本来的雪》)；"本来的雪，被春雨混淆／落英总是驻颜有术／你的缄默和我的注释一衣带水／命运在年终岁尾／再次分野／雨不过是／美德的一种存在形式／而醒来，才是一场雪的／觉悟""平分秋色或者黄金分割／怎么看都是一种美学／而让一支柳笛从故乡的河边／一刀切下来／它只是把我切到了南岸／风雨都不在我这一边／我的笛声无法与一群夜猫抗衡"(《重新定义春分》)。这些诗都取材于朴素的日常，切入点平平凡凡，但所有的语词都指向思想的渊薮，这些思想又多集中在迂回、选择的困惑里，带有隐隐的沉重，最后内化在自我的对抗里。另一位诗人张笃德也是沉于思索，在自己一贯坚持和耐心书写中具有了走向复杂世界的可能。组诗《一个人的合唱》代表了他的个性与追求，多达二十首诗的体量，在一场试图还原现场的书写中，建构了诗人坚守的堡垒。"一个人的合唱孤傲高拔／发乎于心底的狂飙止乎于天地都被感动／冷峻悲壮大气凛然／这样的壮举只属于爱恨分明的人"。2020年让我们记住的诗歌有很多："我在空里／写下空／雪从空中／空空下来／谷空如木鱼／小火炉／空着等一杯酒／赞人于无形／你是最后一片归来的雪花／脚印／比心空／松开的拳头／一封信的结尾／空更空"（王爱民《空》）。"他说树知道疼／伐倒的树没死，滴浆／一直那么疼地活着／潮湿的柴燃烧时喘白汽／会哭，会炸响／冒出的烟黑／自然老死的树才幸运／走时没声儿，火会笑／燃尽的灰也白／升起的烟，淡蓝淡蓝的"（高凤超《他说树知道疼》）。"洗好了。把袜子挂在风口——当然用夹子。把一双袜子挂在风口——当然用一个夹子夹住。可是，我看到，一对翅膀，在飞飞飞飞飞飞……第二天，穿上袜子上班，回头我又看了一眼：天空中没有翅膀的痕迹，而我的袜子已飞过。人世间中没有翅膀的痕迹，而我的袜子已在浩浩猛风中，飞过了一个长宵"（刘川《坚持的孤鸟》）。"每一天都在等，远方的钟声／细碎的金黄，缓慢跌落的声音／等种子，缓慢地成为一座教堂／成为我的小尘世／／远处的灯火，过街天桥、麻雀／慢了下来，他们也在等／这花白的小诗，呼吸和喝酒的人／浩瀚的星空，终将会被我的热泪填满"（侯明辉《慢下来》）。可以看到，诗人们普遍追求并保持着隐秘的现代意识，它常常是在生活的常态中由一种对抗性来完成。辽宁诗人的先锋性，不仅仅体现在丰富的想象与修辞的实验性上，他们更注重言说的力量，在书写中渗透进对人生的探求，达到"精神高度"。诗人们正是通过重构主体经验，将所见所闻从熟识经验中抽离出来，让其陌生化，建构了一个有别于现实世界的想象性空间，如此荒诞又如此日常，面对外部世界的无常变换与现实生活的琐碎荒诞，诗人们凝聚起关于人生境遇、命运起伏以及存在意义的哲理性反思，也呈现出自我的多面性面貌，借由诗歌实现精神的自我疗救。

三

约瑟夫·布罗茨基说"诗歌是对人类记忆的表达"，奥克塔维奥·帕斯认为"我们都是时间"，"时间"和"记忆"既与个体生命和存在境遇相联系，又关乎现实、时代以及历史。乡土气息、家园情结与对故土大地的深挚情感，是辽宁诗学风格的地域性呈现。每一位辽宁诗人的笔下，都有着对家乡这片辽阔大地之上的历史文化、地方风物的关切与热爱，是其诗作的重要主题。渴盼着诗意"返乡"以探求精神家园，凭借对文化之根的追寻确立自我在广袤时空中的位置。

首先，对于故乡生活记忆和个人生存经验的日常性描写，是辽宁诗人常常在诗歌里反复出现的，借以传达出心系故土的深厚感情。随着城镇化进程的加快，诗人们在书写乡土时，让"土"的传统经验转化成了大地的沉思，从普泛的抒情转向关注人、关注外在世界环境的变化，注重与乡土的对话性，辽宁诗人的这种转向与全国的诗歌创作保持着相同的美学维度。对故乡充满虔诚之意的于成大在2020年收获丰盛，先后发表组诗《对秋天深信不疑》《每一个害羞的人都加深了枫林的红》《田屯村》等诗歌。诗人回到自己的故乡，不管他返回的是真实的故乡，还是想象中虚构的故乡，其实都是对故乡一草一木灵感的投射。一次次地追问，完成对故乡的一次次心灵探访。他在诗中写道："在春天，我听见枯木深处的汁液／我看见石头内部的火焰，以及／我内心一只欢快的小虫子／／在春天，花朵无法控制自己的芬芳／大海无法控制自己的蔚蓝／我无法让春风和幸福停下来"（《在春天》）；"老家越来越旧了／比旧衣服更旧 更像是旧衣服上的／一块补丁……一些人仍活在村里 暗淡卑微／另一些人则移居到草木下／熄灭了灯火／／村庄与坟地之间／坐落着辽阔的生死／／这一刻，夕照犹如斑驳的铁锈／撒落在这个古老的村落上／使老家看起来更像是一块被锈迹追撵的铁"（《在南山上俯瞰老家》）；"异乡黄昏的窗口更适于眺望／一轮卡在远山间的血色落日／多像故乡红红火火的灶火／盘桓于群峰间的夕晖／则再一次被乡愁描摹成炊烟／／一缕浅蓝色的情感萦绕于心／那是柴草味儿、松脂味儿、木香味儿 秸秆味儿的故乡"（《炊烟是一缕浅蓝色的乡愁》）。出身乡土的诗人王文军有着丰富的乡村生活经验，2020年延续"乡土"写作的同时，视域更加开阔。他的笔下不断有对故乡与童年的回望，童年的记忆就是故乡的历史，他以遥远记忆中的田野作物、农事活动、骨肉亲情，展示北方乡村的自然风貌与生活，"我躺在白桦树下／白桦树长在山坡上／山坡长在草原上／草原上有草就足够了／还长着成群的牛羊……此刻，一个困扰多年的／疑团，豁然解开／什么也不说，就这么躺着／盖着树荫，沐着风／我不知道这就是幸福／甚至也不知晓／你安静地坐在我的旁边／看着我安静地发呆"（《在白桦树下发呆》）；"山坡上剩余的燥热／在蚂蚱的蹦跳中渐渐冷却／风也开始凉下来／舔着锃亮的镰刀／／父亲一直忙于收割喜悦／飘过的白云替他擦了把汗／其实，这喜悦一定叩响了深藏他心底的酸楚／谷子收完之后／山坡将再次孤独、空荡"（《找到回乡的路——山坡上的谷子熟了》）；"多少年后，如果／还有乡亲们在我的身前身后／这样蹚水过河，还有／安静的种子埋进我的眼睛,多好"(《找到回乡的路——蹚水过河》)。王文军的诗让人看到的是人生之诗的真实与自然,他记录下遭逢的瞬间,这些定格的内心风景涵盖了一个诗人返乡的灵魂之旅。出现在文字中的故乡面貌是多重的,有苦难、贫瘠、瘦骨嶙峋的一面,也有温情与慈爱的一面。在自然的永恒中,诗人悟得了生命的真谛,他与河流相遇,与白桦相遇,都是想象中的还乡,在与故土风物的遭遇中,精神得以"还乡"。

其次,将目光聚焦于故土辽河流域的历史记忆与地理风貌,也是辽宁诗歌的重要内容,这些内容建构起了独具特色的以辽宁为中心的"文化北国",表现出对故土的爱、眷恋与认同。在2020年度的诗歌中,我们读到了神秘的萨满文化、赫哲人的"伊玛堪"、清太祖的赫图阿拉城……几千年文明的历史积淀,既为诗人们提供了源源不断的丰盛的资源与灵感,也让他们在感受到现实的阻碍时以获得心灵的慰藉。贺颖2020年在《诗刊》《人民文学》等刊物发表的组诗《鸿蒙:致轩辕》《致昆仑》等作品,向我们呈现出更深远的追寻。"群山穿过我的骨缝,我看见三千因果 / 在星群中怒放……请做我虚构的宝剑、烈酒、锦瑟与琴弦 / 降温的黄昏 / 火热的腰身 / 在轩辕谷 / 我想你,像一个危险的魂灵 / 想念失散的肉身"(《鸿蒙:致轩辕》);"以生哺育死 / 以死献祭生 / 昆仑山星群下 / 雪花追悔 / 白鹿徘徊 / 我是突然造访的、美梦 / 成真的一场场醉酒……欢爱还给酒醉的昆仑山 / 雪峰之巅 / 彻悟还给命中的神话,此后万年 / 在你怀中日夜闭关"。可以看到,这是一次新的尝试,诗人的诗越来越趋于古意,从现实到历史的寻访中,诗人的一次次追问,如同在故乡的一次次心灵回访,她努力在更大的传统中化解具体可感的历史形象。她邀宝剑、烈酒,对话锦瑟与琴弦,一路走来,以诗的方式与历史对话,其中我们看到了凝重的历史与诗人的情怀。

与中原绵延几千年的农耕文明不同,"北方"是农耕与游牧文明杂糅地区,因此,辽宁诗人与其他省份极为不同的一个方面,就是除了对农耕文明的崇尚外,还保有对游牧文明的深情,对自身民族的身份认同,具有族群意识,如娜仁琪琪格、其木格等人的蒙古族身份,苏兰朵、巴音博罗、隋文军等人的满族身份,众多诗人在作品中都有鲜明的体现,2020年他们佳作连连。娜仁琪琪格是其中一个典型的代表,在以往诗作中,她鲜明地表达了对自己蒙古族身份的认同。2020年,组诗《在母语的暖流中跌宕起伏》中我们可以读到:"两座神性的山脉,它们是如此默契 / 它们彼此相守 / 坚硬、伟岸的身躯,绵亘出坚韧、细密 / 柔软、慈悲。雪线上融化的水,化作涓涓细流 / 潜入苍茫大地,滋养万物生灵","艾斯力金草原上空的星星都在 / 凝神倾听 银河清澈 清凉 白净的光 忍不住垂落下来 / 低

低地亲吻 拥抱／草原的泥土 万物"。诗歌犹如一曲自由、舒展、高亢的蒙古长调,在娜仁琪琪格的眼中,辽阔的草原上从一丛红柳、骆驼草、梭梭树,到成群的牛、马、羊,无一不承载着她的爱恋,她对生于斯长于斯的家乡草原浓得化不开的缠绵与爱恋已深入骨髓,草原与诗人在精神与心灵上已融合为一体,作为生命的底色成为创作的诗性源头。

除此之外,对以辽宁为中心的北国自然风光的书写也是2020年辽宁诗歌创作引人注目的一大景观。李见心组诗《万物蓝》、袁东瑛组诗《袁东瑛的诗》、哑地组诗《岁月深处》、孙担担组诗《民谣》《记忆与遗忘》等作品为我们描绘出壮美的辽宁大地上广阔的原野、起伏的山峦、蜿蜒的河流与无边的草原、洁白的雪,展现出北国的壮丽景象,连接起雄浑、厚重的文化之脉。在诗中他们写道:"一想到那仙境般的地方有你住着／我便放心／似乎这样美和美景才不会被浪费／你替一棵树叫出了鸟鸣／你替一朵云流出了星泪,替迷途的蒲公英／找到了回家的路／／一想到那又清又远的城市有你住着／就好像我也在住着／就好像我异乡的灵魂也找到了今世的故乡"(李见心《故乡》);"爱五月,两岸的桃花／也爱九月的蜜桃,成熟的甜味／爱苍茫的白雪,翠鸟叫空了的峡谷／它有孤独且苍凉的沉重／谁都带不走的定力"(袁东瑛《水中的石头》);"一个白银时代／挽起裤管／露出膝下的白霜／钟声和蝉鸣／以及背影和落叶／再次慌乱／一条金毛犬／帮我寻回梦中的童年／深秋和初冬肩并着肩／就像我和自己"(哑地《霜降之诗》);"我的左手边／田野是去年的,有一些苍老／也有一些苍老的星体／落在田野里,这些小石头／曾是星星"(孙担担《在不远处》)。当诗人们以自己的写作印证海德格尔"诗人的天职就是'还乡'"时,我们从诸多诗句中能深深地感受到诗人以自己的生命在体察、呼应着北国的雪雨风霜,一草一木。在通往诗的路途上,能倾听到草的悲伤,能关注到花的强颜欢笑,也能发现山的沉默,诗人们的"还乡"书写映照出修辞美学的创造,它们早已超越了地理自然的属性,包蕴着深刻的思想与精神内容,最终抵达生命感知中迷人的美。无疑,这种书写对于过去朴素的乡土诗的改进,具有一定意义的启蒙作用。如何挖掘现代乡土与诗的对话,生活永远是最重要的中介。

此外,杨明山等人的古诗词创作也取得了较好的成绩,但不在此论述范围内,不再加以展开。

辽宁诗歌在中国当代诗歌史上的位置不容忽视,在每一个时期都留下了其鲜明的印迹,这和新时期以来形成的良好的诗歌传统有关,也和老中青三代诗人们的努力分不开。纵观2020年辽宁诗歌,可以发现,即便在"非常之年",辽宁诗歌仍然呈现出极强的生命力和异彩纷呈的面貌。辽宁诗歌已经具备一种独立的诗学品格,以其不断展现的影响力显示出繁荣发展的局面。不同代群、年龄的诗人以他们的创作实践，在新作中继续探索着各具特色的诗歌美学，表现出对个体诗学的自觉追求。最为重要的是，诗人们的生命激情和诗歌的精神气场依然旺盛，尽管代际不同，但以诗歌当作心灵的通行证，无论是对时代问题的思考，还是对地方经验的呈现，以及面向日常生活的写作，都是一种信念支撑着他们走过这一场丰饶的诗歌之旅，坚守着诗歌的精神殿堂。对未来的辽宁诗歌我们满怀期待，相信文学辽军会奉上更多佳作与惊喜，诗人们已经在路上。

历史记忆与"东北书写"

——以郑执小说为中心

杨 晶

在近年来崛起的铁西三剑客中，1987年出生年龄最小的郑执开始写作的时间最早。从2006年十九岁时在网络连载第一部长篇小说《我们是不是很无聊》踏进文坛，之后2010年、2013年《别去那个镇》《我只在乎你》两部长篇出版，2014年在韩寒监制的APP"ONE"上刊载多篇短篇作品，后又连续写出两部杂文集《从此学会隐藏悲伤》《我在世间尽头等你》，直到2017年长篇小说《生吞》、2020年中短篇小说集《仙症》的出版让他声名鹊起，郑执的写作经历了从网络文学到严肃文学的过程，用他自己的话说是"浪子回头"。2018年凭借011号作品《仙症》，郑执以黑马之势夺得由"鲤""腾讯大家""理想国"联合主办的匿名作家计划的首奖，之后又收获了《钟山》之星文学奖"年度青年佳作奖"，一跃成为受人瞩目的作家。

当这位青年作家同时受到评论家和大众读者的广泛关注后，随之而来的是定位与标签，与双雪涛、班宇一起被贴上"铁西三剑客""新东北作家群""新伤痕写作""东北文艺复兴"等标签。显然，对他们写作的这种定位还应进一步探讨，应该说，三人的出生地、成长背景相近，作品的创作题材具有相似性，但这种简单的贴标签方式，显然遮蔽了创作的复杂性，抹杀了作家写作的个性化特质。应该说，郑执的写作所表现出的不仅仅是地域性的精神隐痛，他的书写实际上已超越了东北的地域、历史与现实，具有一种普遍性，呈现出不一样的书写经验和美学特质。

如何重新讲述新东北故事，被时代弃置的人，被时代遗忘的城市，地域因素对于透视郑执的小说是重要的。正如他所说："我总觉得，一片土地的命运跟个体的命运是一样的，不会白白遭受一些苦难。"这是郑执的文学自觉，是他对自己写作意图最直接的表达。但对于写作者而言，写作自觉不同于写作实践，怎样去写，去重新讲述东北才是在创作中最重要的。

"作为文化表意媒介之一的文学，见证了新旧交替、现代与传统转型的焦虑。文学较之社会学更有力地揭示变化中的心理和日常生活情境。"[1]可以看到，郑执对于人的日常生活和心理变化与大历史的紧密关联是极其敏感的，因此在郑执的笔下历史从未缺席，他总能将历史与人的紧张对峙放进编织的故事中，这也是其文学才华的最鲜明表现。而在郑执的精心编织中，时空装置是最值得我们重视的。从《生吞》到中短小说集《仙症》里的《仙症》《蒙地卡罗食人记》《森中有林》等作品，一部长篇与六部中短篇小说，历史时空完全一致，他将故事空间设定为东北城市——"沈阳"，故事时间设定为世纪之交，与双雪涛、班宇小说中的20世纪90年代国企改革、下岗高潮不同，2000年之后，时代已经跨入了新的世纪，但对东北这块特殊的土地来说，迈入21世纪的脚步步履蹒跚、举步维艰。经历了巨大社会震荡期的重工业基地新世纪后进入了更漫长的阵痛期，"复兴"成为世纪难题。"2002年春节，冯国金第一次到深圳，被那里的繁华给震撼了""倒数第二次见到王占团，他正在指挥一只刺猬过马路。时间应该是2000年的夏天，也可能是2001年。地点我敢肯定，就在二经街、三经街和十一纬路拼成的人字街的街心"。几乎不变的叙事模式向我们传达出郑执东北书写的叙事意图与写作动力。

根据文化记忆理论有关记忆场的阐释，记忆场具有物质的、象征的和功能的三重含义，并且必须有历史、时代和变化参与的影响。[2]从这一视角来观照郑执的东北书写，与"铁西三剑客"另两位双雪涛、班宇笔下精准锁定"艳粉街"不同，郑执小说是在铁西—和平—沈河三个老城区之间跳跃，它们共同建构起了"沈阳"这座城。"鬼楼"、和平一小与育英学校、大西菜行是最频繁闪现的空间，"沈阳"——整座城市才是打开历史通道的入口，是作者感知地域的历史状貌、言说时代风潮的重要载体。后者始终锁定"艳粉街"，指认为一座城市的标志，作为其创伤记忆的空间所在，显然更多强调了作者的底层立场，而前者更多指向的是对"沈阳"这个城市中"被遗弃的人"的生存境遇与精神困境的关怀。可以说，理解了"沈阳"，便理解了郑执的写作立场、叙述方式。

实际上，在社会主义大工业时代，还没有以阶级区隔来划分城区的功能性区分，作为工业城市的沈阳，整个城市空间是围绕工业布局组织建造的。这种空间组织与其他非工业城市、与我们今天的工业城市都有很大的差异。《生吞》与《仙症》

---

[1] 王斑：《历史与记忆：全球现代性的质疑》，牛津大学出版社，2004，第223—224页。
[2] 巴赫金：《陀思妥耶夫斯基诗学问题》，刘虎译，中央编译出版社，2010，第49页。

对它的再现犹如在我们面前打开一幅蒙尘久远的沈阳地图。在社会主义工业时代沈阳被称为共和国工业摇篮，作为新中国建设的重点，仅"一五"期间，全国财力的六分之一都倾注于此，早在1957年，装备产品已占全国份额百分百。作为大工业时代的样板，创造了三百五十个"中国第一"。因此，铁西作为东亚第一工业区，被称为"东方鲁尔"，完成了新中国成立后国家工业的原始积累。至1984年国企改革前夕，已有一千余家企业，拥有三十多万产业工人，近六十家大型国企除少数位于大东区外，大多数都聚集在铁西这个区域，无论是生产规模还是技术水平都居于全国乃至世界前列。王颀父亲的重型机械厂（《生吞》）、"我"父亲的机床三厂（《蒙地卡罗食人记》）、王占团从部队转业后工作的第一飞机制造厂（《仙症》）都曾经是大工业时代沈阳上万人国企中最有代表的几个。20世纪90年代以前的工业时代，工人的生产空间在铁西，而居住地除一小部分聚集在全国最早最大的工人村外，大部分遍布全市五大区，因此每天清晨，林立的烟囱冒着白烟、汹涌的自行车潮，伴随着铝饭盒碰撞的叮咚声，是那个时代最经典的镜头。在沈阳的五个老城区中，工业生产区的铁西外，和平区是文化功能区，沈河区是传统商业区。《生吞》与小说集《仙症》中，人物的家庭居住地大多放到了沈河区大西菜行附近，而不再是双雪涛、班宇的铁西艳粉街或工人村。传统商业区沈河区的标志性地理——大西菜行早从清朝开始，就已经是小商小贩集散地，是土生土长的老沈阳人充满烟火气味的记忆之地，每一个沈阳人的生活——买菜、逛街、娱乐，无不在这里完成。而另一个标志性地理是和平一小与育英中学。育英实际上就是沈阳育才学校，作为唯一一处与沈阳现实没有实名对应的学校，实际上也不是虚构，在历史沿革上，育英与另外一所学校合校后更名育才。这两所学校毗邻沈阳城市中心区，也是文化中心所在地——和平区的最中心位置，是沈阳城中特别好的小学与中学。在郑执精心的时空设置下，时代巨变带来的创伤与隐痛向城中的每一个人涌来，"新世纪的风，带着香味，带着希望。新世纪理应把世间都万物变好，变美，可惜它太让人失望了，世界依然是老样子"。

在这样的时空图景里，郑执在叙事策略上做了大胆尝试，其中《生吞》最有代表性。《生吞》小说中讲述的"3·8"大案正是当年震惊全国的沈阳"3·8"大案，犯罪团伙同样主要由两人构成，同一事件在双雪涛的小说《平原上的摩西》里也出现过，小说里另一个案件"鬼楼女尸案"同样是在当地流传很广的一个故事。在郑执小说的结尾，作者让悬案的结局真相大白的同时又疑点重重，将不确定性带给读者。显然，悬疑叙事最直接的写作动机不在于案件与侦查的本身，而是以主人公回顾性的记忆重建历史记忆，这才是叙事最根本的起源。《生吞》的故事很简单，刑警探查十年前悬案，发现当年确认的凶手有可能出了差错，嫌疑人很可能是自己女儿的儿时同学。小说的悬疑来自为寻找真相而营造的虚实迷宫，真相指向的不仅仅是案件的事实，而且是重返历史，找寻历史中的巨大隐喻，揭示出老工业基地具有怎样复杂的环境与精神困境。郑执常用多角度交叉叙事来揭示历史。《生吞》中，事件按照王颀、刘国金两条线索叙述，一条是案件追踪，刑侦大队副队长刘国金奉命追查发生在铁西艳粉街北部"鬼楼"的一桩凶杀案，追凶的过程也是刘国金自身心态转变的过程。作为原刑侦大队队长的女婿、后因破案有功提升为刑侦大队副队长的刘国金，也有难言的隐痛。市场经济时代，在商海中混得越来越风生水起的妻子渐渐与仅靠工资吃饭的丈夫貌合神离，刘国金一直以"案子忙完"为借口拖延，当杀害女儿同学黄姝的凶手被缉获时，延期了十年的婚姻也无奈结束。面对商业大潮汹涌地来临，刘国金感受到自己与自己这代人在"时代"面前的失败与无力。另一线索是出身于不同家庭的五个好朋友：来自下岗工人家庭的王颀、刑警队副队长刘国金的女儿林雪娇、父母离异后寄身舅舅家的黄姝、抢劫犯的儿子秦理、富二代的儿子高磊。他们一起经历了从小学到中学的成长与磨难。在刚刚进入的市场经济时代，对于依靠自己勤奋或超常智商进入全市最好的学校还是有一定的可能性的，最终能顺利进入大学改变自己的命运更是成为最大的期盼。在社会主义建设时期曾经拥有"主人翁"身份地位、拥有"安稳"社会福利保障的工人群体，在新时代浪潮的冲击下，"被放逐"为历史的弃儿，他们的子一代在学校中与罪犯的儿子、无父母的孤儿一起成为校园中最弱小的群体。在郑执悬疑叙事的外表下，传统工业时代经由20世纪90年代的市场化瓦解，由此分化出来的不同阶层及其个体对同一历史有着相差各异的经验，多角度多线索叙事显然试图以分化溃散的历史亲历者对话的形式，重建历史意义。小说文本中，几位主要人物都无法成为对话的全部参与者，除了他们显在的叙事话语，更引人关注的是无法言说者参与对话的方式。作为小说中的被害者，父母离异后寄人篱下的黄姝被排斥在正常的学校之外无法读书，最终陈尸鬼楼永远无法发出自己的声音；另一名抢劫犯后代的秦理在校园里受尽周围人的排斥、欺辱，最终一场事故让他成为聋哑人，丧失了听力与语言能力；从工厂下岗后靠修自行车维生的老宋面对自己十五岁的女儿被奸污，拿着借来的剁骨刀直奔凶手——"十三刀，一共不用八秒""背后的青龙被砍成几截……泡澡池子被染成红海"，老宋自首入狱……他们的经验和思想只能透过不同的他者话语出现在文本叙述中。《生吞》正是通过对话语的求索，为弱小者赋予了参与历史建构的对话者身份，这些经验的断片，构成了悬疑叙事真正要讲的历史。作为一名有着强烈自觉意识的作家，这是郑执沈阳叙事所要达到的文学效果。应该说，郑执小说中的每一个人都经历了"生吞"。每个人都在不经意间被生活生吞活剥,遭受着生活的凌迟。郑执依靠虚构来介入历史,将巨大的历史后果,即在时代的滚滚洪流中城市角落的家庭与个人被裹挟的、无法逃脱的艰难苦涩的生存命运图景,凸显出来。他的思考始终停留在"人"的身上,对于真实事件进行艺术加工,展示出人性的善与恶、黑与白。历史不应该失语,历史中挣扎的人们亦是如此。

作为出道较晚的作家,郑执有意识地寻求写作上的突破和拓展,在时代关注与人的关怀道路上越走越远。在《生吞》之后,他仍不执意逗留在地域维度上,而是执着于普通人困境中的挣扎与人性的光辉。《仙症》《蒙地卡罗食人记》《森中有林》等小说中,悬疑叙事消失了,在"老城区"的故事中,有精神病患者,有机场驱鸟员,有穷鬼乐园的游荡者、下岗工人,也有商人、警察、未成年的孩子,探索并呈现给我们的是关于个人"偶然"的悲剧与人生无常、世事无常的普遍性,在那里善与恶、挣扎与沉沦、绝望与救赎并存。

《森中有林》中的人物都没有逃离无常的"悲剧"。廉家海本是一名家庭美满的警察,因为女儿的眼疾,妻子绝情离开;工作上无辜受牵连下岗,靠收破烂、骑倒骑驴送煤气罐维持生计;收破烂时被流弹射瞎一只眼睛;新婚不久的女儿为自己卷进命案而丢了性命;上访二十年找回自己警察工作的同时,也是退休到来宣告身份无意义的时刻。射伤廉家海眼睛的吕新从小父母双亡,不久爷爷去世,刚刚参加工作能自食其力养活自己,却误伤了廉家海;与廉家海的女儿结婚不久,妻子又意外身亡,自己也入狱一年。吕旷、廉婕、王放,包括杀人的王秀义、卫峰,每个人都各有各的不幸。但在个人遭遇的命运悲剧中,又无法指认悲剧的根源。正如廉家海所说:"在生命中,每个人都会被某种东西卡住的,这个东西可能是时代,也可能是自己。""可能有些仇,根本没有仇人。我一辈子的仇,都不知道找谁报。"小说结尾处,作为第三代人的吕旷和王放在命运的兜兜转转中不期而遇,他们重返故土,生活重新绽放出希望的生机。"我想你也走不了,年轻人。""有人把你种在这片土地上了。"显然,小说流淌着的善与温暖才是隐藏在文本背后的郑执,幽暗世界里的星光是伸向我们每一个人的救赎之手。

《仙症》则成为普遍历史的寓言。小说中,郑执褪去一贯的悬疑外衣,努力超越地域的限制,完全是用象征性的叙事书写对21世纪后时代的整体性认知。小说用精神病患者"王占团"的疯癫过程,以疾病隐喻还原了生命真相,及新的社会规则制约下社会整体与个体的状况。爱说爱笑、智慧过人的王占团从正常人一步步被变成精神病,要求噤声。"仙症"的癫狂对应的正是灵魂的极度痛苦,而周围的人,从单位领导同事到邻居到家族成员都是阻止其灵魂归位的帮凶。"仙症"的意象可以让我们联想到鲁迅笔下的迫害狂"狂人",虽然,郑执作为"80后"一代作家,并没有从"启蒙"出发切入当代现实的精神的视域,但是仍投射出历史的浓重,也展示着当代现实中历尽坎坷、磨难,"卡"在俗世中而努力抗争的小人物。显然"在这片爱的荒原,人们以绝处求生的意志找寻爱之星火,生之意义"[1],这是郑执的执着所在。应该说,通过"王占团"这样一个人物形象,郑执以此完成了时代的一次心灵历程。

一部长篇《生吞》,一本中短篇小说集《仙症》,虽然郑执转型后作品数量不多,但已经展露出不凡的能力与气度,并显示出逐渐走向成熟的写作精神。他呈现给我们的不仅仅是东北,更是回应了我们这个时代历史与现实的沧桑。因此,从一定意义上说,郑执正努力于超越地域限制,他的作品提供给我们的是普遍性的时代精神、灵魂档案。作为"文坛新秀",我们有足够的理由期待郑执未来创作出更好的作品。

---

[1] 2018年"鲤·匿名作家计划"首奖授奖词。

大东北的地方志和心灵史
—— 论刘庆的《唇典》

张维阳

是否能够呈现出鲜明的地域特征，是判断一部小说审美价值的重要尺度，这在当下的学界已经成为共识。巴尔扎克和巴黎、哈代和英国乡村、乔伊斯和都柏林、马尔克斯和南美、鲁迅和浙东、莫言和高密，几乎所有优秀的作家，都和一块土地有着血脉相通的精神联系。这种体现着传统文化的区域性叙事，是一个民族文化谱系的象征，存在着一种无可替代的精神感召力。这种地方性的知识和审美经验，构成了每个民族得以维系和绵延的内在精神力量。

中国东北是一片极富特点的区域，这片土地广袤而富饶，其历史悠久而繁杂，当地的少数民族和中原地区的流人曾在此创造出辉煌灿烂的文化。但在东北自身的文化发展的过程中，出现过多次的难以弥合的断裂，存在着严重的文化断层，缺少连贯性，尤其是17世纪的大清入关和流人返乡，让这里在相当长的时间里几乎成了文化的真空地带。直到19世纪中期开始的"闯关东"移民潮，大量汉人出走山海关，进入东北，中原文化强势进入，才让东北再次成为不可忽视的文化存在。如何通过写作贯穿破碎的历史，整合这片土地的文化属性和地域精神，是几代东北作家一直思考的方向。五四时期，以萧红、萧军、端木蕻良、骆宾基为代表的"东北作家群"的创作是东北文学在现代文学史上的首次集体亮相，他们对东北地域特征的集中展示给国人留下了深刻的印象，但时代赋予的启蒙任务决定了他们在面对东北独特的地域文化时，只能采取批判的策略。也就是说，他们站在启蒙的普遍主义话语立场上讲述和面对东北的文化和传统，试图通过暴露和展览的方式颠覆和瓦解这些地方性的文化。同时，他们虽生在东北，但通过他们的作品中清晰的移民心态和对中原的恋乡情结，可以看出他们鲜明的中原文化身份，启蒙的时代要求和中原文化的参照，让东北在他们的笔下呈现出一种荒寒的边地样貌和荒蛮的文化景观。

20世纪80年代开始的寻根文学，可以看作是重构全球化语境下地方性知识的努力，正如樊星所说，"当现代化大潮正在冲刷着传统文化的记忆时，文学却捍卫着记忆的尊严"[①]。在寻根文学的影响下，东北出现了金河、白天光、孙春平、邓刚、谢有鄞等着重描述东北地方故事的作家，他们通过塑造粗犷豪爽、勤劳质朴的东北人物形象，展现东北独特的乡土生活气息和东北传统的地域文化属性，但同时他们也继承了知识分子的启蒙者身份，对东北乡野原始愚昧的群体文化意识进行了有力的批判。他们始终没有将东北视作自己的文化故乡，知识分子的文化优越感和中原文化的中心意识始终支配着这些作家的创作，制约了他们通过写作对东北文化的发掘和表现。为了通过文学的方式表现出东北地域文化的主体性，深入挖掘东北地域文化的根脉，从新时期开始，张笑天的《永宁碑》和王占君的《契丹萧太后》《辽太祖阿保机》《辽宫秘史》等作品开始讲述东北这片土地上少数民族的历史，以东北原住民的视角看待和表现东北的历史与文化。近年来，萨娜的《多布库尔河》、王樵夫的《大辽残照》、王志国的《大辽悲歌》和迟子建的《额尔古纳河右岸》等作品可看作是这种努力的延续。这些作品或是讲述东北少数民族悠久而光辉的历史，或是讲述少数民族的苦难经历和文化变迁，呈现出"民族史"的特征，展示了这片广袤土地历史的丰富性和文化的独特性。2017年春季，刘庆发表了潜心十年才得以完成的作品《唇典》，《唇典》也是一部与东北少数民族有关的小说，但它的隐喻属性和概括能力使它不局限于从某一民族的视角出发，讲述东北某个民族的历史。《唇典》细致地临摹了东北的山川景观、风俗民情，展现了东北大野的地方性特质，使小说具备了东北地方志的特征，体现出对于东北的普遍意义，更重要的是，在作品中，他站在东北的立场，从东北古老的萨满文化的角度，审视20世纪东北的历史，展现了东北从古典时代进入现代社会的历史变迁，表现了萨满文化的历史样貌和失落轨迹，在书写这一历史进程中东北人共同历史记忆的同时，也呈现出东北人共同的心灵感受。他对于东北历史、文化和民族心理的深入挖掘，使小说和东北的土地建立起了紧密的血脉联系，深入而充分地展示了东北的地方性特质。

一

在《唇典》中，刘庆叙述的人物和地域都是属于东北的，具有典型性和广泛的代

---

① 樊星：《当代文学与地域文化》，《文学评论》1996年第4期。

表性。《唇典》中，故事的讲述者是一个满人，由他来讲述他的族人和故乡的故事，但他不以种族标记自己的身份，他的祖先从一个遥远的地方搬来库雅拉河谷，他和他的族人们都生活在这里，他们都自称"库雅拉人"。这表明刘庆并没有突出这个故事讲述者和他族人的民族属性，而是强调他们的地域归属，他们无论在地理上还是文化上，都属于被命名为"库雅拉"的这片土地，他们是这里的土著，也是这里的移民，所以他们不仅可以代表东北土著的少数民族，也可以代表从中原移民来的汉人，他们是库雅拉人，更是"东北人"，在这个意义上，他们的故事，就是"东北人"的故事。《唇典》中的故事集中发生在库雅拉地区的"白瓦镇"，"白瓦镇"是虚构的，但它却不是刘庆臆造出来的地理虚空和时间幻境中的虚拟存在。小说中充满了诸多详尽的风物描写和生活细节，让"白瓦镇"显得无比真实。"白瓦镇"的世界里满是榛鸡、铁雀、野猪、鳇鱼，和崇山峻岭、松榆白桦这些东北的风物，还有踩高跷、扭秧歌、跑旱船、打话谜这些东北的民俗，更有媒婆提亲、过灯官节这样细致的东北世俗生活景观。这些风物和民俗景观是东北独异的地域文化的具体形态，可以穿过时代的风云变幻而留存，经历战乱的浩劫而延续，是东北地域文化的物质确证，对"白瓦镇"地域风光和地方民俗细致和缜密的描写，让《唇典》呈现出了地方志的特征。"白瓦镇"的风物和世俗生活景观是典型的东北的"风景"，在东北的土地上，四处都可以见到这样的景观，因此，"白瓦镇"可以被指认为东北境内任意的村镇，它对于东北，具有普遍的意义。

"文化，它应是地域文化小说丰富内涵的矿藏。它应充分显示出人与文化的亲和关系。从某种意义上来说，一部地域文化小说，如果在地方色彩的表现过程中不能揭示丰富的文化内涵，它便失去了作品的文学意义"[1]。作为文学形态的地方志，《唇典》的内容是丰富的，其中不仅有东北地方的风物，更表现了东北地方的文化内涵。在小说中，刘庆以他扎实的历史学识和天马行空的想象力，以文学的方式描绘出了东北的"童年时代"，当然，这里说的"童年"不是时间意义上的童年，而是文化意义上的童年。在现代的科学世界观没有普及到东北时，这片土地流行着萨满的文化和传统。萨满，作为一种古老的原始文化，是以原始的萨满教为核心逐渐生发而成的文化形态，在亚洲、欧洲、北美等地广泛流传，其在中国的东北被保留和继承得最为完整，东北的满族、鄂伦春族、鄂温克族、达斡尔族等少数民族曾普遍信奉萨满教，"往昔，萨满教的影响在少数民族中不仅妇孺皆知，而波及的地域遍及白山黑水，文化氛围的广袤是非常辽阔无垠的"[2]。萨满教没有规定的经典和教

---

[1] 丁帆：《20世纪中国地域文化小说简论》，《学术月刊》1997年第9期。
[2] 富育光：《引论》，载《萨满教与神话》，辽宁大学出版社，1990，"引论"第1页。

义，认为神存在于万物之中，万物有灵，萨满是神的使者，是人神沟通的媒介和渠道，由萨满教生成的萨满文化广泛而深入地影响着东北各民族的生活实践，是东北民间文化的源头。通过对萨满文化的提取和开掘，刘庆在小说中创造或者说复现出了一个神祇和鬼魅并存，鲜活而飞腾的奇幻世界。在这个世界中，人们相信预言和宿命，相信神祇和邪魔，相信用鸡蛋可以占卜，相信簸箕仙可以预知未来，更相信萨满可以通晓神界、兽界、灵界和魂界，可以向他们传达神谕，仲裁他们的争端，治疗他们的疾病，解决他们的困惑。在《唇典》中，故事的讲述者是一个长着一对猫眼的命定的萨满，郎满斗，他的双眼可以洞悉黑暗，也可以看到常人所无法见到的神迹与魅影。在他的眼中，飞禽走兽、蛇鼠蚊虫都具备独立的意志，山川草木、风雨雷电都充满了灵性。在刘庆笔下，萨满不仅是某些仪式和规程，或者某种宗教，更是一种独特的认知和看待世界的方式。刘庆通过郎满斗的双眼，展示了一个万物有灵的世界。他眼中的世界充满了新鲜的生命气息和令人敬畏的神性，这种对世界独特的认知是萨满文化重要的一面。对于那些孤独而疲惫的缺乏信仰的现代人来说，《唇典》为他们提供了一个飞腾想象的空间和舒展心灵的场地，也让他们重新思考人和自然的关系，重新界定人在自然界中的位置。此外，刘庆在小说中还书写了大量萨满的传说和法事，离奇而庄严，神秘而肃穆，光怪陆离又异彩纷呈，对跳神、祭祀等萨满文化的具体形态有着形象而生动的呈现。

刘庆对萨满文化的展示，不仅限于场面、形态和规制，他不刻意从官能的角度展示萨满仪式的奇异，而是通过萨满文化对人的态度，显露和感知萨满文化深层的精神内核。赵柳枝是白瓦镇大户棺材铺赵老板的独生女，赵老板视其为掌上明珠，她出落得亭亭玉立，是库雅拉小伙子的梦中伴侣。但家境殷实、天资卓越的她，没能拥抱期待中的幸福，飞来的横祸让她从天堂跌入了地狱，她犯了女孩儿在传统社会的大忌讳——未婚先孕。其实是无耻的强盗趁乱潜入了她的闺房，做下了肮脏腥臊之事。她无处解释，无处诉说，腹中的胎儿被认作是邪魔，家人找来法师作法驱邪，她无奈地忍受了花样百出的法术的折磨。在她丧失了对生的希望，一心寻死之时，李良萨满出现了，他睿智地洞悉了柳枝苦难的根源，将罪责嫁祸给一只白公鸡，以公鸡成精荼毒少女的叙述掩盖和回避了事情残酷的本相，并以一场严肃的法事终结了作恶的"邪灵"，以一种相对体面的方式结束了柳枝的灾祸，给了她活下去的勇气。李良萨满在虔诚地履行萨满的仪式中，实现了对柳枝的拯救，在表面夸张而奇诡的萨满仪式下，蕴藏着他的宽厚、善良和仁慈。李良萨满的举动透露着萨满文化对人性的理解和对人的关爱，这无疑是萨满文化最为珍贵的部分。被李良萨满拯救的赵柳枝和作为李良萨满徒弟的郎满斗，在日后都继承了李良萨满的大爱，赵柳枝在战后不顾他人的冷眼和政治上的风险，收养了日本遗孤素珍，让她活了下来，而郎满斗为了素珍的清誉，甘愿背负强奸犯的罪名，用自己的自由换取素珍的平安。尽管他们都在日本侵略中国的历史中满身伤痕，但他们依然愿意为拯救一个日本的孩子而承受更多的伤痛和磨难，充满了牺牲的精神。他们的爱溢出了民族的界限，超越了历史的仇恨，这种对于人的无差别的爱，正是萨满文化最为感人至深的部分。五四时代流行的启蒙思潮，让书写萨满文化的萧红和端木蕻良等人着重突出萨满仪式的游戏性和蛊惑性，以科学的世界观去揭露古旧社会的奇观。而刘庆对萨满文化的叙述，表现出了他更宽容和通达的文化心态，立足当代社会，让他可以穿过历史的迷雾，以更加平和的态度去面对和审视萨满文化传统，透过奇异和神秘的外在形式洞悉和提炼萨满文化的精髓。刘庆通过对萨满文化的解读，提供了一种殊异而独特的看待世界的角度和理解生命的方式。刘庆在小说中呈现的萨满文化的豁达与温暖，宽容和柔情，对自然的敬畏和生命深沉的大爱，对现代社会来说，是一种独特而新鲜的价值标准与伦理观念，这是东北的高山大河、冰川莽原孕育出的思想结晶，是东北先民独特而宝贵的文化遗产。他用萨满文化作为参照，审视现代以来的东北历史，在对东北人苦难遭遇表示悲悯和同情的同时，也为萨满文化在这块土地的没落与消逝感到惋惜。

二

"现代"降临后，东北文化的童年时代宣告终结，白瓦镇滑进了现代的历史旋涡中。关于"现代"，刘庆有他独特的理解和表现。在小说中，刘庆以隐喻的方式，塑造了一个"现代"的肉身，以书写和刻画其人格的方式表达了他对于"现代"属性的整体判断。辛亥革命以后，库雅拉河谷蒙昧而天真的岁月因"稀奇古怪"的外物的闯入而逐渐分崩离析，电灯、电影、马戏团、留声机，日本人的铁轨还有俄国人的教堂，这些外物的出现伴随着时局的变化，社会的动荡接踵而至，库雅拉人被卷进了一个充满了纷争和杀戮的世界。各种新鲜事物的出现，预示着"现代"的临近和时代的变革，但对白瓦镇来说，历史变革的实质性的开端，是一个叫李白衣的人带来的。李白衣以电气工程师的身份出现在库雅拉人面前，他来自城市，掌握着现代的技术，他为库雅拉人带来了电灯，带来了光明，他是光明的使者，是"现代"的肉身。但同时，他还有另一个身份——一个匪徒，他是辽西一带逃窜至此的匪帮的头目，他以电气工程师的身份为伪装，潜伏到当地大户的家中，摸清各家的经济情况，为计划中的"抢街"制定方案。他给库雅拉人带来了光明，也给他们带来了灾难,他策划的洗劫,不仅让库雅拉人付出了经济的损失,还牺牲了很多无辜的生命。正是他,在混乱的夜色中强暴了清纯美丽的代表着古典美的赵柳枝,并让她怀了孕,造成了库雅拉的优秀子孙赵柳枝和丈夫郎乌春一生的悲剧。日后,他以"王良寨主""山上大爷""理想教主""救国军首领""先遣军头目"等不同身份出现在小说当中,这个角色没有立场也没有原则,不讲法纪也不讲道德,他一度是抗日爱国者的同盟,举枪与抗联战士一同抗日,但他又是最不坚定的同盟者,随时可能倒戈,成为伪军。他有创造性,也有破坏性,他的行动全靠欲望和利益驱动,充满了不确定性,他是个无法束缚也无法控制的角色。他是刘庆对于"现代"的人格化的想象,通过这个人物,刘庆书写了"现代"的特征和气质,展示了"现代"的复杂性和危险性,表现出了他对"现代"的审慎和警惕。

随着"现代"的到来,现代的世界观和思维观念逐渐覆盖了东北传统的世界,萨满文化受到了极大的冲击和挤压,逐渐被人们捐弃和遗忘。在《唇典》中,刘庆用历史叙事的方式,展现了萨满文化失落的过程和轨迹,充满了伤感和痛惜。在对历史的讲述中,刘庆使萨满文化主导的东北古典时代和"现代"闯入后的新时代构成了镜像关系,萨满文化对人的宽容与拯救对应着现代社会战争思维和斗争哲学对人的摧残和毁灭,古典时代的平和静穆映衬出了现代世界的喧嚣和冷漠。刘庆对"现代"以来白瓦镇历史的叙述,大体上分为两个部分,分别是"抗日战争时期"和"战争之后的时期"。在"抗日战争时期",东北被逼迫卷入了日本单边的现代性方案之中,这场旷日持久的中日战争,刘庆在讲述这段历史时,不仅突出了日军侵华过程中制造的惨烈场景和日军骇人听闻的战争手段,更揭示了战争给东北人民造成的心灵的伤害和人性的变异。在郎乌春对于投奔"组织"还是伪军举棋不定之时,"组织"的地方头目韩淑英时刻准备除掉郎乌春,韩淑英是郎乌春曾经的革命战友,他们还长时间保持着情人的关系,在漫长的革命伙伴关系中,他们还曾育有一女,后来,他们虽然选择了分手,但这分手是革命工作的需要,并不意味着情感的破裂。也就是说,在日后,二人除了革命友谊之外,还保有着相当的情分。而在战争环境中,这种情感关系被韩淑英认作是无足轻重的,丝毫不会影响她的决定和判断。在刘庆的笔下,韩淑英是一个坚定的、顽强的革命者形象,她对"组织"的忠诚和对于革命事业的投入给人留下了深刻的印象,但战争中的她,情感世界似乎非常模糊,她对于爱人和女儿的感情都淡薄而缥缈,自上而下的政治命令几乎占据了她生命的全部。战争的环境不仅让她冷漠,也让她残酷。她为郎乌春选定的行刑人,正是郎乌春的妻子赵柳枝,她以搭救赵柳枝的儿子郎满斗为手段,取得赵柳枝的信任和依赖,冒充"仙姑"的身份以诱导赵柳枝服从,计划以夫妻相戮的方式完成组织的部署。通过这样的书写，刘庆表现了战争对正常社会环境中人的情感方式和伦理秩序的破坏，人在战争中彻底沦为工具，人的主体性无迹可寻，古典时代萨满文化对人的尊重和对生命的敬畏，更是荡然无存。

在"战争之后的时期"里，萨满的文化传统并没有因为战争的终结而得到修复，战争时代忽视人伦和人性的传统，得以继承和延续。通过刘庆的叙述我们看到，在这一时代里，人们蔑视民族的文化和传统，不顾乡情与亲情，执着于自己的政治身份，满怀着激动和仇恨，寻找或制造着敌对分子，用暴力而残酷的手段显示自己的忠诚。他们对异己的排斥和打击，并没有随着斗争对象的去世而终结，这些满怀着仇恨的亢奋的人们，幻想将斗争的火焰燃烧到另一个世界当中去。这样，刘庆以一种极端的表现方式，复现了当时弥漫在群众中的狂热的斗争心态，正是对传统彻底而决绝的抛弃，酿成了这样普遍而持续的狂热，在当时建构出了一个荒诞而疯狂的时代。如果说，在"文革"时期，萨满文化作为一种老旧的传统文化，被坚决地打倒批臭，以一种极端的方式证明了其还被认作是一种被重点关注的对象，那么在以发展经济为主的市场经济时代，萨满文化的内蕴迅速地被人们所淡忘，曾经庄严而令人敬畏的萨满，成了一些投机者的门面和骗子的伪装，官方对于萨满文化的修复也不过是为了发展地方的旅游产业而找来的幌子，充满了神性的文化和法事只被认作是一种生意的道具和象征性的装饰，萨满文化陷入了一种更为深重的绝迹危机之中。

三

《唇典》中的白瓦镇是典型的东北村镇，但它并不是静态的东北乡土世界的标本，更负载了东北流动的、延续的，并向当代中国伸展和生长的一段历史。在《唇典》中，白瓦镇的故事从辛亥革命延续到改革开放以后。通过白瓦镇的历史，刘庆书写了东北乡土社会在大半个20世纪里的遭遇和经历。刘庆以小说的形式表现东北的历史，并不是要依照某种理念或要求进行某种宏大叙事，他无意记录和编排那些所谓的客观史实，他从具体的人的角度看待历史，这让他更在意那些身处历史巨变中的人的心灵感受，这些感受是东北人对历史切身的体验，是有温度的东北历史。20世纪东北的这段历史曲折而复杂，充满了屈辱和疼痛、混乱和磨难。在《唇典》中，东北的这种历史的痛感和心灵的苦难，是以具体的"库雅拉人"的生命经历为表征的。

《唇典》的主人公之一郎乌春，是库雅拉地区的杰出青年。在库雅拉人的传统节日灯官节上，郎乌春被选为"灯官老爷"，这是灯官节中最重要的角色，足见乡里对他的尊重和承认。在初春时分库雅拉开江捕鱼的活动中，郎乌春冒险乘船出江，抢捕第一船开江鱼。初春的江水汹涌澎湃，暗流涌动，初化的冰排纵横肆虐，暗藏杀机，郎乌春凭借自己的勇气与智慧，驾驶小船在江面左突右避，躲闪腾挪，在险象环生的过程中九死一生。这种拥有勇力和巧智青年往往是古典时代部族的英雄，应当立足家园，保护一方水土，或者行走四方，扬名立万。然而，时代的风云突变，时局的云谲波诡，让郎乌春迷惘和彷徨，一度随波逐流，迷失方向。他因情感的伤痛负气参加乡勇，开始了流浪式的征伐，他在数年间军阀的混战中摸爬滚打，在朝不保夕的日子里及时行乐，蹉跎人生。政府的数度更迭，时局的持续动荡，让郎乌春无法计划自己的生活，也无处安放自己的青春，只能听任命运的摆布，无奈地对待生命的阴错阳差。九一八事变之后，家园的沦落让郎乌春有种无根的漂浮感，他带着队伍逡巡游弋于东北军、救国军、日军和"组织"之间，在经过了长时间的犹疑和踟蹰之后，最终选择投向了民族的抵抗势力。在这个过程中，他经历过如何的深思熟虑，经过了多少的计较和算计，他的皈依是出自对"组织"女领导者的个人感情，还是出于对国家的热爱，是机关算尽，还是机缘巧合，刘庆都没有提及。当时局势的复杂让一切的后见之明都显得僵硬和刻意，刘庆没有以时过境迁的明智和政治正确去编排郎乌春当时的思想动向和行动选择，而是着意通过文字的叙述重返历史现场，还原当时复杂的社会环境，以复现他真实的历史处境，而对于结果，刘庆只做交代，未予解读。

在小说中再次出现的郎乌春，已然成了东北抗联三师的师长，然而，三师虽是师的建制，却无师的规模，三师全员只有一百余人。郎乌春带着他的百人战队，在荒野老林里和无际的沼泽中，以简陋的装备和时断时续的供给，和侵略者搏杀和纠缠。抗联三师的友军土匪出身，唯利是图的他们随时有倒戈的可能，延安来的信使亲切而诚恳，但印信的遗失让他无法被三师信任，同时，抗联的军部又因敌人的封锁和莽原的阻隔而遥不可及，这些都让三师的斗争陷入一种迷茫和绝望。没有外界的支援，没有统一的谋划，没有出路也没有未来，郎乌春伴着肘腋之患，在孤独的荒原中苦苦支撑。历史并不是童话，在一些历史的角落，黑暗可以强大到足以把正义和光荣吞没。敌人丧心病狂的"围剿"，让郎乌春百人的队伍只剩下一个脖子中枪的副官、两名交通员和一个没有了武器的机枪手，雄狮拼掉了尖牙利爪，勇士砍钝了利剑长矛，郎乌春战斗到了最后一刻，蛟龙失水，虎落平阳，他于无奈中放下了手枪，宣布抗联三师战斗的终结。郎乌春的缴枪并非是卖国求荣，他低头却没有屈膝，他的退让不是屈服，而是马占山式的韬光养晦，他在耻辱的煎熬中酝酿东山再起。可是，历史并没有再给他在民族战争中建功立业的机会，这种懊悔和隐恨在他的后半生中一直围绕和伴随着他，让他苦闷和不安。

对于郎乌春的经历，刘庆没有突出其个人的意志和选择，而着重书写了历史和环境对他的影响。在云谲波诡的历史中，他像咆哮大海中的一叶孤舟，肆虐狂风中的一片落叶，来不及思考，由不得算计，他被历史的洪流裹挟，不明所以，不知所终。刘庆通过对具体人物的描写，表现出宏大历史视野，通过郎乌春曲折的经历，映射出军阀的混战、东北军的避战、国民政府的不作为、东北的沦陷、东北抗联的孤军奋战这些和东北有关的历史，更写出了这些历史大事对东北人的具体影响，表达了对那些在大历史中被残害和愚弄的个体的悲悯和同情，在展现东北近代以来历史的丰富性和复杂性的同时，写出了经历这些历史的东北人心中普遍的彷徨、孤独和绝望的心理感受。《唇典》是历史景观的还原，也是民族心理的复现。

赵柳枝是《唇典》中另一位主要人物。通过赵柳枝的经历，刘庆表现了东北人民在20世纪上半叶另一些重要而普遍的内心感受，那就是恐惧、委屈和屈辱。少女时代遭遇的不测是她屈辱生活的开始，李良萨满的拯救虽然给了她活下去的可能，但噩梦并没有随着李良萨满的法事而终结。虽然库雅拉的优秀青年郎乌春将她迎娶进门，但郎乌春对柳枝的态度是复杂的，他一方面爱着柳枝，一方面又觉得这个婚姻是他和柳枝父亲的一笔交易。郎乌春虽然一直钟情于柳枝，但柳枝破身和怀孕的事实始终使他难以接受，如果不是柳枝父亲承诺的五亩高粱地，也许郎乌春就不会同意这样的婚约。柳枝知道自己是交易的筹码，也知道郎乌春视自己为耻辱的源头，悲剧不是由她而起，她却要承担全部的后果，她内心的悲怆和委屈无以复加。婚后郎乌春内心的别扭与日俱增，只有离家远征才能疏解他内心的怨气，这一走就是数年。走后的他鲜有音信，他和柳枝的婚姻形同虚设。这样，柳枝带着生下来的孩子，在寂寞和荒芜的岁月中艰难地生活。家里没有男人，她拿起了锄头，干本属于男人的农活，如果不是每个月要疼一次，她都忘了自己还是个女人。她还要照顾孩子，履行一个母亲的责任，生活的艰难可想而知。对她来说，生活的磨难不仅是繁重的劳动，更大的折磨是她对于噩梦的记忆，这记忆像一个鬼魂始终纠缠着她，让她担惊受怕。"夏天，艾蒿的味道散尽了，门和窗就是恐怖世界窥视她的眼睛。还记得黑蝴蝶纷飞的夜晚吗？难保没有坏人来对她进行第二次侵犯。门口备好二尺钩，炕头备好镰刀，枕边备好剪子，窗台下面备一把斧头。让狼嚎的声音再大一点儿吧，等一下，外面脚步沙沙响。神经崩溃了，她恨不得立刻去死，从艰难的时光里一劳永逸地解脱。"[1]挥之不去的噩梦让她对于夜晚有着神经质般的恐惧，面对黑暗中似有似无的响动，她举起镰刀，一刀一刀地砍向想象中的奸人。然而，凶险可

---

[1] 刘庆：《唇典》，《收获》（长篇专号·春卷），长江文艺出版社2017年版，第162页。

怖的东西并不存在于夜色当中，而藏匿于她内心的暗影里，锋利的镰刀无法斩断她的恐惧，就像她无法磨灭记忆里的过去。

郎乌春不仅以新婚出走来表现对柳枝的歧视和偏见，多年以后，还若无其事地将自己和别的女人生下的孩子带回了村里，让她照看和抚养，这对她来说是更大的耻辱。她曾在经年的孤独和寂寞中无数次地想象和盼望与郎乌春的重逢，但万万没有想到他竟是因如此的事情回来与她相聚，郎乌春竟然对她如此地无视和冷漠，郎乌春的做法，让柳枝感受到了巨大的屈辱。然而，事实其实不是这样的，郎乌春在内心当中始终深爱着柳枝，在外流亡时，他经常表现出对于柳枝的怀念，甚至在和"革命战友"韩淑英一起生活的日子里，在梦中还会喊出柳枝的名字。但历史在他心头留下的伤痕无法抹去，他的情感因此而缠绕和扭结，让他长时间的压抑自己的情感，丧失了正常人的表达情感的能力，这样，柳枝的屈辱感就始终难以消除。

对于军阀的混战和日本军国主义的侵略给东北人民带来的灾难，刘庆的叙述和表达极具个性，他不仅用文字讲述了这片土地半个世纪以来遭遇的苦难和灾变、兵灾和匪祸，更通过东北的两个标志的人物，用隐喻的方式呈现了东北人民在这一历史过程中所承受的心灵隐痛。无论是郎乌春的彷徨、孤独和绝望，还是柳枝的委屈、恐惧和屈辱，都是灰暗历史引发的次生伤害。相对于死亡这种可以用数字标记和记录的苦难，东北人民在艰难的岁月里所经历和承受的疼痛用文学以外的方式是无法言明的。刘庆无疑用自己的方式，对记录这种东北人的苦难记忆做出了有益的尝试。没有一致的对历史和过去的回忆与认知，也就没有统一的对未来的设计和想象，为此，文艺复兴时期的西方学者为刚刚走出中世纪的困惑的西方人，挖掘出了古希腊的历史；托尔金为世界大战中迷失的英国人，用文学创造出了中土世界，为族群日后的发展与创造，发掘和制造出了共同的精神纽带和情感基础。对于当下的东北，无疑也需要唤起其对历史的共同记忆，让历史与当下建立起血脉联系，让东北人民因这片土地的历史而生发出更多的凝聚力，以应对发展模式转型所带来的阵痛和挑战，在这个意义上，刘庆的创作不仅具有文学价值，还有着现实意义。

刘庆在小说写作中表现出来的宏阔的历史视野、对于自然界的精微感知、对于萨满文化爱与宽容的展示、对于人与自然关系的深刻思考以及对于这片东北土地的深情厚谊，都给读者留下了深刻的印象。如果说小说有美中不足之处，那就是在人物的塑造方面，还有些未尽如人意，几个主要人物的性格特征还不够鲜明，人物性格的发展不够清晰。刘庆重点强调了外在力量对人的影响和支配，人物心理的内在空间还有待挖掘。当然，尽善尽美的作品是不存在的，希望刘庆给我们带来更多的惊喜。

"底层形象"的心灵寻踪
——万胜对底层群体精神世界的文学呈现

张维阳

改革开放使中国的经济得到了突飞猛进的发展，这是我们有目共睹的事实。然而，经济的高速发展在为社会快速积累财富的同时，也造成了社会阶层急剧的分化，财富的重新分配在创造了众多财富神话的同时，也迅速分离出了一个庞大的社会底层群体。底层群体为中国经济的高速增长做出了重要的贡献与牺牲，然而在文化的意义上，他们难有自我表达途径和能力，他们是一个沉默的群体。21世纪初期，文学注意到了这个群体，作家们无法忽视正在发生巨大变化的社会现实，开始集中表现和关怀底层群体的遭遇与命运，出现了被命名为"底层文学"的文学思潮。然而"底层"是一个社会学的或者是政治经济学的概念，是以对社会财富和社会资源占有的多寡为依据，对社会群体进行的类别划分和身份确认。用"底层文学"的概念标识这段文学思潮，表明了这些作品更多地关注底层群体物质生活状况以及遭遇的社会问题，对底层生活的书写展现文学对人的现实关怀，以及基于现实的政治反思，而对底层群体精神世界的表现，是其薄弱环节。之所以存在这样的现象，和从事"底层文学"创作的作家有着密切的关系，"底层文学"的代表性作家，大多是知识分子或者作协系统的专业作家，如曹征路、刘继明、王祥夫、胡学文、陈应松、罗伟章等人，他们不属于底层群体，底层圈层的生活经历也并不丰富，其对底层经验的表现多集中在可观可感的物质层面，与底层群体的精神世界，始终存在隔膜。"底层文学"的社会属性过于显著，如何通过书写"底层形象"的精神世界而突出其文学性，是作家和文学研究者一直在思考的问题，正如洪治纲所说："作家作为现代知识分子中的一员，对社会内部存在的各种问题，尤其是对普通民众的生存困境，当然要给予积极的关注。只是这种关注不应该是社会学的，而应该是文学的;不应该是对现实困境的表象式书写,而应该深入到人物的精神内部,从艺术的丰富性上激活他们的生命质感。"[1]他对底层文学的评价,现在仍然有效。对底层群体的讲述,作家万胜具有特殊的优势。万胜中学毕业后,做过很多行当,在建筑队做小工、烧锅炉,走街串巷卖水果,和朋友贩鱼卖菜,制卖装饰画,等等,[2]长时间游弋于社会底层,对底层群体的生活境遇和精神处境都更为熟悉。他笔下的可归类为"底层文学"的作品,在很大程度上摆脱了知识分子讲述底层故事时的"代言"模式和俯视姿态,展现出一种"共情"的特征,在对底层人物精神世界的书写中,这一点尤为明显。对于底层形象精神世界的书写,知识分子式的写作普遍采用批判、关怀或者同情的方式,展现启蒙立场,标榜人道关怀,底层人物真实的心灵感受和心理需求并不是其关注的焦点。而万胜的写作与之不同,他着力于通过底层人物的经历与遭遇呈现其精神状况与情感逻辑,他抓住"感受"和"情绪"这些走进底层群体内心的通道,表现他们的精神状态与生存状态,其中刻骨的生命体验与逼真的亲历感给人留下了深刻的印象。

万胜的小说表现了底层群体面对生活现实的迷茫感和无力感。万胜在创作中塑造了很多老去的工人、下岗工人、退伍军人、工厂的临时工、企业的保安等形象,他们都很认真努力地生活,但难以适应时代的变化,无法捕捉社会的动向,长期处于社会的边缘,越来越无望地脱离这个时代的主流生活,缺乏对生活的希望感,只有艰难而苦闷地维持生计。时代的变化以及命运的无常让他们心力交瘁,又无从改变,他们无法把握自己的命运,寻找未来的出路。面对生活的无物之阵,他们只能在岁月中忍受漫长的疲惫与落寞。在《十面埋伏》中,工厂早已被拆了盖商品房,厂建的公园也将被拆除,平日里在公园里活动的退休工人们即将失去他们的乐园,公园里的弹琴和歌唱、喝茶和聊天都将成为往事,那些公园里安静幸福的时光将彻底烟消云散。这些习惯在公园里活动的老工人们对此无可奈何,即使他们反对和抗拒也无济于事,他们只能眼看着开发商的推土机彻底抹平工厂最后的痕迹,他们的青春记忆与荣耀过往随之被彻底埋葬。在《飞翔的酒瓶》中,工作认真负责的保安孔学武在火灾中抢救出午睡的老板,但老板有裸睡的习惯,他把老板背出来时老板一丝不挂,虽然他救了老板的命,但也让老板出了洋相,公司并没有因为他的英雄行为而提拔他,反而逼走了他。他调到电线厂后,继续认真负责地工作,严格执行厂里的安保制度,扣下了监守自盗的司机。然而他不了解,厂里的领导也参与了监

---

[1] 洪治纲:《底层写作仅仅体现了道德化的文学立场》,《探索与争鸣》2008年第5期。
[2] 万胜:《鱼儿也歌唱(创作谈)》,《海燕》2016年第9期。

守自盗的活动，在他因立功而将被提拔时，遭人算计，提拔的事不了了之。他为了禁止工人偷厂里的铜线，每天下班堵在厂区大门对工人挨个搜身，得罪了工友，挨了闷棍，还被领导认为是小题大做，把他调去了环境最差的单位。他的认真负责没有让他得到应有的嘉奖，反而让他的处境一步步下沉，他不知道其中的逻辑，只能默默承受。在《月光爬满楼道》中，有八年汽车维修经验的修车师傅李云平下岗了，有技术有经验的他对下岗并不恐惧，但当他去修车厂应聘时，发现需要修理的都是新型的轿车，之前自己在厂里修那些过时车型的经验毫无用武之地。老板竟然让他去给修车小工当徒弟，而且这个小工正是他徒弟的儿子，这让他感受到了极强烈的耻辱感。他最笨的徒弟因为转行给老板当司机而混得风生水起，他最不情愿向这个徒弟开口求助，但面对生活的胁迫，他只能一次次请徒弟帮忙。徒弟日益冷漠的态度让作为师傅的他颜面扫地，但他只能忍受，生活并没给他其他的选择。下岗带给他的不仅是生活的窘迫，还有尊严的碎裂，师徒之间的辈分秩序在新的环境中被颠覆和重置，为了生存他不得不苟且和妥协。

在万胜的叙述中，勤奋面对命运的单薄与脆弱，憧憬面对宿命的无力与无奈，都分外地真切，他笔下的这些底层人物难以通过自己的努力改变不堪的生活，他们仿佛置身某个坚固的容器，拘囿其中，无处逃遁。他们甚至越努力就越不幸，他们感受到生活中的一股强大的压抑性力量，但他们并没有能力辨识这力量来自社会的不公还是命运的无常，更不知道如何抗拒或是对抗，他们只能隐忍，好像这就是生活的常态。万胜写出了底层群体的沉默坚韧，困惑迷茫，以及对尊严生活可望而不可即的惆怅。

在万胜看来，底层的失望、落寞与惶惑不只是底层群体承受的精神苦难，这些压抑性情绪的堆积可能演化为怨恨与愤怒，使表面风平浪静的社会生活暗流涌动。底层的愤怒犹如海底的火山，幽暗处积蓄着惊人的力量，这些情绪虽然可能不会定向地转化为某种颠覆性的力量，可是一旦被触发和点燃，可能会随机地释放，波及众多的无辜者，带来无差别的伤害。这样，万胜将关乎底层形象精神世界的文学问题和社会问题有效地衔接了起来，表现了他对社会问题鲜明的介入意识。马克斯·舍勒曾对怨恨进行过系统的分析，在舍勒看来，怨恨源于报复冲动，而即时的以眼还眼不能称之为报复，只有郁结于心，择时而发的举动，才是报复，而报复的行动越难完成，越容易滋生怨恨。同时，怨恨是一种特定的情绪，但并不是纯粹的主观性的产物，而有其社会性的来源。对于社会来说，"群体的与宪政或习俗相应的法律地位及其公共效力同群体的实际权力关系之间的差异越大，怨恨的心理动力就会越聚越多"。他认为，在平权的社会中，社会怨恨是最小的，而在等级固化，阶层森严的社会里，怨恨情绪也不会大，忍无可忍、一触即发的怨恨往往产生于这样的社会语境之中："随着实际权力、实际资产和实际修养出现极大差异，某种平等的政治权利和其他权利（确切地说是受到社会承认的、形式上的社会平等权利）便会不胫而走。"在这样的社会中，阶层间存在着流通的可能性，然而对于大多数底层民众来说，被许诺的权利难以兑现，期许的愿景难以达成，如此，"即使撇开个人的品格和经历不谈，这种社会结构也必然会积聚强烈的怨恨"[①]。万胜的作品印证了舍勒的判断，他具体展示了底层人对美好愿景的期待，以及梦碎之后的惶惑与失落。值得注意的是，万胜并没有停留在对底层人物心态进行展示的层面，他注意到受挫的心态并不是静止的，而是随着时间的堆积会发展成为一种内在的怨恨，这怨恨会在一定条件的触发下演变为某种激烈的情绪，呈现出巨大的破坏性力量。他通过写作呈现了底层形象情绪的生长与发泄，呈现了底层情绪激烈的一面。《响亮的刀子》书写了底层形象在受到权力倾轧后怨恨的生长。小说的情节并不复杂，老皮抱回一只优质的狗崽，想养在身边，不想村长相中了狗崽，不由分说就夺其所爱，将狗抢走，老皮窝火，却又无可奈何。再遇这只狗时，老皮想和其亲近，不想狗易主之后便忘了旧主，并不理他，老皮不满，于是便打了狗，不想却因此触怒村长，村长为了狗而打了他，还当着村里人的面羞辱了他，这让老皮怒不可遏，他决心复仇。但他复仇的对象不是村长，而是原来属于他的那只狗，他将对村长的恨与愤怒迁移到了狗的身上，处心积虑要将其诱杀，用这种更安全与稳妥的方式宣泄自己的愤怒。但他的犹豫和软弱让他频频失手，屡屡的失败让他灰心丧气。小说写到这里，好像是在批判农民软弱与自欺欺人的劣根性，但紧接着万胜笔锋一转，村长自己要杀狗吃肉，恶狗垂死挣扎，村长悬赏半扇狗肉雇人杀狗。老皮面对被激怒的恶犬，虽无胆量应承这个差事，但却阴错阳差地将狗杀死。老皮亲手杀死了自己的狗后，悲从中来，仿佛内心中的一部分也被杀死了。当村长要赖，不想交付约定的半扇狗肉时，老皮被压抑的怨恨迅速升级为愤怒，露出凶狠的一面，他手持利刃，说杀狗和杀人都一样，威胁要将愤怒化作行动，取村长的性命。小说完整地呈现了底层人物老皮内心怨恨的生长过程，村长因为老皮老实，肆无忌惮地对其欺辱，不断强化老皮的屈辱感，最终让老皮忍无可忍，将屈辱化为愤怒，喷薄而出，老实人被逼成了一个可能的凶徒。与之类似的，有陈应松的《马嘶岭血案》，这部小说讲述了两个老实的挑夫蜕变成杀人暴徒的过程。小说中，勘探队员们为了寻找金矿，增

[①] ［德］马克思·舍勒：《道德意识中的怨恨与羞感》，刘小枫主编，罗悌伦、林克译，北京师范大学出版社，2017，第12—13页。

加地方的财政收入，远赴深山，风餐露宿。九财叔和治安是勘探队雇用的两个临时的挑夫，这两个挑夫从经济的层面打量这些勘探队员，嫉妒他们优渥的生活条件，心有不平。两个挑夫冒着生命危险为勘探队员们服务，却只能得到零星的回报，这让他们越发不满，但勘探队员们认为他们只值这些许的报酬。随着了解的深入，与勘探队员们巨大的收入差异一次次地刺激着挑夫，让他们对自己的生活感到绝望，最终孤注一掷，杀人抢劫。通过对比我们发现，对于底层人怨恨的累积，陈应松认为关键在于经济的失落，而万胜更强调尊严的践踏。九财叔非常在意自己的工资以及勘探队员们对自己的罚款，而老万更敏感于作为权力化身的村长对自己的态度。也就是说，对于"底层"的表现，陈应松关注底层之穷，以及城乡间难以跨越的经济鸿沟，而万胜更加注意底层之困，也就是政治上的忽视和歧视带来的社会底层在精神层面的压抑与愤懑。他们关注社会底层的侧重点不同，但他们都清晰地意识到，底层的经济之穷和精神之困都会导致底层怨恨情绪的堆积，产生难以预料的后果。

  如果说《响亮的刀子》描述了底层形象怨恨的生长，《倒悬》则表现了底层形象愤怒的释放。小说的主人公叫古远，少年时代最爱他的父亲捕鱼溺水身亡，母亲因为他的手长了六根手指而不喜欢他，生长于一个缺失关爱的环境。后来他进了厂，做了保安，木讷古怪，与同事格格不入。他为了不成为别人眼中的异端，就自己劈下自己右手多余的手指，在那之后，他的右手变得力大无穷，成了强悍的武器，并且仿佛有了自己的意志，不再由他控制。当有人激怒他时，他的右手就会死死掐住对方的脖子，即使对方不能呼吸也不松开，多次差点儿置人于死地。被他抓捕的小偷以及与他要好的同事都经历过他的锁喉，险些丧命。他的右手最终制造了悲剧，他爱的女工小甜并不爱他，向他坦白，表示对他表现出来的善意只是出于怜悯，这让他恼羞成怒，恍惚间残忍地掐死了小甜。作为古远愤怒的载体，他的右手不定时地释放他对社会的不满和愤恨，且这种释放是非理性的，不受控的，制造无差别的伤害。类似的还有《飞翔的酒瓶》，积极认真对待工作的保安孔学武，不断地遭受单位不公正的待遇，工作越努力，境遇就越糟糕，加之女儿的不幸让他怀有强烈的负罪感和内疚感。积郁的怨气终于在一次偶然的冲突中爆发，他用酒瓶失手打死了一个和他本不相关的青年，他从一个积极肯干的劳动者变成了一个凶徒，怨恨的迸发摧毁了一个青年的生命，也摧毁了他自己。《倒悬》和《飞翔的酒瓶》让我们看到了底层人长期被孤立、忽视和打击后心中的压抑与苦闷，积郁的怨恨与愤怒会随着时间的堆积而形成对外部世界的冷漠与敌意，导致人的变态与疯狂，经由触发进而转化为某种毁灭性的力量。万胜笔下的底层形象对这种愤怒并没有理性的自觉，这导致这种力量会在某种不确定的契机下不受控制地迸发出来，造成灾难性的后果。

《讲个故事给你听》描写了另一种底层形象愤怒的释放，这种释放不是爆发式的，而是长期的、持续的、肆无忌惮和变本加厉的，同样具有强大的破坏力。小说中，牛大秧的父亲当年在洪水中下河开闸，牺牲了自己，救了整个村子。这让牛大秧耿耿于怀，觉得既然父亲为全村而死，那全村都亏欠于他，加之上级领导经常来村里慰问他，他觉得自己获得了官方的承认，便对村里人颐指气使，肆意妄为。村民对他长时间的忍让让他更加胆大起来，竟然夜间潜入民宅，去掀留守妇女的被子，图谋不轨。在这里，通过万胜的叙述，我们应该注意到底层形象怨愤情绪生成与构成的复杂性，牛大秧单纯地从个人利益的角度出发去评价父亲的去世，道德绑架其他的村民而为自己牟利，自私而狭隘，万胜对于如此的底层情绪表现出了足够的审慎和警惕。这表现了万胜并没有简单地站在底层的立场上，依仗莫名的道德优越感控诉社会的不公，而是以冷静的态度观察底层群体所遭遇的困境，以及底层群体自身存在的问题，借此对社会底层形象的精神状况和情绪状况做出理性的分析。万胜类似的小说还有《坝里》，小说中，小锤儿的父亲贪财，习惯在发水的时候下河捞一些上游冲下来的"浮财"，村长多次劝阻也无济于事，后因此而丧命。但小锤儿认定父亲的死与村长有关，认为所有的村里人都是杀害父亲的帮凶，于是想毁掉村里的堤坝，让河水淹没村庄，让所有的村民都为他的父亲殉葬。女孩小水由于知道了他的计划，被他残忍杀害。小锤儿自我的偏执认知让他对自己所处的环境形成了强烈的非理性的恨，万胜让我们看到，这种非理性的恨是坝上悲剧的元凶。

万胜以其自身的经历和体验，通过小说理性地呈现了他所了解的底层人物的精神世界，他对底层人物的所思所想感同身受，这使他小说的心理描写尤其值得重视。在《响亮的刀子》中，他细腻地呈现了一直受村长欺负的老皮的情绪变化的过程，由委屈和怯懦到盛怒和无所顾忌，村长对他习以为常的对待对老皮来说是一步步的嘲弄和逼迫，对这个过程表现得详细而充分，从而使结尾处老皮愤怒喷薄而出合情合理，丝毫没有显得违和突兀。在《倒悬》中，万胜成功地描绘了一个精神分裂的底层人物的精神世界。小说中，在外人看来木讷怪异的古远，内心有着和其他年轻人一样的对爱的悸动和向往，但他的卑微和脆弱让他异常敏感，被喜欢的人拒绝，对别人来说只是一次情感的颠簸，但对他却是一次致命的打击。这使他的意志失去了对身体的控制，他好像一个局外人，眼看着自己的身体行凶，杀死了自己心爱的姑娘。在《月光爬满楼道》中，万胜表现了一个下岗工人自信被摧毁的过程。刚下岗时，技工李云平因手里有技术而信心满满的，不料市场的一日千里使技术的革新突飞猛进，他掌握的技术早已是明日黄花，不再中用，曾经骄傲的技术工人连养家糊口都成了问题。遇到了难事儿，还得去求曾经最看不上的徒弟，他不愿如此，却不得已一次次妥协，委曲求全。小说没有大段的心理描写，却通过一件件具体的小事儿，还原了主人公的自信和尊严崩溃的过程。

万胜同情底层形象的心灵苦难，也审视底层形象的精神顽疾，感同身受那些失败者灵魂的创痛，也对那些因压抑而生发的怨恨和暴力表达了深切的忧虑，他笔下的"底层文学"不再是社会问题的文学形态，他对底层形象精神世界的关注与呈现为"底层文学"写作打开了新的思路。